前 线

洪灵菲◎著

中国言实出版社

图书在版编目(CIP)数据

前线 / 洪灵菲著. -- 北京：中国言实出版社，
2021.2

ISBN 978-7-5171-3787-0

Ⅰ.①前… Ⅱ.①洪… Ⅲ.①长篇小说-中国-当代
Ⅳ.①I247.5

中国版本图书馆 CIP 数据核字（2021）第 026216 号

出 版 人　王昕朋
责任编辑　郭江妮
责任校对　宫媛媛

出版发行　**中国言实出版社**
　　　　　地　址：北京市朝阳区北苑路 180 号加利大厦 5 号楼 105 室
　　　　　邮　编：100101
　　　　　编辑部：北京市海淀区花园路 6 号院 B 座 6 层
　　　　　邮　编：100088
　　　　　电　话：64924853（总编室）　64924716（发行部）
　　　　　网　址：www.zgyscbs.cn
　　　　　E-mail：zgyscbs@263.net
经　销　新华书店
印　刷　北京盛通印刷股份有限公司
版　次　2021 年 3 月第 1 版　　2021 年 3 月第 1 次印刷
规　格　710 毫米 ×1000 毫米　1/16　16 印张
字　数　260 千字
定　价　64.00 元　　ISBN 978-7-5171-3787-0

洪灵菲（1902—1934），笔名林曼青、林荫南等。广东潮安（今潮州）人，出身贫苦的农民家庭。1922年入广东高等师范学校（今中山大学）学习西方文学。

积极参加学生运动。1924 年加入中国共产党。大革命失败后，遭国民党反动派通缉，被迫流亡国外。回到上海后，先后在地下党沪西区委、江苏省委宣传部和全国反帝大同盟工作，并任教于中华艺术大学，为中国左翼作家联盟 7 个常务委员之一。1933 年奉调到北平中共中央驻平全权代表秘书处工作，同年 7 月因叛徒告密被捕。1934 年被国民党反动当局秘密杀害于南京雨花台。其作品主要有小说《流亡》《气力出卖者》《长征》《大海》等，译著有《我的童年》《赌徒》等，曾以其"流亡三部曲"（《流亡》《前线》《转变》）享誉文坛。

目录

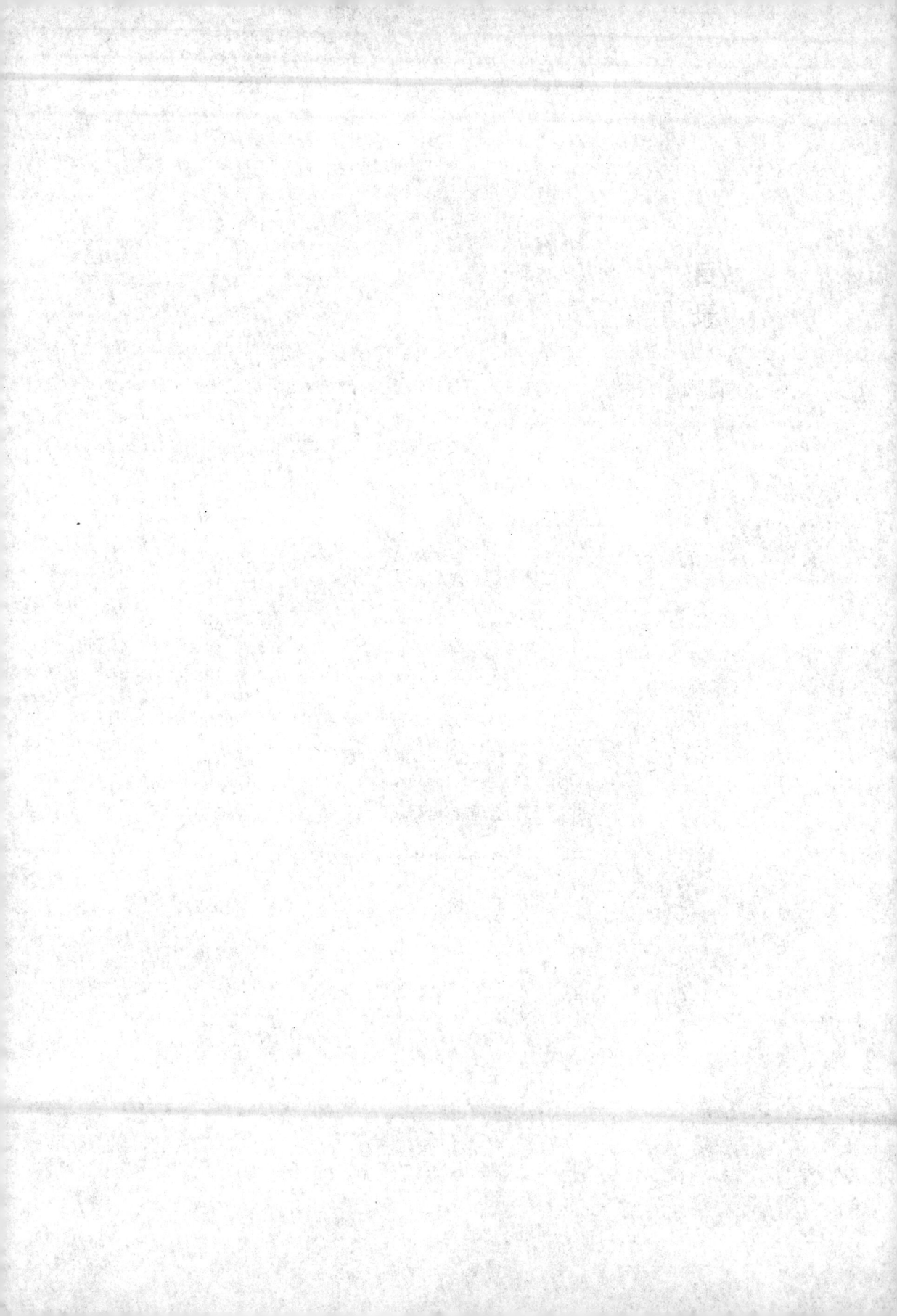

前　线

一

　　1926年，一个夏天的晚上，被称为赤都的C城，大东路路上，在不甚明亮的电灯光下，有一些黑土壤和马粪发出来的臭味。在那些臭味中混杂着一阵从K党中央党部门首的茂密的杂树里面透出来的樟树香气。霍之远刚从一个朋友家中喝了几杯酒，吃了晚饭出来，便独自个人在这儿走着。他脸上为酒气所激动，把平时的幽沉的、灰白的表情罩住。他生得还不俗气，一双英锐的俊眼，一个广阔的额，配着丰隆的鼻，尖而微椭的下颏。身材不高不矮，虽不见得肥胖；但从他行路时挺胸阔走的姿态看来，可断定他的体格还不坏。他的年纪约莫是二十三四岁的样子，举动还很带着些稚气。

　　他是S大学的正科三年级学生（自然是个挂名的学生，因为他近来从未曾到课堂上课去），一向是在研究文学的。他本来很浪漫，很颓废，是一个死的极端羡慕者。可是，近来他也干起革命来，不过他对于革命的见解很特别，他要用革命去消除他的悲哀，正如他用酒和女人、文艺去消除他的悲哀一样。他对于人生充分的怀疑，但不至于厌倦；对于生命有一种不可调解的憎怨，但很刻苦地去寻求着它的消灭的方法。他曾把酒杯和女人做他的对象去实行他的慢性自杀；但结果只令他害了一场心脏病，没有死得成功。现在，他依然强健起来，他不得不重寻它的消灭的对象；于是，他便选中革命这件事业了。在他四周围的朋友都以为他现在是变成乐观的了，是变成积极的了；他们都为他庆幸，为

1

他的生命得到一个新的决裂口而庆幸。他实在也有点才干，中英文都很不坏，口才很好，做事很热心，很负责任。所以在一班热心干革命的人们看起来，也还觉得他是个不可多得的同志。因此之故，他的确干下了不少革命事业；并且因此认识黄克业，K党中央党部的执行委员。得他的介绍，他居然也做起中央党部里面的一个重要职员来。他还是住在S大学里面。吃饭却是在黄克业家中搭吃的。今晚，他正是从黄克业家中，喝了几杯酒，吃了晚饭走到街上来的。

"苍茫渐觉水云凉，夜半亢歌警百方；怕有鱼龙知我在，船头点取女儿香！"……他忽然挺直腰板，像戏台上的须生一样的，把他自己几天前在珠江江面游荡着吟成的这首诗拉长声音地念着。他的眼睛里满包着两颗热泪，在这微醺后的夏晚，对着几盏疏灯，一街夜色，他觉得有无限的感慨。

"这首诗做得还不错，正是何等悲歌慷慨！唉！珠江江面啊，充满着诗的幻象，音乐的协调，图画的灵妙，软和的陶醉的美的珠江江面啊，多谢你，你给我这么深刻生动的灵感！"他感叹着，珠江江面的艇女的丽影，在流荡的水面上浮动着的歌声，在夜痕里映跃着的江景，都在他的脑海闪现。

"一个幻象的追逐者，一个美的寻求者！啊！啊！"他大声地叫喊着，直至街上的行人把他们惊怪的目光都集中在他的脸上时，他才些微觉得有点 shyness，觉得有点太放纵了。他把脸上的笑容敛住，即刻扮出一段庄严，把望着他的人们复仇似地各个报以一眼，冷然的，傲岸的，不屑的神气的一眼。以后，他便觉得愉快，他觉得那些路人都在他自己的目光中折服着，败走了。他充满胜利的愉快。在这种胜利的愉快的感觉中，S大学便赫然在他的面前出现了。

S大学是前清贡院的旧址，后来改作两广优级师范，后来又改作广东高等师范，再后改作广东大学，直至现在才把它改称S大学。S大学的建筑物和两广优级师范时候丝毫没有改变；灰黑色的两座东西座教室、大钟楼、军乐楼、宿舍——这些都是古旧的洋式建筑物。图书馆，算是例外，它在去年脱去它的缁衣，重新粉上一层浅黄色的墙面。前清时大僚宴会的明远楼大僚住居的至公堂，举子考验的几间湫隘矮小的场屋都保留着，在形成这大学的五光十色，并表示占据着两朝几代的历史的光荣。C城的民气一向是很浮夸的，喜新厌旧的；这大学的竭力保存旧物，便是寓着挽救颓风于万一的深意。

他踏进S大学门口时，银灰色的天宇，褐黑色的广场，缁衣色的古旧的建筑物都令他十分感动。他觉得森严，虚阔，古致，雄浑，沉幽，他一向觉得在这校里做学生足以傲视一切，今晚他特别为这种自信心所激动。校道两旁是两列剪齐的 shrub，在教室的门首有两株棕榈树，大钟楼旁边杂植着桃树、李树，教室与图书馆中间的旷地，有千百株绿叶繁荫的梅树。在图书馆对面有一条铺石的大道，大道两旁整列着枝干参天的木棉树。他嗅着草木的香气，一路走向宿舍去。宿舍在图书馆后面，门前也有两株棕榈树，不一会便到了。

宿舍的建筑是个正四方形，四层楼中留旷地，形似回字。宿舍里面可容一千人。在这回字的中间，有几株枝干耸出四层楼以上，与云相接的玉兰树。清香披拂，最能安慰学生们幽梦的寂寞。

宿舍的号房是个麻面而好性气的四十余岁的人和另一个光滑头，善弹二弦，唱几句京调的老人家。霍之远时常是和他们说笑的。这时候，他刚踏进门口，他们便朝着他说："霍先生！"他含笑向着他们轻轻点着头，和易而不失威严地走上宿舍二楼，向东北隅的那一间他住着的房里去。

这房纵横有三丈宽广，仅住着他和一个名叫陈尸人的。陈尸人是个猫声，猴面，而好出风头的人。他虽瘦弱得可怜，但他仍然是个"无会不到，无稿不投"的努力分子。霍之远一向很看不起他，但这学期他因为贪这房子清爽宽阔，陈尸人有住居这室的优先权，他便向他联络一下，搬到这儿来住。

和他四年同居，堪称莫逆的几位朋友——罗爱静、郭从武、林小悍，是住在同座楼北向第廿号房的。他走到自己的房里不到五分钟后便走到廿号房去找他们。当他走到廿号房时，房门锁着，房里面的电灯冷然地照着几只 empty chair；帐纹的黑影懒然地投在楼板上。这一瞬间，他觉得有点寂寞了。

他呆然地在廿号房门口立了一会，玉兰的茂密的叶荫成一团团的黑影，轻幻地，荡动地在他的襟上抚摸着。远远地听到冷水管喷水的渐渐的声音，混合着一两声凄沉悠扬的琴声。他吐了几口气，张大着双眼，耸耸着肩，心中说一声"讨厌！"便走向自己的房里去了。

过了一会，他觉得周身了无气力，胸口上有一层沉沉的压逼。陈尸人正在草着《教育救国论》，死气沉沉浸满他的无表情而可憎的面孔上。他望着霍之远一眼，用着病猫一般的微弱的声音说着："Mr. 霍！今晚不到街上去吗？"

他不待得到回答，已经把他的两只近视眼低低地放在他的论文上了。

"无聊至极！游河去罢！"他心中一动，精神即时焕发起来。他面上有一层微笑罩着，全身的骨节都觉得舒畅了。

他即时换着一套漂亮的西装，西装的第一个钮孔里挂上一个职员证章。戴上草帽，对镜望了一会，觉得这副脸孔，还不至太讨女人家的厌。他心中一乐，嗤的一声笑出来。

"名誉也有了，金钱也有了，青春依旧是我的呢！"他对着镜里微笑的影赞叹着。

"老陈，唔出街吗？"

他照例地对着陈尸人哼了这一句，便走出门口来，一口气地跑到珠江岸去。

C城最繁盛的地方要算长堤，最绮丽不过的藏香窝，要算珠江河面。长堤是障着珠江的一条马路，各大公司，各大客栈，妓院，酒馆都荟萃于此，车水马龙，笙歌彻夜。珠江河面有蛋家妹累万，水上歌妓盈千。她们的血肉之躯发出来的柔声怨调，媚态娇鬈，造成整个江景的美和神秘。

S大学距离这儿，不过一箭之遥，霍之远从校里摇摇摆摆地走来，一会儿便到了。

在岸边的柳荫下黑压压地站着成群结阵的蛋家妹。她们都是为生活所压逼，习惯所驱使，先天所传授的在操着荡舟兼卖淫的生活。她们穿着美丽的衣衫，大都踏着拖鞋；肌肉很结实，皮肤很壮健，姿态很率直，不害羞，矫健，婉转，俏丽。身体在摇摆着，口里在喊着："游河啊——游……河……啊……哎……游……河……啊……"声音非常凄婉，悲媚，带着生涯苦楚的哀音的挑拨肉欲的淫荡的苦调。

之远到这C城来的起始四年，一步都不敢来到这种地方。他惯在酒家、茶室消遣他的无聊的岁月。他也曾和他的朋友们在热闹场中叫过三几次歌妓；但并不至于沉湎。本年暑假期内，他因为没有回家，便开始和他的几个朋友来这水而游荡过几次。他们因此在这河面上认识一个蛋家妹（或者可以称为艇女，不过称她作蛋家妹是C城人的习惯语）。这蛋家妹姓张名金娇，年约二十一二岁，有一双迷人的媚眼，像音乐一样的声音，一个小小的樱桃嘴，笑时十分美丽，他们都被她迷住。感情和她最浓密的要算霍之远。霍之远今晚所以觉得非游河不可的，也正为的是在挂念着她。

霍之远这时像一位王子似地走过这群艇女身旁，一直跑到张金娇的花艇的所在地去。他给许多荡舟的妇人们认识了，她们都知道这位王子的情人便是张金娇。她们一见他走近前面时便高声喊着："金娇啊！你好人来找你咯！"一声呖呖的娇声应着，一个穿着黑纱衣裳、身材娇小的俊俏的少女的笑脸在他的面前闪现。这少女站在船头，很高兴地，很觉得光荣似地在向他招呼。这时候，他已由岸上的一个妇人招呼他坐上小舟荡到她的面前了。他拿了二角钱给那妇人后，便踏上金娇的船上去。金娇很卖气力地把他扶住，他面上一阵热，心头一阵愉快，便随她走向船里面去。

船里面布置得很华丽，供着一瓶莲花，一瓶蝶形的白色的花。幽香迷魂，秀色入骨。他一走进来，她便为他脱鞋，脱去外衣，外裤，问着长，道着短。他痴迷迷地尽倚在她的身上。

她的假母名叫陆婶的，年约四十岁，是个八分似男人、二分似女人的婆婆，很殷勤地问着他几句，便故意地避到隔船去了。她的小弟弟，一个彻夜咳嗽，瘦得像个小骷髅似的小家伙，也很知趣地随着他的妈妈走开。她的姊姊，是一个十分淫荡而两颊红得像熟透的苹果、身材有些臃肿的二十四五岁样子的女人，这时候已和她的姘客荡"沙艇"去了。这船里面只剩下他们俩。

"乜你的面红红地，今晚饮左酒系唔系啊？（为什么你的脸儿红红的，今晚是不是饮过酒的啊？）"金娇媚声问，她一面在泡着"菊井茶"给他喝。

"系咯！我今晚系饮左几杯酒！真爽咯！你睇，我而家——（是的，我今晚喝过几杯酒。真快乐啊！你看！我现在——）"他说着，把他的热热的脸亲着她的颊，冷不防地便把她抱过来接了一个长吻。

"你睇！我而家醉咯！"他继续说着，脸上溢现着一阵稚气的笑，头左摇一下，右摇一下，像一个小孩子一般的神气。

"你要顾住嗜！饮咁多酒会饮坏你嗜！（你要小心些！喝酒太多，怕把你的身体弄坏了！）她很开心似地说着。……"

她把船的后面的窗和前面的门都紧紧地掩住；窥着镜，弄着一回鬌发；望着他只是笑。她的笑是美的，是具着无限引诱性的，刺激性的，挑拨性的，但仍然是无罪的。她的态度是这样的活泼，自然，柔媚。在灯光下，珠饰琳琅的小台畔，和发香，肉香，混杂着的花香中，他陶醉着。

"我咕今晚唔撞到你，慌住你俾你的佬拉去咯！（我以为今晚不能会见你，怕你给你的姘客带去！）"他戏谑着说，从她的背后搂抱着她。

"唪！（读 Choy）你真系！我——唉！"她赌着气说，把笑容敛住，作欲哭出来的样子。"我知道你今晚紧来，我由食饭块阵时等你等到而家！我真系唔想同渠的随便行埋咯！（我知道你今晚一定来，吃晚饭时我便在这儿等候你，一直等到这个时候！我真不愿意随便和第二个男人在一处玩的啊！）"

"咁咩？哎哟！真系唔对得你住咯！（这样么？哎哟！真对你不住了！）"他说着，抚着她的柔发，加紧地把她搂抱着。这时候，他已是失了主宰，再也不能够离开她了。她依旧地笑着，忽然地把她的外衣、外裤脱去，身上只穿着一件淡红色的衫衣，一件薄薄的短纱裤，很慵倦似地，吸息幽微地抱着他；略合上眼仰卧下去。他觉得一阵昏迷，乘着酒意把她搂抱着并且要求她把衣裤脱光！她把眼睛朝着邻船望，示意不肯。他即刻把他的脸部掩藏在她的胸上，做出很怕羞的样子。她笑着说："咁大块仔，重怕丑咩？（这么大的儿子，还怕羞么）？"

过了一会，他摸她的下体和他自己的下体都湿了一片，觉得更加羞涩。她只是笑着，迷魂夺魄地笑着。他心中觉得很苦，表面上只得和着她机械似的笑着。

二

第二天，晚上，霍之远在S大学宿舍里面他自己的房里教他的几个学习英文的学生。学生里面一个是女性，年约十八九岁，是个神经质而有些心脏病的少女，剪发，穿着淡灰色的女学生制服，面部秀润，有含情含怨的双眼，容易羞红的双颊，中等身材。她很喜欢研究文学，情感很丰富。她的名字叫林妙婵，厦门人，新从厦门女校毕业到C城来升学的。她父亲是黄克业的朋友，故此，现时便在黄克业家中住宿。霍之远因为天天都在黄克业家中和她一处吃饭，因此便和她认识。她和霍之远在黄克业家中第一天相见便觉得有点不平常。几天后她便把她的身世告诉他，觉得有些依依恋恋了。因为要使他们相见和谈心的机会多，她便要求他教她读英文。

其余的两个学生都是男性。一个名叫黄志锐，矮身材，大脸膛，两眼圆大有神，年约十六岁，是黄克业的弟弟。另外一个名叫麦克扬，瘦长身材，脸孔些微漂亮，年约二十岁，和林妙婵结拜为兄弟，这一次才和霍之远认识。因为他的妹妹坚持要到霍之远那里学习英文，所以他便只得和她取一致行动。

论起英文程度来，麦克扬的最高，妙婵和志锐的都差得太远。他们都预备考进S大学，学习的英文课本是商务印书馆出版的 *English Progressive Reader* 第四册。霍之远很机械地教着他们，他的心老是在注意林妙婵的一举一动。他的眼和她的眼时时在无意间相遇，彼此都涨红着脸，觉得有些不好意思。麦克扬是最苦的了，他的脸色青一阵，红一阵，老在考察他们的举动。黄志锐，心无外物，算是最忠实他的功课的了。

其实，麦克扬这时候是误会的；因为霍之远是一个很尊重人家的爱情的人。他的心是这样想：林妙婵既和麦克扬是一对情人，只要他们的阵脚扎得紧，我霍之远决不肯轻易做个闯入者。但麦克扬也不是无的放矢，他见林妙婵和霍之远那种亲热的态度的确有点令他难耐了。还有一点足以证明麦克扬的爱人的地位已经动摇的是，现在每晚送她回到寓所去的不是麦克扬而是霍之远。这一点的确令霍之远有点不安；但林妙婵是太倾向他的了，这真令他觉得没有办法。

这时候，功课已经完了。大约是九点多钟了，麦克扬托故先走。林妙婵和黄志锐硬要霍之远带他们到街上散散步。

林妙婵和霍之远在街上走动时，时常不自觉地挤在一处，说不出哪一个是主动，哪一个是被动。但霍之远已经是个有妻子的人，他觉得去和一个少女太亲近是不合适的，所以在可能的范围内，他总想极力地避开她。不过处女的肉体是有弹性的，有电气的，他尽管怎样的想避开她，结果他和她两人间的身体终是不间断地在摩擦的。他感到一种挟逼，一种不能换气的快感。

她显然向他取一种进攻的形势。她在灯光照不到的街上的阴影中时时伸着手去挽着他的手。这种恩赐使他全身像通了电，像在梦中一样的愉快。照他的解释以为这种握手是文明人所视为最平常的事；但他很不容易看见她和第二人有这种亲密的举动。他于是感到骄傲了。但他不想做她的爱人，他只希望做她的朋友。他虽然活了这么多岁了，还是未曾和一个女人恋爱成功过。故此，他对这件事，切实觉得有点害怕。但是，他的所谓朋友，和人们所谓爱人，其间究竟有什么差异的地方，这连他自己亦有些觉得模糊。

他们由这条街跑过那条街，一列列的铺户，一盏盏的街灯，许多车马人物在他们面前很快地闪过；后来他们开始地由兴味中感到疲倦，便想回去，时候已是晚上十点多钟了。

照例地，他送她归到寓所去，回来便一个人在疏星、夜风的街上走动着。他开始地想起他对金娇今晚是失约的了。

他和张金娇约着今晚同到电戏院看电戏，现在已经是来不及了。这时候还是回学校里睡觉去好呢，还是到金娇那里赔罪去好呢？他在打算着：

"金娇到底是个狐媚的妓女，我不应当和她胡混到彻底，我一向不是很同情这班操卖肉生涯的无罪的羔羊吗？不是在痛恨那班嫖客吗？可是我现在的行动和一般的嫖客有什么差异呢？唉！我真是堕落的了！本来，我的初意不过是在领略一些珠江的风光，哪里想会和那些艇女在干着那些无耻的勾当！啊！昨夜的情境真是危险！啊！啊！千钧一发，险些儿陷落到深坑里面去了！"

他似乎是决定了，决定从今晚起，以后不再到金娇那边去了。他便一直跑向学校去。当他跑到 S 大学门首时，他才知道现在已经来不及了，学校门已经是关锁着，不能进去。他迟疑了一会，心中觉得异常不快。"学校真可恶！"他喃喃地自语着。

过了一会，他觉得没有办法，只得走向金娇那个地方去。他心中不住地这样想着："再去那儿多宿一晚去，大概是不要紧的。我立意不和她闹，大概危险是没有的！她实在也是很可怜，她一定在那儿等候我一晚，我应当到她那儿去安慰她几句才是！"

他不再踌躇了，足步如飞的，不一会便走到金娇的艇上去。她今晚在他的眼中越发觉得美丽。他一见到她周身便觉得乏力，软软地倒在她的怀中了。她不大将他责备，只说些等候得不耐烦一类的说话。她的姊姊回来一刻，瞟着他只是笑。她称呼他做她的妹夫。霍之远把她手上一捻，她便滚到他的怀里来。她生得还不错，异样妖淫而有刺激性。但霍之远已为她的妹妹的贞静的表情所诱惑，对她这种过分妖荡的献媚觉得有些讨厌。她也很知趣，纠缠了不到几分钟，便走到邻船去寻她的姘客去了。

陆婶和她的儿子和昨晚一样的都招呼他一会便避开。他觉得惶惑不安！但她的自然而美丽的颜容，像音乐一样的声音令他即时感到快乐。

"番够呀，我而家好倦！（睡觉罢！我现在很疲倦！）"霍之远说，朝着她睡下去。

她把她全身的衣服脱下来，露出雪白的两臂；胸褡也脱去了，只剩下贴肉的背心。因此灯光下可以看见她那隆起而令人陶醉的酥胸。她的下体，只遮着一件很薄的短裤，她的肉也似乎隐隐地可以看见。她望他一眼，打了个呵欠，朝着他睡下。

霍之远，无论如何再也睡不下去了。他非常兴奋，他张眼把她一望，全身的血都沸腾了！她显然是赌着气在睡着，睡态美丽得可怜！他全身觉得痒痒，筋肉涨热着。他觉得头上有点昏眩，双眼再也合不上来。他把他的大腿盘在她的大腿上，他的搐搦着的身体挤在她的身体上。她蒙眬间向他望着一眼，只是笑。在这一瞬间，她的媚眼告诉着他，他应该做的一切，他喘着气，眼睛里燃烧着欲火。他横起心来，不再思想什么了。

他把她咬了一口，发狂似的压在她的身上。以后的事他便完全忘记了。过了一点钟以后他开始地痛悔着，脸上满着忏悔的泪痕。

天未亮时，他抱着她痛哭了一会，对着她发誓他以后再也不到这里来了。但当她为他拭干眼泪，软语安慰着他时，他跪在她的面前，脸色青白，吻着她的一丝不挂的足尖，觉得像噩梦似的这一幕，再也不能挽回了。

三

霍之远和林妙婵日来愈加亲热起来了。他每日除开在中央党部办了七点钟的工作以外，便和林妙婵紧紧地混在一处。也许是，他的心灵得了安托，现在他做梦的脸上时常有点笑容。他的行为再也不放荡的了。他听从她的劝告，酒也不喝了，烟也不吸了，金娇那儿也绝对不去了。他觉得很骇异，他的几个老友罗爱静、郭从武、林小悍一个个都很有学问，很能够说话的，总治不好他的恶习惯；她的软弱的命令竟有了这样的力量。

他对她很坦白，他把他自己所以堕落和颓废的原因和她解释得很明白。她很怜惜他！当他把最近和张金娇的 romance，用忏悔的声口向着她诉说时，她羞红着脸，很同情地说："你是上她的当了！"

她说这句话时，令他非常感动，有点想哭的样子。

……

麦克扬现在可说是完全失败的了，他很伤感，对于爱人所应尽的责任很放弃。他现在差不多见到霍之远和林妙婵在一处玩时，便托故走开了。他们现在对于英文这一科，教者和读者都很浪漫，很随便，以后渐渐把这种艰涩的研究时间改作谈话了。这种谈话会以后也不大开，以后只成为霍之远和林妙婵的对话会、情话会了！霍之远天天碰见罗爱静、郭从武、林小悍几个老友，他们时常向着他半警告、半羡慕地说："老霍，你顾住嗜！你就来跟 Miss 林恋爱起来咯！呢等野真坏蛋，一世都想住女人！咁！我的同你话，你以后唔准同渠行埋一堆！迟吓，迟吓，你又同渠老够（读 Roukou）起来咯！（老霍！你要小心些！你差不多跟 Miss 林恋爱起来了！你这东西真坏，一生都在想着女人！这样，我们对你说，以后不准你和她一处玩！逐渐，逐渐，你又和她会干起坏勾当来了）"

霍之远对着他们分辩说："你的真系可恶！咁样乱闹我都得慨？我同渠行埋有几天，你的就乱车廿四！（你们这班人真可恼，这样子胡乱骂我都可以吗？我和她认识还没有几天，你们便这样的瞎吹牛！）"

但，霍之远虽然口里和他们这么争辩，心里确实觉得有点靠不住。他开始地觉得有点害怕！他这样的想着："我是有了老婆和儿子的人了！虽然我和我的老婆并没有爱情存在过，但事实上她仍然是我的老婆！倘若我和 Miss 林真个恋爱起来，这件事体真不好办！唉！糟糕！我永远是个弱者！我因为不忍和父母决裂便给他们拿去讨媳妇！因为忍不住看我的老婆在守活寡便和她合办，创造出一个儿子来！因为忍受不住和一个旧情人决绝，但又没有法子和她亲近；她从那个时候病了，我从那个时候沉湎一至而今！唉！糟糕，我本来已经是冰冷极的了！是荒凉极的了！此刻偏又遇见她，可怜的 Miss 林！唉！她对我的那样柔情缠绻，我哪里有力量去拒绝她！和她恋爱下去吧！我对不住我的老婆，对不住我的直至而今眼泪尚为伊洗的旧情人！不和她恋爱么？我又哪里有那样的力量？唉！可怜的我，在社会上终于不至弄到一团糟不止的我！"他想到这里，一颗热泪不提防地迸出眼眶，心上觉得一阵阵悲痛。他的旧情人名叫林病卿，是林小悍的胞妹。她现在已经有了丈夫了；她的丈夫名叫章红情，也是霍之远的好友。他和她在西历 1920 年便开始恋爱起来了。但那时候，他故乡的风气还很闭塞，男女社交还未公开。爱情的发生只在各人的胸腹里潜滋密渍，并没有可以寻出它的说话的机会来。霍之远和林病卿的相恋，除他俩自己外，旁人都不知道！不！便连他俩亦有些"两相思，两不知"的样子！

他们这头风流孽债在霍之远的父母为他说媳妇这年（西历 1923）才开始以一种悲剧的形式爆裂出来。霍之远的旧乡在石龙，那年夏天 C 城 S 大学（那时候学校的名称仍是 C 城高等师范）放暑假，他抱着怀乡病的热情回到他的旧乡去了。他的年老而顽固的父母，坚决地要把他和一个未曾谋面过的村女结婚，他极力地反对。他因为家中不便居住，所以藏匿着在林病卿的家中。那时候，他害着神经衰弱症；日里哭泣，夜里失眠。林病卿虽然直至这时还不曾和他说过情话；但她的那种密脉的眼波，那种含着无限哀怨慈怜的少女的眼波已经很明了地告诉他一切。

他当时一则怵于他的慈母为这件事伤心病危的消息，一则以为林病卿对他的爱，或许是他自己神经病的幻觉；所以最终他坦然地走到他的"十字架"上去。

过了一月，他辞别了他的新夫人到林病卿家中找她的哥哥预备一同到 C 城 S 大学上课去。那天，天气还热，她的庭子里的荷花在晨风中舒着懒腰，架上的牵牛高高地遮着日影。他和她初见面时，脸上各有一阵红热，各把各的头低下。

过了一会，她坐在牵牛藤下的一只小凳上，手支着颐，手踝放在大腿上。她的美丽的脸庞有些灰白了，眼睛里有一种对圣的处女的光辉，但这些光辉是表示一种不可挽回的失望，一种深沉渺远的哀怨。她的眼波和霍之远的颓丧的、灰白的、沉默的、有泪痕的瞳子里照射出来的光时常在不期然中相遇；两人脸上都因此显出死灭一般的凄寂！

林病卿的母亲站立在庭子的走廊上，她的哥哥、嫂嫂和几个女友都在庭子里朝着霍之远说笑。最后，病卿的母亲向着之远说："你的嫂夫人合你的意么？听说她是很美丽的！你的母亲上几天到这里来对我们说你很爱她呢！好极了！好极了！恭贺你！恭贺你！明年暑假，请你带她到来我们这边玩好吗？"

霍之远听了这几句话，觉得正如刀刺，不知怎样回答。当他偷眼望着病卿时，他才明白现在他和病卿的关系了！这时，病卿满面泪痕，忽然哇然地，吐出一口鲜血来，即时人事不省地倒下地面去！庭子里登时大乱。他只觉得鼻子里酸酸的，眼睛里天旋地转，胸口一团团闷，脑上漆黑昏迷。朦胧间，他觉得似乎走到病卿身上朝着她昏倒下去，以后便像在梦中一样记不起来了。

过两天后，他从医院中清醒，才渐渐地明白着过去的一切。病卿的事，人家不许他知道，不许他问及。他自己亦感到不便。直到他回到 C 城上课两个月以后，他才从人家那里听到病卿的病，已经稍有起色了！

他以后也还见过她几次，每次她都哭泣着走避。直至去年，她才嫁给之远的朋友章红情；夫妇间听说并不和睦。

霍之远所以颓废、堕落、悲观，许多人都说他是因为这回故事；他的剧烈的心脏病，听说也是因此致起的。

但，过去的等于过去。他现在只在祝望章红情和林病卿的感情逐日进步。因为他们都是他的好友。他自己没有幸福，他觉得那是不要紧的；但他不愿他的朋友们也和他一样薄命！

这回，可是又轮到他的不幸了。他觉得他渐渐地没有力量去拒绝林妙婵给他的那种热情了。他觉得已冷的心炉给她扇热！已经没有波浪的心湖给她搅动！他的默淡的，荒凉的，颓废的，自绝于人世的，孤寂的心，是给她抓住了！他虽然觉得有点生机，但他仍然有些不愿意！因为他是习惯于寂寞的人，习惯于被恶命运践踏的人，对于"幸福"之来，心上委实觉得有点不安！而且，他很明白，他要是和她真的恋爱起来，至少又要再演一次悲剧！他战栗着，颤抖着，幽咽着！但他究竟是个弱者，他那里能够拒绝一个青春美貌的姑娘的热爱呢！

这晚，他和林妙婵在"C 州革命同志会"里而坐谈着。"C 州革命同志会"的会址在 GT 里一号，一座洋楼的楼下；主持的人物是黄克业和霍之远。麦克扬和黄志锐都住在会里面的，这时候，他们都到街上去了。会里面只剩下着他们两人。

她拿着一封信，一面和霍之远谈话，一面在浏览着。"是那个人写给你的信？"霍之远问，双眼盯视着她的灼热的面庞。

"我不告诉你！"她羞红着脸说，忽然地把她手里的信收藏着了。同时，她望着他一眼，微笑着，态度非常亲密。

"告诉我，不要紧吧！"霍之远用着很不关重要的神态说。

"给你看吧！这儿……"她说着把信笺抽出来给他一瞥，便又藏起，很得意地笑着。

当他从她的手里抢着他的信时，她即刻走开，从厅上跑到卧房里面去。她一路还是笑着，把信封持在手上喊着说："来！来拿！在这儿！……"

他跟着她跑入卧房里去。她没有地方躲避，只得走上卧榻上去，把帐帷即刻放下，吃吃地在笑着。他站在帐帷外，觉得昏乱，但舍不得离开她；便用着微颤的手掀开帐帷向着她说："好好地给我看吧！你这小鬼子！"

"你自己拿去吧！哪！在这里！她喘着气说，指着她怀里的衣袋。这时，她只穿着一件淡红色的衫衣，酥醉芬馥的胸部富有刺激性，令他十分迷惑。……"

当他把她的信儿从她的怀里拿到手上时，他们俩的脸都涨红着。那封信是她的未婚夫蔡炜煌寄给她的。她已经有了未婚夫这回事，霍之远算是今晚才知道！他并不觉得失望，因为他实在没有占据她的野心。

林妙婵倒觉得十分羞涩，她说她不喜欢她的未婚夫，他们的婚约是由他们的父母片面缔结的。她说，她对于婚姻的事件现在已觉得绝望；但愿结交一个很好的、心弦合拍的朋友去填补她的缺陷。最后，她用着乞求的、可怜的声调半含羞半带颤地说：

"远哥！便请你做我的这么样的一个朋友吧！"倏然地，进涌的、不可忍住的泪泉来到霍之远的眼眶里。他的脸为同情所激动而变白，他用着一种最诚恳、最柔和的声音说："婵妹！好吧！你如不弃，我愿意做你的永远的好友！"

他俩这时都十分感动，四只眼睛灼热地对看一会；微笑的、愉快的表情渐渐来到他们的脸上。

他们，最后，手挽着手地走出会所来，在毗邻的一片大草原的夜色里散步。这大草原很荒广，有一个低低的小山，有些茂密的树林，在疏星不明的夜色下，觉得这儿一堆黑影，那儿一堆黑影，十分森严可怖。他俩挤得紧紧的，肉贴肉地走动着。一种羞涩的、甜蜜的、迷醉的、混乱的狂欢的情调，把他们紧紧地缚住。倏然间，她把她手指上的一只戒指拿开，套上他的手指上，用着一种混乱的声口说："哥哥！我爱！这件薄物给你收起，做我俩交情的纪念！"

他是过度地被感动了！他的心跳跃着，惶惑着；极端的欢乐，混杂着极端的痛苦。他轻轻地拿着她的手去摸按着他的甜得作痛的心，做梦似的说："妹妹，我爱！我很惭愧，没有什么东西赠给你，赠给你的只有我的荒凉的、破碎的心！"

他在哭着，她也在哭着，两人的哭声在夜色中混成一片。

四

这日，霍之远在中央党部×部里面办公。这×部的部长姓张，名叫平民，年约五十岁，但他的头发和胡子都苍白了，看起来倒像是六七十岁的样子。他的两眼灼灼有光，胡子作戟状，苍白色的脸，时常闪耀着一种壮烈之光，这种表情令人一见便会确信他是在预备着为党国、为民众的利益而牺牲的。

×部部里的秘书是黄克业，矮身材，年约三十岁。面色憔黄，眼睛时时闪转着，一见便知道他是个深沉的、有机谋的了不得的人物。他每日工作十余小时，像一架器械似的工作着。他显然为工作的疲劳所压损，但他只是拉长地不间断地工作着，好像不知"休息"是怎么一回事！霍之远坐在一只办公台之前，燃着一支香烟在吸着。办公室内的空气异样紧张。电风扇在转动着的声音，钢笔着纸的声音，各职员在工作间的吸息的声音，很匆促地混成一片。霍之远的案头除开主义一类的书外，还放着一部黄仲则的《两当轩全集》，一部纳兰的《饮水词》。这在他自己看来，至少觉得有些闲情别致。

他是个把革命事业看作饶有艺术兴味的人，但当他第一天进到部里办事时，他的这个想法便完全给现实打破了。他第一天便想辞职，但怕人家笑骂他不能耐苦，只得机械地干下去。现在，他可算比较的习惯了，但他对他这种工作总觉得怀疑和讨厌。

"我们这一班人整日在这儿做一些机械的工作，做一些刻板的文章，究竟对革命的进行有什么利益呢？"他时常有了这个疑问。

他觉得任党部里面办公的人们大概都是和他一样莫名其妙在瞎干着一回的多；他深心里时常觉得这班人和他自己终竟不免做了党国的蛀虫。

这时候，他一面吸着香烟，一面在写着文章。他部里拟在日间出一部《北伐专刊》，他是这刊物的负责人员，故此，他必须做一二篇文章去塞责。他思索了一会，觉得文思很是滞涩，只得溜到办公室外面散步一会去。他走过一条甬道，和一个会议场，在两池荷花、数行丝柳的步道上继续思索着。一两声蝉声，一阵阵荷花香气，解除了他的许多疲倦。他立在柳荫下，望着池塘里面的芬馥的荷花吐了几口浊气，深呼吸一回，精神觉得实在清醒许多了。"男儿作健向沙场，自爱登台不望乡；太白高高天尺五，宝刀明月共辉光！"他在清空气中立了一会忽然出神地念着黄仲则这首诗，心中觉得慷慨起来，眼上蒙着一层热泪。

"啊！啊！慷慨激昂的北伐军！"他自语着，这时他昂着首，挺着胸屹立着，一阵壮烈之火在他怀中燃烧着。他觉得他像一位久经戎马的老将一样。"啊，啊！我如果能够先一点儿预备和你们一同去杀贼，是何等的痛快！是何等的痛快呢！……"

他正在出神时，不提防他部里头的同事林少贞从他的背后打着他的肩说："Mr.霍！你在这儿发什么呆？"他吓了一跳，回头向他一望，笑着说："在这儿站立一会，休息一下子呢！"

林少贞也是个很有文学兴趣的人，他失了一次恋，现在的态度冷静得令人害怕。他对霍之远算有相当的认识，感情也还不错。

他们谈了一些对于文艺的意见和对于实现生活的枯寂乏味、便都回到部里头做文章去。

这时，他纵笔直书，对于北伐军的激昂慷慨、奋不顾身的精神，和对于在军阀压逼下的人民的怎样受苦，怎样盼望 K 国府的拯救，都说得十分淋漓痛快。

时候已是下午四点多钟了，软软的斜阳从办公室的玻璃窗外偷偷地爬进来，歇落在各人的办公台上，在各人的疲倦的脸上，在挂在壁间的总理的遗像上。霍之远欠伸一下，打了一个呵欠，便抽出一部黄仲则的诗集来，低声念着："仙佛茫茫两未成，只知独夜不平鸣；风蓬飘飘悲歌气，泥絮沾来薄幸名。十有九人堪白眼，百无一用是书生！莫因诗卷愁成谶，春鸟秋虫自作声。"

念到这儿，他不自觉地叹息一下。自语着说："可怜的黄仲则啊，你怕是和我一样薄命吧！唉！唉！假若我和你生当同代，我当和你相对痛哭一番啊！……"他眼睛里模糊糊地像给一层水汽障蒙了。忽然，两个女人的丽影幽幽地来到他的面前。她们都含着笑脸对着他说："之远哥！我们来看你哩！"

他做梦似地惊醒回来向着她们一笑说："坐！这儿坐！啊！啊！你们从哪儿来呢？"

这两位女来宾，一位是林妙婵，一位是她的女友谭秋英。谭秋英比林妙婵似乎更加俏丽；她的年纪约莫十七八岁，剪短的发，灵活的眼睛，高高的鼻和小小口。她的态度很冷静，镇定，闲暇。她的热情好像深深地藏在她的心的深处，不容易给人一见。

霍之远和她认识，是在几天前的事。她是 C 城人，在厦门女校和林妙婵是同班而且很要好的朋友。她住在离中央党部不远的长乐街，半巷，门牌十二号的一座普通住屋的二楼上。她的父母早已辞世，倚着她的兄嫂养活。她的冷峭和镇定的性格，大概是在这种环境下面养成的。那天，下午，适值霍之远部里放假，林妙婵便邀他一同去探她。他一见她便很为她的美和镇静的态度所惶惑。从那天起，他开始认识她，和羡慕她了。

这时候，她竟和林妙婵一同来访他，这真是令他受宠若惊了。不过，他是个傲骨嶙峋的人，他对于一切热情倾倒的事，表面上常要假作冷静。要不然，他便觉得过分地损害他的自尊心了。所以，这时候，他对待他的两位女友，断不肯太过殷勤的。但，据旁观人的考察，高傲的霍之远在这种时候，总是失了常态的。

"我们在家中谈了片刻，闷了便到这儿来找你！你现在忙吗？和我们一道到外面游散去，好吧？——呵！几乎忘记了？秋英姊还要请你送一些主义类的书籍给她呢！"林妙婵说，她这时正坐在办公台前面的藤椅上，望着霍之远笑着。

谭秋英静默着，脸上起了一层薄薄的红晕。她和林妙婵坐在毗连的一只椅上，望着霍之远笑着，不曾开口。霍之远离开座位，在宣传品的书堆里抽出几部他认为价值还高的主义类的书出来，叫杂役包着，亲手递给她。他的同事们，都偷着眼向他盯望，在妒羡他的艳福。时候已是下午五点钟，部里停止工作了。他和她们一同走到街上去。他觉得他的背后有许多只眼睛在盯视他。他有点畏羞，同时却觉得颇足以自豪。他和她们摇摇摆摆地走了一会，终于走到第一公园去。

第一公园，距粤秀山不远，园中古树蓊郁，藤蔓荫荫，一种槐花的肉香味，塞入鼻孔，令人觉得有些闷醉。他们在园中散步了一会，择着一个幽静的地方坐下去。霍之远坐在中间，她们坐在两旁。各人都凝眸注视那如画的园景，在静默中听见一阵阵清风掠叶声，远远地浮动着的市声。各人吸息幽微，神情静穆。

林妙婵把被风吹乱的鬈发一掠说："风之琴梳着长林，好像寂寞之心的微音！……"

"啊！好凄丽的诗句！不愧一个女文学家呀！"霍之远赞叹着说。

"啐！……"林妙婵，脸上羞红地瞪着霍之远一眼说。"真的！说得不错！女文学家！女文学家！"谭秋英附和着说。

"你们联合战线起来了！……哼！我不怕！女文学家便女文学家！不怕羞！看你这女革命党！"林妙婵赌着气说，把手指在自己的脸上划着，羞着她。

"你这小鬼仔，谁和你说我是女革命党呢？你自己急昏了，便乱扯人！……"谭秋英也赌气说，走过林妙婵这边来，痒着她的袒露着颈部。林妙婵忍不住痒，便扑通地倒入霍之远怀里去一面求饶。谭秋英戏谑着她说："看你的哥哥的面上饶了你，要不然，把你的嘴都撕开来呢！"

这样乱了一阵，大家都觉得很愉快。过了两个钟头，已是暮色苍茫，全园都在幽黑的领域中。他们才一同回去。

五

现在是初秋天气了。岭南的秋风虽然来得特别晚些，但善感的词人，多病的旅客却早已经在七月将尽的时候，觉得秋意的确已经来临了。霍之远这时正立在 S 大学的宿舍楼栏里面。是晚饭后时候，斜阳光很美丽的，凄静的，回照在明远楼的涂红色的墙上，在木棉树的繁密的绿叶上。这种软弱无力的光，令人一见便觉得凄然，寂然，茫然，颓然，怅然！霍之远忽然感到寂寞，幽幽念着："终古闲情归落照！"

他的眼睛远视着在一个无论如何也是看不到的地方，显然是有所期待而且是很烦闷似的。他似乎很焦躁、很无耐性的样子。在这儿立了一会便跑到那儿，在那儿立了一会，便又跑回这儿来。他的眉紧蹙着，脸色有些为情爱所浸淫沉溺而憔悴的痕迹。学校里上夜课的钟快打了，一群在游戏着、喧哗着的附小的儿童渐渐地散完了。广场上只余着一片寂寞。楼栏里只站着一个憔悴的他。

他的心脏的脉搏跳跃得非常急速，呼吸也感到一点困难。有些时候，他几乎想到他的心脏病的复发是可能的事。他觉得有点骇怕。他所骇怕并不是心脏病的复发，而是他现在所处的地位已经有点难于挽回的沉溺了。他一心爱着林妙婵，一心却想早些和她离开。他俩是太亲密了，那种亲密的程度，他自己也觉得很不合理。

林妙婵已于两星期前从黄克业家中搬到广九车站边的一座漂亮的洋楼的二层楼居住。同居的是林小悍的二妹妹林雪卿（病卿是小悍的大妹）和他的妻姨章昭君。另外同住的还有一个男学生名叫张子桀。一星期前，妙婵的未婚夫也从他的旧乡到 C 城来，现时同她一起住在这座洋楼里面。

林妙婵所以迁居的原因，说起来很是滑稽而有趣。原来黄克业的老婆是个旧式的老婆，她很愚蠢、妒忌和不开通。她的年纪约三十岁，为着时髦起见，她也跟人家剪了发，但除开时髦的短头发而外，周身不能发现第二处配称时髦的地方。她生得很丑，很像一个粗陋的下等男人的样子。她有一个印第安人一样的短小而仰天的鼻，双眼灰浊而呆滞，嘴大而唇厚，额小而肤黑。她的身材很笨重，呆板，举动十分 awkward！但她的妒忌性也正和她丑态成正比例！

林妙婵刚搬进她的家里时，她的美丽本身已大足令她妒忌。当黄克业和林妙婵在谈话时，她更是妒忌得脸色青白，印第安人式的鼻更翘高起来；喃喃地说着许多不堪入耳的话。后来，她又看见霍之远和林妙婵很是爱好，更加愤恨，整日指桑骂槐地在攻击着她。攻击的结果，便促成林妙婵的迁居。

她迁居后，出入愈加自由，她和霍之远的踪迹便亦日加亲密起来。

　　前天晚上，林妙婵和霍之远一道到电戏院去。院里一对一对的情人叽叽咕咕在谈话。他俩当然亦是一样的未能免俗了。这晚，她身上穿着白竹纱衫、黑丝裙，全身非常圆满，曲线十分明显。她的易羞的表情，含怨含情的双眼，尤易令人迷醉。

　　这晚×电戏院演的是《茶花女》，剧情十分缱绻缠绵。霍之远坐在他的皇后身边，过细地欣赏着她的一双盈握的乳峰。他觉得她全身之美似乎全部集中在这乳峰上。它们这时在他的皇后的胸前微微闪现着。他有点昏迷失次，全身的血都沸热了。

　　她的两只灼热的眼睛，含情而低垂。她的脸羞红着，膝部压在他的膝部上，心上一阵阵的急跳。她是不能自持的了，全身倾俯在他的身上。

　　"糟糕"，霍之远昏乱间向着自己说着。"现在更加证实我和她已经是在恋爱着了，啊！啊！这将怎么办呢？一个有妇的男人和一个有夫的女子恋爱，这一定是不吉利的！ Oh! To love another man's wife. It is very dangerous, very dangerous indeed!"……他觉得有点临阵退缩了，他恨今晚不该和她一同来看电戏。但，他的另一个心，却感到无论如何再也不愿离开她。

　　"老天爷！"他想着。"我的荒凉的、破碎的心！我的悲酸的、ruin 的生命！我！我！我既不能忘弃旧情，又哪里能够拒绝新欢！唉！唉！在情场上我完全成了一个俘虏了！我不知怎样干，但天天又是干下去；这便是我的陷溺的最大原因！唉！我不能寻求什么意义，我始终为着爱而堕落，而沉沦！老天爷，明知这样干下去是犯罪，但不是这样干下去，简直便不有生活！"

　　想到这里，他的心头觉得一阵阵凄郁，他的手已经在数分钟前摸摸索索，从她的短衣袖里面探进，冒险地去摸着她的令人爱得发昏的乳峰了！

　　她把她的手从竹纱衫外压着他的手，这样一来，她的乳头便是更受摩擦得着力了。

　　在这样状况之下，他和她昏迷了一个钟头，才清醒着！……

　　霍之远在 S 大学里面的宿舍楼栏上，回忆着这些新鲜的往事，觉得怅惘，凄郁。林妙婵的未婚夫，他已晤面几次了。他的年纪约莫二十二三岁，高大的身材，脸腔阔大，衣着漂亮。全身看起来，有点粗猛的表情，虽然他的样子还不算坏。他从上海的一个私立大学毕业。他本想在本年暑假期内和林妙婵结婚，但林妙婵不愿意，偷偷地逃到 C 城来升学。现在他自己跑到 C 城来，依旧要求她回去结婚。林妙婵依旧不愿意。他没有办法，只得守着她住着，一面托霍之远替他寻找一件职业。

霍之远自见林妙婵的丈夫和她同居之后，他便不太愿意和她见面了。但，他老是觉得寂寞。他这时候站在幽昏里，异常焦躁，双手抱着他的头，不住地，踱来踱去。"革命！努力地去干着革命工作！我要从朝到暮，从冬到夏地工作着！工作着！把我的筋肉弄疲倦了，把我的精神弄昏沉了，那样，那样，我便将再不会被寂寞袭击着了！……"

他最后，终于这样决定了。他的心头轻了一些，觉得这个办法是消弭他的幽哀的坦途大道。

他大踏步走进房里面去。蓦然间在他的书桌上看见一封信，那些娟秀的字迹一触到他眼帘时，他便知道那是谁写给他的，他踌躇了一会，便把它撕开，看着：

　　亲爱的之远哥哥：我今晚真是寂寞得很啊！你这几天为什么不到这儿来坐谈呢？真是……唉！难道我俩的友谊你已经怀疑着么！亲爱的之远哥哥，便请你忆起在大草原间的晚上我们俩是怎样的感动地呵！
　　……
　　我想不到你不来和我相见，是什么意思？这几天来，我恍惚堕入黑暗的坟墓里面去了，我感到异常悲哀！我真是……唉，快来看我吧，亲爱的哥哥！……你的妹妹，妙婵。

他看完这几行短短的信以后，脑中觉得异常混乱。"去呢！还是不去呢！唉！一个善于怀春的少女！一个善良的灵魂！她真是令我完全失却理性，不知怎样办才好了！糟糕！刚才千锤百炼的决心，这时候已经是完全动摇的了！……去吧！但是她的丈夫很令我讨厌、很妒忌！他见我和她在一处是不大能够容忍的。实在说，我和她也真是有点太亲密了！唉！……不去吧！那她可太难为情了！唉！为安慰着她起见，就是冒许多危险和不名誉，也不能够退缩的！……"

他终于这样决定了，立起身来，雄赳赳地立即跑向夜色幽深的街上去。过了十五分钟以后，他便到了他的情人住着的楼前了。他踌躇了一会，便走进去。

她住着一个街面的大房，林雪卿、章昭君和她同住在这大房里面。她的未婚夫住在一个后房，张子杰住在毗连厨房的一个小房里。这时候，他们都在厅上聚谈，厅上灯光照耀，亮如白昼。林妙婵和蔡炜煌，这时也在厅上坐着。他们的神色很不和谐；男的有些凶猛粗犷，像一只野兽预备捕食一只弱小的羔羊似的。但他显然地，流露着失望，因为他的强力，不能得到一个处女的心。女的有些仓皇失措，恐怖和悲哀压损了她的心灵，她的脸色苍白得和一张纸一样。霍之远和他们闲谈了一会，林妙婵便走到厨房里面煮水去。厨房离这厅上不过十几步远，林妙婵在那儿站立了一会便高声喊道："之远哥！之远哥！"

霍之远随着这个声音，走到厨房里面去。

厨房里面火光熊熊，壁上挂着一个藏盘碗筷子和各种杂物的柜；入门靠墙的左边，离地面二尺来高，有一个安放火炉和杂物的架。林妙婵正立在这架前烧炉呢。她一见霍之远，便现出怪可怜的样子来。她的脸色一阵阵红热，眼睛里闪出一层娇怯的、恳挚的、销魂的薄羞。她是很受感动了，一种感激的、恩爱的、心弦同鸣的表情来到她的脸上。

"之远哥！"她低声说："你这几天生气么？为什么老是不肯到这儿来呢！……现在我要感谢你，感谢你还不至于摈弃了你的可怜的妹妹啊……"说到这儿，眼泪溢出了她的眼眶，她的胸部在唤着气，声音窒塞着。

"妹妹！"霍之远说，他这时觉得一阵销魂的混乱，在他面前这个泪美人，这个为他而寂寞的少女，他觉得有拥抱和热吻的权利，但暗中有了一种力量禁止他这样做，那力量便是礼教的余威。"我很对不起你！……但我不能时常来这儿和你谈话的苦衷，你当然亦能够知道的。我……今晚本来也想不来这儿呢。不过……唉！我哪里能……"他的声音也窒塞了，他的销魂的混乱，因他的每句话而增加他的烦恼的搅扰。他的心似乎是裂着了。

猝然地，不能忍耐地，她把她的一只美丽的纤手伸给他。他的手儿颤动得很厉害，不自觉地去握着她的手。两人的血都增高沸热了。各人把畏羞的、飞红的脸低垂。在不期然的偷眼相望中，各人都增加几分郁悒和不安。"在这儿谈话太久，终是不便，我们到公园散步一会去吧！……"这个声音在霍之远的喉头回旋许多，终于进裂出来。

一种新鲜的喜悦，似乎在黑暗中摸索了许久，倏然间得到一星星光明似的喜悦在她的脸上跃现着。她似乎更有生气了，更活泼了，好像一朵玫瑰花在阴雨的愁惨憔悴中忽然得到一段暖和的阳光照在它的脸上一样。它把含情的、灼热的媚眼望着他，轻轻地点着头。这个要求，她分明是很高兴地答应了……

约莫十五分钟的时间过去了，她从厨房里走到自己的卧室中穿着得更齐整一些，便到众人依然正谈着话的厅上来。她很自然地、庄严地对着她的未婚夫说："我和之远哥到街上散步一会去便回来！"

她的未婚夫的脸色即刻变得很难看了，他恨恨地望着他们，勉强地点了一下头。

他们在街上跑了一会，冷冷的街灯，凉凉的晚风，澹澹的疏星，镇静了他们的情绪。他们是手挽着手地走着，当经过 S 大学时，霍之远心中一阵阵急跳，他害怕他给他的同学看见……

过了约莫一刻钟，他们发现他们已在第一公园里面了。一盏一盏的套着圆罩的电灯挂满在此处彼处的树腰上。全公园好像一个蔚蓝的天体，这些圆罩的电灯便是满天的月亮。人们在这天体间游行的，便是一些无愁的天仙。这儿、那儿屹立着的大树，便是在撑持天体使之不坠的巨人。这是何等的美丽，何等的神秘的一个公园啊！他俩这时拣到一个僻静的地方坐下。那儿有繁花作帐，翠叶为幕。他们在这种帐幕间相倚地坐下。这时，两人都似乎窒息着，喘着气，彼此的肉体故意地摩擦着，紧挤着。拥抱和接吻的要求在各人的心窝里都想迸发出来，但这种要求被制死着，被紧紧闷住着。在这种状况下，他们都觉得有一阵销魂的疼痛，烦闷的快感，柔腻的酸辛。两人的脸烧红着，额上有点发热。女的微微隆起的胸部，芳馥的肉香，纤纤的皓腕，黑貂般的眼睫，丰满的臀部在男性的感官里刺痛！男的英伟的表情，一只富有引诱性的灵活的眼睛，强健有力的两臂，很有弹性的坚实的躯体对于女性的憧憬着的男女间的秘密的刺激，令她有些难以忍耐……

在电戏院表演过那场鲁莽的举动，他们这时都不敢再轻于尝试了。沉默了五分钟以后，霍之远望着远远的碧空，想着些远远的事物，极力分散他的藏在脑海里的不洁的想象。他的努力，并非全归无效，他觉得他的确是清醒了许多。他开始地用着一种幽深的、渺远的神气很感动地向着他面前的女后说：

"亲爱的妹妹！……我是个堕落过的人，颓丧到极点的人，我想我不应该领受你的纯洁的爱！……我一向被无情的社会，恶劣的境遇压逼着、侵害着、刺伤着，我的沸热的心情，只使我变成支离的病骨！我的天真无邪的行动，只使我剩下一个破碎的、荒凉的心在我！唉！被诅咒的我！被魔鬼抓住的我！我的被毁坏的大原因，是因为我的同情心太丰富，我对于一切虚伪的、欺诈的、冷酷的权威和偶像太过不能讨好！和不忍讨好！我真是宁溘死以流亡，不愿向那腐败的、恶劣的旧社会的一切妥协！……在这旧社会里面，父亲和母亲牺牲了我，我的妻被我牺牲，同时我也被她牺牲！我的心爱的病卿！唉！唉！现在她的呻吟多病又是给谁牺牲呢？……以前我的所以颓废、堕落，一步一步走向魔鬼手里去，走向坟墓里面去，是因为这个缘故，现在，我的所以想戮力革命，把全身的气力，把剩余的血的沸热倾向革命也是因为这个缘故！……"他说到这里，声音有些嘶了，便歇息着。他望着林妙婵，澹澹的星光照在她的脸上，使她的面色变得分外苍白，她的手紧紧地握着他的手，血管里的血被同情涨热了。

"我一向"，他继续说着，"好像在人踪绝灭的荒林里过活一样，好像在渺无边际的大海里的孤舟中过活一样！人家永远不把同情给我，我也永远不想求得到人家的同情。有许多时候，我根本也怀疑'同情'这件东西了。我以为'同情'这两个字大概是不能于人类中求之！…但是，亲爱的妹妹！你为什么这样爱我呢？不要这样爱我，我想我是值不得你这样的怜爱呢！……而且，你这样的爱我，你的未婚夫会觉得不快意。是的，他今晚的表情不快意到极点了，我是知道的。亲爱的妹妹，我的不敢时常到你那边去坐谈，为的是恐怕对你的幸福有所损害！……但是，我敢向你坚决地表示，我始终是爱你的！爱着你好像爱着我的亲妹妹一样！……"

林妙婵的身体抽搐得很厉害，她全身倾倒在霍之远的怀上，脸色死死地凝望着霍之远。一阵伤心的啜泣，不可调解的哀怨，压倒了她。她想起她的未来的黑暗的命运，结婚后种种不堪设想的痛苦和被污辱！……她和霍之远的终有隔绝之日！她在他的怀里昏迷了。过了一刻，她才用软弱的声音说："哥哥！我爱你，我虽不能和你……，但我的……一颗鲜红的心……早已捧给你！捧给你了！……"

她的悲酸的声音，在微风里抖战着。……他们在这儿坐谈着，一直到深夜才回去。

六

又是过了两个礼拜，蔡炜煌因为害着肠炎病已于几天前入 H 路的 C 医院求医去。林妙婵本来已考进党立的 G 校，并且搬进校里面去，这时只得向学校告假，日夜去看守着她的未婚夫的病。

C 医院离 K 中央党部不远，它在 C 城的东门外，洋式的建筑物，甚是漂亮。在医院面前留着一片有剪齐的细草平铺着的旷地，旷地上杂植着一些西洋式的异草名花。晚上有许多白衣的看护在这儿蹒跚着，坐谈着。

医院是红色的砖砌成一个十字式，现出坚固、高峭和危屹的样子。屋顶栽着几个绿色的小塔，像戏台上的丑角戴着的"店家帽"一样，很滑稽而有趣。医院内满着各种药水的气味，气象异常阴沉而幽郁。

蔡炜煌住的是这座医院的三层楼 340 号房。房的方向，是坐北朝南。房里的壁都涂上白色，陈设简单。一个给病人安息的有弹弓床板的榻。榻的四脚下有铁的旋转轮，可以任意移动。朝着病榻的他端靠墙有一张小榻专给看病人的人睡着的。林妙婵现在每晚便是在这样的榻上睡着。

这医院因为是在郊外，故此每夜虫声如雨，窗外的黑影，像巨鬼的异象一样，令人一见十分恐怖。要是，在这里睡着的人，中夜从梦中惊醒，一阵凄楚的、恐怖的情绪便会使他透不过气来。林妙婵因为病人的坏脾气，和惊人的险状，夹杂着她自己的失眠、恐怖、忧急，弄得很憔悴。她每天抽闲的一二个钟头便走到霍之远面前去啜泣。在这个时候，她觉得全宇宙都是漆黑，只有在霍之远面前才得到光明；觉得全宇宙都是冰冷，只有在霍之远面前才得到暖和；觉得全宇宙都是魔鬼，只有在霍之远面前才得到保护。她的被病人吓得像荧光一样的脸，要在霍之远的面前才能回复她的玫瑰花的颜色。她的被病人蹂躏得刺痛的心，要在霍之远的面前才能回复它本来的恬静和甜醉。她的被病人叱责和诅咒的受伤的灵魂，要在霍之远的面前，才能得到它的安息的家乡。

霍之远，因为要避免蔡炜煌的妒忌起见，到医院去的时候很少。但，林妙婵的凄凉无依的状态和恳切真挚的祈求终使他对这医院的病室不能绝迹。

这晚，他在部里放工，吃了晚饭之后，照例地走到医院去看他一看。他害的是"小肠坏"；一入室便听到他不断地呻吟。他的脸完全无生气，深深的眼眶，嵌着两只无神的眼睛。他现出焦逼、烦躁、苦楚，在榻上辗转反侧，不能得到片刻的安定。斜阳光无力地照入病室，在他的完全憔黄的脸上荡漾着。他流着眼泪对着霍之远说："兄弟——我——很——感谢——你——你时常来看——我！——我——想——我——是——不能活——下去！……唉！……"

霍之远很受感动，用着悲颤的声调向着他说："不会的！你的病并不是十分厉害，只要你能够安心将息。医生说，多一二个礼拜你便可以完全好了。——总之，无论如何，你这时应当心平气和，神舒意爽。死生之念，得丧之怀，应当置之度外。——医生只能够医你的病的一部分，你自己医自己的部分比较还要大了一些呢。……"

病人点着头，只是呻吟，他的病显然不单是"小肠坏"那么简单，好像他的身心各部分都病起来似的。林妙婵这时穿着淡红色的衫衣，脸上因为废枕忘餐而苍白，神色有些恍惚不定。霍之远望着她，眼上一热说："婵妹！你亦要珍重些！……"

林妙婵望着他，觉得凄然，怅然，也是说不出什么话来。

过了一会，霍之远向着病人辞别说："煌兄，请你珍重吧！……明天我再来看你！……"

病人点着头，表示感激的样子。

林妙婵这时也站起身来向着病人说："我送之远哥下去吧，一会子便回来！"

这句话刚说完时，她已和霍之远一道走到病室的门口了。他俩在走廊上走动时，挤得比平常特别紧。他把他的左手按在她大腿上，她左手挽着他的腰。他们的脸都涨红着。

当他们行近楼梯口时，四面无人，她忽然故意地停住脚步，他也凝眸看她。

"之远哥！你亦要珍重呢！你近来瘦削得多了！……"她说着热热的珠泪，迸涌着她的眼眶。一阵软弱使她全身的重量都栽在霍之远的身上。

他挽着她再向前行，用着悲颤的声调向着她说："可怜的妹妹！………你好苦啊！……"

"之远哥！"她说："我怕得要命呢！他的病时常发昏，说神说鬼！我日夜被他吓得透不过气来。——他平时的脾气已经是很坏。每一不如意，便捶胸撞头。现在更凶了，大小便不能够起身，都要我服侍他；稍一不如他意时，便破口大骂！——唉！……"

霍之远这时在一种沉醉而又发昏的苦痛中，心里为一种深厚的同情和销魂的痴迷所惑乱！他的青春的热力，在这样阴沉的、愁惨的、迷惑的状况中焦灼着，压抑着。他被一种又是缠绵又是急促的情调纠缠着。一阵阵娇喘的声音，从林妙婵的胸口裂出来，刺入他的耳朵里，他的涨满着血的脸上，登时变成苍白。

"我爱！你怎么这样悲哀呢！"他喃喃地说着，不自禁地吻着她的膀臂。

他们已是走到医院门口了，在杂植着相思柳、紫丁香、洋紫荆、洋朱藤、和各种杂花的草地上只是踌躇着。夜色混合着花香，洒满着他们的襟颜。这儿，那儿有许多白衣，白裙的看护妇的迷离的笑声和情影。

忽然，一个惨烈的、悲嘶的声音从病人的室里冲出来。这个声音是这样愁惨可怜的，正如一只山猪给猛虎衔去时的悲鸣一样。他们都为这声音所震动，因为这个声音似乎有些像他们熟识的病人吐裂出来的声音一样。他们即刻跑回三百四十号房去。当他们走近三百四十号房时，这种尖锐的、悲惨的声音，继续由房里冲出，中间杂着一二句诅咒的话头。

他们冒险走进房里面去，蔡炜煌在榻上抽搐着，口里的惨叫停止了。忽然他把他死死的眼睛盯视着他们两人。随即喘着气向着林妙婵大声叱骂："你！——瞎！你——死——去——了吗？！你——这——瞎——小——娟——妇！——嘻！——嘻！——泼货！——你——快——些——把我——勒——死——罢！——"

他一字一喘，骂了这几句，便又狠狠地瞪着他们一眼，随即昏去。

林妙婵只是哭，急得连半点主意都没有，紧紧地挤在霍之远身上，全身抽搐得愈加厉害。她把双手遮着目，不敢再望榻上的病人。

霍之远这时也急得心寒胆战，他一面安慰着林妙婵，一面在筹思着办法。过了一会，他觉得非打电报给病人的家属不可。他很确信，病人已是没有活起来的希望了，一个深刻的怜悯之念，来到他心头，热热的泪珠在他的眼眶里迸出。

"唉！唉！悲哀！悲哀之极！"他下意识似地说着。这时，他的脸吓得像幽磷一样凄绿，额上浴着冷汗。病人昏迷的时间是这么悠长，有些时候霍之远以为他是完全死去了。他急遽间从抽屉里抽出一片纸来，用自来水笔写着：

厦门 ×× 街 ×× 号转，述兄：煌病危，速来！
C 城，C 医院林。

他抽了一口气，对着这张电稿打了几个寒噤。辞别了林妙婵，他抱着这张电稿，走向电报局去。

七

八月十五的晚上，一轮皓月已在天上凝视人间。这一夜的月色，在中国的传说上和闾里间的习俗上都觉得是最美丽而有趣的一夜。尤其是，闺女们把她们酥醉的芳心，少妇们把她们温馨的梦语，在裳飘带转的嫦娥的辉光之下为她们的意中人祝福跪拜，更属韵致。

C城的中秋，也有它的特别热闹的地方。这一晚，除开一些痴儿女在拜月怀人外，其余的大概都到珠江江面荡舟去。"珠江夜月"本来已是C城中几个胜景中之一；而当这十里清光，万人细语，在这清秋胜节之候，在这一般人认为有特殊的历史性的美的传说中，当然更加令人觉得有流连的必要。

霍之远，独自个人在S大学宿舍里面的楼阑上对月呆坐。他的几位好友罗爱静、郭从武、林小悍和他的几个同乡组织一个"赏月团"。他们这时候，都已经到珠江江面荡舟去了。他本来亦是团员之一，但他托故不去，独自个人在这清冷的宿舍里面，别有所待。

他穿的是一套银灰色的称身西装，坐在一只蹩足的藤椅上，神情寂寞，脸上从月光下望去，格外显出清瘦。他的左脚踏在楼板上，右脚下意识似地在踢击着楼阑；双手交叉着放在胸前。他的头左摇右摆，倏然间大声念着："十里瑶光伤积愫，满楼衣影怯秋寒！"

这个颤动而哀紧的声音，打破了楼阑里的沉寂。"唉！唉！"他叹息着，眼上渐觉为泪光所模糊。"我完全迷失了理性，完全在她的像醍醐一般的浓情里陶醉了！唉！我的像残灰一般的生命，终当为她再燃！我的像冰雪一般的情怀，终当为她再热！在这世纪末的情怀里，闹市病的凄况中，遇见她，当真是我的生命史上激起了一个美丽的波澜！但！心灵贫弱的我，一向在过惯破碎生活的我，战斗力不足的我，对这目前的幸运，觉得实在有点恐怖！可是命运早已使我柔顺地做她的奴隶了，我的一颗心早已不知不觉地呈给她，揉在她的手心内了……唉！她这时候为什么还不来呢！七点钟，七点半钟，时候已到了，她为什么还不来呢？……"

霍之远那夜到电报局打电报后，蔡炜煌的哥哥蔡述煌隔了三天便即赶到。蔡炜煌的病势，日见沉重，他见他的哥哥赶到，向着他泣着最后的数行眼泪后便即神经错乱，认不出谁是谁来。林妙婵现在比较有了闲空了，她除看视病人外，晚上总抽出几个钟头来和霍之远厮守着。这时候，正是他们晚上幽会的时候了，霍之远所以不肯和他的朋友一同到珠江江面去荡舟，老是在这校舍里而等候的，也正是为着这个缘故。

月儿今晚的确是特别美丽得多，她在天际俏立着，是这样的娉婷，婀娜，风流。她把别离的凄清，相思的愁怨，倦废的寂寞，沉醉的温馨传送给人间；她自己却永远是羞怯的、镇静的、未曾动情过的。但，她今晚的确是比平时更加美丽得多了。

这时候，一个娉婷的影，踏着花荫，在月光下幽幽地移动着，一步步地走向霍之远坐候着的楼阑那边来。过了几分钟，这娉婷的影已立在霍之远的面前，把等候得不耐烦的霍之远高兴得跳起来了。

"亲爱的婵妹！"他握着她的手，亲热地低唤着。"亲爱的远哥！累你久等了！"林妙婵说，软软地挤在霍之远的身上。

"到房里面坐谈去罢！"霍之远很神秘似地说，他的声音为销魂的愉快所窒塞，他的脸热热地涨着血。林妙婵很柔媚地望着他一眼，跟着他走进房里面去。

"……"

两人沉默了一会，在寂静的卧室里面，彼此都感觉到一种沉重的压逼，透不过气来。林妙婵的脸完全羞红着了，她的头低垂着，两眼脉脉含情。霍之远坐在卧榻上，用着怜爱的、动情的、灼热的目光望着她。一个神秘的、诱惑的、不能压制的肉的渴望，拥抱和接吻的念头来到他的心窝里。同时，他因兴奋过度而焦灼，觉得有一种窒塞着的烦闷。

"到校园去罢，今晚的月色好得很啊！"他对着林妙婵发梦一般地说着。这时，他完全在一种浪漫故事的情境中陶醉了。

"今晚的月色真的是很美丽的！""到校园里去很好，我很赞成！"林妙婵答，她的态度很是自然而真挚。她今晚穿的是一套称身的女学生制服，身材俏丽，玫瑰花色的脸庞在电灯光下发亮。她心里怔忡着，又是含羞，又是快活。

是晚上八点钟前后了，霍之远和林妙婵离开灰褐色的宿舍，走到充满着月色花香的校园里去。校园里是这么美丽，幽深，神秘。翠竹秀拔、苍松傲郁、洋紫荆俏丽、法国梧桐萧疏、狮子勒、珊瑚树、九里香、铺地锦、紫丁香……把地面饰成一个盛装的少妇一样。他俩这时站在一株蔷薇花之前，霍之远翘着首吮吸着那如梦如烟的澹荡的月华，他的心觉得缥缥缈缈的，像在月光中游泳着一样。过了一忽，他转过头来向着她呆呆地望，她的美丽的小脸，她的映着月光的胸前令他完全迷失了。他发狂地搂抱着她，把她狂吻了一阵。他的心中觉得一阵以前未曾感觉过的愉快。

"亲爱的妹妹！"他喘着气说，把头靠在她的怀里，听着她心脏里急亢的脉搏的声音。"我的上帝！我的灵魂！我的生命！……"热热的眼泪，不停地从他的眼里滚出来，他觉得他太幸福了。

林妙婵把她的一双莲藕般的手腕紧紧地挽在霍之远的颈上。她像怕他走开了去似的用力地挽着，这使霍之远的颈上觉得有些疼痛了。他们只是把灼热的，不！喷火的眼睛相望着，像饮了猛烈的酒精一样的陶醉。过了许久许久以后。她才幽幽地向着他说：

"亲爱的哥哥！我第一天见你时便吃了一惊，我的心便跳个不住了！你还记得第一天在黄克业先生家中相见时的情形吗？你那时在电灯光下踱来踱去的念着苏曼殊的诗。你的声音像音乐一般的打动我的心弦。你的那种一往情深的态度真是令我一见陶醉哩！那晚吃晚餐的时候，你望着我很自然地问着我的姓名，我时常羞得满面涨红。哥哥！你的态度是多么天真烂漫啊！你真是令人一见，便觉得多么可爱啊！……"

月光如银，亮亮地披在他俩身上。树影儿软软蠕动，竹叶儿微微颤摇，一切的花儿，叶儿把冶红妖绿画出一个美丽的乐园。一切的经过是太美丽的了，他们都几乎以为在做着梦！

为要证实这在进行着的 romance 还不至于离开事实，霍之远竭力想说出几句话来。但，他毕竟是太陶醉的了，更哼不出一个字出来。林妙婵嘚着嘴儿，闪着眼儿，在半醉半醒的状况间继续着说：

"那晚，我最不愿意听到的，便是你已经结婚和有了孩子的消息！我觉得失望，这真奇怪！亲爱的哥哥！为什么我一见便会这样倾心于你呢？"

"呵！"霍之远已经失却他的说话的能力了。他的强健多力的双臂总离不开她的像玉一般的肢体，他的胸部和腹部要是离开它们的温柔的陪衬物时便觉得痒痛！他的喉为热情所燃烧而干渴，他的眼闪着情火，他觉得他差不多要发狂了的样子。

夜渐深了，凉露湿衣，轻寒剪面。他俩只是拥抱着、接吻着，接吻着、拥抱着，忘记了天地间除了拥抱和接吻之外，还有别的事体存在了。

八

三天后的一个清晨，晓日初升，几声鸟语从茂密的玉兰树掠过 S 大学宿舍的楼阑。霍之远在卧榻里醒了一会，懒懒地斜躺着未曾起身。他盯视着帐纹出了一回神，连连地打了几个呵欠。

"我和她的关系，将来怎样结束呢！"他又想起和林妙婵两人间的问题来。他把他的眼睛合上继续地推想下去。"咳！糟糕！我爱她吗！是的，我现在便从客观的情形上看起来也不能说是不和她有了恋爱的关系了。已经连拥抱接吻都实行过，已经无日无夜地在说着情话，难道还说不上有了爱情吗？真糟糕！真糟糕！我更会和她恋爱起来！真的，这不但我自己是这么想！便连我的几个好朋友和许多同乡都在攻击我了！他们都在积极地攻击着我和她恋爱！咳！讨厌！我真不愿意听到他们有这般的批评呢！"他翻过身来，把他的足跟敲着床板一下表示他的不快；把眼睛望着帐外一眼，一列崇高的大树远远地射进它们的幽绿色的光来。他又沉默地想着："咳！神经质的她，多愁善感的她，假使因我对她的无情而令她走到死亡之路去，我的罪恶可更大了！咳！前天昨晨，她的态度是多么令我感到怜悯和凄恻呢！她一早便走来见我，推开我的帐，握着我的手只是流泪。我问她为什么那样伤心！她更出我意料之外地说了这几句，'我祝他早死啊！他早一日死，我早一日脱离地狱！'我感到心痛，我知道她的决心了！我知道她对我的期望了！……唉！真可怜！一班缺乏同情心的批评家哟，他们要是能够知道这里面所包含的是什么意义，又何忍这样的来攻击我呢！可是，我的悲哀倒不是因为得不到这班人的同情能悲哀；我的悲哀的真原因，是我的本身对于生命根本上起了怀疑，对于幻灭、死亡、空虚、苍茫的各种鬼影无法避去！唉！我的童年之心，我的欢乐之心啊！早已消逝！消逝！虽然，在和她拥抱的一两个钟头觉得有几分愉快和好过；但过后却更使我觉得凄惶和不安！预计将来的情形，我和她显然有非达到结婚不可的趋势。但，结婚后能够使我快乐吗？能够使她快乐吗？结婚后的大改革，对旧家庭的抛弃和牺牲，能够使我的心不流血吗？悲哀！这真悲哀！然而，——唉！这又有什么办法呢？唉！唉！"

"霍先生！霍先生！"忽然一个声音在他的帐前喊着。霍之远吓了一跳，张开眼睛看时，原来站在他面前的正是林妙婵和蔡述煌！他连忙起身，向着他们点了一下头。"好早啊！"他下意识似地说着，心中感觉到一点不吉的预兆。

蔡述煌年约三十岁，是个普通的、商人式的样子。他穿着灰布长衫，态度很是颓丧、绝望。他的苍白色的脸，脸上刻着一种说不出来的悲哀。

"炜煌已于今早四点钟的时候死去了！"他带着鼻音说，眼泪成穗地垂下。

林妙婵只是啜泣着,她望着霍之远只是打着冷噤,一种恐怖的、忧惧的、混乱的表情深深地刻在她的面上。"之远哥!……"她咽着泪说着这一句,便放声大哭起来。

霍之远在一种深厚的同情和充分的怜悯中喊出来:"哎哟!天哪!……但是,这亦是无办法的,述兄,婵妹正宜节哀。我们现在须要从速整理他的身后事。以后各人须要更加出多一分气力,做多一分事业,以慰安死者。我们不应该悲哀,不应该消极啊。……"

自从蔡炜煌死后,霍之远和林妙婵便一天一天地更加爱好起来了。蔡炜煌之死是给他们的命运上一个多么大的影响啊!

这几天,恰好霍之远卧病。正暮秋天气,碧空和一个深水潭般的澄净,凄沉。若在平时,他定会约几位好友到白云山巅去逛游一场,在那儿有一种渊静,萧疏的特殊的情调给他们领会。或者,会约着他的情人坐着同欧洲十七八世纪一样的马车到沙河去作一回漫游。在那儿,秋林掩映着斜晖,马蹄声杂着车轮辗地的声音,特别能够给人们以一种乡愁的刺激;那便可以令他和他的情人在马车里面挤抱着一同去领略那种 sweet bitterness。或者,当他还未曾离去 romantic 的猖狂时代,他定会对着秋风黄叶,散发大叫;念着,"长风万里送秋雁,对此可以酣高楼!"这两句诗后,便把他筐中的棉衣全数拿到当铺里面去换几块钱,即刻带着他的朋友们到酒家去喝个泥醉。

可是,他现在是卧病了,而且也是比较从前老成得多了;所以上面所说的那回事,他自然都做不到。他的病倒不十分紧要,不过躺躺几天便一定可以痊愈的热症。他在病里,亦实在未曾觉得寂寞;因为这场病从 prologue 到 the end,林妙婵女士始终是个殷勤而缠绵的看护者啊。在病中,在林妙婵殷勤看护里,霍之远时常这样想着;"唉!这回可更加没法了!她的未婚夫现在已是逝世,我和她的爱情可更是没遮拦的了!和她恋爱下去罢!把旧家庭抛弃,把不合理的旧婚约取消,从此在革命的、向光明的大路上走去吧!我不应该再在旧制度下呻吟了!我不应该和我的旧式老婆胡混着,过了暗无天日的一世了!但!唉!这其中亦正有难言之痛!……还是能够安安静静地生活下去好,我的精力应该全部集中在革命的事业上。我干一切的革命工作,都太不紧张和太浪漫了,我以后应该痛改才是!唉!唉!被帝国主义者和军阀双重压迫下的中华民族的民众正是求生不能、求死不得的时候;我!戴上革命者的面具的我,还不拼命去工作，拼命去干着打倒帝国主义者和打倒军阀的工作，这哪里可以呢？我！我还在这儿闹着恋爱问题，这哪里可以呢？……"是晚上时候，电灯照耀，霍之远躺在榻上，林妙婵坐在他的身边，替他捶腰。

"哥哥！你还觉得肚饿吗？我替你煮一碗白粥给你吃。"林妙婵把她的嘴放在他的耳边问。

"妹妹！谢谢你！我的肚子还不饿呢！我觉得很有点口渴！"霍之远答，他的炯炯的双眼朝着她望。她今晚穿的是一套 G 校的制服，淡灰色的襟裙，倒映着她的有病态的小脸，特别显出一种贞静、朴素的意绪。她的一双水汪汪的星眼，又是带着羞怯，又是带着无限柔情，它们似乎是在向人炫耀着说："We are the purest and holiest！""我去替你泡一盏浓茶给你喝！"她说着，便把她的额去亲着他的额上，自语着："还热呢！""妹妹！坐在这儿不要动，我病了几天真把你累坏了！……"

"也没有什么了不得的事，只是轻手，轻脚，用不着气力，怎么便会累坏人呢？哥哥！你也忒客气了！"她说着，便立起身来，即刻去替他泡着一盏浓茶，拿来给他。他坐起来，倚在她身上把那盏浓茶一口气喝完了，额上出了一额汗，精神觉得舒适了许多。

"妹妹！"他说，把头枕在她的颈上。"你对待我这样好，我不知道要怎样报答你才好呢！……唉！这时候，我好像睡在摇篮里受母亲之爱护；我好像躺在草坪上受阳光之暖照；我好像在黑漆的旷野里得到一线灯光时的安慰；我好像在苍茫的迷途里得到一个亲近的人来引导我到目的地去一样的快乐！唉！妹妹！你对待我这样好，我不知道要怎样报答你才好呢……"他越说越觉得兴奋，把林妙婵呆呆地望了一回之后，眼中一热，忽然淌下几点眼泪来。"哥哥！"林妙婵很受感动地说，把霍之远的手握着很出力。

过了一会，罗爱静、郭从武、林小悍几个人都从街上回来，走来看他。他们替他买来一些梨子、嘉应子、陈皮梅，拿来一剂药。

"老霍！而家觉得好的吗？"郭从武问。他是个高身材，阔臂膀，双眼英锐得可怖，粗暴而又精密，滑稽而又有真性情的人。他的年纪还轻，今年刚二十一岁。罗爱静和林小悍都在霍之远的面前坐下。林妙婵早已站在一旁和他们搭讪着了。

"今晚系双门底撞到一个女子，真系漂亮咯！渠的屁股，真系大的爱人！……"林小悍用着滑稽口吻说，他是个矮身材，面孔生得漂亮，性格倔强而高傲的人。他的年纪约莫二十二三岁。

"个个女子真系漂亮咯！老霍！可惜你病左，唔会同我的荡街去，失了里个机会咯！"郭从武赞叹着说，他一面说，一面笑，态度很无忌惮而活泼。

罗爱静只是沉默着，他望霍之远一回，望着林小悍诸人一回，望着室里面的灯光一回，始终是沉默着。他的年纪和林小悍一样大，戴着近视眼镜，面孔生得秀雅而苍白，态度沉默而迂徐，是个好性气的人。他在这几个人中，比较最有理性，头脑比较亦致密一些，但身体却是他最坏。他行路时，背有一些驼，显出不健康的样子来。他们再坐了一会，说着一些应该留意保养的话头，便把看护他的全部的责任交给林妙婵，跑回他们的房里去。"你们这班男人都喜欢说这些不尴尬的说话，真是讨厌极了！"林妙婵带笑说，她照旧地走到他的卧榻里面去伴着他坐着。

"他们也忒可怜了！一个个都是心高气傲，又看不惯这社会里面一切的虚伪的排场，因此索性变成滑稽起来了！唉，这班人实在最苦，你看他们表面上虽然是有说有笑，但他们的心都是不停地在流着血呢！（heart bleeding）我从前也和他们一样，现在比较是好了一些了！这也是妹妹的力量呢！"霍之远说。

这时候林妙婵忽然看见一个臭虫在霍之远帐里爬着，她便把它用指甲夹住，丢在地板上用鞋底踏死。一面笑着说：

"哥哥！你所以这样瘦的原因，大概是因为这里的臭虫太多罢！嗬！嗬！"

"它们蠕蠕而动，神态有点像个饱食终日、无所用心的花花公子一样，我有时倒是有点不愿意即时把它们扑杀，有意留着玩玩啊！哈！哈！"霍之远答。

"哥哥，这么说，有点太便宜它们了！嘻！嘻！"

"那也好，便请你给我执行这个肃清臭虫的职务罢！哈！哈"

"嗬！嗬！我来当刽子手，把这些丑类杀个干干净净！"

"勇敢！勇敢！你是个女将军啊！哈！哈！"

这样谈笑了一会之后，林妙婵便真个替他翻枕，推席，一心一意地在扑灭臭虫。

霍之远心中觉得异样感激，眼上渐渐地又是蒙上一层泪光。自幼便神经衰弱的他，十年来曾了一点人世的滋味，更加觉得社会上一切的结合大都是虚伪，一切的排场大都是欺诈，一切人与人的关系，大都是互相倾陷，互相诬蔑，一切的一切，都使他灰心，使他觉得活下去固然有些不妙；横起心来去干着自杀的勾当，却又未免有些愚蠢。半年来的决心革命，固然使他的意气稍为奋发一点；但他只是把光明和美梦，寄之未来的希望。在这资本社会里面得到一个两足动物的真挚的爱情，他觉得绝对是不可能的。这时候，不！自从遇见林妙婵的时候，他开始地觉得天壤间，究竟还有情的一字存在了！他觉得异样快慰，异样得意。

"啊！啊！我此生终算是不虚度了！我终于在生命的程途上得到一个真正的伴侣！我的生命的种子不致丢在冰雪地里，未曾开花结子便先被冻死了！我不至于在黑暗里面摸索终生，不至于再在灯昏人寂的时候，有了一种所谓'茫然'之感了，"霍之远躺在榻上，很感慨地想着，出神地在看着他的情人在替他扑杀臭虫。

九

霍之远日来很是忙碌，他预备到菲律宾去。菲律宾总支部在最近发生一个大纠纷，总支部的执行委员会破裂了，执行委员间互相攻讦，都来中央控告。中央拟派霍之远为党务专员，前到菲律宾排难解纷去。他的行李和一切启程的手续都弄清楚了，唯有美领事方面还未肯把他的护照签名，故此，他还未能够即时启行。他对于革命的努力和对于恋爱的狂热可说是兼程并进。他现在的意识和行动都革命化了。对于社会主义一类的书，他亦陆续地潜心研究了。"没有革命的理论，便没有革命的行动。"他觉得这句话，的确是说得不错啊。他现在工作很忙，除开在中央党部办公外，还要领导着一两个旁的革命团体做工作。他的思想，现在愈加正确而且不摇动了，他时常这样想：

"旧社会的一切制度都站在资产阶级说话。资产阶级用着经济的力量去压迫，榨取无产阶级；他们用着强大的海陆军、航空队去镇压各种叛乱；用着国家、朝廷、议会，官吏各种工具去惩罚各种暴动；用着宗教、道德、美术各种武器去柔服各种不平的心理。他们在国际上，形成资产帝国主义，专以欺压弱小民族为事；在本国之内，专以剥削工农无产阶级为其要务。中国的革命，第一个目标便是在消灭这种罪恶贯盈的资产阶级；在口号上，这种工作是对外打倒资本帝国主义，对内打倒资本家。第二个目标，我们要肃清半封建制度下的大小军阀；因为他们都是仰着资本帝国主义的鼻息，而且他们本身便是剥夺工农的资产阶级。我们的 K 党部，虽说是集合农工商学各阶级的力量去革命；但要是没有改良农工阶级的待遇，没有保障农工阶级的生活，叫他们没衣没食地去干着革命，这一定是不能成功的。……"

他的个人主义的色彩和他的浪漫的、不耐劳苦的习性，都已经渐渐改除了。他觉得从前把革命看作一件消遣品和艺术品，实在是不对啊。

"革命是一种科学，是理性的产物，纯情感的革命的时代已经是过去了。"他在最近已经有了上面这个确信。他和林妙婵二人间的恋慕，也日加深厚起来了。现在罗爱静、郭从武、林小悍诸人都时常地在讽刺着他。"老霍！呢等野真系坏蛋！咁浪漫点得呢！我的估你紧系要同 Miss 林恋爱起来，你拼命话我的系车大炮。而家，你重有话讲咩？成日同巨行埋一堆，鬼咁亲密；真系激人咯！（老霍！你这东西真是个浑蛋，你这样浪漫怎么能够呢？我们预料你和 Miss 林恋爱起来，你老是说我们在吹牛皮。现在，你还有什么话讲呢？你整天只是和她混在一块，亲密得令人可恨呢！）"

林小悍有一次特别和他开谈判，那是当他将被 × 部派到暹罗工作去的前一晚。那晚，他用着满腔的革命情绪和一种悲亢的声调同霍之远一道站在 S 大学的宿舍楼阑里面说："老霍，你要当心些！你别和 Miss 林真个恋爱起来！你要知道，现在许多同志都在我面前攻击你太浪漫，攻击你为 Miss 林所迷惑！实在说，除开你的太浪漫这一点，你无论在那方面都可以做这班在攻击你的同志们的领导者。譬如说 C 州革命同志会罢，这个会差不多是由黄克业和你二人缔创的。本来你在这个会的历史方面和一向的努力方面说，当然不失是一个领袖人才，但一两个和你意见不对的人都利用你和 Miss 林恋爱这件事来做攻击你的材料。他们说你只配勾女人，不配干革命事业！……实在说，你和 Miss 林也确实有点太亲密了。本来恋爱我是赞成的，但你又何必和这样一个寻常的女子情热起来呢？她又不见得有什么漂亮的地方，你为她的缘故，会牺牲你的家庭，牺牲你的革命事业，这又何必呢？"……霍之远对他的老友的忠告，觉得很有采纳的必要。但，当他碰着林妙婵时，他又有点混乱，把一切都忘记了。

这天，是星期日上午（那是在他的热病已经痊愈的两个星期后），林妙婵照例地来到 S 大学找他。他正在看着 *The Struggle of the Class*，在打算到菲律宾后对那儿的情形应该怎样处置。

——对那儿的群众大会，我应该有了一场怎样动人的演说。演说时，我的态度应该怎样慷慨激昂。我的演说的内容，每句话都要怎样打动听众的情绪。对那方面的纠纷，我应当调查它的真相，极力调解。万一纠纷不能停息时，唯有在当地开代表大会解决之。……根本的办法，我应当把那儿的工人统统组织起来，并且设法联络菲律宾的民族一同去干着反帝的工作！……

"哥哥！今天是星期日了，你也应该休息一会儿才是！你看，楼外的阳光映着树叶成为黄金色，天气是多么好呢！到外面逛一逛去罢，那一定是很有趣的！"林妙婵说完，把头靠在他的肩上。

"好的！我也很想到外面去跑一回去！你昨天晚上回去的时候赶得上点名吗？——实在说，你们的学校也太没有道理了！你们的教务长，尤其是荒唐！说什么你们一天到晚都是在找情人，所以晚上偏偏要点名！这真滑稽，找情人便找情人，这难道是什么了不得的坏事吗？——哈！哈！最可笑的，是你们 G 校门首，还贴着'男女授受不亲，来宾止步！'那几个大字哩！……"霍之远答。"哎哟！你又来了！你又在这儿吹牛了！我们学校的门首哪里有贴着像你所说的那几个字样！前几天因为有许多军人到那边白相去，教务长见他们嬉皮涎脸不成事体，便写了一条字条，贴在宿舍门首，写的是'女生宿舍，来宾止步！'并不像你所说的一样滑稽！"

"算了！那不是一百步和五十步么？我请问你，你们这班姑娘是不是在干着妇女解放运动呢？你们不但自己要解放，当然毕了业以后还要到民间去，还要深入民众里面去干着你们的妇女解放运动的工作。那时候，你们的脸上是不是还要写着'此是女学生，来宾止步'呢！哈！哈！……"

"唏！唏！你这个真是越来越坏了！横竖那张字也不是我写的，有道理也好，没有道理也好，我是不负责任的。现在去吧！我们到外逛游去罢！"

他们这样戏谑了一会之后，霍之远便穿衣纳履，忙了一会，拉着林妙婵的手跑向街上去。

他们先到第一公园去，在那儿坐了约莫一刻钟以后，便一道到雅园挥发去，挥发后，他们便一道到 F 古园去。F 古园，在六榕塔对面，原来是一个旧使署，现在可是荒凉了。但，那种荒凉特别饶有幽趣的。在那儿，落叶积径，没有人来把它扫除；苔痕在空阶上爬满，这时已是憔黄了。在那儿，有千百株交柯，蔽日的老树，树身上缀满青藤、翠蔓。这些老树荫蔽下的小径，是这样幽深，这样寂静。在那里走动着时，便会令人忘记现在是什么时代；便会令人想到太古的先民在穴居野处，有巢氏构木为巢的情调上去；便会令人想到中古时，许多避世的贤人在过着他们幽栖生活的情调上去。在这森林里面，风吹叶动，日影闪映，都会令人想到鬼怪的故上去。要是在星月闪璨照耀的夏夜，到这儿来散步，定会碰到像莎士比亚所著的《夏夜之梦》里面一样的鬼后，而且演出一场滑稽剧出来了。

在这个千百株老树掩蔽着的小径上走过去，便是一个绿草如秧的草场。这草场四面都围着茂密的大树，倒映着一个蔚蓝的碧落，碧落上，云影、日光，都在这草地上掠过。在那云影日光之下，令人想起遗世绝俗的生活，也有它的可以羡慕的地方来。但，这自然只是一个梦境，这梦境只可于中世纪求之，现在自然是说不到这些了。霍之远和林妙婵两个人在这 F 古园游耍了一会，觉得真是有趣。他俩都在草地上坐下，脸儿红红的在谈着话。"婵妹！跟我一块儿到菲律宾去罢！"霍之远说，这时他坐在林妙婵的背后，下体和她的臀部挤得紧紧，两手按摹着她的乳部。他的情态醉迷迷地，两眼尽朝着她望。"好是好的！但，我的父亲和母亲恐怕不答应我！"林妙婵说，她全身乏力，挤在霍之远的怀里。她的脸，全部羞红了，格外显出娇怯柔媚。

"不要紧，只要你肯答应，你的父母亲方面当然是不成问题的。到菲律宾去很不错，那儿听说风景很好，气候亦很温和呢。——不过，随便你罢！不去，也不要紧的"霍之远赌气说，不再拥抱着她了。

"去的！去的！你的性情真是太急了呢！"林妙婵说，她用力把他抱住，在他的额上接了一个吻。

"唉！我们俩这样不明不白地混下去，终非结局！"霍之远慨叹着说。

"这话怎讲？……"林妙婵问。

"……"霍之远沉默着。

"我们俩这样做着朋友，不可以吗？"

"……"霍之远仍然是沉默着。

"请你说，我们将来要怎么样才好呢？"林妙婵坚执地问着。

"唉！我想你一定已经明白了！"霍之远涨红着脸答。"我一点儿也不知道！你说，我们俩将来要怎样结局才好呢！"

"我们俩快要离别了！离别后，……唉！那亦是……""说不定，我也能够跟你一块儿去呢！"

"你不去也不要紧，我俩终有分手之日呢！……好！实在说，要这样，才算是个革命家啊！……"

"你的话到底是什么意思呢！是不是我有了什么对不住你的地方？"

"你当然没有什么对不住我的地方！我一向都是很感激你呢！不过，我们俩的关系我终觉得有点……"

"你为什么这样不坦白呢！……唉！你的家庭的情形我已经知道了！我俩……唉！"

"难道我俩就这样下场吗？我想，我们不当这样懦弱！"

"能够和你始终在一处，那当然是好极了！但，那是太把你的家庭牺牲了，我觉得终是有些不忍！""唉！我只是恐怕你的心里难过，你如果能……那，也好！唉！好妹妹！这样最好，我从明天起，便永远不和你见面了！好！我们分开手各干着各的革命去罢！""呃！呃！呃！……"

"唉！不要哭！我的性格是这样，我是个极端不过的人，我们要分开手便赶紧分开手罢！"

"呃！呃！呃！……"

"我现在对一切都不客气了！我对旧家庭预备下抛弃的决心了！我对我的爱情也是可以抛弃的！只要对革命有利益，一切我都不管了！你对我那种深刻的爱，本来我绝对是不能忘记的。但，如果你觉得还有些怕人攻击不敢干下去的意思，那也随你的便罢！"

霍之远这时躺在草地上，他的心一阵一阵的悲痛。他想如果能够和林妙婵分开手，实在也是很不错。但，他想到分手后两人间的凄楚的回忆，便不禁打了几个寒噤！"啊！薄弱！"他自己嘲笑着自己说。

过了一会，他又和林妙婵讲和，彼此搂抱得紧紧，脸上都溢着微笑了。

"我们依旧做好朋友罢！我们也不要牺牲爱情，亦不要牺牲革命。"他向着她说。他们回去的时候，斜阳已经软弱无力了。

十

又是两个礼拜过去了，霍之远还未能领到护照，只得依旧在 C 城羁留着。这时候，林小悍已到暹罗去，十多天了，罗爱静也已经由他介绍，一同在 × 部里面办公。郭从武也由他介绍，这几天便预备到安南去。

　　霍之远现在的脑海里愈加被革命思潮填满了。他现在很积极，他的人生观现在已变成革命的人生观了。那天，在林小悍将离开 C 州到暹罗去的离席上，他对着他的几位好友和几位同乡，半宣誓、半赠别似的这样说道："这时候，是我们的老友将要去国的时候，在这秋深送别的离筵上，要在平时，我们一定是要流泪，一定是要喃喃地说了许多温柔体贴的话头。现在，可是不同了。现在我们都已经是革命战阵上的战士了！我们现在欢送这位老朋友到异国去，无异说，我们要这位十分努力的革命战士把这儿的革命的力量带到异国去一样！我们饯别这位老朋友，不是简单地因为和我们有了情谊上的关系。他现在已经是站在党国的、民众的利益上去做他的冲锋陷阵的革命工作了，所以我们站在党和民众的立场上，更加要把他饯别一下，做我们的一种热烈的表示！我们希望他始终能够做一位勇猛的战士！死则马革裹尸而归，我们不客气地祝他能够为民众而死！真的！为民众而死！为民众的利益而死！这是件光荣不过的事！我们希望今天在这里喝酒的同志，一个个在革命的战阵上都有断头将军的气概！林同志现在要到国外努力去，我们依旧在这国内努力；在经纬线上虽有不同，但我们的精神却是始终不可不合成一片的！……"

　　他对林妙婵的态度，依旧热烈，但她的太柔顺的、太懦弱的、太没有主意的性格时常使他得到一种反感。可是他依旧很爱她。有时，他反而觉得她那种含羞而怯懦的表情，那种不敢痛痛快快干下去的固执性，特别地可以造成他俩的爱情的波澜。他觉得爱情是应该有波澜的，应该曲折一点才是有趣味的……。

　　她爱霍之远，几乎爱得发狂。她要是几个钟头没有看见他，便会觉得坐立不安。她天天晚上都到 S 大学来找他，早起的时候，也时常来找他。她日常替他做的工作都是一些最亲密和体贴不过的工作——譬如替他摺被扇蚊子，扑杀臭虫等事。拥抱和接吻，更是他俩间的家常便饭。但他和她谈及婚姻问题时，她始终是这样说："我和你一定不能达到结婚的目的！我和你结婚的时候很对不住你的夫人，对不住你的父母！——可是，我无论同任何人结婚，我敢说都是形式上的结合，爱情一定没有的。我——唉！我！我在这世界上始终唯有爱你一个人呵！……"

　　几天前！他俩一同到镜光照相店去拍着一张纪念爱情的相片。那张相片拍的时候，他俩挤得紧紧，两对眼睛都灼热地相视，脸上都含着笑。在这相片后面，他俩这样地题着：

为革命而恋爱，不以恋爱牺牲革命！革命的意义在谋人类的解放；恋爱的意义在求两性的谐和，两者都一样有不死的真价！

这张相片仅洗了两份。霍之远把他份下的一张放在枕头下面。每当中夜不寐，或者在工作疲倦之余，他常把它偷偷地拿出来，出神地欣赏了一会。

这晚，是个大雷雨之晚，林妙婵依旧在霍之远的室里坐着。陈尸人机械地在做着他的论文，他做的都是一些不通和反动的论文，便他因为做得很多，所以社会上有许多人在赞许他是个了不得的革命家，一个饱学的革命论文家！

霍之远很感觉到有兴趣地站立在楼栏里面，听着雷声雨声，和看着电光。他把头发弄得很散乱，口里不住的呼啸着。

"呵！呵！伟大！伟大！呵！呵！雷呵！雨呵！电光呵！你们都是诗呵！你们都是天地间最伟大的文学作品！你们都是力的象征！都是不屈不挠，有声有色的战士！呵！呵！我在这儿听见你们的斧凿之声！听见你们在战场上叱咤喑呜之声！听见你们千军万马在冲锋陷阵之声！我在这儿看见你们的激昂慷慨的神态！看见你们独来独往的傲岸的表情！看见你们头顶山岳，眼若日星的巨大的影子！你们都是诗的！你们的声音，你们的容貌，你们的行动都是诗的！啊！啊！只有你们才是伟大！才是令人震怖！……"

"哥哥！进来罢！莫只管站在楼栏发呆！你的外衣都给雨水湿透了！……"林妙婵说，即时把他拉到室里面去。

"啊！伟大！伟大！我们的人格，要像这雷，这雨，这电光一样才伟大！啊！伟大！被压逼的十二万万五千万人要像这雷，这雨，这电火，起来大革命一下才伟大！……呵！呵！伟大！伟大！"霍之远继续说着。"啊！伟小！伟小！你这样发呆连外衣都给雨水湿透，才是伟小呢！嘻！嘻！"林妙婵吃吃地笑着，她把他的外衣脱去，挂在衣架上。

"啊！妹妹！我们不要懦弱了！我们还是干下去罢！你那种态度，我很不敢赞成的！你何必把你一生这样的糟蹋！来！我们手挽着手，冲锋陷阵罢！我们要在荆棘丛中去辟开一条大路，要在社会的诅咒声里去做我们的光明磊落的事业。我们应该前进，永远地前进，不应该退缩！……啊！妹妹！妹妹！你听！窗外的雨声是怎样的悲壮，雄健，雷声是怎样地惊魂，动魄；怎样的亢越凄紧，你看，看那在夜色里闪烁的电光，是怎样的急骤，而威猛！你看，现在那电光又在闪着了！啊！啊！伟大！啊！啊！我们不应当更加奋发些儿吗！不应当更加勇敢些儿吗？……"霍之远很兴奋地说。

"唉！你叫我怎样努力呢！我的父亲是很严厉的！我的母亲也是异样地固执！……前几天他们才寄来一封信，嘱咐我不可轻易和男性接近，并且要我回到蔡家守贞去呢！……唉！……"林妙婵答，她的声音急促而凄楚。她说后，不住地在喘着气。

"啊！哟！守贞！守贞！哼！……在这儿我们可以更加看出旧礼教狞恶的面孔了！这简直是要把你活生生地葬入坟墓里面去！唉！可恶的旧礼教！我们马上要把它打倒！打倒！打倒！我们一定要把它打倒才好的！妹妹！还是向前走罢！只有向前才是我们的出路！……！向前！向前地跑上那光明的大道上去！向前！……啊！妹妹！我现在已经勇气万倍了！我现在的思想已经很确定，对于社会的分析，已经很明白了！我们要做一个出生入死的革命家，我们的目标是要把一切腐旧的、虚伪的、不合人性的、阻碍文化的、隔断我们到光明的路去的旧势力、旧思想、旧礼教，根本地推翻！我们不但在旧社会的制度上要革命！我们的一切被旧社会影响过的心理、习惯、行动也都要大大地革命一回才行的！……啊！啊！这时代是个新时代！是个暴风雨的时代！我们！我们不应该再躺在旧制度之下呻吟了！起来！起来！勇敢些儿罢！奋发些儿罢！妹妹！我始终愿和你一块儿去向旧礼教挑战的！看哟！我现在是勇气万倍了！……"霍之远用着高亢的声音说，他展开胸脯，迈步踱来，踱去，态度异样勇敢，奋发。

"唉！哥哥！我始终是觉得没有勇气的！你还是把我忘记罢！我们以后不要太亲密了罢！我愿意始终做你的妹妹！但，我们两人想达到结婚的目的，我想无论如何是不能够的！……"林妙婵答，她的态度很冷静而颓丧。"不可以吗！唉！那也可以！随便罢！我也不敢太勉强你呢！唉！我从来是未曾勉强过一个什么人的！好罢！我们以后不要太亲密罢！这当然也是一个办法的！以后，你也不必时时到我这里来找我，我当然是不敢到你那边去找你的！好！我们两个人便这样下场罢！横竖我们终有分手的日子呢！……唉！我究竟是一个傻瓜！我一向多么不识趣！好罢！现在我也觉悟了！我再也不纠缠你了！我再也不敢和你太亲密了！"霍之远带着愤恨的口吻说，他的两眼包满了热泪，几乎就是看不清楚站在他对面的是谁了。他越想越气愤不过，匆遽地走到榻前去把他枕下的那张相片拿到手里说："这张相片尤其是太亲密的！你看！我现在把它撕开了！"他说着，把它一撕，撕成两片，又是一丢，掷在楼板上。

林妙婵面如死灰，坐在霍之远的书桌前只是哭。她哭得这样伤心，好像即刻便要死去一样。

霍之远也觉得很伤心，他的态度变得异样懊丧。他把她肉贴肉的安慰了一回，她只是不打理他。

"便算我所说的话完全是错的！原谅我吧！我们依旧做好朋友罢！亲密一点不要紧罢！……唉！唉！我的意思本来是说，我俩既然有了这么深厚的爱情，便应该勇敢地干下去，不顾一切！我们如果终于要分开手来，便索性从今晚分手，反而可以减少了许多无谓的缠绵！……唉！不要哭得这样伤心吧！有什么意思，缓缓讲吧！我始终是服从你的意思的！……唉！好妹妹！亲爱的妹妹！不要这样哭，你的身体本来已经是单薄了！唉！不要哭！千万不要哭！别把你的身体太糟蹋啊！唉！唉！千不是，万不是，还是我的不是呢！……"霍之远说，用手轻轻地在抚着她的腰背。她依旧不打理他，依旧很凄凉地在哭着。"唉！妹妹！你终于不搭理你的哥哥吗？你哥哥告诉你的说话，你终于一点儿都不听从吗？……唉！……"她忽然立起身来，向他一句话也不说的，便要走回去。她的身体依旧抽搐得很厉害，她的脸色完全和一个死人一样。

"你便要走回去吗！雷雨这样的狂暴！你的身体抽搐得这样的厉害！……"霍之远吃吃地说着，用力挽着她。她推开他的手，喃喃地诅咒着，头也不回地走出房门外去。霍之远本能地跟着她走出。他恐怕她这样走回去，一定会在街上倒下去。"妹妹！回来罢！"他用力挽着她的手，本能地说着。

她极力抵抗着，几乎要叫喊起来。他只得放开手让她走去，一面仍本能地跟着她后面。

这时候，霍之远的脑里，有了两个矛盾的思想。……第一个思想是——让她去罢！索性地从此和她分手！她根本是一个薄弱不过的女子！她始终是一个旧礼教下的奴隶！她根本是个不能够干革命的女人！让她滚到地狱里面去罢！

另一个思想是——她真可怜！她爱我爱到一百二十分，我不能够让她这样的伤心，这样的失望，而不给她多少安慰！我应该依旧的鼓励她，指导他，应该拉着她一同跑到革命的战线上去！

结果，后面这个思想绊着胜利了。他跟着她一步一步地跑向她的学校去。在路上他俩的雷雨之下共着一把雨伞，把衣衫尽行湿透了。

　　她的学校是在 K 党部里面。K 党部离 S 大学不过一箭之遥。不一会儿，他俩像一对落水鸡似的到了 K 党部门首了。

　　"回去罢！用不着你这样殷勤！"她啜泣着说。"唉！你还不知道我的心儿怎样苦呢？……唉！我还有许多话要和你讲，我们一块儿进去罢！"霍之远柔声下气地说。

　　K 党部是省议会的旧址，门口站着两个卫兵；面前有一列栏杆式的矮墙；进门最先看见的是左右两旁的葱郁的杂树，再进二三十步，便是党部里面的头门，在檐际挂着一块大横牌，写着"中国 K 党部中央执行委员会"。头门两旁，一边是卫兵司令室，一边是通报处。从这头门向前走去，又是四五十步的样子，才到了第二座大屋上。这座大屋，是一列横列的大厅房、庶务处，被压迫民众联合会、工人部、农民部都在这里面办公。由这儿再向前面的一列走廊跑，两边是两个莲塘；在这莲塘尽头处再走十几步，便有一个圆顶的大礼堂。大礼堂的两旁有千百条柳树，柳树尽头处便是两列旧式的洋楼。G 女校的教室和宿舍便都在这大礼堂左边的一列旧式洋楼里面的。这时候，这些黑色的屋瓦，葱郁的杂树，垂垂的柳丝，待残的荷瓣，大礼堂褐色的圆顶都在雷雨、电光下面闪映着。……霍之远和林妙婵一同进到这 K 党部里面了。林妙婵依旧在啜泣着，可是她的腰部和臀部紧紧地挤着霍之远身上了，她的脸色比较没有刚才那么苍白了，她的身体渐渐恢复着平常的状态，没有抽搐得那么厉害了！霍之远平心静气地把她劝了两个钟头。他说，他可以牺牲一切，他可以牺牲家庭，可以牺牲名誉，可以牺牲性命去爱她。他说他可以做她的哥哥，做她的情人，做她的丈夫，如果她觉得那是必要的时候。他劝她不要太薄弱，不要在旧制度下呻吟！他劝她从今晚愈加要谅解他，和他爱好起来！

　　最后，他俩在雨声、雷声、电光里面接吻着，比平时加倍销魂，加倍热烈地接吻着。她承认她一向太薄弱，她承认今晚是她自己的错误。她恳求他原谅她，怜悯她。"哥哥！你回去罢！唉！你的衣衫都湿透了，别要着了凉！唉！你一定很冷了！……"她说着，把他抱得紧紧的。

　　约莫十一点钟的时候，霍之远才从 K 党部里面跑出来。雷雨依旧很狂暴，他的心头觉得异样快适，好像战士从战阵上战胜归来一样的快适。"啊！啊！干下去！向前飞跑罢！向前飞跑罢！"他下意识地自语着，一步一步地走向大雷雨里面去。

十一

霍之远前后亲自到美使署去几次，白受了几场气，始终领不到护照，现在他决定不到菲律宾去了。

时候已是初冬了，梧桐叶凋黄殆尽，菊花却正含苞待放（这儿所说的，自然是 C 城的现象）。黄花岗的黄花依旧灿烂，珠江江岸的丝柳却已摇断许多人的情肠了。要在平时，这种时候正是霍之远病酒怀人的时候，正是他悲天悯己的时候。去年在这个时候前后，他还是拼命在饮酒赋诗。现在我们如果把他的书箱开出来，还很容易便可发现他的书箱里面依旧放着一部旧的诗稿，那部旧稿的第一页题着"野磷荒萤"四个一寸见方的字。里面有一首七绝诗和一首七律诗，是他去年这个时候前后写下的。那七绝写的是——青灯照梦，微雨湿衣，远念旧人，不禁凄绝！成此一首，聊以寄情。"病骨不堪壮几后，新诗吟就好花前；旧人应在海天外，细雨微寒被酒眠！"那七律写的是——白菊花。"傲骨千年犹未消，篱边照影太寥寥！生涯欲共雪霜澹，意气从来秋士骄；如此夜深伴皓魂，更无人处着冰绡！绝怜风度足千古，不向人间学折腰！"可是，这时候，他和作这两首诗时的态度，完全变成两个人了！他现更加不顾一切了！在几天前他已经和罗爱静一同加入资本社会所视为洪水猛兽的 X 党去了。X 党的党员全世界不过二百万人，但这二百万人欲已经能够令全世界的帝国主义者恐怖！这二百万人者是全世界工农被压迫阶级的先锋队！他们都预备掷下他们的头颅去把这个新时代染成血红的时代！他们都预备牺牲他们的生命去把统治阶级彻底地摧倒！他们都是光明的创造者！他们都是新时代的前驱者！

一个多月以前，他对 K 党的组织，便起了一个很大的怀疑。他觉得 K 党虽然是个革命党，但未免有点人品复杂，脚色也忒混乱了。他觉得 K 党只可算是个农工商学各阶级的联合会，不能算是一个真正的党！他觉得 K 党内各阶级的矛盾性和冲突性无论如何是不能消除的！因此这个党，根本上便有了一个致命伤！因此这个党便没有统一的目标和统一的指挥之可能！既然是没有统一的目标和统一的指挥的可能，因此便不能成为党了！自从那个时候起，他便和罗爱静、林小悍、郭从武几个人组织一个社会科学研究会。他们对于资本论，和其他各种社会学都有了相当研究，因此，他们对 K 党愈加怀疑，倾向 X 党的心理亦愈加坚决了。后来，因为工作上的关系，林小悍到暹罗去了，郭从武到安南去了，这个研究会也就无形取消了。但自从那个时候起，他们的决心都已经不可动摇的了。

林、郭去后，霍之远和罗爱静同在 X 党部办公，对这个问题，更加狂热地讨论过，结果，他们觉得绝对地没有疑义了，便都在前几天加入 X 党去，介绍他们加入这个 X 党的，便是黄克业。

黄克业是 X 党的党员，霍之远一向并不知道。他是个老练的、深沉的、有机谋的人物。他和人家谈话时，只是把他的眼睛频频地闪着，把他的头时常地点着；他绝少发表议论。他本来又是机警，又是灵敏，但他却要故意地扮成一个愚蠢的样子。

他和霍之远、罗爱静相处很久，他始终是他们的思想的指导者，但他却很巧妙地把他自己的色彩掩盖，直至他们加入 X 党之后，才知道原来他是他们的介绍人，而且他是那个支部里面的书记。加入 X 党的那天晚上，是给他一个怎样深刻的印象啊！那个印象是令他一生都不会忘记的！

那天晚上，黄克业约着他和罗爱静七点钟到 X 党开会去。可是林妙婵已经照例地到 S 大学来找他，她要他带她到公园谈谈话去。他一心在依恋着她，一心却又在记挂着开会。"到公园谈谈情话去好呢？还是到 X 党部开会去好呢？"他踌躇了一会，终于撇下林妙婵跟着罗爱静一道到 X 党开会去了。

罗爱静穿着一双破旧的黄皮鞋，头上的头发稀而微黄，脸色苍白，鼻上挂着近视眼镜，他的全部的神态文弱而秀雅。他行路时，两只脚跟相向，足尖朝外，成为一个八字。他穿着一套不漂亮的锁领学生装，望去好像邮政局里面的办事人员一样。他的性质很坚苦，很沉静，有一点俄罗斯人的色彩。

X 党部总机关就在 S 大学的前面，距离 S 大学不过几十步之遥。它是在一家鞋店的二层楼上面，又是冷静，又是阴暗，又是幽森！这机关里面的陈设异样简陋，异样残破，墙上只贴着一些"大革命家"的画像，旁的装饰，一点也没有。

霍之远和罗爱静跑向这里来的时候，路上恰好碰着黄克业。黄克业把头一点，憔黄的脸上燃着一点笑容，跟着便把他的短小的身体挤到他俩中间来。

"你们来得很早"他的声音尖锐而响亮。

他穿着一套用几块钱在四牌楼买来的黑呢中山装，脚上包着一双脏破的黑皮鞋，行路时头部时常不自觉地在摇动着。这种摇动好像能够把他的脑里的过度的疲劳摇丢了去似的。因为他在工作最忙的时候，唯一的休息，便只是摇头。他天天都有摇头的机会，他的摇头的习惯便这样的养成了。

他们第一步踏入 X 党门首时，霍之远的心里便是一跳。

"啊！啊！好了！我现在踏进这个最革命，最前线，最不怕牺牲，最和旧社会做对头，最使资本帝国主义者震恐的革命团体里面来了！我是多么快乐！我的快乐比较情人的接吻，比较诗人得到桂花冠，比较骑士得到花后，比较匹夫得到王位，比较名儒得到在孔庙廊下吃生牛肉都还要快乐万倍啊！……"

他感情很兴奋地这样想着。

当他进到里面见到许多同志们都在那里走动着时，他的心老是觉得很和他们亲热起来！他觉得要是能够和他们一个个抱着接了一回吻，好是一件怎样快乐的事啊！"啊！啊！我！我心里的手和你们的手紧紧握着一回罢！我和你们都成了好兄弟了！我和你们都成革命队里最英勇的战士了！"他不停地在自语着。

当他看见二三个女同志在他面前走过时，他脸上一热，觉得更加和她亲热起来，他想赶上去叫着他们"姊姊！妹妹！"他想如果可以和她们拥抱时，他很想和她们热烈地拥抱着！

"啊！啊！英勇的姊妹们！可敬佩的姊妹们！你们已经是先我走到这儿来了！啊！啊！伟大！伟大！你们这些女英雄都是值得崇拜的！"他几乎把这几句话向着她们说出来了。

"老霍！你的心中觉得怎么样？"黄克业问，他这时正在一把蹠足的藤椅上坐下，把他的近视眼镜拿开，用手去擦着他的眼睛。

"我觉得很快乐！啊！啊！我觉得有生以来，今晚是最快乐的一晚！……"

罗爱静苍白的脸上也燃着一点笑容。他在室里踱来，踱去，把他的左手的第四个手指的指甲时常地拿到嘴里咬着。

"啊！老霍！我们握手罢！"他朝着霍之远伸出他的手来，这样说。……

现在差不多开会了，这支部里的人差不多统统到来了。这支部的名字，叫 K 中支部；到这里来开会的都是 K 党中央的职员多。

这支部的人数比较少，里面有一个五十多岁，外貌清秀而性情温和的老人，有一个十七八岁，大眼睛，举动活泼的少女，有一个三十多岁，状类戏台的大花脸的中年人，还有几个和霍之远年纪相差不远的少年，状类学生。黄克业是这支部的书记，开会时亦是由他做主席。这时候，他点着头，挂上近视眼镜，用着他尖锐的声音，作了一场政治报告。那报告是把帝国主义欧战后的经济状况和侵略殖民地的手段比较一番，最后是这样说："欧战后，资本帝国主义者差不多都破产了！那时候，可惜各国的社会党人意见很分歧，不能集中力量去把那些垂死的资本帝国主义者根本推翻，他们大都还不能打破国家的迷梦；结果，他们便大多数给那班统治阶级利用去了。现在这班资本帝国主义者的经济力量差不多都恢复了，自然是工人愈苦，资本家统治阶级愈加骄奢淫逸起来了！许多从前被政府利用去的社会党人到这个时候才开始地在悔恨呢！经过这一次的经验更加可确定我们党的政策，更加可以证明我们的党的彻底不妥协的精神是十分对的！我们的党是世界最进步的党，它将把全世界被压迫的普罗列塔利亚和弱小民族，领导着用着科学的方法，照着客观的环境，彻底地，永远不妥协地去把这些资本帝国主义者根本打倒。……"

在这场政治报告之后，跟着便是同志间互相的批评。在这样的会场里面，整整地过了两三个钟头，霍之远觉得意气风发，精神百倍，他竟把林妙婵在 S 大学等候他这回事忘记了！

"啊！啊！这才是我的生活呢！我的生活一向都在无意义的伤感，无意义的沉沦里面消磨过，那实在是不对的！啊！啊！这才是我应该走的光明大道呢！我一向的呻吟，一向的到坟墓之路去的悲观色彩，一向的在象牙塔里做梦的幻想，统统都是不对的！……啊！啊！快乐！快乐！我今晚才觉得'真'的快乐呢！……"他老是这样兴奋地思索着。

散会后，他和罗爱静、黄克业走下楼来，在那有月亮照耀着的街上走着，他的心还突突地在跳着。……十点钟的时候，他回到 S 大学去，林妙婵一见面便把他这样质问着："讨厌我吗？我以后再也不敢来找你！……"她眼里包满着热泪，面上溢着怨恨的表情。"亲爱的妹妹！对不住得很啊！我到街上去，恰好碰见一位朋友，他很殷勤地拉着我到茶室里谈了这二三个钟头，才放我回来！啊！啊！真是对不住得很呀！……"霍之远乱吹着一回牛的，陪着罪说。

"唉！你不知道我等候得怎样难过呢！……你自己晓得快活，撇下我一个人在这里受罪！你好狠心呀！"林妙婵说，她的声音中有点哭泣的成分。"到外边玩去吧！外边的月色很好！"霍之远说。"不去了！我要回学校去！"林妙婵答。她还有些怒意。

"到 C 州革命同志会旁边那个草场上玩玩去吧？那一定是很不错的！"霍之远再要求着，拉着她走出房外。"讨厌！第二次，你如果再是这样地对待我，我便不搭理你了！"林妙婵说，她的怒气完全消解了。"不敢的！哥哥以后一定不敢再这样放肆的！好吧！不要说这些闲话，外面的月色好极了，我们到外面去吧！"霍之远用着滑稽的口吻说。

这一晚，他和林妙婵在外面玩到十二点钟的时候才回来，在落叶声、喷水声和犬吠声的各种催眠声里，他睡下去了。在梦里，他梦见他的身上缚着十几个人头，那些人头都是从统治阶级的大人物头上取下来的……

十二

X 部招生，它要在最近训练一班学生，预备派他们到海外工作去。这训练班的名字叫海外工作人员训练班。部长虽然名义上是这训练班的负责人，但实际的工作却落在黄克业和霍之远的手里。这训练班的意义和责任都很重大，它是负有整个的华侨革命运动的使命的，它一面对中央负责，一面要使十万华侨党员，九千万华侨民众都革命起来，都来帮助 K 党完成国民革命的工作的。霍之远现在很忙碌，他渐渐地染着黄克业的摇头的习惯了。他一方面要帮忙创办这个训练班，一方面要办理部务，另一方面又要参加各种民众运动。他整天的忙着干事，从这里跑到那里，办完这件事，便又办着那件事，他差不多和黄克业一般连休息的时间都没有了。但，他的心里，却觉得异样的快乐。他这种快乐完全建筑在他的努力本身上。他时常觉得光明不久就会来临，大地的妖氛不久便会消灭净尽。他时常觉得革命势力一天一天地增长，反动势力一天一天地消沉，革命成功的日子大概不久便可达到了。

他自从加进 X 党后，对于革命的见解和办事的手腕都有了很大的进步。他很想把林妙婵也拉进 X 党去，因为他觉得林妙婵的思想近来比较也很是进步了。他想，只有把她拉到这革命党里面来，才能够把她训练成为一位英勇的战斗人员。

他自从有了这个意思之后，和她谈话时的态度和论点便都故意对她下了许多暗示。她把对主义上所发生的各种问题向他质问时，他都向她解释得异常透辟。他时常地向着她这样说："个人主义的时代已是过去了！我们不能再向坟墓里去发掘我们的生活！我们不能再过着浪漫的、英雄式的、主观独断的生活了！这时代，是大革命的时代！是政治斗争最剧烈的时代！这时代，把一切的人们分化得异常厉害；不是革命，便是反革命！再没有中立之地位了！我们如果不愿意做个反革命派，便须努力去革命！我们如果要革命，那我们对于革命的理论，革命的策略，革命的手段，便都要彻底明白了才好！同时，我们的人生观便绝对需要革命化，生活便绝对需要团体化，意识便绝对需要政治化，行动便绝对需要斗争化！要这样，我们才能够做一个真正的革命者！才能够在时代的前头跑！……"

她对他所说的都很明了。她很急切地想做一个真正的革命者。她时常向他表示她决心加入 X 党了。她说："我已愿意抛弃家庭！愿意站在普罗列塔利亚的立场上去做一个彻底的革命者！我已经预备着为民众而牺牲！为民众的利益而牺牲了！……"

这一天晚上，他们一同找谭秋英去。谭秋英也在 G 校读书，这二三个月间她大努力起来，时常代表着 G 校在二三十万人的群众大会的演说台上演说。她和霍之远、林妙婵接触的机会很多，感情很是不错。

她的态度很沉静，但却很活泼，她穿着一套黑布衣服，装束和一个女工差不多。她住的地方是在一座破旧的楼上，那儿又是脏，又是黝黯，又是一点陈设都没有。她的书桌上很散乱地放着许多主义类的书籍。她的嫂嫂和她的几个侄儿也在这楼里面住着。这横直不够二丈见方的地方住下这么多人！婴儿排泄尿屎之场在这儿，他们吃饭的地方也在这儿，她嫂嫂的卧室在这儿！她自己的书房和卧室也在这儿！

霍之远和林妙婵在她这儿坐了一会，便和她一道到街上去。街上的月色很是美丽。

"Miss 谭！近来真系努力咯！我有好几次在群众大会处撞到你系度演讲，真系使得罗！"霍之远向着谭秋英说。"真笑话！霍先生！我堂堂度乱岳（讲）几句鬼话唔通慨说话，你话我的演讲使得！真系笑话罗！"谭秋英答，她身上洗着银一般的月光，脸上溢着一层微笑。"唔使客气咯！边个（那一个）唔知你谭女士系个演讲大家呢？"林妙婵搭着谭秋英的手腕说，她的纤小的影子在银辉里面一扫，显出很是玲珑可爱。"你里（这）个鬼，真系可恶！成日拧我来讲！睇！我灭烂（撕破）你里把嘴！"谭秋英抢上前去，把林妙婵的嘴轻轻地一撕。

"哎哟！救命呀！……"林妙婵喊着。"救命！睇你里个鬼几无中用！霍先生！你睇！你的爱人咁可怜，你重唔快的来救渠？……"谭秋英的两只像水银一样闪着的眼睛，向他就是一瞟。"Miss 谭！你点解咁样乱讲廿四呢？（你为什么这样胡说？）你又点解会知道我系渠的爱人呢？"霍之远很亲热地把谭秋英望着一眼。

他们从小东门到惠爱路。从惠爱路到双门底，在灯光、月色、人声、车影中跑了好一会。"到公园去荡其一荡，好唔好呢？"霍之远改变谈话的倾向说，他的态度很是舒适闲暇，眼睛不停地在望着屋脊上的月光。

"好慨！……"谭秋英拉长声音说。银雾一般的月色把整个的公园笼罩着。园里面的大树，因为太高，好像把碧空刺破了似的，这时也正沉吟无语，在贪图着嫦娥的青睐。几百株槐树、梅树、桃树、相思树、梧桐树也像觉得韶光易老，好景无多，都凝神一志地在谛听这无声的月光之波。一切的杂花、杂树、草叶藤蔓都躺在梦一样的美丽的园境里。这一切都是耽美主义者，他们都超出了时代的漩涡。

在一条花巷里面，他们三个人坐下来了。月影透过花缝的各个小孔成为一个一个的鸡蛋大小的椭圆形的影子，在他们的面上和衣衫上荡动看。

"Miss 谭！我有一件事要同你商量，唔知道你肯唔答应我呢？"霍之远含笑向着谭秋英说。

"你有什么事见教呢？我做得到，自然答应慨！"谭秋英低下头去把她的裙角一拉。

"我想咁……"霍之远只说了半句，便抬着头在望着月光。"你想点呢？快的讲俾我听！我好想听你的话慨嗜！……"谭秋英说。

"你的两个度讲！我走到第二处去！……"林妙婵用着戏谑的口吻说，真的立起身来走向前十几步去，在草地上坐下去。

"你里个鬼！真多事罗！嘻！嘻！"她望着林妙婵笑着。

"我想咁！而家里度咁政治环境咁乱，反动派咁紧要；我的想革命又唔知点革好，不如大家加入 X 党去！你话好唔好呢？"霍之远说，把他的手指拗折着作响。"哎哟！霍先生！你想加入 X 党去咩？危险呀！我话唔好！"谭秋英把她的美丽的大眼睛一闪，分明露出她话里的反面的意思出来。

"哎哟！谭！请你唔好咁样激我罗！你的意思我限已难（全数）明白左咯！……我想婵妹同你系好朋友，而且你的都在 G 校读书，最好请你时时同渠谈话，拉着渠一路来！……"霍之远拍着她的肩说。他忽然觉得今晚上的她，比平时显得格外可爱了。

"林！我的返去罗！你里个鬼！"谭秋英望着林妙婵拉长声音叫着。同时，她向着霍之远低声说："你嘅意思我已经明白左；我自己咁样想左好耐罗！妙婵，一个月来的思想真系进步好多，我同渠再多谈几次话，睇渠的态度点样自讲！……"

"婵妹！唔使咁恶作剧咯！来！我的几个人再行一行！哟！今晚的月色真系漂亮罗！………"霍之远立起身来，走上前去挽着林妙婵的手。林妙婵全身倚在霍之远身上站起来了。

"好！真好！咁样点怕撒娇呢？嘻！嘻！"谭秋英戏谑着她说。

"嘻！嘻！你自撒娇罗！你成日同渠坐埋一堆！……"林妙婵报复着说。

"……"谭秋英沉默着，脸上飞红了。

是晚上十点钟的时候了。园花像都倦眼惺忪，月色更加幽洁如霜。他们一面说笑，一面走出园外。

"Miss谭！今晚同你讲的说话，请你记住呀！再见！再见！"到S大学门首时，霍之远向着谭秋英这样说。"婵妹！明天再来找我，我有事要和你商量呢！好！现在请了！晚安！晚安！"霍之远搭着她的手说。

十三

海外工作人员训练班开学已经有两三个星期了。校舍就在K党部里面。学生一百二十人，都是中学以上的程度，里面华侨子弟的成分最多，其次便是S大学预料的学生。

教室门口挂着许多红布题着白字的标语："革命的华侨联合起来！""华侨运动的先锋！""奋斗到底！"教室里面也挂着许多红布题着白字的标语，在讲台前，端端正正地挂着一幅总理遗像，像两旁挂着两条红布白字的格言："革命尚未成功，同志仍须努力！"

在这里充教员的，都是一些先进的、富有革命学识的名流，他们大都是X党里面的重要人物。其中如教社会科学的张大煊，教农民运动的林初弥，教工人运动的郑新，教帝国主义侵略史的黄难国，教党的政策的鲍朴，都是C城有名的革命领袖。霍之远也在这训练班里面教着"华侨运动"一科。同时，他是这训练班的唯一的负责人物——代主任。

训练班的教务长，姓章名杭生，是个顶有趣的人物。他年约三十，躯体十分高大，麻脸，两只眼睛近视得很厉害——左眼二千四百度，右眼一千六百度。他是个无政府主义者，在南洋十年，很是出风头，后来他被荷政府拿去坐监，一直坐了三个年头，现在才被逐出境，回到这儿，被称为赤都的 C 城来。他的个性强得很，但并不讨人厌，他的言动浪漫得可怕，他的思想也糊涂得格外有趣。他的性格暴如烈火，但有时却是柔顺如羊。他喜欢踏风琴，喜欢用他嘶破了的、粗壮不过的声音唱着"打倒列强！打倒列强！"这首《国民革命歌》。他在他卧室里的窗上惯贴上一些格言，最不通而又最令人觉得有趣的是："孙中山的精神！列宁的人格！克鲁泡特金的道德！"这一张他最得意的格言。这张格言里面所含蓄着是什么思想，他永远未尝和人家说过。

他对性的要求特别厉害，因为他一向是个独身主义者。他看见一个女性时，无论她是肥是瘦，是白是黑，是老是小，都拼命地进攻，直至那个女性见他便避开时为止。他时常在霍之远面前这样说："我的性格所以这样坏，这样暴躁，完全是因为没有一个女人来爱我，来和我同居的缘故！我的半生漂泊，一事无成，也是因为这个缘故！——如果有一个女人来爱我，无论她比我更丑、更老，我的事业的成便因此一定会更大，我的性情便因此一定会变成更温和了。"

他和霍之远的交情很不错。霍之远和他谈话时，他最喜欢问他进攻女性应该用什么方法。"老霍！告诉我！你进攻 Miss 林的时候用着什么方法呢"这句话，几乎变成他日常向着霍之远问安的说话了。

他的精神很过人，办事很认真，每晨五点钟便起身。起身后，便大踏步在学生的宿舍前摇铃叫喊，把那班学生赶起身来早操。那班学生大体上对他都有好感，虽然有些人在攻击他对待女生的态度太不客气，而且对待学生有些太暴躁！

他！这个放荡不羁的无政府主义者！已经在一星期以前加入 X 党来了！

他第一天进到 X 党里面，当黄克业在作着政治报告时，便在打盹。以后他和人家谈话时，便挺胸搏拳说："大丈夫行不改名，坐不易姓，我老章便是 X 党的党员！"

经过黄克业、霍之远和罗爱静几个人几番告诫之后，他才把这个脾气稍为改了一些。

　　有一天，黄克业、霍之远、罗爱静和他一同去参加海外工作人员训练班的学生的支部会议。一个学生在会议场中批评他，说他的性情太暴躁和脾气太坏。他急得暴跳如雷，几乎走上前去打那个学生。他大声地咆哮说："我老章！干就干！不干就跑！我并不喜欢做你们的教务长！我的脾气和性情坏，有什么要紧！我觉得我如果把这些脾气改掉，便不成其为章杭生了！……"几天前，K党部北迁，黄克业和罗爱静都随X部的部长出发到H地去，X部里面的职员随着出发的很多。训练班的事体很重大，部长和黄克业便极力要霍之远留在C城负责任，名义是做这训练班的代主任。

　　他自从做这训练班的主任以来，很是惶惶恐恐。因为，这时C城的政治环境已是渐渐险恶起来。这时K党部的地方也已由C省党部迁进来办公，这省党部的态度，异样灰色而反动。X部的后方办事处在这省党部里只占了三间房子。这三间房子里面所含蓄的意义和色彩，在C省党部和C省的军政界看起来，都有些"红光烛天！"的感想。在政治环境上孤独得可怜的海外工作人员训练班尤其是被称为"X的大本营！"

　　全C城已在黑暗势力统治的下面了。在这儿有所谓三K党，四Y团，都是专于军警交结，一致反对X党的党团。三K党的领袖名叫林殃逮，四Y团的领袖名叫郑莱顷，他们都是某将军忠实的走狗，马屁的专使。他们都很注意向着这训练班寻隙，在可能的时候，他们便要向这训练班下着毒手。

　　这训练班里面的学生，X党青年团的人数占全数十分之四，四Y团的人数占十分之三，三K党的人数占十分之一。其余的便是一些"无所为"派。霍之远极力向三K党和四Y团的学生拉拢，他的态度表示得异常灰色。结果，全校的学生感情都和他很好，他的手腕得到一个大大的效果。……

　　他和林妙婵的爱情现在愈加成熟，有许多人和他们见面时，简直不客气地称呼他们做一对夫妇了。有许多人在背后攻击他们，说他们间一定已经有了不可告诉人的事体发生了。

　　他和她在最近又有了一场小冲突，那场小冲突在他们的爱情的洪流上只算是一个助长波澜的细沫吧了。那是在一个没有月亮的晚上，大约是十一月初三四的晚上吧，霍之远和林妙婵又是到第一公园去（他们在环境和经济的关系上，别的地方不能够去，只有公园是他们的行台）。那时候，适值朔风严紧，公园里面的游客少得很。那些孤高傲世的棕榈树，雄姿英发的木棉树，枝叶离披的大榕树，在那种清冷的空气下，更加显出幽沉雄壮，有点历万劫而不磨的神气。黑漆沉闷的天宇，闪着万朵星影，那些星影好像挂在枝头一样，又好像在半空里游泳着一样。

"多么神秘呀！我爱这黑漆的夜，比较我爱月亮的心理更是强烈。月亮虽然是美丽，但好像一览无余，给予人们的印象好像浅薄一点似的。黑漆的夜可是不同了，它好像是把它整个的美锁住，这里面美的消息，美的踪迹，美的渊源，美的神髓都要由你自己去探讨，去搜求，去创造！故此，比较起来，黑夜之美才是值得赞美的呀！"霍之远像一个神秘主义者的神气说，他笑着了。

他挽着林妙婵一道走到一株木棉树下的坐凳上坐下。"婵妹！你和罗爱静结婚，愿意吗！我替你俩介绍！"霍之远忽然异想天开地这样说。

霍之远一向很坦白，他对待罗爱静尤其是有话便说。他觉得罗爱静实在是他生平的第一位好友。罗爱静对他和林妙婵的恋爱时常加以抨击，他也时常在罗爱静面前承罪。他觉得罗爱静虽不是怎样伟大，但他的有理性的、忠实的、恳挚的态度已经足以做他的法尺。至于他和林妙婵间有了一丝爱情在滋长着，霍之远实在梦也未曾做过！这天早上他接到罗爱静在北上的途上寄来一封信。信中说，林妙婵寄给他的相片他已经接到，她在相片后面写着要他努力和保重身体的说话，他也很诚恳地接受了，最后，他又说，婵妹在车站和他握别时流着泪的态度，他到死时也是不能忘记的。

霍之远读完这封信时，心中不觉吓了一跳。他觉得自己原来是个傻瓜！他觉得真愚蠢，为什么一向看不出林妙婵和罗爱静有了这种深刻的爱苗在各人的胸中滋长着呢？本来，罗爱静还没有老婆，又是他的最要好的朋友，他老早便有把林妙婵介绍给他的意思。但罗爱静的态度一向很冷静，而且时常在他面前说着林妙婵的坏话，他便只好歇了这个念头。他把那封信读了再读，演绎了一会之后，觉得原来他自己和林妙婵热烈了一场，结果只变成了她和罗爱静两人间的爱情的阻碍物！他哭了。

他马上下着决心，想从这个迷途里面逃出来。他想极力成就林妙婵和罗爱静两人间的好事。这时候，他俩都在公园里面，霍之远便把上面那句话探问着她。"愿意？唉！这话怎样说起？你真是不知道我的心是多么苦呢？……"林妙婵答，她也不禁咪了一跳。"苦！苦什么？"霍之远大声说，他鼻孔里一酸，觉得有一些儿恨她了。

"唉！你又何苦来呢！难道我得罪你不成，拿着这样气色来对待我……"林妙婵的脸色变得异样苍白了。"唉！我真是一个傻瓜！我老早就不应该做你和罗爱静间的爱情的障碍物呀！"霍之远声气很粗暴地说，他把她的放在他颈上的手恨恨地推开去。

"这到底是什么意思！我和罗爱静有什么爱情可说？唉！你！……"

"有没有爱情，你们自己才知道！我老实对你讲，你和罗爱静如果真真的能够恋爱起来，我是很赞成的！不过，你们的态度为什么要这样不坦白！为什么要把我欺骗得这样厉害呢！你说你和罗爱静既然没有爱情，为什么要偷偷地送着相片给他，为什么在车站送别时会偷偷地为他弹着眼泪呢！……唉！我一向算是对不住我的老朋友了！我对不住罗爱静！我对不住你们俩！我一向阻碍着你们的相爱！唉！不识趣的我！可是，现在我已明白了！我向你声明，从今晚起，我再也不敢和你在一块儿玩！好吧！我祝你和罗爱静恋爱成功吧！""唉！你叫我怎样说呢？我寄给他一张相片，难道这便可以证明我和他已经发生了爱情吗？若说我在车站上为他流泪那更加是无稽之谈！你在哪儿看见我为他流泪呢？……"林妙婵禁不住啜泣起来了。

"婵妹！唉！真的！请你不用客气！你便痛痛快快地和我决绝吧！我祝你和罗爱静早日结合起来！我现在也没有闲空和你恋爱呢，我的工作忙得很呀！"霍之远神气很不屑似的说。他用手狠狠地向椅上击了一下。

"哥哥！唉！天才知道我的心是多苦呢！唉！我全条生命都被你支配着！我离开你便觉得了无生趣！可是！……我终觉得不应该和你结婚，我恐怕你的家庭给我这个闯入者牺牲着！唉！为着你！为着你，我才想到罗爱静身上呢！我想罗爱静是你的最好的朋友；我如果和他结婚，最少还可以时常和你相见，最少还可以时常和你在一处做事！但！我因为舍不得离开你，所以这几晚来都为着这件事在哭泣着！……"林妙婵把霍之远紧紧地搂抱着，把她的眼泪渍在霍之远的脸上。

"这又何必呢？……你又何必这样多情？"霍之远用力地把她推开。

"呃！呃！呃！……"林妙婵只是哭着。

"好！我们今晚谈话的结论，便是你和罗爱静结婚！我呢，尽我的力量去帮助你们！"霍之远望着森严的夜色，崇高的大树，想把他的胸中的悲哀抑制一下。"哥哥！我想——"林妙婵抽着气说了这几个字，以下再也不能说下去了。

"你想怎样？我坦白地对你讲，我是很'不客气'的。"霍之远态度冷然，机械地抚着她。"唉！哥哥！你！——你！——真——狠——心呀！——我这——几——晚，——又——是——哭——着，——又是——想——着！我——结——果——终——是——觉得——离——不——开——你呀！……！"林妙婵的声音就如寒蝉凄咽。"唉！唉！……"霍之远只是叹着气，他的心渐渐为她的哭声所软化了。他把他的胸紧紧衬着她的颤动得很厉害的胸膛上。

"我——想——寒——假——回——家——去，——拼——命——去要——求——着我——的娘——！——她如果——答应——我——便罢！——如不——答——应我，我——便——和——家庭——脱——离——关——系；从——此——跟——着——你——！……"林妙婵喘着气，紧紧地挤在霍之远怀里，不住搐搦着。

"亲爱的妹妹！不要哭吧！我俩依旧要好吧！"他安慰着她说。他的决心完全为她的哽咽所动摇了。"你——一——定——要——爱——我！——不——要——把——我——抛——弃——呀！……"林妙婵抽咽着，态度异常可怜。

"好的！好的！我便彻心彻肠地爱你吧！不要哭！"霍之远挽着她的腰在她的唇上吻了一下。

他俩经过这场小冲突之后，即时各把各的最温柔、最动听的说话互相安慰着。——什么"哥哥你须要保重身体！你的身体要是白糟蹋着，妹妹是不依的！"什么"妹妹放心吧！我始终是不该忘记妹妹的说话！妹妹！你的身体也要珍重的！你如果自己糟蹋着自己的身体，哥哥也是不依的"这类话，又是说了几个钟头！……

十四

礼拜天下午一点钟的时候，霍之远和林妙婵在章杭生的住房里坐谈。那卧房约莫二丈见方，里面放着一只办公台，台上放着许多安那其和其他的社会主义类的书；靠窗处，高高地放着一个裸体女人的石膏像，窗框里贴着一些标语式的格言。此外室之他端还放着座椅、书箱、行箧、等物。卧榻是一只行军床，占着一个很小的面积。"老章！你这间房子真是漂亮啊！——这尊石膏像尤其是动人！"霍之远带着笑说。他倚着林妙婵坐在办公台前。

"哎哟呵！老霍！你不知道我是多么苦呀！还亏有这位女朋友和我相伴，要不然我可要急死了！哈！哈！"章杭生作势把桌上的石膏像接了一个吻，不禁大笑。"老章！赶快讨了一个老婆吧！你这样害着性的苦闷，便拿着石膏像出火真不是办法！"霍之远随意地在案头上掀开一部书在看着。

"哎哟呵！老霍！讨老婆！哈！哈！现在的女子都是慕财爱色的多，我想我此生一定没有希望的了！——哎哟呵！你们真好！你们真比池底鸳鸯，天上神仙还要快活得多！哎哟呵！又是温柔！又是缠绵！又是多情！哎哟呵……"章杭生像母牛一般叫着，又是想向石膏像作吻。这时候，从门口走进两个人来；他们进来后，便和霍之远、章杭生握着手，都在椅上坐下。这两个人的名字，一个是陈白灰，一个是李田蔼。陈白灰年纪约莫二十三岁，是个大脸膛，身材粗壮的人。他的眼睛很大，有点像水牛目一般；颧头很阔，胡子很多，但日常都是刮得很光滑。他的性格是热心而多疑，迟滞而寡断。他说话时的态度，老是很矜持，很像演说式，但很容易令人厌倦。他是这训练班里面的职员——文牍员。李田蔼年约二十六岁，身材很矮，面部的构造，像千年的树根团成一样，眉目嘴鼻、额头、颧骨、下颏各处都有一种坚苦卓绝的表情蕴蓄着。他是个真正的克鲁泡特金的无政府主义者。他绝对不坐手车，绝对不嫖，不赌，不吸烟，不喝酒。他是个绝对孤独的人，没有父母，没有兄弟，没有妻子——他三岁时便是一个孤儿，以后便由这个社会的恶毒冷酷的锤把他锤炼长大起来的。他是章杭生的好友，这次才在南洋被逐回国，他被逐的原因，是因为他在一个高小学校做校长，和那校的校董的女儿发生恋爱，他和她曾经偷偷地接了一回吻，不料被人家发觉，因此便被驱逐出校，被驱逐出境了。他现在每晚也在这卧房里睡觉的。

"霍先生！林女士！你们在这儿坐了好久了！"李田蔼向着霍之远和林妙婵点了一下头说。"好啊！好啊！我们今天便在这房里开个谈话大会吧！哈！哈！"陈白灰说。

他们几个人拉杂谈论了一会之后，章杭生忽然向着林妙婵说："Miss 林！你们 G 校的同学褚珉秋女士你认识吧！请你替我请她到这儿来坐一坐吧！""褚珉秋女士吗？我认识她的！她是你的朋友吗？好的！我便去替你请她到这里来！"林妙婵说，她望着霍之远一眼，立起身来便走向距离这里不过数十步远的 G 校去。

"褚珉秋女士真漂亮！老章！你便讨她做老婆吧！"陈白灰说。

"哎哟呵！老陈！褚女士如果肯做我的老婆，我便是死了亦是甘心！哈！哈！"章杭生的近视得几乎瞎了的眼睛闪着一线情火。

"你是个堂堂的党校的教务长，和她求婚，难道她还不答应你吗？"霍之远说。

"哎哟呵！便请你帮忙吧！我的心真是着急呢！哎哟呵！我如果和 Miss 褚能够达到目的，你这位可怜的女朋友，便要被我摈弃着了！哈！哈！"章杭生对着石膏像说。过了约莫十分钟的时候，林妙婵便和褚珉秋一同走进这房里来。

"章先生！有什么事体？"褚珉秋女士朝着章杭生很羞涩地问着，她的脸即时飞红了。但，她态度却是很大方，很是天真活泼。

她的年纪约莫十七八岁，肌肤圆盈腻润，一眼便知道她是个江南人。她穿着一套黑绉旗袍，踏着一双平底的皮鞋。脸部像一朵含苞欲放的牡丹花一样，又是嫩稚，又是丰满。她的一双眼睛特别生得美丽，当它们在闪着时，无论那一个男性都会为之销魂迷醉的。她的口亦是很美的，她的两片唇在说话时一张一翕的神态，特别惹人怜爱。她的整个脸部的轮廓有点太大；她全身的姿势，也有点太矮胖。但，因为她的年纪很轻，神态又是很天真活泼，故此，令人一见，便觉得她是个有趣的、可爱的女人。"哎哟呵！坐下吧！坐下吧！褚女士！褚女士！哎哟呵！坐下吧！坐下吧！今天是礼拜天，我想请你和他们到黄花岗逛逛去！"章杭生高兴得跳起身来。他跑过来，跑过去，身上像是发热，又像是很忙的样子。

"坐下吧！请来参加我们的谈话会！"霍之远望着她一眼，心里觉得和她亲热起来了。

她望着霍之远一笑坐下来了。她坐在林妙婵身边，林妙婵又靠着霍之远坐着；故此他们座位的距离很近。大概是因为她已经先认识了林妙婵，而且霍之远和林妙婵的关系她已经知道的缘故吧？她对着他很不客气，很亲热的样子。

她时常望着霍之远笑着，很天真娇憨地笑着；霍之远的心给她搅乱了；她只是跟着她笑着。他们两个人的四只眼睛，时常经过一个很久的时间在灼热地相瞟着。霍之远有点搅乱了，但他表面上，却故意表示得很镇静。"Miss 褚！我们都是革命队里的同志，再用不着什么客气了！随便谈谈吧！"霍之远和她目语了一会，便这样说着。

"我是最不会客气的！你们倒像很客气似的！"褚珉秋抿着嘴在笑着。

"哎哟呵！不客气才好！哎哟呵！你不知道我的心里多么高兴呢！哎哟呵！今天天气好得很，我们到黄花岗逛一逛去吧！哎哟呵！到黄花岗，好极了！"章杭生高声叫喊着，他的麻脸亦给情热涨红了。

"不！我不能够跟你们到黄花岗去！对不住得很啦！"褚珉秋娇滴滴地说。

"事体很忙吗？Miss褚！再坐下一会不要紧吧！"霍之远的眼又是和她的眼相遇，两人都笑了。"坐多一会倒是可以的！但是，我不能够到黄花岗去，我的事体忙得很哩！"褚珉秋含笑着答。

"一道去吧！章先生诚心诚意请你去，你偏不去，未免太难为情了！"霍之远用着恳挚的态度央求她。

"去吧！Miss褚！……"李田蔼拍着掌鼓噪着。

"Miss褚！去吧！"陈白灰跳起身来说。

"哎哟呵！去啊！去啊！Miss褚！我们先到东郊花园饮茶去，饮完茶后，便雇一辆汽车坐到黄花岗去！哎哟呵！好极了！好极了！今天的天气好得很呢！"章杭生叫喊着。

"和你们一道去！本来是很好的！但，实在话说，我的确有点事体哩！……"褚珉秋只是笑着。

"有什么事体，今晚再办！一块儿去吧！"霍之远用眼睛向她的眼睛央求着。

"这么着，也好，和你们一起去吧！"

"哎哟呵！好了！褚女士万岁！黄花岗万岁！哈！哈！"章杭生抟着拳，挺着胸，用着嘶破的、粗壮的、喊口号的声口叫着。

"万岁！……"李田蔼、陈白灰响应着。他们都在欢跳着。

这日的天气，的确是很美丽，蔚蓝的天宇，像积水潭一样的渊静，像西洋少妇的眼睛一样的柔媚。在这碧空里面，挂着一轮光芒万丈的太阳，那太阳光艳红可爱，把天地笼罩得清新灿笑，浮彩耀金。

他们从章杭生的卧房里走出来，一路踏着绿色的草径，望着晴空皓日，各人心中都觉得十分高兴，脸上都燃着笑容。不到十分钟，他们便都到了东郊花园了。

东郊花园里面，花木的点缀，房座的布置，都有了一些幽趣。他们在这花园里面选了一个清洁的大厅，吃了几味点心，和几碟青果之后，便在门首雇了一辆汽车，一直到黄花岗去。

在茶室里和在汽车里，霍之远和褚眠秋都挤得紧紧地坐下。他们两个人好像一见便钟情了似的，禁不住依依恋恋地在谈论这个，谈论那个。

"郑莱顷这人真可恶！真反动！他所组织的四丫团，专在笼络一班浮薄青年，专在笼络一班想升官发财的投机分子！他的革命的目的是在出出风头，坐坐汽车。吃吃大餐！唉！可恨！"

"真的！我也觉得他真可恨！他在他们G校演说，老实不客气地宣传我们去加进他的四丫团。他说加进四丫团之后，不愁没有饭吃，没有衣穿！他说加进四丫团之后，稍一努力，不愁没有官做！你说这种人是多么坏呢？""林殃逋这狗屁不通的奴才尤其可杀！他倚仗自家是吴争工的契儿子便无恶不作！他所组织的三K党，比较郑莱顷的四丫团尤其是右倾，尤其是向后走！唉！K党有了这样人物，真是糟糕！真是倒霉！"

"唉！这种人说他做什么呢！他们迟早都要在淘汰之列啦！……"

约莫下午三点钟的时候，他们到了黄花岗。黄花岗是缔造民国捐躯的七十二烈士的埋骨之场。它的位置是在C城的东门外三四里路远的地方。在墓道的第一度门口，竖着两支石柱，石柱上挂着两个骷髅的头颅，那两个头颅，在软软的阳斜里面倒映着光。在这两支石柱之旁放着许多尊大炮，那些大炮已经有一半埋没在野草和泥土之中。从这儿朝前走去，约莫几十步远，便见蓊郁的林木，灿烂的黄花之上，一位自由神高高地站在半空。那自由神的态度，是多么威武而闲暇，它好像是在飞翔着。在自由神下面，用石筑成一座石室，石室的门首，题着"七十二烈士之墓"。墙上由K党的总理题着"浩气长存"四个大字。在这自由神之前十几步，是烈士们埋骨的坟场。这坟场不够一亩地宽广，四面围着铁栏。这坟场前横着祭床，左旁竖着一亭，亭里面竖着一面石碑。他们下了汽车，来到烈士的坟前默哀了几分钟之后，便尽量地在逛游着。

"哎哟呵！好极了！这儿的景象好得很！Miss 褚，跳舞吧！请你唱歌吧！请你唱歌给我们听！"章杭生在自由神前的草地上跳着。

"哎哟呵！好极了！好极了！Miss 褚，跳舞给我们看一看！"李田蔼怪叫如猿，他情不自禁地自己跳起舞来，他的态度好像戏台上的丑角一样。"好的！好的！我赞成请 Miss 褚唱歌和跳舞！"陈白灰用他的拇指头作势，把眼睛张得异常之大。

"……"褚珉秋沉默着，她只是用着笑脸去答他们的请求。

"唱吧！唱歌吧！Miss褚！你怕臊吗？……"霍之远又是把她含情地盯了一眼。

"褚！唱吧！这么多人喜欢你唱！"林妙婵附和着，她这时候脸上溢着笑，心里很是快乐。

这时，像情人的眼波一样温暖的日光在各人襟颜上荡着。像女人的吸息一样低微的风丝在各人的耳边掠过。一切嘈杂的声音都没有了，只一两声禽鸟在远林传来的清唱。一切俗气的、令人厌恶的颜色都没有了，在这幽旷的草地上浮动着的只有山光，云影。

"啊！啊！投到自然母亲的怀抱中来吧！不革命也罢了！革命真是太苦和太没有趣呀！……不！这种思想是狗屁不通的，你看那些工农群众怎样苦痛！他们由白天到黄昏，由春夏到秋冬都是把穷骨头煎熬着，便结果只有警察的棒杆，工头的藤条，资本家的榨取，大地主的压迫，贪官污吏的剥夺，饥寒和冻馁的赐予是他们的总报酬！是他们的幸福的总和！我能够离开他们，放下他们自己走到大自然的怀抱里面来享受清福吗？……"霍之远忽然感触到这个问题来，他把头低下去了，把两只眼睛望到想象里的工农群众的惨状，他眼上一热，几乎淌下泪来！"唱着《月明之夜》吧！唱着《葡萄仙子》吧！哎哟呵！快乐得很啊！Miss褚唱吧！唱歌吧！"章杭生在草地上打滚地这样叫着。

"他妈的！跳舞吧！你们不跳，我自己来跳吧！哎哟呵！快乐得很呀！快乐得很呀！"李田蔼一面叫着，一面笑着，一面跳着，状如猢狲。

"Mr霍！你的身体有点不好吗？你的脸儿有点苍白啦！"褚珉秋走到霍之远身边恳切地问。

"没有！谢谢你！"霍之远觉得站在他面前的褚珉秋完全是他所有的了。

"老霍！哎哟呵！不得了！不得了！你和Miss褚这样亲热起来了！哎哟呵！哈！哈！"章杭生有点醋意说，他仍然是在打滚着。

他们在这儿玩耍了半天才回去。不知怎样地，霍之远和褚珉秋以后便非常要好了。

十五

霍之远从章昭君和林寻卿那里探知褚珉秋也是 X 党的同志（章昭君和林雪卿已加入 X 党，她们都在 G 校读书，并且搬到大东路的 X 号门牌居住）。并探知谭秋英还未尝加入 X 党。这晚，他便约着褚珉秋、谭秋英和林妙婵几个人和他一道到公园谈话去。他的意思是要请褚珉秋介绍谭秋英和林妙婵加入 X 党青年团，G 校支部的。是夕阳腕晚的时候，在黄色的灯光渐次照耀着的街头。霍之远心中满着愉快地和她们一道跑着。

"Miss 谭！我那晚和你在公园里所说的那件事你该不至于忘记吧！"霍之远朝着谭秋英说，他和她故意行得很缓，这时已经落在林妙婵和褚珉秋的后面二三十步远了。谭秋英身上穿着一套称身的湖水色夹长袍，袖口短短的，露出一双纤小而可爱的手来。她的脸上，有一种又是沉静，又是有媚态的特殊情调，她的举动有一种又是镇定，又是善于迷惑人的特别魔力。她说话时的声音，时常在语尾上有一种说不出来的婉转，令人在听见这种声音时，脏腑都会为它熨帖。

她和霍之远两人间有一种恳挚的，热烈的友情。不！那不单是一种简单的友情，哪怕是一种不露骨的，深心蕴蓄着的男女间之爱情吧！她和他见面时虽然绝对未曾说过一句情话，但她的那种压制不住的爱的倾向时常不自觉地以另一种方式——严冷的而又关切的表情，表演出来。这种表示，在他俩讨论革命问题时，最容易被人们看出。"我当然是记着哩！"谭秋英答。她和他谈话，用 C 城话时比较多一点，但有时也用着普通话。"不过，你说，林妙婵这个人怎么样呢？我总觉得她不大能够革命！她好像只能做到贤母良妻的地位，做不到陷阵冲锋的革命工作呢！"

"我也觉得是这样的！不过，她现在已经是进步很多了！她在我面前屡次表示要加入 X 党去；我想如果她加进 X 党后，经过严格的训练，大概总可以干起一点革命的工作起来了。……"霍之远看出她对林妙婵显然有一种醋意的表示，这种表示令他深心里感到满足。因为从她这种表示中，他看出她对他的爱情来。

"是的！她在我面前也是时常这样地表示！她说她愿意牺牲家庭，愿意站在普罗利塔利亚的观点上去革命！她说她愿意和我一块儿加入 X 党去！我想，她既然这样说，便拉着她和我们一同加进 X 党去也未尝不可以的！……"谭秋英的一双水汪汪的眼睛向着霍之远一掠，显出十二分亲爱的态度来。

"我有一个朋友，他大概是 X 党的人物，我已经和他讨论过好几次，他答应替我找个介绍人，X 党内的情形他大体上也已经和我说得很清楚了。"霍之远把他两手插着他的洋服的袋口，他的为工作所压损的疲倦而憔黄的脸上溢着微笑。

"X 党里面的情形怎么样，请你告诉我吧！"谭秋英踏进一步，把身体挤在霍之远的旁边。

"我便告诉你吧！但，我只据我的朋友一面之词，这些说话，到底对不对，我是不知道的。………"霍之远把他的嘴放在谭秋英的耳边说。

当他把 X 党里面的内容和各种入党的手续向她报告完了的时候，他们已到第一公园的门前了。褚珉秋和林妙婵站在门口等候他俩。

"Miss 褚！跑得这么快，赶你们不上了！"霍之远的眼睛不意又是和她相遇，他的心中又是觉得惘然了。"知道你们干些什么勾当呢！嘁嘁喳喳地只在后面说着一些什么秘密话？"褚珉秋孩子气的笑着。

"真的！知道你们在干什么勾当呢？嘻！嘻！"林妙婵板着脸冷笑着。

"哎哟！你们这两个嚼舌根的蹄子！这样乱七八糟的赖人！"谭秋英脸上飞红，赶上前去挽着褚珉秋的肥胖的腕乱捻。林妙婵跑过谭秋英背后还是冷冷的在笑着她。公园里面小梅初放，雏菊盛开。枝头萦香，澹如月痕的梅花，真有些幽人绝世的清姿；皓洁如霜雪，孤僻如高士的菊花，亦有些吐弃凡尘，敝屣人间的格调。在斜阳映照着的下面，树枝沿着红光，像在火炉里发火一般。遥望六榕寺塔，玲珑孤耸，在落照的苍茫里，显出异样凄凉，萧素的样子来……他们在园里面散步了一会，便都在树丛间的一支长凳上坐下。谭秋英缠住霍之远谈话，她问着 K 党部为什么要把工农商学各阶级联成一气，问着 K 党为什么会发生那么多的纠纷，问着 K 党为什么会失去许多青年人的信仰，问着阶级斗争有什么理由，工农阶级为什么一定不能够和资产阶级合作………各个问题，霍之远一一地答得很详细。这么一来，足足废去了两个钟头了。在这两个钟头里面，霍之远连和褚珉秋、林妙婵说一句话的闲空都没有，她们真把谭秋英恨死了。

"呀！你看她和霍先生的态度多么亲热，多么献殷勤！咦！简直她就是一个狐狸精！"

"咦！我看她在笑着了！她的态度多么妖娆啊！哎哟！我们上当了！我们不应该同他们一道到这里来才是呵！……"

林妙婵和褚珉秋当着霍之远和谭秋英谈得入神时，不禁这样低声耳语在抨击着谭秋英。

当霍之远和谭秋英的讨论结束的时候，全公园的电灯已经亮了很久，那轮血红的太阳，也已在一个钟头之前，沉入地面去了。

"Miss 褚！我想和你说几句话呢？"霍之远吐了一口气，朝着褚珉秋说。

"什么事体呢？霍先生！"褚珉秋把她的手指剔着牙齿在笑着。

"这儿来，我要和你商量一件重要的事体啊！"霍之远站起身来用手招着褚珉秋一同走到前面去。

褚珉秋即时立起身来，和他走到一株木棉树下站立着，那儿离林妙婵和谭秋英坐着的地方，约莫二三十步远。

"Miss 褚！请你答应我一件事！"霍之远把他的手插在他的腰上，脸上溢着平和的微笑。

"什么事？霍先生！"褚珉秋把她的那双美丽而带着神秘性的眼睛朝着他只是闪着。她今晚穿的依旧是一套黑绉旗袍，脸上薄薄地擦着一点脂粉。她说话时的态度，很是坦白，自然，生动。她虽是十七八岁，但她的神态，了无挂碍，就好像一个婴孩一样。她虽然不是怎样的美丽，但她却可以称为"春之化身""快乐的女神"。无论哪个人和她相见时，都会把工作的疲劳消尽，把胸中的抑郁忘去的。

她对待霍之远特别有一种好感。她因为霍之远和林妙婵爱好的缘故，便和林妙婵爱好起来。她在林妙婵的面前时常说出爱慕他的话来。

这时候，她和霍之远站在一处。两人的脸都灼热着，心中都在跳动着。

"Miss 褚！我想你和林妙婵、谭秋英都是 G 校的学生，她俩的思想都很不错，而且很想加进我们的党来，请你替她们介绍一下吧！"霍之远把鼻在嗅着矮木上的浮荡着的一层肉香，胸口有些压逼而迷醉。

"我不是 X 党的党员！呀！霍先生，你弄错了！嘻！嘻！"褚珉秋笑着说，她的笑声就和一个婴孩的笑声一样。"你这小鬼子！你还想骗我吗！哈！哈！"霍之远看着她的那种孩子气的态度，不觉笑起来了。

"你既然知道我，为什么不知道谭秋英也已经加进 X 党呢？"褚珉秋全身不自觉地和霍之远挤得愈紧。"啊！谭秋英已经加进入了我们的党了么？我问林雪卿，她说开了几次会都碰不见她呢？"

"她们不同组啦！谭秋英是第一组的，林雪卿是第三组的！"

"啊！啊！哎哟！我今晚算是上了谭秋英的当了！她问我许多说话，都是骗我讲着玩呢！呀！这小鬼子，真可恨啊！"

"今晚她向你问的那几个问题都很没有道理，可是你却答得很好！"

"啊！啊！我终觉得是上她的当了！哎哟！可恨！可恨！"

"霍先生！你要我介绍林妙婵么？好极啦！好极啦！我近来时常和她谈话，她的思想的确是很不错啦！""便请你把她介绍吧！你和她同学而且一块儿住着最好请你时常指导她啊！"

"自然啦！我可以全部负责任，把她介绍到党里来！……哎哟！霍先生，你们训练班的那位教务长，亦是我们的同志吗？"

"是的！不过他浪漫得了不得！他从前是个克鲁泡特金式的无政府主义者！现在他的态度虽说好了一些，但还是脱不了个人无政府主义者的色彩啊！"

"真的啦！他真是浪漫得怕人哩！霍先生！我真怕他！他看见女性的时候，好像即刻便要把她吞入肚里去一样！咦！他的态度真是凶到极啦！"

"哎哟！他这个人也还有趣哩！"

"有趣吗？我觉得像他这样的男子真有点讨厌呢！"他俩依依恋恋地在谈着，不觉又是过了半个钟头了。这时候，霍之远耳边听到林妙婵在叫唤着他的声音。"啊！啊！我便去！"霍之远遥遥地回答着，一面向着褚珉秋说："我们回去吧！她们在叫着我们呢？""霍先生！听说你新近死去了一位哥哥！我想现在你一定是凄楚得很了。但是霍先生，容许我用着小妹妹的资格来劝你，请你看开些儿，保重身体才是啊！"褚珉秋诚恳地安慰着霍之远。她的声音因同情而颤动了。

"Miss 褚！感谢得很！我的哥哥死了的消息你怎么会知道呢！唉！"霍之远心里骤然起了一阵悲痛，眼上即时给一层雾气罩住了！

霍之远的哥哥死了的消息，前几天才从他父亲的家信接到。当时，他只是心上如大石压住，脑里如铁锤痛击。他本拟即日奔回家里看一看去，后来因为经过同志们的劝告，才没有去的成功。这几天，他因为工作太忙的缘故暂时地好像把这个悲哀忘记了。这时候给褚珉秋这样一问，又把他的悲哀重新惹起来了！

"之远哥！之远哥！回去啊！不早了！"林妙婵拉长声音在叫着。

"Miss 褚！我们回去吧！"霍之远紧紧地握着她的手。一阵柔嫩温热的刺激，传播了他的全身。他们的脸都灼热着。

"霍先生！咦！Miss 褚！哎哟！你们才不知又是在干着什么勾当呢！嘻！嘻！"谭秋英走到他们的身边，把她的大眼睛盯了他们一下。林妙婵默然走到她们身边，全身靠在霍之远臂上，一声不响地站立着。她望一回谭秋英又望一回褚珉秋，冷然一笑。

十六

十二月的时候了，霍之远和林妙婵两人间的爱情已经达到沸点了。他俩现在冲突的时候比较很少，似乎已经是由痴情上的结合，达到主义上的结合一样。他俩的意识和行动现在完全是普罗列塔利亚化了。他俩的谈话的焦点现在完全是集中在主义上了。本来在这样的轨道上走去，他俩的同栖生活的问题，当然是在必然律里面可以达到目的的。但，爱情到底是有波澜的。他俩在这条平安的轨道上，于是又碰到一场悲喜剧了……

霍之远近来因为和谭秋英碰到面便谈话，谈起话来便非一两个钟头不行。虽然内幕上他们是在谈论革命问题和接洽关于林妙婵加入 X 党的事；但在旁观人考察起来，总误会他们是在谈情话的！这种误会，自然是林妙婵更加厉害！一方面因为谭秋英的年龄、才情、风貌处处都有和林妙婵成为情敌起来的可能；另一方面是因为霍之远和谭秋英在谈话的时候，总是守着 X 党的党纪，不肯让林妙婵加进去（林妙婵还未曾正式被承认为党员）。这真使她接纳不住了。……

这天，正午的时候，褚珉秋，林妙婵，和谭秋英一道到 X 部后方办事处去找霍之远。霍之远便和她们跑到办公室外面的草地上散步去。谭秋英照例拉着霍之远拼命地谈起话来，她的谈话的内容似乎很秘密似的，她招着霍之远跑开十几步去喊喊喳喳地谈着。林妙婵和褚珉秋守候了一会觉得不耐烦了，便冷冷地向着霍之远遥喊着一两句辞别语，跑回 G 校去了。

霍之远和谭秋英在草地上依旧在谈着。草地之旁是个荷塘。塘里的荷花在两个月前已经凋尽了，这时候只剩下一些枯黑的荷梗。荷塘之沿有许多病叶枯枝的柳树，这些柳树在金黄色的日光照耀之下闪着笑脸。

"谭先生！你是太糊涂了！我站在党的立场，用着同志的资格来批评你！你把我们的党的秘密统统泄露给林妙婵！你和她因为感情太好了，便把党内一切的情形告诉她，这是很不对的！我们党里的党员是需要理性的，不需要感情的！就拿你那天同我讲话的态度来讲，你实在也不应该把许多党内的秘密告诉我！咦！霍先生！我用着同志的资格来批评你，你快要把这样的脾气修改一下才好呀！……"谭秋英站在霍之远面前，双手交叉着放在她的胸前，态度很是坚冷。

霍之远听到这段说话正中他的心病，不禁把脸涨红着。他想不到谭秋英这个娇小玲珑的少女会这样不客气地拿着党纪来教训他。他觉得又是羞耻，又是愉快。羞耻的是他自己实在干得不对，给谭秋英当面这样教训，有些难为情。愉快的是他觉得受了这样一个艳如桃李、冷若冰霜的女同志来纠正他，批评他，实在是很幸福。

"Miss 谭！你所说的话都对吧！我很感谢你！但，这里面你实在还有许多误会的地方，我不得不向你解释一下。我对林妙婵的说话虽然有些地方太不注意，但并不至于把党内的秘密泄露给她的。至于和你那晚的谈话虽然未免太坦白些，但我已经知道你的思想很不错，而且态度已倾向我们的党来了，我才那么讲的啊！……"霍之远一面认罪，一面还是取着辩驳的态度。

"霍先生！你再也不用和我强辩了，你把许多党的消息告诉给妙婵，我们 G 校已经许多人知道了！……"谭秋英的态度更加严厉，她的眼睛里闪着火，简直是发怒了。"Miss 谭！不用动气吧！你对我的批评，我诚恳地接受了！"霍之远又是觉得痛苦，又是销魂。

"霍先生！倒请你不要动气哩！我觉得我们既然是同志，便用不着什么客气了。我批评你的说话未必都是对的，但是其中自然也有许多地方可以供给你的参考哩！现在我要请你批评我了！霍先生！你觉得我怎么样呢！请你尽量地批评吧！"谭秋英的态度比较和蔼一些，她在笑着了。

"你很好！你很有理性而且在工作上很努力！"霍之远的心情已经平复，他觉得轻松了许多了。"真的吗？我自己觉得我有许多地方终不免失之幼稚呢！"谭秋英稚气地走动着，露出平时和霍之远间的亲密的态度来了。

"啊！霍先生！几乎忘记了！我昨天晚上把那张入党表交给林妙婵，那张表是我一时弄错了，那原来是介绍人填写才对哩！——唉！霍先生，这便是我的幼稚的地方呢！你说，现在有什么办法呢？"

"啊！啊！你把那张表弄错了么？还好，那张表林妙婵接过手后交在我这里呢？现在你把它拿回去吧！这张表内容怎样，她还未看见呢！"霍之远从衣袋里抽出那张表来，交给谭秋英。

"Miss 谭！以后做事小心一点吧！"他望着谭秋英笑着。

这时候从柳叶间透射过来的日影照在谭秋英的脸上。她一转身便走到霍之远身边来。她朝他呆呆地盯视了一眼，忽然脸上灼热起来了。

"霍先生！我们倒要注意些，现在的社会冷酷得很哩！我们不要再谈下去吧，恐怕人们要说我们在这柳荫下谈情话呢！……"谭秋英朝着霍之远点了一下头，脸上飞红着，走向 G 校去了。……

下午两点钟的时候，霍之远正在 X 部后方办事处办公很忙的当儿，林妙婵独自个人走来找他。她身上穿着一件淡绿色的布长袍，披着一条红披肩，脸上堆着一团气愤，她责问他为什么碰到谭秋英便那样亡魂失魄，她责问他是不是已经不爱她了。她说话时露出歇斯底里的病态来。"唉！真无法！她碰到我，便拼命要和我谈话，我有什么方法可以不搭理她呢！"霍之远向她解释着。"谁叫你见了她便涎脸，嬉皮，只想和她讨好呢！""哪里有这么一回事！我也不见便怎样的高兴她！今天还挨了她一顿骂呢！"

"挨了她一顿骂，才把你的神魂都骂得酥醉起来了！……唉！骗我做什么，你高兴她也罢，不高兴她也罢，与我有什么相干呢！……唉！革命！什么是革命！你们不过是挂着革命的招牌，在闹着你们的恋爱罢了！……""你为什么这般动气起来呢！我恨不得把我的心剖开出来给你看！你才相信我哩！……唉！我这几天所以和她那么接近，都是为着你的缘故哩！都是为着想把你介绍入 X 党的缘故哩！……"

"唉！唉！我再也不敢相信你了！……我哪里比得起谭姑娘呢！……"

他俩这样谈论了一会，霍之远觉得在办事处里面很不方便，便带她走到办事处外面一个僻静的地方去。这时他心中真是痛苦得很。他觉得恋爱这回事，是多么讨厌啊！他想一个男人为什么一定要和一个女人恋爱呢？恋爱后一定要受了许多不合理的痛苦，这有什么好处呢？……林妙婵满面泪痕，她觉得霍之远对待她终是不忠实；他所给她的爱情终是不能专一。她心里想，完了！我再也不想生活下去了！人生根本便没有什么可留恋的地方啊！"唉！妹妹！"霍之远搂抱着她说。"相信我吧！我始终是爱你的！"

"不要再说这些话，我听够了！"林妙婵歇斯底里地抽咽着。

"唉！妹妹！你的痴情，你的对待我的专一的痴情我是很感激的！但，现在你已经决心干起革命的工作来了，便不应该这样任情，这样没有理性呀！……你叫我怎么办呢！干革命工作的人，男女几乎就常是混在一处的。如果和一个女人谈话，便算是和她恋爱！那我以后，看见每一个女人，都要先行走避了！这是绝对不可能的一件事体呀！"霍之远柔声下气的说。

"谁是你的妹妹！谭秋英才配做你的妹妹呢！……现在我再也不想和你说下去了！你的工作忙得很呢！哼！你们革命家！你赶快把昨天晚上那张表拿来还我，我自己填写去吧！革命，时髦得很，我也跟着你们干起革命的勾当来了！"林妙婵伸手向着霍之远要入党表。

"放在我这里吧！我替你填上便好了！"霍之远心中吃了一惊，觉得冲突的材料又是添上一件了。

"不用费你的心呢！我自己晓得怎样填写哩！"林妙婵踏进一步，向霍之远衣袋里面搜索着。

"没有带来的，昨天晚上我把它放在学校里面呢！"霍之远瞒着她说。

"我现在即刻和你到你的校里拿回来！去！一道去！"林妙婵跳起来，即刻便要动身。

"妹妹！请你不要动气！那张表是介绍人填写的表，不是被介绍人填写的表。谭秋英一时错给了你，现在已经被她拿回去了！"霍之远觉得无论如何再也掩饰不住，便据实地说明。

"真的吗！……"林妙婵喘着气说，她圆睁着双眼，脸上满堆着失望和愤急的神气。

"怎么不真！……不过请你别要这样气急呀！这是没有什么关系的！……"霍之远安静地说。

"哎哟！你又来捉弄我了，你和谭秋英又来这样把我欺骗了！唉！X党是你和谭秋英两个混蛋私有的党！是你们的爱情背景的党！我再也不愿意加进去了！要加进这个党才算是革命的吗？那便索性不革命也罢！唉！……"她抽咽着，全身战抖着，脸色变成苍白了。

"唉！妹妹！不要这样的胡闹吧！你也太薄弱了，你这样任情使性，完全不是一个革命党人所应有的态度啊！退一万步讲，便算我真个是和谭秋英恋爱起来了，难道你便可以抛弃你的革命的决心吗？你的革命的决心是建筑在群众上，还是建筑在我和谭秋英两人身上呢？……唉！妹妹！请你平心静气，缓缓思考吧！不要越急越弄糊涂了！"霍之远镇静地安慰着她。他心里好像受了一刀，这一刀使他又是失望，又是灰心。

"唉！何必要和一个女子发生恋爱呢？革命工作要紧呀！我今天又要把工作的时间抛掷了两个钟头了！唉！不行！我的工作是多么重要呀！"他口里虽然在劝慰着林妙婵，心里不禁这样想着。

"呃——呃！呃！我——上——了——人——家的——当——呀！……"林妙婵不断地喘着气，抽咽得更加厉害。

"妹妹！你真是越说越不近人情了，你上了谁的当呀！唉！难道！……唉！你说我骗了你吗？……"霍之远也是喘着气，脸上溢着怒容，他觉得他是太受侮辱了。"不要假亲热了！口皮上妹妹地，妹妹地叫着；心里却老早在诅咒我快些死去哩！……唉！实在我也太不自量了！本来我们根本上便未尝相爱过，我和你只和路人一般，我这个路人来缠住了你这么久，实在是对不起的很啊！……"林妙婵咬着牙，恨恨地说，她丢下霍之远走开去了！……

"妹妹！回来呀！回来呀！……"霍之远望着她的背影高声地叫喊着。

她头也不回来地走向 G 校去了。

霍之远呆呆地在站立着，他觉得他好像受了万千的委屈；心中觉得一酸，不提防便是淌下几滴眼泪来。"唉！工作要紧呀！恋爱是一件多么愚蠢的事呀！"他叹了一口气，走回办公室办公去。

十七

过了两个钟头，霍之远正埋头案上在改着海外工作人员训练班的学生的文章时，G 校的校差拿了一封信到来递给他。那封信是林妙婵写给他的一封绝交信！信中写着：

霍之远先生！对不住得很呀！刚才对你真是无礼得很呀！先生是革命党里面重要人物，民众队里先锋！望善自珍重！妙婵既愚且任性，自思实不足以伴你，以后当不敢再和你纠缠下去，一方面恐怕妨碍你的革命工作！一方面恐怕做你和谭秋英姑娘恋爱的障碍品也！……

妙婵素性懦弱，又不善于交际，自料在这光怪陆离之世界里面不适宜于生存！……现已决意离开人生之战场！祝你和谭秋英姑娘恋爱成功！祝你所希望的革命成功！

……

霍之远看完这封信后，脸色完全变成青白，他把头发乱抓，跟着，便是一阵昏迷。

"完了！我和她的关系便这样的终结了！也好！恋爱是多么讨厌的一回事呀！是多么无意义的一回事呀！……"他清醒后便下了这样的结论。

"还是写封信给她好的，她恐怕会自杀呢！唉！一个热情而没有理性的女子，是怎样难于对付呀！"最后他终于这样决定了。他抽起笔来写着信：

亲家的婵妹！

伏望勿因恼怒太过，致伤身体！远对妹自信尚未有负心之处，来书云云，不免失之过激矣！晚间当到 G 校访妹，望勿外出为荷！……

霍之远写完这封信后，叫办事处里面的一个杂差即刻把它拿到 G 校去。他一面在感伤着。他觉得一个人绝对没有其他的人来爱他，固然是有点太寂寞了，太不像样了。但当他被人家爱得太厉害的时候，也是一举一动都不自由起来，也是痛苦得很啊！他对于恋爱根本卜起了一个幻灭的念头了。

晚上，他在训练班，吃过晚餐后，便一个人走到 G 校去找她。她出来见他，但态度冷淡得很，她的两双眼因为哭了一个下午的缘故，已经肿得像胡桃一样了。"妹妹！到外面去跑一趟吧！"霍之远很亲热地叫着她。他充分地被她的凄娈的表情所感动，心里觉得难受起来。他说话的声音，也颤咽着。

她仍然沉默地不作一声，但她的脚步却已经跟着他走了。

"妹妹！不要太悲哀吧！……呀！只要你能够平心静气，不久你定会把我谅解了！"霍之远酸的鼻说，他想握着林妙婵的手，吻了一千个热吻。

"……"林妙婵仍然是沉默着，她只望着霍之远一眼，冷然的一眼。

这时候，他们已经到了 C 州革命同志会旁边那个草场上了。是夕照酣红，暮天无云时候，他们的人影长长地投在地上。霍之远的瘦棱棱的脸上满着一种沉思而忧郁的阴影。他怕羞而挚切地用着他的颤着的手去握着林妙婵的手，但她冷然地把他拒绝了。

"你终于不搭理我吗？……唉！……"霍之远叹了一口气。林妙婵只是沉默着。

"妹妹！我和谭秋英的交情只不过是一种普通的朋友的感情，她对我亦是冷淡得很。不要误会罢！今天的事，尤其是不成问题，那只是一种手续的问题。这一点你将来入党后，便一定会明白起来了！"霍之远忍耐着说，他的心又有些气愤起来了。他觉得他对她很坦白，而她终不能谅解他。这是多么可恼的事体啊。

"你和谭秋英姑娘的事体，谁敢干涉你，我和你也不过是普通的朋友罢了！入党！我哪里配入党呢？……"林妙婵冷然答，她对于霍之远显示一种坚决的拒绝的表情。

"好！完了！请吧！林女士！"霍之远大声地说，他丢下林妙婵即刻走开了。他心里觉得悲伤而痛快。"哥哥！唉！回来吧！"林妙婵见他跑了二三十步远还没有回头来，便这样高声呼喊着。喊后她便哭起来了。霍之远心中又是觉得不忍了，他只得跑回去和她站在一块！

"怎么样？……"霍之远咳了一声说，他的眼睛变成喷火的玻璃球了。

"唉！哥哥！恕我吧！一切都是妹妹不对啊！……"林妙婵全身抖颤着，脸色像死人一样地挽着霍之远的手去亲着她的唇。"我！我——表面——上——虽——然——在——和——你斗——气，——我的心——却——是——很——爱——你——呢！——唉！"

"妹妹！唉！你为着我受了这么多的痛苦了，看！你把你的眼睛都哭得红肿起来哩。……"霍之远深深地又是被她的悲楚所激动，把她的愤怒之气完全消失了。"哥哥！亲爱的哥哥！恕我罢！今天真把你气够了！唉！原谅我吧！这都是因为妹妹太爱你的缘故啊！……"林妙婵脸上飞红，感情很激动地说，她的那双水汪汪的泪眼，尽朝着他盯着。

"都是一时的误会，不算什么一回事啊！……"霍之远低着头在望着他和她两人的长长的影，叠在一处，脸上溢着微笑。

"为什么笑起来呢？"林妙婵也跟着他笑起来了。"看！你看那地上的人影吧！你说我们亲密，还是地上的人影亲密呢？看！地上的人影已经拼成一个了！……"霍之远望着林妙婵很自然地说。他的炯炯而英锐的眼泛着一层为情欲所激动的光。他的态度又是威武又是有稚气。这样的神情是一种最易令女人们迷惑的美啊。"哥哥！还是我们亲密哩！"她的红唇嗫上霍之远的唇上，用力的吮吸着。他们完全和解了。

过了一会，他们便又离开这片大草原，到第一公园去。在第一公园里面谈了一会，已是月上柳梢间的时候了。"妹妹！我即刻便要到会场去，时候已经不早了！"霍之远对着他怀里的林妙婵说，他俩这时都坐在一双有靠背的长凳之上，长凳之上有藤蔓矮树荫蔽着。

"不要去呵，我想一两次不到会大概是不要紧啦！"林妙婵依依恋恋地只是不忍离开他。

"不可以的！我们的会场生活是很重要不过的呀！——你暂时回到 G 校去，等我散会的时候，才去找你，可以吗？"霍之远央求着说。

"好！你不要再和我说话了！到会场去吧！到会场去吧！"林妙婵赌着气，脸上即时又是现出失望的神色来。"哎哟！你又来了！你的脾气还是一点儿不改啊！——呵！我不去吧！不去吧！……"霍之远恐怕她又要哭起来，便即刻答应了她的要求。

"好极啦！不去才好！我不让你去哩！"林妙婵脸上满着胜利的愉快。她笑着了。

再过了约莫十分钟的时候，霍之远又是向着林妙婵千央求、万央求地说他即刻便要到会场去。林妙婵终于答应他了。

"好的！让你到会场去也好，但你要带我一块儿去呢！"她说。

"不能够的！我们的会，你是不能够参加的！"霍之远带笑容。他立起身来，在走着了。

"我不是已经加进你们的党吗？为什么还不能够到你们的会场去呢！"林妙婵跟着他走在一处。

"再过几天吧！过几天手续弄清楚了，自然是可以跟我一道去的啊！"霍之远温柔地吻着她的额。"我一定要跟我去！嗯！……"她像一个小孩子似地摇着身摆着头央求着霍之远带她去。"好的！好的！我带你一道去吧！但是你只能够远远地站在外面，不能够跟我进到里面去啊！进到里面时，要是碰到你们 G 校的同学，事情可便糟了！"霍之远心里觉得有些对不住党了。他觉得他的感情终是太丰富，他的理性不能够把他自己主宰着了！

"唉！我知道了！一定是你约定谭秋英姑娘在会场里面等候你呢！……"林妙婵脸上又是露着疑虑和失望。"……"霍之远沉默着，他望着她只是不语。……晚上约莫九点多钟的时候，他在会场出来，便又走到 G 校去找她。月色很是美丽，大地上的屋宇、树林、人物都像是在银光下沐浴着一样。他俩在街上走了一会，便到 S 大学里面的一个僻静的小花园去。

这个僻静的小花园，是在一座教室之前，广约一亩地，景象十分幽雅。他俩在这儿的石凳上坐下，远远地飘来一阵胡琴的声音，在那声音里面杂着一阵一阵男女的笑声，霍之远觉得有些惘然了。

他忽然把林妙婵用力地拥抱着，在她的额上，唇上，肩上，腕上乱吻了一阵。他觉得在这样的世界上估有一个像林妙婵这样年轻美貌而又多情的姑娘，是多么幸福的一回事呀！他开始用着羞涩而又抖颤的声音向着她说："亲爱的妹妹！我们以后怎样结局呢？……我想——你——和——我——！唉！"他觉得不能再讲下去了，林妙婵的脾气，他是知道的，他恐怕她又是要哭起来了。"哥哥！你的意思我明白了！我答应你！"林妙婵把脸伏在霍之远的胸里说，全身颤动得很厉害。

"我爱！……"霍之远哼了这一句，又是销魂，又是混乱！

"哥哥呵！我……把——我的……所有的一切，都呈献我——的——亲——爱的哥哥呵！……"林妙婵的耳朵羞红着像两朵红玫瑰花一样了。

"我们以后再用不着顾虑一切，怀疑一切，只是努力跑向前面去吧！奋斗！奋斗！我们要互相督促着去和一切恶势力作战！我们的结合完全是建筑在革命的观点上！是的，像我们相片上写着的一样；为革命而恋爱！不以恋爱牺牲革命！……"霍之远站起身来说，他的态度很是激昂慷慨。

"哥哥！我愿始终和你站在同一的观点上革命去呵！"林妙婵也站起身，她的态度很表示出一种勇敢，和预备去为民众而牺牲的热情。

"握手吧！"

"握手吧！"

他俩的手紧紧地握着，用全身气力地握着。他俩的态度，就和喝醉了酒一样。

十八

初春时候，在爆竹声里和街上人都穿着丽服的情境下，春天的快乐的影子已经来到人间了。

霍之远照旧忙碌着，他一身兼了两个重要的职务，海外工作人员训练班的代主任，和X部后方办事处的主任。他的头发和胡子比平时格外散乱了，他的脸格外瘦削了，他的衣服格外不讲究了。但他的炯炯有神的双眼，他的脸上一种有吸引力的特殊情调，却一些也是不变，他现在差不多完全在团体生活里面陶醉了；关于个人的伤感，怀乡病的意绪，悼惜过去的心情，差不多都没有了。可是，在和女性接触这方面的，他的心里还不免留下一点腻腻的快感，这或许是他的年纪还轻的缘故吧。他和林妙婵的恋爱，现在已告成功了。可是他对谭秋英和褚珉秋的态度究竟是怎样呢？他和她俩究竟有了恋爱的成分存在吗？这问题，实在连他自己亦觉得难以答复呢。他觉得他的心虽然在否认他和褚珉秋、谭秋英两人有了什么爱的存在，他的理智虽然在排斥这种不合逻辑的爱的事件的发生，但在下意识里，在朦胧的境界间，他有时又觉得她俩在他的心里都占了一个不小的位置。

林妙婵曾向他戏谑着说："哥哥呵！要不是我和你先有了婚约，谭秋英或者褚珉秋一定会把你占据去哩！哎哟！她们对待你的态度都是亲密得多么厉害呀！"……他觉得这几句话也并非完全违背事实的。

不过，他现在已经把全部的生命力都寄托在革命上面，对于恋爱这回事他并不表示得怎样热烈。因此，他对着谭秋英和褚珉秋的种在他心中的爱的嫩芽，便很不吝惜地借着革命的利斧去把它割去。

他和褚珉秋的情感的浓厚本来也不减他和谭秋英的。但，谭秋英深沉寡默，用情专而刻，褚珉秋天真烂漫，用情自然而无痕迹。故此霍之达和褚珉秋虽有时极端表示爱，但林妙婵未曾加以干涉；谭秋英和霍之远接触时，虽绝对未曾表示爱，但林妙婵却早已经不能够容忍了。褚珉秋曾和他侃侃地讨论着恋爱问题，曾和她紧紧地挤在一处谈着话，曾和他肉贴肉地呆立了一会，她和他中间有许多地方不拘形迹，任意抒写。她极端地崇拜他，信仰他。她对谭秋英批评他的说话，十分抱着反感，她憎恶谭秋英，她说谭秋英太幼稚，而且对于革命只会讲，不会做。她入X党已经三四年，是个老党员了。但，她依旧是天真烂漫，毫无拘束；实在说她是个优游于法度中的人物了！

一个月来，她和霍之远、林妙婵一同到公园散步去许多次。每次在路上走动时，她都站在中间，把霍之远和林妙婵分开在她的两旁。在公园的长凳坐下去休息的时候，她也毫不客气地坐在中间，把霍之远和林妙婵紧紧地靠在她的胁下。她说她很不高兴和人家恋爱，她一见男性向她进攻时，便觉得肉麻。她时常放大喉咙，手舞足蹈地向着霍之远和林妙婵这样说："现在一般的男性向女性进攻的那种态度，真是一种发狂的态度啊！他们看见一个女性便没头没脑地设法要和她相识；和她相识后没有几天便匆匆忙忙地向她求爱了！真真是岂有此理！我碰到像这样的男性差不多一打以上了，真叫我气又不是，笑又不是呢！有一次我有一个男同乡，他忽然间天天跑来看我，并且忽然向我写起情书来了，我觉得奇怪不过，只是置之不理！过几天，他哭丧着脸走来找我，他骂我无情，我把他大大地教训了一场，他才抱头鼠窜而去！哎哟！真是痛快得很啊！……"她说话时的那种坦白毫无拘束的神态，那种大刀阔斧不顾一切的表情，时常使霍之远觉得襟怀为之一畅。她自己虽说她不喜欢和人家恋爱，但她在霍之远面前却最喜欢讨论恋爱问题。她所听到恋爱史亦多得很，她时常在霍之远面前把人家的恋爱史拿来做谈笑的材料。她对待霍之远的态度，总是笑眯眯的，亲密不过的。她那种亲密的态度，比普通的所谓爱人或许还要厉害呢。……她和林妙婵的感情好得很，林妙婵加入 X 党，她的确尽了不少的力量。林妙婵一向的态度是懦弱不过的，而且她和章昭君有了一点莫名其妙的私隙，因此章昭君极力反对她；在支部的会议席上，褚珉秋和章昭君大战了一阵，才把她打退。林妙婵才得被通过，她的党员的资格才算确定。林妙婵因此很感激她，她也把林妙婵姊妹一般的看待着。

霍之远也很爱褚珉秋，他隔几天不见她便很挂念着她。他心里时常这样想着；"我如果有了这样的一个妹妹，和她一世厮守（不结婚的！），是多么愉快的事啊！……"这天，下午时候，霍之远刚从惠爱路的一间小浴室里面出来，走不上几步，迎面便碰到她。她和一个女朋友同行，那位女朋友也是 G 校的学生。

"到哪边去？霍先生！"褚珉秋撇下那位女朋友，走上前来含笑向着他问。

"想去找你啦！Miss 褚"霍之远笑着答。他身上穿着一套黑呢西装，把大衣挂在手臂上。天气很是温暖了。"真的吗？你为什么要找我呢？"褚珉秋点着头扭转身向着那女友说："我替你介绍，这位是霍之远先生，海外工作人员训练班的主任，X 部后方办事处的主任！"那位女友向着霍之远含笑点着头，便这样说："罗琴素，在 G 校读书！"

罗琴素也是个江南人，中等身材，脸部圆椭，两颊像熟苹果一样涨红。她穿着一套浅蓝色的灰布长袍，态度颇娟静。

霍之远和她搭讪了几句，便转过脸去兜着褚珉秋说话。

"Miss 褚，林妙婵的入党手续弄清楚了没有？"她便把怎样和章昭君冲突，怎样通过的情形告诉给他。他们一面说话，一面走路，不一会已到了 G 校的门首了。他们好像还有许多话未尝说完的样子，便在门口继续谈论着。那位女友等得不耐烦，便先辞别了他们走到宿舍里面去了。

天上的云像千万双白色的羔羊，这些羊都是忙着要走到它们的归宿处去似的。在那些白色的云朵里面闪着千万道斜阳的金光，那些金光汇成一派大河，在天体上流荡着。

霍之远把他的过度疲倦了的脑袋，在这样美丽的阳光下晒着。脸上溢着一段微笑，那微笑好像能够把他的疲劳的带子解开来似的，他索性合上眼微笑了一会，脑袋里便觉得清爽许多了。

因为工作的过度疲倦，他的神经末梢的感觉似乎愈加锐敏。在这样的状况下，他愈加觉得站在他面前的褚珉秋是像仙子一样可爱了，他觉得越看越动情，越离不开她了。他有点神经衰弱病似的想着："哎哟！我如果能够倒在她怀里躺一忽，是多么舒适啊！我的头便靠着她的心窝，我的额和整个的脸部便都藏在她的盈握的一双乳峰之下，我的手便揽住她的腰，我的身体便全部都挂在她的大腿上，啊！要这样能够让我躺下一会啊！……"

"霍先生！我和你到会客室里面谈谈去吧！"褚民秋在他的耳边说，她的那双美丽得像能够说话的眼睛向他温暖地一闪。

霍之远吃了一惊，脸上顿时涨红了。他几乎即刻走上前去拥抱着她。倏然间，他有点羞涩起来了。"呵！呵！好的！好的！一道去吧！"他几乎喘气说，足步已经随着她一步一步地走到 G 校里面去了。G 校的会客室是在女生宿舍的楼上，那是一间二丈见言的雅洁的房间，前后两面都镶着玻璃窗。褚珉秋带他到这室里面后，便把室门关闭了。她说："我们的舍监是四 Y 团的重要人物呢，她住在距离这儿不远的房间里，我们说话时，倒要提防她！"她和他都坐在同一列的藤椅上，他俩的身体的距离就只有几寸远。她今天穿的是一套淡红色的旗袍，身上的曲线很明显，很有刺激性和诱惑性的美。她坐在那儿，恍惚就是春的化身，恍惚使全室都放了光明，和充满一种娱乐的空气。

霍之远很是兴奋，他的眼熠熠发光，他鼻孔翕翕地在喘着气。他周身恍惚发热一般；他觉得他好像躺在美丽的彩云里面，而那些彩云都是有了女体遗下来的暖香似的。"是的！我们谈话应当低声一点！"霍之远茫然地答。褚珉秋用手拍着她的美丽的肩膀，她的紧小的旗袍荡了一下，一种处女所特有的肉香从她的袖口里面飘洒出来，一直刺入霍之远的鼻观去。她的那对深夜里，森林中在天体上照闪的星星一般的眼睛朝着霍之远发光。她婀娜而又自然地说：

"霍同志！我们的舍监陈嘉桐是多么可恶啊！她把我们压迫得很厉害，像社会主义一类的书，都不给我们看，我们如果太活动了，她便即刻把我们制止！学生中做她的走狗的，实在也不少，因此我们的一举一动，她都即刻便知道。譬如我们此刻在此谈话，若是给她知道，说不定会给她痛骂一场，说我们是在此间做出不可告诉人家的说话来了！……霍同志，你知道吗？谭秋英这人真坏，她和她很接近，很有感情呢！"

"这陈嘉桐真是可恶！她以前曾在我们 X 部办事，后来给部长开除了。她现在对 X 部的人，都很痛恨呢。唉！真糟糕！你们的校长侯烟妍，倒像个很革命的人物，自从她北上了，便把这 G 校交落给这班混蛋！真可惜呢！……谭秋英，我觉得倒还不错，她好像很沉着而有理性的样子！"霍之远答，他把褚珉秋的一双放在桌上的手腕看得发呆。在那双手腕上，他即刻幻想到被她们拥抱着时的愉快，他全身在抖颤着。

斜阳光像一双小病猫似的爬进会客室里面来；窗外碧绿色的树叶发出一层冷冷的光，形成一种凄然的沉静。"Miss 褚！"霍之远站起身来怪亲热地这样叫着，紧紧地靠在她的身边，他的身上像触了电似的一下里热起来了。"你不久便要毕业了！毕业后你一定要回到你的故乡去！我呢，说不定在最近的将来也会东漂西泊，我们以后怕连见面的机会都没有了！"

"哪里便会这样呢？我们以后相见的日子多着呢！……霍同志，毕业后我打算不回家去，我愿跟在你的后面去干着革命呢！"褚珉秋把她的全身都靠在霍之远身上，她的头依在一边，眼睛向他瞟着，脸上溢着稚气的微笑。"……"霍之远尽在呆呆地沉思，他觉得他恍惚已经答复了她的说话，又觉得好像未曾答复她似的。她的眼睛像用螺丝钉住似的盯在褚珉秋的美丽得可怜的体态上。"那是最好的！"他做梦一般的答着。

忽然地，他的腰上接触着一双温柔的、有力的手，他的胸前软软地压着一个有弹性的、芳香的女体！他眼前一阵昏黑，室里面的一切都像在转动着了！

他定睛看时，褚珉秋已经从他身边走开去，脸上全都飞红，身体在战抖着！

"再会！"霍之远咽声说，几乎流出眼泪来了。

十九

燕子在飞着了，空气一天一天地潮湿起来了，春之神像穿着五色彩衣飘到人间来了。大地上一切昆虫、禽鱼都活跃起来了，光和影和声音，都从死一般沉寂的冬天苏转过来，像赴着群众大会一样的喧嚣叫喊着，于是人们的心里都随着外面的热闹充满着生意了。

霍之远现在更加忙碌了，他差不多每天从白昼到黄昏都在忙着工作，他的工作紧紧地缠在他的身上，就好像一条蚕卧在蚕茧里面一样。

这晚，他因为脑子痛得太厉害了，便跟着林妙婵、谭秋英在外面散步去。他们本来是预备到西瓜园看马戏去，后来不知道为什么又把计划改变了，只在公园里跑了一趟，便到小饭店吃饭去。

是晚上七点钟的时候了，街上洒满着强烈的电灯光，照耀得如同白昼。他们在那小饭店里面选定了一间比较雅洁的房间坐下去之后，便叫伙计要几盘普通的饭菜来用饭。

霍之远和林妙婵坐在一边，谭秋英坐在他们的横对面。他们一面在吃饭，一面在谈着话，门外忽然下起雨来，雨声如裂玉，碎珠，一阵阵凉快潇洒之感幽幽地爬到他们的心头来。

"Miss 谭，在革命的战阵上，你说情感是绝对应该排弃的东西吗？"霍之远茫然说。这时他只穿着一件西装的内衣和一件羊毛背心，他的神情，似乎很为雨声所搅乱。

"自然的，我感觉到这样！"谭秋英答，她的态度很是镇静而安定。她穿的是一套黑布的衣裙，那衣裙倒映着灯光，衬托出她的秀美的脸部显出异样娟静。

"但革命的出发点却由于一种热烈的情感，你说对吗？——譬如说列宁吧，或者说中山吧，或者说现时的许多革命领袖吧，他们的革命的出发点哪一个不是由于他们对于被压迫阶级的 profound sympathy 呢？哪一个不是由于他们对于被压迫阶级的恳挚的、热烈的同情呢？所以，我敢说革命的事业固然应该由理智驾驶；但它的发动力，还是情感呢！"霍之远想用他的巧辩说服她。

"这种论调完全是一种小资产阶级的论调，站在普罗列塔利西亚的观点上说，这种论调完全是错误的啊！哪！别的不说，我们的党的理论和策略不都完全是建筑在理性上面么？我想，霍先生你终是脱不去一个文学家的色彩啊！"谭秋英又是用着教训他的口吻了。

雨越下越大了，雨声像擂着破鼓似的，又是热闹，又是凄清。在这样春夜薄寒，雨声打瓦的小饭店里面，他们投射在地板上的影子，拼成一团，说不出有无限亲密的情调。

"Miss 谭，你真是冷酷得很啊！我们在革命上自然不主张任情，但情感本身又哪里能够被否认！你说，一个人要是无情，根本上便和一块石头，一棵树有什么分别呢？唉！Miss 谭，别要这样冷酷呢！我想，你似乎忽略了人生是一件怎么有趣的东西啊！"霍之远动情地说，他的态度几乎是向她求情的样子。

"嘻！嘻！哈！哈！……"谭秋英忽然大笑起来，她笑得再也不能说话了，只得将她的身体伏在桌上。过了一会，她喘着气说："哎哟！真是笑死我呀！"……霍之远和谭秋英谈话时，时常 C 州话和普通话混杂用着，这是他们的习惯。

……

"点解咁好笑呢？"霍之远脸上绯红地问，他被她这阵大笑所窘逼了。

林妙婵偷偷地考察得他俩的神态，气得连饭都吃不下去。她停匙，丢筷，呆呆地坐着，脸色完全变成苍白了。霍之远望着她一眼，背上像浇了一盆冷水似的，早已凉了一半了。即刻他把脸朝着她，低声下气，甚至于咽着泪的说：

"妹妹！觉得不舒服吗？啊啊！饭要多吃点才好啊！……"

"我的肚子早已不饿了！"林妙婵用着愤怒的声口说，她的眼上闪着泪光。

"哎哟！妙婵姊！吃多一点饭吧！你不吃，连我也觉得没意思起来呢！……唉！还是我不来好，我一来便使到妙婵姊连饭都吃不下去，这是什么意思呢！"谭秋英半劝慰，半发牢骚的口吻说，她脸上早已全部飞红了。

"我自己吃不下去，干你什么事！别要太客气了！"林妙婵把脸转向室隅，再也不看她了。

雨依旧下着，而且越下越大，大有倾江倒海之势。他们只得向伙计要了一壶茶，在室里再谈着，就算是避雨。"妹妹！今晚的菜很好啊，还是多吃点饭好呢。"霍之远柔声下气地只是劝诱着她。

"我不吃了！我的肚子不饿，叫我怎样吃下去呢！"林妙婵头也不转过来的答。

"妙婵姊！妙婵姊！……"谭秋英也是柔下气地说，她望着霍之远只是笑。

过了一忽，雨渐小了，但依旧是不曾停止。他们三个人共着一把雨伞，挤在一堆地走出小饭店来。街上湿漉漉地照着人影，店户的灯光也都照在积水上。霍之远居中，谭秋英和林妙婵站在他的两旁走着。

"我顶喜欢雨！要不是伴着你们两位姑娘在走着，我一定会散发大跳，一来一往地奔走着在这样的雨声之下！……"霍之远感到一种诗的兴趣，在他的心头挤得紧紧。"所以我说你还是脱不去一个文学家的色彩啊！"谭秋英冷然说。

"这种色彩好不好呢？哈！哈！"霍之远故意撞击着她的身体，顿时觉得像触了电一般的酥醉。

"好的！怎么不好呢！嘻！嘻！"谭秋英笑起来，全身几乎都伏在霍之远身上了。

林妙婵忽然从他们身边走开去了！她在雨中走着，头也不看他们地走着！她的脸上白了一阵，红了一阵，她的唇都褪了颜色了。

"妹妹！疯了吗！你全身都湿透了！来！快来！"霍之远颤声叫着，他和谭秋英走到她身边去；她不顾地走开去了。

"妙婵姊！妙婵姊！快来吧！霍先生在叫着你呢！"谭秋英的脸又是涨红着，她望着霍之远一眼，觉得怪不好意思地便即把头低垂下去。

到了 S 大学了。她们都到霍之远的房中坐下。门外的玉兰树，湿漉漉地在放射着冷洁之光。雨依旧下着，而且更大了。

"哎哟！今夜的雨，真是下得怕人啊！"霍之远的态度仍然是带着一种诗的感性。

谭秋英沉默着，林妙婵仍然是满面怒容。霍之远的说话竟没有人来搭理他，他觉得悲伤起来了。"哎哟！霍先生，我要回去了！"谭秋英立起身来，脸上的表情和一团水一样。

"好的！我和你们一道去！妹妹！我们一起出去吧！你回到 G 校去，秋英回到她的家中去！"霍之远站起身说来，他预备着便起行的姿势。

"你们去吧！你和秋英姊一道去吧！我要在这儿再坐一会儿！"林妙婵的苍白的唇上颤动了一下。

"一道去吧！"

"不！"

"唉！……"

"唉！……"

"妹妹！你今晚为什么变得这样奇怪呢？唉！现在已经不早了，我和你一道去吧！"

"我不去！难道你这里不许我再坐一会吗？——不要紧，如果你不允许我再坐一会，我便走了，但我自己会走路的，不敢劳动你的大驾呢！……"

"唉！你真是不谅解我吗！"

"唉！你真是不谅解我！不谅解我吗！"

"……"

"……"

"哎哟！恋爱是多么麻烦的事体啊！有了恋爱便一定耽搁了革命的工作！我想真正的革命家是不应该有了恋爱这回事啊！"霍之远这样思索着，意气异样消沉下去。"Miss 谭！"他几乎流着眼泪地叫着，"我和你先去吧！一会儿我再来带她到 G 校去！……"

"妙婵姊！妙婵姊！……唉！你也太使性了，你不知道霍先生心中是怎样难过哩！……不要太固执吧！一块儿去！唉！妙婵姊！妙婵姊！你连答应都不答应我一声吗？唉！"谭秋英走到林妙婵的身边这样劝慰着好。

"你们去你们的！我想再坐一会儿！……唉！秋英姊，你的为人好得很啊，好得很啊！我是知道的！"林妙婵流着泪把头靠在书桌上。

"妹妹！真的想在这儿再坐一忽吗？也好！我先送谭女士到她的家里去！……"霍之远朝着她说。

她微微点着头。

霍之远和谭秋英走出门外，下了宿舍的楼梯，走到狂风雨里面去了。宿舍横对面，明远楼前后的大道上，木棉树颤巍巍的像在流泪一样，不！像挂着小瀑布一样！他俩共着一把洋伞，紧紧地挤在一处。两人的脸都灼热着，谭秋英的像流星一样的眼睛频频地向着霍之远放射着光芒。"霍先生！林妙婵到底为的是什么？她的态度为什么这样地难看呢？妒忌吗？我们今晚也并没有什么地方可以惹她的妒忌啦！她的身体不好吗？但是又觉得不像！"谭秋英像怕受了寒似的，把身体挤在霍之远怀里。

"她大概是把我爱得太厉害了，故此她对你和我的亲密的态度，便未免有些妒意了！我想，大概是这样吧！"霍之远咳了一声，这样答着。

"唉！霍先生！我真糊涂！我想，要是这样，我真不应该和你这样接近了！……"谭秋英脸色红了一阵，白了一阵，她的嘴唇在翕动着。

这时候，他们已经走过街上，在积水很深的横巷里面蠕动着。他们的身上的衣衫都沾湿了，就如一对跌入水里去的公鸡和母鸡一样。他们的热情也似乎给雨水沾湿，蒙蒙迷迷地融成一片。谭秋英身上的明显的曲线，隆起的胸，纤细的腰，丰满的臀部，……像 model 般的，湿淋淋地贴在霍之远的身边。霍之远呆呆地看着她，肉贴肉地挨着她走着，他的喉咙为情火所烧燃而干渴，全身的感觉都麻木了。他极力地把他的情热制死着，一种销魂的疼痛深深地刺入他的灵府。

"Miss 谭！你又何必这样薄弱呢！她不过是一时的误会，你又何必这样挂心呢！……我想她实在有点太任性了，还是希望你时常和她接近，才能够把她这种态度纠正呢！"霍之远把他的有力的肩故意地向她撞了一下。她的脸那时飞红了，但她并不生气。

"霍先生，她想和你做起夫妇来吗？你也很爱她吗？"谭秋英动情地问。她用力握着他的手，脸色完全苍白了。"我——和——她——已——经——有——了——婚约了！"

霍之远颤声说，用力地在她肩上咬了一口，他的心觉得不安起来了。

"嘿！……"她全身都倾俯在霍之远的怀里，眼泪挤满着她的眼眶。

一头女人的乱发披在霍之远的胸前，一双水汪汪的媚眼，一个苍白的嘴唇倒压在霍之远的面庞之下！他们在身体因太受情感激动而搐搦着了。

过了一忽，她用力推开他，带着哭声走进她的家里去了。霍之远在她的门口站了许久，他的脚像生了根似的拔不动了。他幽幽的垂着泪，觉得好像做着一场噩梦。他用手击着巷上的墙，一阵奇痛令他清醒起来了。

他赶回 S 大学时，林妙婵已经气愤得差不多达到发狂的程度。她的脸完全没有血色了，她的牙齿在格格作响。"你让我去死吧！你这样侮辱我！"她咽泪颤声说，再也不打理着霍之远，跑出门外去了。

"天哪！ That is the love's reward!" 他含着泪说，即刻跑出房外追着她去了！……

廿

C城的政治环境，现在更加险恶了。X部后方办事处日日在风雨飘摇之中，海外工作人员训练班的命运，也和大海里的孤舟一样，四围的黑暗的势力都在扳着冷眼狞笑它。四Y团和三K党现在愈加活动起来，他们在报端上，在口头上，在行动上都在排击X党X部后方办事处和海外工作人员训练班，和前方来往的函电都要受检查了。恐怖之云密布在C城的各个革命机关的屋顶，那些云在人们的心里头幻作一幅一幅的大屠杀的阴影，一切在干着革命的人们心头都感到一层重重的压迫。

和霍之远同住的那位猫声猴面的陈尸人，现在大做特做他的反对X党的文章了。他由教育救国论者，一变而为三K党的重要份子了。他对着霍之远很怀疑，他时常走到霍之远的书桌前去偷看他做文章。为了这个缘故，霍之远觉得非从速搬家不可了。

这几天他因为X部里发生一件特别事变，忙得要命，便托林妙婵和谭秋英把他的简单的家具搬到距离C城约莫二里路远的F村去了。林妙婵在G校也快毕业了，她便和他搬在一处同住。

K党部中央党部的代主席姓吴名争公。他和X部的部长张平民是一个对头；这时候，他便不顾党章私下命令解除他的职务。但K党中大多数的中央执行委员都反对他，他们都聚集在H地开着联席会议来对付他。

在这样的情形之下，X部的命运自然是在风雨飘摇中了。同时，X部后方办事处，和X部所办的海外工作人员训练班自然也在险恶的风波里面激荡着了。为应付这个危险的局面，霍之远从晨到夕都忙着开秘密会议，团结学生的内部，策应前方的危局，对付当前的恶劣环境，有许多时候，因为工作太忙，他觉得顷刻间便要断气的样子。可是，他的精神却反觉得异常的愉快，他的疲倦而憔黑的脸上时常溢着微笑。

过了两个礼拜的光景，H地的联席会议，一时间似乎得到胜利，吴主席自动下台了。在这种情形之下，C城的政治环境，一时间也似乎稍有点新的希望。

C省党部在总理纪念周的礼堂上也会声明服从联席会议的决议案的。四Y团的领袖郑莱顷近来也在极力拉拢X党，想和X党合作了。

这时候，霍之远所主持的X部后方办事处和海外工作人员训练班自然也在安稳一些的命运生存着了。林妙婵已在G校毕业，现在帮着霍之远在X部后方办事处办事。谭秋英从事女工运动，近来忙碌得很。褚珉秋现时住在校外一个秘密的地方，她在办理X党的某一部分的内部工作。和霍之远志同道合的几个老友，郭尚武已经从安南回来，罗爱静现在H地X部和黄克业一道在办事，他有信给霍之远，说他想努力去做工人运动。林小悍在暹罗亦时有信来给他，说他在那儿和许多反对党在斗争着，工作忙碌得很。

霍之远在X党里面得到许多正确的革命理论和敏捷的斗争手腕，他在领导着一班X党的青年团怎样去工作，这班青年团都是他的训练班的学生，他们都是十二分英勇。他们都是华侨运动的先锋队，都是预备到各个殖民地和弱小民族中间去做他们的革命领袖的。

在这样的情境之下，霍之远忙得发昏。他现在每晚都到外边开秘密会议，和林妙婵谈话的机会真是少得很。他像完全变成一架机器了，他的痴情，浪漫，文学的欣赏的情调都没有了！他现在对于恋爱的见解，不是赞成和不赞成的问题，而是得空和不得空的问题。他觉得恋爱这回事，实在是不错，但只是一种有闲阶级的玩意儿！他现在已经没有闲空来谈恋爱了。

林妙婵的态度仍然是痴情，浪漫，她仍然是把霍之远爱得太厉害。她对褚珉秋的感情仍然是很好，对谭秋英仍然是有了一种误会。不！实在不能说是一种误会，因为谭秋英和霍之远的确是有点太亲密了！

这天约莫晚上七点钟的时候，褚珉秋、谭秋英都在霍之远和林妙婵的家里一同吃饭。他们都在厅上的一双破旧的圆桌围着，霍之远和林妙婵坐在一边，褚珉秋和谭秋英坐在他们的横对面。桌上放着一碗榨菜肉片汤，一盘芥蓝牛肉，和三两碟小菜。桌的中间放着一眼洋油灯，照得满室都有点生气。

"霍先生，我和陈白灰一同到非洲去好吗？他说你想派他到那边去，他要我和他一道去呢。可是我不知道他是怎样的一个人，所以还没有答应她哩。"褚珉秋脸上燃着一阵笑容。她今晚穿的是一套G校的女学生制服，显出她周身特别丰满的曲线来。她的一双美丽而稍为肥胖的手，在说话时一摇一摆，态度依旧是天真烂漫，坦白而率真。

"你自己的意思觉得怎么样呢！陈白灰这人我觉得有点靠不住。他以前是个三 K 党的党徒，现在我们的同志还有很多人在怀疑他，说他是个投机的分子呢。"霍之远正用着筷子夹着一撮芥蓝牛肉向口里送。他的态度很是闲暇而自在。

"真的啦，我也觉得他有点靠不住的样子，他的态度很糊涂呵。和这样的人一道跑到这么远的地方去，我心里实在也觉得不高兴。我想将来如果能够和你一道到海外去，我倒是喜欢不过的！"褚珉秋把她的美丽的眼睛盯住霍之远，毫不客气地说。她的态度很自然，很真挚，完全没有一点儿羞涩的意思。

"……"霍之远沉默着，心里感到一阵腻腻的快感。他望着林妙婵和谭秋英，脸上一热，心里倒觉得不好意思起来。

"Miss 谭，你想到海外去吗？我们几个人将来都一道到海外去罢！"霍之远朝着谭秋英说。

"不！我不想去！我的学识很浅，不知道怎样去干着华侨运动呢！"谭秋英态度冷然，她把他的眼睛定定地望着檐角，像在思索什么似的。

"用不着这样客气啦，秋英姊，你的学识比我们高得多呢！"林妙婵笑着，把谭秋英捏了一把。

吃完饭后，洗了手脸，又是谈了一会，褚珉秋便先回去了。谭秋英依旧在霍之远房里坐谈着。

"霍先生，吴争公这次下台，在 K 党上有了什么意义呢？"谭秋英这时把她的外衣脱去，只穿着一件灰色的衬衫，坐在霍之远面前。那天晚上演过那悲惨的一幕之后，她似乎没有什么芥蒂，照常地和霍之远爱好。

她近来时常到霍之远这儿来，晚上便和林妙婵睡在一处，她老是喜欢和他谈论政治问题，每每谈到夜深。她每星期到霍之远家中睡觉的日子总有三四天，她在清晨将起身的时候最喜欢唱着《国际歌》和《少年先锋歌》，她的声音，又是悲婉，又是激楚。她因为工作太忙，和宣传时太过高声叫喊，有一天在霍之远家里早起更喀地吐出一口紫黑的血来！以后，她便时不时吐着一两口血出来，可是她依旧不间断地，干着工作，霍之远劝她从事将息的时候，她盯着他只是笑着。

"吴争公下台是 K 党的一大转机，我想。"霍之远用着一种沉思的态度答，他只穿着一件 ABC 的反领衫，天气又是很温暖了。"王菁层 K 党正式主席依照十月中央所召集的联会议决议案是应该复职的，因为有了吴争公做了党的障碍物，使他不能归国。现在吴争公既然是被打倒了，他当然是可以前来复职的。他这一来，K党当然便有中兴的希望了。不过，这话实在也很难讲；是争公和军事狄克推出的吴计司，听说是把兄弟，一向狼狈为奸的。他这一下台，倒难保没有更厉害的怪剧要演起来呢！近来，听说吴计司有驱逐K党的总顾问，和屠杀民众的决心，所以吴争公下台这一幕倒像是悲剧的导火线，那可很糟了！"

霍之远把这段说话说完以后，才发觉林妙婵已经负气走到隔厅的那间房子去了。

"婵妹！婵妹！到这里来吧！我们在这里讨论着政治问题呢！"霍之远高声地喊着。

"不！我头痛！你们谈你们的去吧！"林妙婵咽着泪答，她把那房子的门都关闭起来了。

"唉！她真是个负气不过的人！"霍之远低声向着谭秋英说，把头摇了几下。

"她到底为着什么？"谭秋英低声地问，她的脸上又是涨满着血了。

"她大概误会我们太爱好了的缘故吧！"霍之远在书桌上用墨笔在一张稿子上写着这几个字；他望着坐在他面前衣着朴素像女工一样的谭秋英，回想到那晚的情景，觉得心痛起来。

"那我以后再也不愿意到你们这边来了！"谭秋英也用笔写着这几个字，恨恨地把它掷在霍之远的面前。"婵妹！到这边来吧！我们一道讨论政治问题吧！"霍之远再朝着隔房的妙婵这样喊着。他一面用他的眼睛安慰着谭秋英。

"不！我在这边做着祭文呢！"林妙婵哭着说。

"你在做着谁的祭文呢！"

"谁要你来管我！"

"告诉我吧！为什么要做祭文？"

"我在做着自己的祭文呢，关你什么事啊？"

"你……为什么要做着自己的祭文呢？"

"我差不多便要死了！"

"怎么会死呢？唉！……！"

"唉……"

呀的一声房门开了，林妙婵喘着气走到屋外去了。"婵妹！到哪儿去！回来吧！"霍之远着急地叫着，他的身却仍离不开谭秋英。他把在灯光下满面怨恨气色的谭秋英呆呆地只是看着，心中觉得有无限酸楚。

"唉！霍先生！"谭秋英说，她把身体挤上霍之远的身上来。她的脸色完全变白了，她的眼睛里簌簌地滴下几点眼泪来。

"唉！秋英……"霍之远说，他把手握着她的手。

"……霍先生！我要回去了！……"

"不！今晚在这儿睡觉吧！……"

"唉！……"

"唉！……"

"我到外面找婵妹去吧。你在这儿坐着……唉，对不起得很啊！"霍之远觉得有无限哀楚地立起身来，忙走向屋外去。

林妙婵在屋外的旷地上走着，她的脸色苍白得像死人一样。旷地上的月色皓洁，凝寒，屋瓦，林树上，都像披着白雪一样。霍之远追上她，把她一把搂住。她用力推开他的手，又是向前走开去了。

"妹妹！回去吧！仔细着了寒哩！回去吧！哥哥有什么不对的地方，缓缓地讲，哥哥当然是听从你的说话啊！……唉！回去吧，外面这么冷！"

"……"

"唉！妹妹！回去吧！给人家看见，太不成话了！"她越走越远，他越追越急。她只是抽咽着，极力抵抗他的拥抱和抚慰。她的伤心是达于极点了，在她的苍白的嘴唇里面时常嘘出一些肺病似的气味。

"妹妹！"霍之远用着暴力拥抱着她，流着眼泪说；"我到底有什么地方对你不住；你可以缓缓地说，别要这样把身体糟蹋着啊！"

"我把身体糟蹋，与你什么相干？哼！"林妙婵抽着气说。她仍然是极力地在推开他的手，但因为体力敌不过他，只得屈服在他的肘下。

"这话怎讲？唉"霍之远喘着气说，脸色青一阵，白一阵。

他俩这时已经走到一条小河的旁边，那小河的前后两面，都有蓊郁的树林遮蔽着。月色异常美丽，大地上像披着一幅素裹一样。霍之远心里觉得愈加恐怕起来，他把林妙婵抱得更紧，他恐怕她会从他怀里挣脱，走到小河里面去！

"唉！妹妹！回去吧！"

"你是谁？去！魔鬼！"

"哼！我是魔鬼！……"

"我上了你的当了！"

"我何尝骗过你？"

"唉！你既和我没有爱情，又何必和我订婚？"

"谁说我和你没有爱情？唉！"

"你为什么每回碰到谭秋英，便丢开了我？"

"唉！这真难说！我自信对待谭秋英很平常！"

"很平常！差不多爱得发狂了！"

"哪里有这么一回事？"

"你每天和我混在一处的时候，总是垂头丧气，和谭秋英在一处时便兴高采烈，这是什么缘故呢？"

"她高兴和我谈论政治问题，故此相见时便多说话一点，我想，并没有其他的缘故呢！"

"唉！回去吧！搅起满天星斗，实在为的是一点小小的误会呀！"

"实在也是因为你是对待她太过多情了，才会惹起我的误会呢！"

"以后我对待她冷淡一些便是，你也别误会了！"

"唉！哥哥！这都是妹妹太爱你的缘故呢？唉！你以后别要和谭秋英那么接近，她对你实在是很有用意呢！"

"呵！呵！我知道了！"

他们回去的时候，已经是九点多钟了。谭秋英已经在一刻钟前回家去了。她留着一条字条在书桌上，这样写着：

> 霍先生，妙婵姊：对不住得很啊，我因为家中有事，不能久候了！祝你们好！谭秋英字。

霍之远看见这条字条，心中觉得像是受了一刀，他把林妙婵紧紧地搂住，呆呆地在榻上斜躺下去。他暗暗地哭起来了。

廿一

在这一个星期内，霍之远把他的学生全部派到海外去了。这个工作，是使他感到多么快慰啊！几天来，C 城的局面，又是严重起来了。

这天霍之远正在 X 部后方办事处办公的时候，忽然有两个爪哇的革命家到来找他。这两个革命家的名字，一个叫 Ahlam，一个叫 Asan。Ahlam 躯体高大，面部像一个有钱的商人一样。他的肤色比中国人黑了一些，穿着很漂亮的西装，看去不失是一个 good and fine gentleman。Asan 躯体短小精悍，双眼英锐有光，额短，鼻微仰，颧骨高，肤色很黑。他的态度很诚恳，举动很活泼，服装也和他的同伴一样漂亮。

他们都是三十岁左右的中年人，都是 X 党的党员，在爪哇境内被当地政府驱逐了好几次。这一次他们是刚从莫斯科回来的。他们和霍之远说话时，都是操着很流利的英语。

他们以前和霍之远已经晤面几次，霍之远尝请他们做一些关于报告爪哇革命的文章，在 X 部后方办事处的一种刊物叫作《X 部周刊》上发表。

他们和霍之远在 X 部后方办事处的应接室里面极热烈地握了一回手之后，便坐下去攀谈。他们说，他们因为不能在爪哇革命，所以到中国来革命。他们因为在爪哇不能居住下去，所以到中国来找个栖身之所。他们喜欢站在中国的被压迫阶级上面去做打倒帝国主义的运动，正和他们喜欢站在爪哇的被压迫阶级上面去做打倒帝国主义的运动一样。

霍之远把中国的革命环境和 C 省的政治状况告诉他们，劝他们要留心些。"The political condition is very dangerous!" 霍之远说，他把手在揪着他的头发；因为他的脑，因工作过度有点发昏。"The air is too oppressive! Wherever you go and whenever you speak, you must take care. So many spies are around us everywhere!" "Thank you!" Aham 说，他用着他的肥手擦着他的眼。"We are very earnest to recieve your warning!" "Mr. Kerk, please introduce us to Mr. Moortie. We have something to report to him!" Asan 说，他的短短的口唇翕动着，他的英锐而有热力的目光望着霍之远，表示着一种恳切的态度。

他们离开这办公室，一道找 Mr. Moortie 去了。天气温暖得很，许多在街上推着货车的工人都裸着上体在走动着。天上浮着一朵一朵污湿的云，那些云像烂布一样，很易惹起人们的不快之感。日光很像从不透明的气管里透出来，闷热而不明亮。

他们经过一个群众大会的会场，会场上有许多军警在弹压着。主席团都是一些反动派的领袖；他们在台上大声宣传着反动的理论；工人和学生群众都在台下大声叱骂，大呼打倒反动派！……会场上充满一种不调和的，阴森悲惨的景象！

"大屠杀的时期即刻便要到了！"霍之远心里不禁起了这个不吉的预兆。

到了 X 党的秘密机关内面了。火炉里不断地在烧毁着各种重要的宣传品，和重要的文件。工委、农委、妇委、学委、侨委，各部的办事处的门都紧闭着。在各个会议厅的台上积满灰尘，许多折了足的坐凳，东倒西歪的，丢在楼板上。这里面的景象，满着一种凄凉的，荒废的情调，好像一座古屋，屋里面的人们都在几年前死去了，这几年中，没有人迹到这屋里来过的样子。

Mr. Moortie 一个人孤零零地坐在这全无生气的环境里面，他的神情好像一座石膏像一样。他每天都有三几个钟头坐在这儿，因为每天都有许多同志们到这儿来找他。他是个冷静的，但是坏脾气的人，他的脸色苍白，眼上挂着近视眼镜。他的身躯不高不矮，包在破旧的黑色学生制服里面。他的年纪大约三十岁，看去却像是很苍老的样子。他说话时的态度好像铁匠在铁砧上打铁一样，他说话都像铁一样的坚硬而有实在性。他是党里面的一个重要人物。

霍之远把 Ahlam 和 Asan 介绍给他，他用一种木然的，但是诚恳的神气接待着他们。

他一面对着霍之远说："事情糟极了！我们已经接到了许多方面的报告，这两天内，他们一定发动起来了！从明天起，这个地方我一定是不能再来了。以后你如要找我时，可到济难会去！"过了一会，霍之远别了他们，回到 X 部后方办事处去。已是下午三四点钟的时候了，K 党部里面的柳丝在微风里掠动，草地上阴沉沉地翳着云影。大礼堂的圆顶。在死一般静寂的苍穹下呆立着，好像个秃头的和尚。霍之远回到办事处里面，呆呆地坐了一忽，脑里充满着各种可怖的想象。他把案上的文件机械地签了名，盖着印之后，便把放在他面前的一个锁着的箱用钥匙开了，把里面的一张侨委的名单，一张秘密电码，和其他的许多重要的文件都拿出来，放在他的办公袋里。他的态度从外面看去好像很镇定似的。

五点多钟的时候，他和林妙婵一道从办事处里面回到他的住所去。他即时把那些文件名单和密码都放进炉火里面去了。在炉火之旁，他守着那些灰尘，呆呆地只是出神。

他只是觉得坐卧不安，心里好像有一条蛇在钻着一样。室里面似乎在摇动起来，冷冷的四壁好像狱墙一般的把他监禁着。

吃过晚饭后，夜色带着恐怖的势力把大地罩住，像侦探的眼睛一般的星光，撒满天宇。树荫下，庭屋畔，卧着许多黑影，那些黑影里面好像许多兵士在埋伏着一样。霍之远把室里面的书籍检过一番。把一些 X 党的重要的刊物，和一些讨论革命问题的刊物都烧掉了，在火光里他看见一个流着血，披着发，背着枪跑到阵地的前线去的革命军。

"没有军事的力量，便没有革命的力量！工农阶级如果不从速武装起来，便永远没有夺取政权的机会！我们的党，在这一点上一向的确是太疏忽了！革命军！如果希望中国的革命早一点成功，非有十万革命军出现不可！非把全体的工农武装起来不可！"他对着火光里的革命军这样想着。

林妙婵靠着他的身边，脸色因恐怖而变成苍白。但从她的紧闭着的嘴唇，和圆睁的眼睛所表现的情绪考察起来，可以断定她一定是很愤激的。

她穿着一套黑水色的衣裤，在火光中照见她的衣裙的折皱。她的头发有点散乱，这种散乱很显示出她的少妇式的美来。她的袒露在袖外的一双手腕，因为太美丽了，在这贫陋的小室中倒显得可怜。

"妹妹！你心里觉得怎样呢？"霍之远把一部第 X 国际的宣言及决议案，一页页撕开，丢入火炉里去。"我心中觉得愤恨得很呢！那班无耻的反动派真是可恨啊！"林妙婵说，她一面在撕着一部《少年前锋》。她的眼光歇落在那部《少年前锋》的封面画上，她的脸上的表情现出勇敢的样子。

"这一次反动势力的大团结，是中国的统治阶级——半封建势力和资产阶级的力量——向它的被统治阶级、向革命运动最后的总攻击！在革命的过程上，这是不能够避免的。所以，假如依照科学和理性方面来说，实在也值不得愤恨的。"霍之远态度很冷静地说，他的眼睛依旧在注视着火光。

"唔唔！我们快一点离开这儿好呢，还是逗留在这儿好呢？"

"我想，我现在不应该离开这儿。我如果放弃这儿的职务，单独先行逃走，便会变成个人行动了。在我们的党的立场上，个人行动是不对的。"

"逗留在这儿，恐怕会发生危险呢！"

"在可能的范围内当然应该把危险设法避去。但到不得已时，便把个人牺牲了，也是不要紧啊！"

他们把各种刊物和文件烧完以后，便去烧着他们相片。最后，他们把那张定情的相片，也毫不踌躇地放在火舌上。这些火舌在舐着那相片上面题着的几行字：为革命而恋爱，不以恋爱牺牲革命！……

夜深了，他们就寝了，门外的犬声和风声，比寻常特别尖锐，特别带着恫吓的气势，把他们的心扉打动得很厉害。……

廿二

大屠杀的惨剧开演着了！C 城，曾经被称为赤都的 C 城，整个的笼罩在白色恐怖势力之下。工人团体被解散了，纠察队被缴枪了。近郊的农军被打散了，被捕去的工农学生共计数千人，有许多已经被枪决了。——这只是一夜间所发生的事！

霍之远在这夜里只听到几声枪声，其余的一概还不知道。天色黎明的时候，他的同事陈白灰、李田蔼都走来向他这样报告。

这日清晨的阳光醉软，春烟载道。几盆在这古屋前的海棠花正在伸腰做梦，学着美人的睡态。屋外的老婆子踱来踱去在拾着路上的坠树枝，态度纡徐而悠缓，有点像中古的人民一样。这是一种美的，和平的景象，但霍之远把这些景象看了一眼之后，心中却是觉得焦逼起来。

"大屠杀终于来了！"他恍惚听到这个冷冷的喊声。他的瘦棱棱的脸上现出一点又是愤激又是不安定的表情。他把屋外的后门闩上了，像幽灵一样地在屋里踱来踱去。林妙婵吓得脸色有点苍白，她觉到有点恐怖了。但，她即刻想到《少年前锋》上面那幅封面画，——一个怒马向前奔去，手持大旗，腰背着枪的少年战士的封面画——她的胆气即时恢复了。她心里觉得要是手里有了一把枪去把那些反动的领袖全数枪毙了，是多么痛快的事啊！她看见霍之远的表情似乎很苦闷，便走上前去安慰着他说："亲爱的哥哥！不要这样烦闷起来啊！干革命的人是不怕失败的啊！"

霍之远把她拦腰一抱，脸上溢着笑容说："好！妹妹！你现在这种勇敢的态度很令我佩服啊！但，请你不要担心，我心里并不觉得有什么烦闷呢！"

他们说话的声音都是说得很低，因为恐怕有人在外面偷听。室里面冷静得可怜，蚊帐已是收起，被包已经打好，一个藤篋亦已收拾停当了，完全显出预备出走的情调。

"妹妹！在这次战争中，我们都变成落伍的了！事实这样告诉我们，海外工作人员对于国内的大斗争真是相隔太遥远了，策应也策应不来呢！……"霍之远带有鼻音说，他的态度很是悲壮沉郁。他昂着头在望着那黝黑积压的楼板。

"这两年来，我们的党对于军事上自动退让，丝毫占不到一点力量，这是一件绝对错误的事情啊！……现在我们可是来不及了！"霍之远眼睛里燃烧着火焰，像欲寻着人家发脾气一样。

吃过早饭后，褚珉秋前来找他们，她的态度依然，和平时一样天真活泼。

"谭秋英听说已给他们拿去了！"当她看见霍之远和林妙婵第一面时便这样说。

天上的云朵很快地飞着，在这室门口的短墙外，一些竹叶被微风吹动着的擦擦的声音，正像一个女人的抽咽的声音一样。短墙上有了几眼窗眼，从窗眼间闪进来的竹叶的幽绿色，好似坟草一样青青。

"唉！这真糟！她这一被捕去，准死无疑了！"霍之远的手不自觉地在案上拍了一下。他眼睛里萦着两包酸泪，泪光里映着谭秋英的样子。他胸头像火一般的燃烧着，几乎发狂了。

褚珉秋脸上依旧堆着笑，可是亦带着一点伤心的戚容。林妙婵嘴唇翕动着，眼里包了两颗热泪。"现在你们有什么办法呢？"霍之远把眼合上，思索了一会，便提出这个问题来。

"我们的党的机关都给他们检查过啦，济难会听说也给他们检查过，Mr. Moortie 听说也给他们打死哩！我们现在暂时没有党来指导我们了！我们为避去危险起见，我想一两天间还是设法逃走到 H 港去好呵！"褚珉秋把她的衣裙掠了一掠，稚气地笑起来。

"婵妹！你的意思怎么样呢？"霍之远把手抚着她的头发。

"珉秋妹的意思，我很赞成呢！"林妙婵把她的手交扭着放在胸前，做出一种沉思的样子。

"Miss 褚！刚才我的同事到这里来报告我们说在黄埔军校当训育主任的萧初弥在医院里养病给他们拿去了，当场用枪头打死！学生运动的林五铁在 S 大学里面给他们拿去，被他们用木枷枷死了！工人运动的领袖，中华全国总工会的执委也给他们拿去了。他给孙复邻的军队拿去。那些军队问他说，你是不是 X 党的党员？他说，全城的人民都是 X 党的党员！他们在他的左脚打了一枪！再问他说，你是不是反动派？他说一切的新旧军阀才是反动派！他们又在他的右脚上打了一枪！……Mr. Moortie听说也给他们拿去枪决了，我们的党的宣传部长卓恁远也给他们拿去枪决了；还有那两个爪哇革命家也给他们拿去枪决了！唉！我们这一次的牺牲性是多么利厉呀！唉！武装暴动！切实夺取政权！我想我们以后的运动一定要粗暴和不客气一点才好呢！"霍之远脸上的表情十分横暴，一个披发浴血向前直走的革命军的幻影又在他脑上一闪。

"我们要怎样逃走呢？搭火车到H港去，还是搭轮船呢？轮船里面的检查听说比较没有那么厉害！我想我们还是设法搭轮船去吧！……"林妙婵说，她的眼睛定定地望着窗外的晴空。

霍之远和褚珉秋都表示赞成她的主张。

在这样的谈话中间，他们消磨了好久的时刻。霍之远的心，一分钟、一分钟的沉重起来了。他的眼睛呆呆地在望着脏湿的，发了霉气的地面。从邻家传过来的尖锐的女人的声音，一种嘈杂而不和谐的声音，使他觉得异样的烦乱。他想逃到海外去，又想跑到H地去，又想暂时逗留在C城。他的脑紊乱得很，他觉得这一回变动的确令他难以措置了。

正在这时候，门外来了一阵猛厉的打门声，霍之远心里便是一跳，脸色顿时吓得苍白。褚珉秋和林妙婵的表情，也都异常仓皇。

他硬着胆儿走去把门开了，章杭生急得如丧家之狗般地走进来。他们把门闩上之后，章杭生便大声地叫喊着；"哎哟啊！老章这回这条命可就不要了！我想掷炸弹去！哎哟啊！真正岂有此理！……"

他闪着像病猫般的近视眼，摇摇摆摆，摩拳，擦掌。进到室里面了，他对着褚珉秋和林妙婵点头后，便在榻上躺下去。

"老霍！"他叫着。"我们到近郊的农村指挥农军去！不瞒你说，我老章在南洋一带抛掷下的炸弹，堆起来这房子里怕都塞满呢！哎哟啊！他们这班狗屁不通的混蛋，真是可恨得很啊！"

跟着，他便跳起身来，和褚珉秋、林妙婵握手。他把他的阔大而粗糙的大手掌霸道的，抢着她们的小手握着，不搭理她们愿意不愿意。"哎哟啊！Miss褚，你也到这里来么？哎哟啊！"他依然用着嘶破的口音叫着。

"老章！你发狂吗？"霍之远镇定地说，他对着这个无政府主义者有点觉得不高兴了。

"哎哟呵！老霍！你不知道我心里苦得怎么样呵！……"章杭生答。他忽然又是一阵狂热起来，在屋里面跳着，用着嘶破的、粗壮的声音唱起《国际歌》来。他一面唱着，一面跳着，有点不知人间何世的样子。"呵！老章！你真糟糕！不要高声叫喊，这时候，侦探四出，说不定此刻有人在外面偷听我们的说话呢！"霍之远叱着他，脸上带着怒容。

远远地又是飘来一阵枪声，和一阵喊叫的声音。他们都屏息静听，再也不敢说话了。一个苍蝇在室里飞来飞去，发出嘤嘤的鸣声。几部放在书桌上面的书籍，散乱得可怜。粉壁上映着一层冷冷的阳光，这阳光是从檐际射进来的，全室里的景象凄冷而无聊赖。

门外忽然来了一阵猛厉的打门声，那打门声分明是枪头撞门的声音。

"来了！"这两个字像一柄利刃地插入他们的灵府上。霍之远脸上冷笑着道："Miss 褚！婵妹！老章！我们都完了！"

"哎哟呵？他妈的！"章杭生跳起来大声叫着。褚珉秋仍然孩子气笑着。她走到霍之远身边，把头枕在他的肩上，热烈地咬了他一口。

林妙婵却把桌上的几部书籍都丢下地去，失声喊道："哥哥！我们……唉！"

跟着，大门砰然打开了，十几个荷枪实弹的兵士一拥而进。"你们这些混蛋，来这里做什么？哎哟呵！老章这条命也不要了！你们看吧，老爷的本事！"章杭生迎着那些兵士说，他手里拿着一双木凳向他们乱打。

"老章！Don't be too foolish! 跟他们去吧！这样瞎闹有什么用处呢？"霍之远冷笑说，他走上前去和那些兵士们握手。

褚珉秋和林妙婵都在笑着。她们手携着手在唱着革命歌！

过了几分钟，他们都被绑了。一条粗而长的绳子把他们反背缚着，成了一条直线地，把他们拖向 C 城去。"我们都完了！可是真正的普罗列塔利亚革命却正从此开始呢！"霍之远又是冷笑着说。他的瘦长的影，照在发着沙沙的声音的地面上。

1928.3.3. 于上海

流 亡

一

约莫是晚上十点钟了，天上没有星，也没有月，只是下着丝丝微雨。是暮春天气，被树林包住着的 T 村（这村离革命发祥地的 C 城不到一里路远），这时正被薄寒和凄静占据着。

在一座纠缠着牵牛藤的斋寺门口，忽然有四条人影在蠕动着。这四条人影，远远地望去，虽然不能够把他们的面容看清楚，但他们蠕动的方向，大概是可以约略看出的。他们从这座斋寺右转，溜过一条靠墙翳树的小道，再左转直走，不久便溜到一座颓老的古屋去。

这古屋因为年纪太老了，它的颜色和着夜色一样幽暗。它的门口有两株大龙眼树盘踞着，繁枝密叶，飒飒作声。这些人影中间，一个状似中年妇人的把锁着的门，轻轻地，不敢弄出声音来地，用钥匙开着。余的这几条人影都幽幽地塞进这古屋里去。这状类中年妇人的也随着进来，把她同行的另一位状类妇人的手上持着的灯，拿过手来点亮着，放在门侧的一只椅子上。她们幽幽地耳语了一回，这两个状似妇人的，便又踏着足尖走出门外，把门依旧锁着，径自去了。

这时候，屋里留下的只是一对人影，这对人影从凄暗的灯光下，可以把他们一男一女的状貌看出来。那男的是个瘦长身材，广额，隆鼻，目光炯炯有神；又是英伟，又是清瘦，年约二十三四岁的样子。那女的约莫十八九岁，穿着一身女学生制服，剪发，身材俊俏，面部秀润，面颊像玫瑰花色一样，眼媚，唇怯。这时候，两人的态度都是又是战栗，又是高兴的样子。照这古屋里的鬼气阴森和时觉奇臭这方面考察起来，我们不难想象到这个地方原为租给人家安放着棺材之用。屋里的老鼠，实在是太多了，它们这样不顾一切地噪闹着，真有点要把人抬到洞穴里撕食的意思。

供给他们今晚睡觉的，是一只占据这古屋的面积四分之一的大榻——它是这样大，而且旧，而且时发奇臭，被一套由白转黑的蚊帐包住，床板上掩盖着一条红黑色的毛毡。他们各把外衣、外裤脱去，把灯吹熄，各怀抱着一种怕羞而又欢喜的心理，摸摸索索地都在这破榻上睡着了。但，在这种恐怖的状态中，他们哪里睡得成。这时候，最使他们难堪的，便是门外时不时有那猓猓不住的狗吠声。那位女性这时只是僵卧着，像一具冷尸似的不动。那男的，翻来覆去，只是得不到一刻的安息。他机械地吻着她的前额，吻着她的双唇。她只是僵卧着，不敢移动。每当屋外的犬声吠得太厉害，或楼上的鼠声闹得太凶时，他便把他的头埋在她的怀间，把他的身紧紧地靠在她的身上。这时候，可以听见女的幽幽地向着男的说："亲爱的哥哥啊！沉静些儿罢！我很骇怕！我合上眼时，便恍惚见着许多军警来拿你！哎哟！我很怕！我想假若你真的……咳！我那时只有一死便完了！""不至于的！"那男的幽幽地答。"我想他们绝拿不到我！我们神不知、鬼不觉的避到此间，这是谁也不能知道的！"这男的名叫沈之菲，K 大学的毕业生，M 党部的重要职员。这次 M 党恰好发生一个极大的变故，党中的旧势力占胜利，对新派施行大屠杀。他是属于新派一流人物，因为平日持论颇激烈，和那些专拍资本家，大劣绅，新军阀的马屁的党员，意气大大不能相合。大概是因为这点儿缘故吧，在这次变故中，他居然被视为危险人物，在必捕之列。

这女的名叫黄曼曼，是他的爱人。她在党立的 W 女校毕业不久，最近和他一同在 M 党部办事。她的性情很是温和柔顺，态度本来很不接近革命，但因为她的爱人是在干着革命的缘故，她便用着对待情人的心理去迎合着革命。

"但愿你不至于——，哎哟！门外似乎有了——脚步声！静，静着，不好作声！"曼曼把嘴放在之菲的耳朵里面说。她的脸，差不多全部都藏匿到被窝里去了。

"没有的！"之菲说。"哪里是脚步声，那是几片落叶的声音呢！"他这时一方面固然免不了有些害怕，一方面却很感到有趣。他觉得在这漆黑之夜，古屋之内，爱人的怀上，很可领略人生的意味。

"亲爱的曼妹啊！我这时很感到有趣，我想作诗！"之菲很自得地说着。

"哎哟！哥哥啊！你真的是把我吓死哩！你听他们说，政府方面很注意你！他们到K校捉你两次去呢！……哎哟！我怕！我真的怕！"曼曼说，声音颤动得很厉害。又是一阵狗吠声，他们都屏息着不敢吐气。过了一会，觉得没有什么，才又安心。

老不成眠的之菲，不间断地在翻来覆去。过了约莫两个钟头之后，他突然地抱着僵卧着的曼曼，用手指轻轻地抹着她合上的眼睛，向着她耳边很严肃地说："你和我的关系，再用不着向别人宣布，我俩就今晚结婚吧！让这里的臭味，做我们点缀着结婚的各种芬馥的花香，让这藏棺材的古屋，做我们结婚的礼拜堂，让这楼上的鼠声，做我们结婚的神父的祈祷，让这屋外的狗吠声，做我们结婚的来宾的汽车声，让这满城的屠杀，做我们结婚的牲品，让这满城戒严的军警，做我们结婚时用以夸耀子民的卫队吧！这是再好没有的机会了，我们就是今晚结婚吧！"

"结婚！"这两个字像电流似的触着装睡的曼曼全身。她周身有一股热气在激动着，再也不僵冷的了。她的心在跳跃着，脉搏异常亢急，两颊异常灼热。这真是出乎她意料之外，一年来她所苦闷着，所不能解决的问题，今晚却由他口中自己道出。

沈之菲在K大学的二年级时，他的父母即为他讨了一个素未谋面的老婆。虽说，夫妇间因为知识相差太远，没有多大感情，但形式间却是做了几年夫妇，生了一个女孩儿。在大学毕业这年，大概是因为中了丘比特（恋爱之神）的矢的缘故吧，在不可和人家恋爱的局面下，他却偷偷地和黄曼曼恋爱起来。这曼曼女士，因为认识了他，居然和她的未婚夫解除婚约。她明知之菲是个有妻有子的人，但她不能离开他。她只愿一生和他永远在一块儿，做他的朋友也可以，做他的妹妹也可以，做他的爱人也可以。她不敢想到和他做夫妇，因为这于他的牺牲是太大的了！出她的意料之外的是"结婚"这两个字，更在这个恐怖的夜，由他自己提出。

"结婚！好是很好的，但是你的夫人呢？……"曼曼说，声音非常凄媚。"她当然是很可怜！但，那有什么办法？我们怕也只有永远地过流亡的生活，不能回乡去的了！——唉！亲爱的曼妹！我一向很对你不住！我一向很使你受苦！我因为知道干革命的事业，危险在所难免；所以一年来不敢和你谈及婚姻这个问题。谁知这时候，我的危险简直像大海里的一只待沉的破舟一样，你依旧恋着我不忍离去！你这样的爱我，实在是令我感激不尽！我敢向你宣誓，我以后的生命，都是你的！我再也不敢负你了！曼妹！亲爱的曼妹，这是再好没有的机会了，我们便今晚结婚吧！"之菲说，眼间湿着清泪。

她和他紧紧地抱着，眼泪对流地泣了一会，便答应着他的要求了。

二

沈之菲本来是住在 K 大学，黄曼曼本来是住在 W 女校的。一半是因为两人间的热情，一半是为着避去人家的暗算，他们在两个月以前便秘密地一同搬到这离 C 城不到一里路远的 T 村来住着。他们住的地方，是在一个斋寺的后座。斋寺内有许多斋姨，都和他们很爱好。斋寺内的住持是个年纪五十余岁，肥胖的、好笑的、好性情的婆婆。人们统称呼她做"姑太"。姑太以下的许多姑（她们由大姑、二姑、三姑排列下去）中，最和他们接近的便是大姑和十一姑。

大姑姓岑，是一个活泼的、聪慧的、美丽的女人。她的年纪不过二十六七岁，瓜子脸，弯弯的双眉，秀媚的双目，嫩腻腻的薄脸皮，态度恬静而婀娜。这半月来，姑太恰好到 H 港探亲去，斋寺内的一切庶政，全权地交落在她手里。她指挥一切，谈笑自若，大有六辔在握，一尘不惊之意。十一姑是个粗人，年纪约莫三十余岁的样子，颊骨很开展，额角太小，肤色焦黑，但态度却很率真，诚恳和乐天。这次党变，之菲和曼曼得到她俩的帮助最多。党变前几日，之菲害着一场热症。这日，他的病刚好，正约曼曼同到党部办公去。门外忽然来了一阵急剧的叩门声。他下意识地叫着婆妈三婶开门。他部里的一个同事慌忙地走进来，即时把门关住，望着之菲，战栗地说："哎哟！老沈，不得了啊！……"

"什么事？"之菲问，他也为他的同事所吓呆了。"哎哟！想不到来得这么厉害！"他的同事答。"昨夜夜深时，军警开始捕人！听说 K 大学给他们拿去两千多人。全市的男女学生，给他们拿去千多人！各工会、各社团给他们拿去三千多人！我这时候走来这里，路上还见许多军警，手上扎着白布，荷枪实弹，如临大敌似地在叱问着过往的路人。我缓一步险些他们拿出呢！嗬嗬！"这来客的名字叫铁琼海，和沈之菲同在党部办事不久，感情还算不错。他是个大脸膛，大躯体、热心而多疑、激烈而不知进退的青年。

过了一会，又是一阵打门声。开门后，两个女学生装束的逃难者走进来，遂又把门关上。这两个女性都是之菲的同乡，年纪都很轻。一个高身材，举动活泼的名叫林秋英；另一个身材稍矮，举动风骚的名叫杜薇芬。她俩都在 W 女校肄业。林秋英憨跳着，望着沈之菲只是笑。杜薇芬把她的两手交叉地放在她自己的胸部上，娇滴滴地说："哎哟！吓煞我！刚才我们走来找你时，路上碰到一个坏蛋军人，把我们追了一会，吓得我啊——哎哟！我的心这时候还跳得七上八落呢！嗬！嗬！……"

"呵！呵！这么利害！"沈之菲安慰着她似地说。"倒要提防他捉你去做他的——唏！唏！"曼曼戏谑着说。这时她挽着杜薇芬的手朝着林秋英打着笑脸。"讨厌极！"杜薇芬更娇媚地说。她望着之菲，用一种复仇而又献媚的态度说："菲哥！你为什么不教训你的曼夫人呢！——嗬！嗬！你们是主人，偏来奚落我们作客的！"

"不要说这些闲话了，有什么消息，请报告吧。"之菲严正地说。

"哎哟！消息么，多得很呢！林可君给他们拿去了！陈铁生给他们拿去了！熊双木给他们拿去了！我们的革命 ×× 会，给他们封闭了！还有呢，他们到 K 大学捉你两次去呢！第一次捉你不到，第二次又是捉你不到，他们发恼了，便把一个平常并不活动的陈铁生凑数拿去！……我们住的那个地方，他们很注意，现在已经不能再住下去了！许多重要的宣传品和研究革命理论的书籍，都给我们放火烧掉了！糟糕！我们现在不敢回到寓所去呢！……唉！菲哥！怎么办呢！怎么办呢？"

之菲着实地和她们讨论了一回，最后劝她们先避到亲戚家里去，待有机会时，再想方法逃出 C 城。她们再坐了一会，匆匆地走出去了。

过了一刻，来了新加坡惨案代表团回国的 D 君、L 君、H 君、P 君。他们又报告了许多不好的消息。坐了一会，他们走了。再过一忽，又来着他部里的同事章心、陈若真，K 大学的学生陈梅、李云光。

这时候，大姑已知道这里头是什么意义了。她暗地里约着之菲和曼曼到僻静的佛堂里谈话。这是下午两点钟的时候了，太阳光从窗隙射进佛殿上，在泥塑涂着金油的佛像上倒映出黄亮亮的光来，照在他们各人的脸上。大姑很沉静而恳切地向着他们说："你的而今唔好出街咯！街上系咁危险！头先我出街个阵时，睇见一个车仔佬俾渠的打死路！——真衰咯！我的几个阿妹听话又系俾渠的拉左去！而家唔知去左边咯！（你们现在不能上街上！街上是这样危险！刚才我上街的时候，看到一个拉车夫给他们打死了！——运气很坏！我自家的妹妹听说又是给他们拉去了！现在不知去向！）……"她说到这里，停了一息，面上表示着一种忧愆的神气。

"咁咩（这样）？"之菲说，脸上溢着微笑。"我想渠系女仔慨，怕唔系几紧要呱。至多俾渠的惊一惊，唔使几耐怕会放出来咯！至衰系我的咯，而今唔知点好？（我想她是女子，或者不至于怎么要紧的。最厉害不过给他们吓一阵，不久大概是可以解放出来咯！最糟糕的是我们，现在不知道怎样才好？）……"

"我想咁（我想这样），"大姑说，她的左手放在她的胸前，右手放在她的膝部，低着头微微地笑着，"你的而今唔好叫你的朋友来呢处坐，慌住人家会知道你的系呢处住。至好你的要辞左几个婆妈，同渠话，你的而今即刻要返屋企呼咯。你的门口几个门呢，我同你的锁住。你的出入，可以由我的这边慨。（你们现在不要叫你们的朋友来这里坐，恐怕给人家知道你们在这里住着。最好你们要辞去那个仆妇，对她说，你们现在即刻便要回家咯。你们门口那个门呢，我给你们锁住。你们可以从我们那边进出的。）"

"唔知几个婆妈肯唔肯去呢（不知道那仆妇肯去吗）？"之菲说。

"点解会唔肯呢？一定要渠去，渠唔去，想点呢？（为什么会不肯去呢？一定要她去，她不去，想什么呢？）"大姑很肯定地答。

"……"

"……"

彼此沉默了一会，之菲忽然又想起另外别一个问题来，向着大姑问着：

"唔知左近有地方番交无？我想今晚去第二处番交重好！呢度怕唔系几稳阵咯！（不知附近有地方睡觉吗？我想今晚顶好换一处地方睡觉！这里怕不稳当了！）""有系有慨，不过几个地方太腊塔，唔知你中意唔中意的？（有是有的，不过那个地方太脏，不知你合意不合意哩？）"大姑答，她笑出声来了。

"无所谓啦，而今所到地方就得咯，重使好个咩。（不要紧的，现在找到地方便可以，不用什么好的了。）……"之菲说，表示着一种感激的样子。

"我的今晚等到人家完全番交设，自带你的去。好唔好呢？（我们今晚等到人家都睡觉了，来带你们去，好不好呢？）"大姑低声地说。

"好！多谢你的咁好心！我的真系唔知点感谢你的好罗！（好！多谢你们这样好心！我们真是不知怎样感谢你们好！）……"之菲说，他这时感到十二分满足，他想起戏台上的"书生落难遇救"的脚色来了。……

他和曼曼终于一一地依照着大姑的计划做去。仆妇也被辞去了。门也锁起来了，朋友也大半回去了，并且不再来了。那晚在他那儿睡觉的，只余着铁琼海、章心和才从新加坡回国的 P。他和曼曼到晚上十时以后，便被十一姑和大姑带到那藏棺的古屋里睡觉去了。

三

一个炎光照耀着的中午，T 村村前的景物都躺在一种沉默的，固定的，连一片风都没有的静境中。高高的晴空、阔阔的田野、森森的树林、远远的官道，都是淡而有味的。在这样寂静的地方，真是连三两个落叶的声音都可以听得出呢。

这时，忽然起了一阵车轮辗地的声音，四架手车便在这官道上出现。第一架坐着一个年纪约莫二十六七岁的妇人，挽着髻，穿着普通的中年妇人的常服，手上提着一个盛满着"大钱王宝"和香烛的篮，像是预备着到庙里拜菩萨去似的。第二架坐着一个年纪约莫三十余岁的妇人，佣妇一般的打扮，手上扶着一包棉被和一些杂物，态度很是坦白和易，像表示着她一生永远未尝思虑过的样子。第三架是个女学生模样的女性，年纪还轻。她的两颊和朝霞一般，唇似褪了色的玫瑰花瓣，身材很配称。服装虽不大讲究，但风貌楚楚，是个美人的样子。她的态度很像担惊害怕，双眉只是结着。第四架是个高身材，面孔瘦削苍白，满着沉忧郁闷的气象的青年。他虽是竭力地在装着笑，但那种不自然的笑愈加表示出他的悲哀。他有时摇着头，打开嗓子，似乎要唱歌的样子，但终于唱不出什么声音来。他把帽戴得太低了，几乎把他的面部遮去一大截。他穿的是一件毛蓝布长衫，这使他在原有的年龄上添加一半年岁似的颓老。他的头有时四方探望，有时笔直，不敢左右视。有许多时候，他相信树林后确有埋伏着在等候捕获他的军队，他的脸色变得更加苍白了。

这四架车上的坐客不是别人，第一位便是岑大姑，第二位便是十一姑，第三位便是黄曼曼，第四位便是沈之菲。他们这时候都坐着由 T 村走向相距七八里路远的 S 村去。这次的行动，也是全由大姑计划出来的。这几天因为风声愈紧，被拿去的日多，有的给他们用严刑秘密处死，有的当场给他们格杀，全城已入一个大恐怖的局面中。听说，他们在街上捉人的方法，真是愈出愈奇。他们把这班所谓犯人的头面用黑布包起来，一个个的用粗绳缚着，像把美洲人贩卖黑奴的故事，再演一回。这班被捕的囚徒真勇敢，听说一路上，《国民革命歌》《世界革命歌》，还从他们嘶了的喉头不间断地裂出。

大姑恐怕沈之菲和黄曼曼会因此发生危险，这日她又暗地里向他俩说：

"呢几日的声气，听话又系唔好。渠的呢班老爷周围去捉人慨括。我的呢度近过头，怕有的咁多唔稳阵咯。我想咁，如果你的愿意，我可以孖十一姑同你的去一个乡下去。我的有一个熟人几个度，渠呢，自然会好好的招呼你的慨。（这几日的消息，听说又是不好。他们这班老爷四处去拿人哩。我们这里离城太近，恐怕有许多不稳当了。我想这样，你们如若愿意，我可和十一姑带你们到一个乡下去。我们有一个相熟的人在那儿，他自然会把你们好好地招待着啊。）……"

"咁（这样），自然好极罗！我想孖（和）曼妹即刻就去！"之菲答。这时，他正立在斋寺内的一个光线照不到的后房门口，两手抚摸着曼曼的肩。

"昨日我已经叫十一姑去孖渠的讲，叫渠预备一间房俾你的。渠的已经答应咯。咁，我而今想攞炷香烛，元宝，扮成去拜菩萨的样子！十一姑孖你的攞住棉被枕头等等野。你呢，要扮成一个生意佬，好似到乡下探亲的样子！（昨日我已经叫十一姑去和他们说，叫他预备一间房给你们。他们已经答应咯。这样，我现在想拿着香烛，王宝，扮成像去拜菩萨的样子！十一姑和你们拿着棉被枕头等等东西。你呢，要扮成一个商人，好像到乡下探亲的样子。）曼姑娘呢，——唏！唏！"她失声地笑了，在寂静的斋寺里，这个笑声消歇后还像一缕轻烟似地在回旋着。她露出两行榴齿，现出两个梨涡，完全表示出一种惊人之美。"曼姑娘呢，沈先生，你要话渠系你的夫人自得啦（你要说他是你的夫人才行呀）！"大姑继续地说，她的态度又是庄严，又是戏谑，又是动情，又是冷静。

曼曼的脸上红了一阵，走过去念着她的手腕说一声："啐！真抵死咯（真该死咯）！"

"嘻！嘻！……"大姑望着她继续笑了一阵，便再说下去。"由呢度去东门，搭马车一直去到个乡下。本来呢，系几方便慨。不过，我怕你的俾人睇见唔多好。不如咁，我的自己叫四架车仔由我的门口弯第二条路，一直拉到处去重好！你话系唔系呢！（从这里到东门，乘马车直到那个乡下，本来呢，是很方便的，不过，我怕你们给人看见不大好。不如这样，我们自己叫四架手车从我们门口走另外一条路，一直拉到那处去！你说是不是呢？）"系慨！咁，我的而今就去咯！（是的！这样！我们现在就去咯！）"之菲答。

经过这场谈话后，各人收拾了一回，便由十一姑雇来四架手车载向S村而去。这S村是白云山麓的一个小村。村的周围，有郁拔的崇山、茂密的森林、丰富的草原、清冷的流泉、莹洁的沙石。村里近着官道旁有一座前后厅对峙的中户人家的住屋，屋前门首贴着两条写着"国恩家庆"、"人寿年丰"字样的春联的，便是他们这次来访的居停的住家了。居停是个年纪约莫四十余岁的男人，手上不间断地持着一杆旱烟筒，不间断地在猛吸着红烟。他的身材很高大，神态好像一只山鸡一般。眼光炯炯，老是注视着他的旱烟筒。他是一个农人，兼替人家看守山地的。大姑所以认识他，也是因为她们斋寺里管辖着的一片山地是交落给他守管的缘故。这时，他像一位门神似的，拿着旱烟筒，站在门边。他远远地望见大姑诸人走近，便用着他的阔大的声音喊问着：

"呵！呵！你的家下自啦（你们现在才来）！好！好！
请里边坐……"

大姑迈步走上前向着居停含笑介绍着他俩说："我特地带渠的两位来呢示住几日。渠的两位呢，系我的慨朋友。呢位系沈先生。这位系黄姑娘。（我特地带他们两位来这里住几天。他们两位呢，是我的朋友。这位是沈先生，那位是黄姑娘。）……"她望着之菲和曼曼很自然地一笑，便又继续着说："呢位系谷禄兄，你的呢处唔使客气，好似自家人一样自得啦。（这位是谷禄兄，你们在这里不用客套，好像自家人一样才行呀。）"

"系咯！真系唔使客气咯！（是咯！真是不用客套咯！）"谷禄兄说，手上抱着旱烟筒，很朴实，很诚恳地表示欢迎。

刚踏入门口，女居停打着笑脸迎上来。她是位粗陋的、紫黑色的、门牙突出的、强壮的、声音宏大的四十余岁妇人。她很羞涩地，不懂礼貌地哼了几句便自去了。之菲和曼曼、大姑、十一姑都被请到前厅东首的前房里面坐谈。谷禄兄依旧在吸着烟，和他们扯东说西。他的五六个男孩和一个十一二岁的童养媳，也都蜂集到这房里来看客人。谷禄兄像是个好性情的人，那些孩子们时常钻到他的怀里去，他都不动气。

大姑和十一姑坐了一会便辞去了。他们说，可以时时来这里探望之菲和曼曼。

大姑和十一姑去后，谷禄兄父子夫妇忙乱了两个钟头，才把西首的那间本来储藏着许多蒜头和柴头的前房搬清。当中安置一个小榻给这对避难者居住。一群俏皮的小孩子走来围着他们看，十几只小眼睛里充满着惊奇的，神秘的，不能解说的明净之光。正和一群苍蝇恋着失了味的食物一样，赶开去，一会儿又是齐集。

后来，为避去这群小孩子的纠缠，之菲和曼曼合力地把他们逐出室外，把门关着。但，这群喜欢开玩笑的小朋友，仍然舍不得离去，他们把长凳抬到门口的小窗下。轮流地站高着去偷窥室内，频频地做着小鬼脸。这对来宾是来得太奇怪，尤其是剪发的女人特别惹起村童们惊奇的注意。

"这等野系男仔系女仔呢？话渠系女仔，渠又剪左头发，话渠系男仔，渠样又鬼咁似女仔？（那家伙到底是男子还是女子呢？说她是女子，她不该把头发剪去，说他是男子，他又是这样的像女子的模样？）……"这群小孩子喊喊喳喳在私议着。

"在这里住下去一定很危险！……"之菲说，他的眼睛直视着，心情很是焦急、烦闷、不快。他觉得全身都乏力了，在他面前闪跃着的只是一团团阴影。一刹那间，他为革命的失败，家庭的长时间隔绝，前途的满着许多暗礁种种不快的念头所苦恼着。引起他不快的导火线的是他面前的这些在扮着小鬼脸的孩儿们。他觉得这班小家伙真可恶，他的憎恶的原因，大半是因为这班孩儿们的无知的举动，会增加他们藏匿生活的不安和危险。"这真糟糕！给这班小孩子一传出去，全村便人人知道了。真糟糕！这班小鬼子！坏东西！很可恶！……"他恨恨地说，索性把窗门都关住了，颓然地倒在曼曼身旁。

"是的，"曼曼很温柔地说。"这群小孩子真是讨厌！没有方法把他们惩戒，真是给他们气坏的了！"在一种苦闷的，难以忍耐的，透不过气来的状态中，他们厮守着一个整个的下午。机械地接吻、拥抱、睡眠——睡眠、拥抱、接吻。他们的精神都是颓丧，疲倦，和久病后卧在黑暗无光的病室里，又是不健康，又是伤感的境况一样。

晚饭后，他们一齐到村外去散步。满耳的鸟声，阴森的林木，倦飞的暮云，苍翠的春山，把山村整个地点缀得像童话里的仙境一样。他们歌唱着，舞蹈着，在一种迷离、飘忽、清瑟、微妙的不可言说的大自然的美中陶醉。"久在樊笼里，复得返自然！"沈之菲在一条两旁夹着大树，鸟声嘲啾的官道上忘形地这样喊出来，嗤的一声笑了。他望着散着短发，笑微微在舞着的曼曼，好像一位森林的女神一样，又是美丽，又是恬静，益使他心头觉得甜甜地只是打算着作诗。

他们散步归来，天上忽然下着一阵骤雨。一望葱茏的树林，高低的楼阁，起伏的山岭，都在它们原有的美上套上一层薄纱。卧室里，灯光下，他们彼此调情地又是接了一个长久的吻，拥抱着一个长时间的拥抱。一会儿，觉得倦了，便又熄灯睡下。

一个凄楚的，愤激的念头，象夜色一样幽静的，前来袭击着之菲。他这时的神经又是兴奋，又是疲倦，他觉得欲哭而又哭不出来，欲把自己经过的失败史演绎一番，以求得到一种甜蜜的痛苦，但他的头脑又好像灌铅般似的，再也不能思索下去。昏沉了一会，朦胧间像是睡去的样子。他忽而下意识地幽手幽脚地走下床来。在裤袋里摸出一把硬挺挺的手枪拿在手上，轻轻地从小窗口跳出。他走得很快，一丛丛的树林不停地向后面溜过，不消半个钟头，他便发现自己已在满街灯火的C城里面了。

满街的军警还在不间断地捕人。他不顾一切，挺身走过去。

"停步！那里去！"一个站在十字街口的壮大多力的军人叱着他说，声音大如牛鸣。

"我要去我自己想去的地方！干你什么鸟！你真可恶！你的鸟名字叫什么？"他大声地回答，眼睛里几乎迸出火来。

"那里来的野种？你不知现在是戒严的时候么？你再敢放肆，我便给你一枪？"军士如牛喘一般地说，他把他的枪对准之菲的胸口。

之菲急的一闪身，拔出手枪给他一轰，他便倒在地面，做着他最后的挣扎了。

"戒严！戒你妈的严！我偏要给你们解严呢！"他一面说着，一面前进。

这时候，街上的军警一齐走向这枪声起处的地点来。一个满着血的死尸刺着他们的眼帘，他们即刻分头追赶着那在逃的凶手。这时候，之菲已走到三千余人的监禁所××院门前了。××院门前有几个如虎似狼的军士堵守着。他再也不向他们讲话了，一枪一个，用不到几角银的子弹费，几个大汉都倒在地上浴着血不起了。

"囚徒们！囚徒们！逃走吧！逃走吧！到你们理想之乡去吧！"之菲走入监狱里，向着他们高声地说。但见呐喊连声，十几分钟间，他们便都走尽。"好！痛快！痛快已极！"他站在十字街口，露着牙齿狞笑着说，他这时充满着一种胜利的愉快。

"轰！轰！轰！……"这时在他周围的尽是枪声。不一会，一排一排的步枪都向着他围逼着。

"叛徒！奸党！大盗！……"他们口里不停地在叫骂着。

他从街上一跳，身体很轻的飞到露台上去。他挺着胸脯立着，向他们壮烈地演讲着。（他们都不敢近他，唯远远地用枪轰击他。）

"懦夫！懦夫！你们这班卑鄙怯懦的奴隶！你们都没有'脑'，没有'心'，没有'灵魂'的残废的动物！你们只会做人家的走狗！拍人家的马屁！杀自己的兄弟！你们永远是被欺骗者！你们永远是蠢猪！什么是党！现在的党，只在大肚商人的银袋里；在土豪劣绅的'树的'（手杖）下；在贪官污吏的官印中。你们这班蠢猪！不要脸的奴才！在忙着什么！回去吧，你们也许有父母，也许有老婆，也许有儿子，他们都在靠着你们这班蠢猪养活！你们要是作战而死，大肚的商人，狠心的土豪、劣绅、狡诈的贪官、污吏，会给你们什么利益呢？唉！唉！你们这班蠢猪！蠢猪！蠢猪！"

正在他演说得最壮烈时，十几粒子弹齐向他的头，胸，腰，腹各要害穿过，他"呀"的一声叱嚷，便觉得软软地倒下去。

"菲哥！菲哥！"曼曼说，"你在做着噩梦么？你刚才吓死人哩！你为什么这样大声地嚷！啊！啊！你受惊么？不要害怕！不要害怕！这时候你已离去险地很远，正在我的怀里睡着呢！""呀"的一声，之菲也清醒了起来。他摸着他那受枪击的各要害，觉得没有什么，便把头靠着曼曼的心窝，冷然地一笑。

四

由C城往H港的××轮船上，华丽舒适的西餐房中，坐着两个少年，一个少女，这时船尚未起锚，他们的神色都似乎很是恐慌的样子。

一阵急剧的打门声，间着一阵借问的谈话声。"是的，我见他们走进去，他们一定是在里面无疑！"门外的声音说着，又是一阵打门声。在房里面的他们的面色吓得变成青白，暗地里说"不好了！他们为什么这么快便追到来！这番可没命了！"

三人中，一个戴蓝色眼镜的青年，只得迎上前去把门推开一线，在门口伸出头来叱问："几边个？噪得咁得厉害！（找那个？噪得这样厉害！）"

"有一个姓沈的朋友口系呢度无？我好似见渠人来咁？（这里有没有一个姓沈的朋友？我好像见他进来的？）"一个穿着中山装的跟在茶房后面来的少年，答着。

"见鬼咩？呢度边处有一个姓沈慨！话你听！你咁乱噪人口地，唔得啦！（见鬼吗？这里哪里有一个姓沈的！告诉你：你这样随便噪闹别人，不可以的！）"戴蓝色眼镜的青年愤然地说，把门用力地关了。

"第二次咁搅法唔得慨！唔睇得定就唔好乱来失礼人！（下次不可以这样搞法！没有看清楚就不好随便来得罪人！）"那个茶房传出向着穿中山装的少年发牢骚的声音。

这时，那戴蓝色眼镜的青年向着坐着的那对青年男女幽幽地说："危险呀！总算把他们打退一阵！""恐怕他第二次再来，那可就没有办法了！"坐着的青年说。

"大概不会的，船也快开了！"戴蓝色眼镜的青年，带着安慰的口吻说。

这时在门口的那个穿着中山装的青年，踱来踱去不断地自语着："到底他到哪里去了呢？分明是见他走进来的了？"

这回在坐着的那青年，细心听清了他的口音，似乎很熟，他便偷偷地从门口的百叶窗窥出，原来在门口踱着的那人正是他的同事林谷菊君。他心中不觉好笑起来。他随即开了门，向着林谷菊君打了一躬，林谷菊便含笑地走进来，把门即刻关上。

"之菲哥。刚才为什么不见你呢？"林谷菊问，态度很是愉快。

"哎哟！谷菊哥！我们刚才给你惊坏了！我们以为你是一个侦探啊！"之菲答。即时指着那戴蓝色眼镜的青年说："这位是新从新加坡回国的 P 君。"

"啊！啊！"谷菊君说，握着 P 君的手。"你便是 P 君，上次我在群众大会中见你演说一次，你的演说真是漂亮啊！"

"你便是谷菊君，和之菲君一处办事的么？失敬！失敬！刚才是真对不住啊？"P君答着，很自然地一笑。这时船已开行，他们都认为危险时期已过，彼此都觉得如释重负，很是快乐。他们的谈话，因为有机器的轧轧的声音相和，不怕人家偷听，也分外谈得起劲了。"之菲哥！想不到在此地和你相逢！你这几日来的情形怎么样？请你报告我罢，"谷菊问。

"这几日么？"之菲反问着。他这时正倚在曼曼身上，全身都觉得轻快。"从T村到S村，你是知道的。在那里，我们觉得村人大惊小怪，倘若风传出去，到底有多少不便，所以我们便决计回到斋寺里去。前两三天本年打算到H港来，听说戒备很严。上H港时，盘问尤为利害，所以不敢轻于尝试。这两夜来，我还勉强可以睡得，曼妹简直彻夜不眠。我想，这样继续下去，有点不妙。便吩咐一个忠实的同乡出来打探情形。路上，码头和船上的查问和戒备的程度怎样，他都有了很详细的报告。经过他的报告后，我们便决意即刻逃走。恰好遇着一阵急雨（这阵雨，真是下得好！），我们坐在黄包车中，周围统把帆布包住着。这样，我们便从敌人的腹心平安地走到码头来。哎哟，在黄包车中，我真怕，倘若他们走来查问时，我可即刻没命了！但，他们终于没有来打扰我！下船后，恐怕坐统舱，人多眼众，有些不便，所以和P君一同充阔气的来坐这生平未尝坐过的西餐房。恰好又是给你这位准侦探吓了一跳！哈！哈！"

林谷菊，是个年约二十二三岁的少年。他虽是广东人，但因为住居上海多年，故而面皮白净。他不幸满面麻子，要不然，他定可称为头一等的美男子呢。他说话时态度很活泼，口音很正。对于恋爱这个问题，他现出十分关心的样子，虽然女子喜欢麻脸的甚少，但他并不因此而失去他的勇气。他的战略，是一切可以接近的女性，都一体地加以剧烈的进攻。

P君是个很漂亮的少年，他的年龄和林谷菊差不多。他的行动确有点轻佻；据他自己说，他对于女性的艳福，确是不浅。他的身材是太高和太瘦，所以行路时总有点像临风的舞鹤一样。

"我们现在别的说话都不要说，大家谈谈恋爱问题好吧。这问题谈起来又开心，又没有多大危险，你们赞成吗？"林谷菊击着舱位说。

"好的，好的，我很赞成。我提议先请之菲君和曼曼女士把他们的恋爱史说出来给我们听听。"P君动容的答，他两手插在衣袋里不断地踱来踱去。

"呀！呀！太不成！太不成！"曼曼女士羞红着脸，抗议着。

"报告我们恋爱的经过，这很容易。但，谷菊君要把他怎样进攻女性，P君要把他怎样享受过艳福先行报告，才对！"之菲很老成似地说着。

"对于女性怎样进攻么？好！我便先报告也未尝不可以。但在未报告之前，我们先须承认：（一）凡女性总是好的；（二）凡女性纵有些不好，亦特别地可以原谅的。由这两种信念，我们对一般的女性便都会发生一种特别的好感。由这种特别的好感，便会发生一种浓烈的爱情出来。我们对任何式样的女子都要应用这种浓烈的爱情，发狂地，拼命地去进攻她。我们要令被进攻的女性发生爱或发生憎。我们不能令她们对这种进攻者漠不关心。"谷菊拉长声音演说着，他有点不知人间何世的神态。"那么，你现在有几个爱人呢？哈！哈！"P君问。他有点怀疑，因为他对着这演讲家的麻脸，有几分不能信仰。

"爱人么？这可糟糕了！我一向不懂得这个战术。最近学到这个战术时，偏又天不作美，遇着这场亘古未有的横祸，把几个和我要好的女人都赶跑了。赶跑了！天哪！天哪！"谷菊君旁若无人地说着，他这时似乎有点伤感的样子。

"P君，现在该是你报告你的艳史的时候了，"谷菊君揉着眼睛说。

P君脸色一沉，自语似地说："咳！我的艳遇么？不算是什么艳遇，倒可说是一场悲剧！大约是一九二二年的夏天吧，那时我才到C城N中学肄业，同样的一个美貌的女子便和我恋上了。那时候，我们时常到荔枝湾去弄舟。荔枝湾的风景你们是知道的。在那柳红嫩绿，荔子嫣红，翠袖浓妆，花香衣影的荔枝湾上，我们整日摇舟软语，好像叶底鸳鸯。咳！什么拥抱，接吻，我们不尝做过！然而我们的热烈相爱，只能得到旁观者的妒忌，不能得到双方父母的同情。我因此奔走南洋，久不归国。这次星洲发生惨案，不幸我更被人家举做回国代表！唉！这一回国，便给我的父母捉去结婚。哎哟，天哪！恰好结婚这一夜，我偏在街上遇着她！她像知道我的消息似的，只把我瞪了一眼，恨恨地便自去了！咳！真糟糕！那时，我心上觉得像受了一刀，觉得什么事都完了似的！唉！……"P君说完后，脸色有点青白，他的眼睛向着上面呆呆盯住，好像在凝视着他那永远不能再见的情人一样。

"你们的恋爱史怎样讲呢？"谷菊望着之菲和曼曼这样问着。

"我们还未尝恋爱，那里便有史呢？"之菲抵赖地答。"呀！呀！太不成！太不成！"曼曼脸儿羞红，依旧提出抗议。

一路有说有笑，时间溜过很快。不一会便听见许多人在舱面喧嚷着："快到了！""H港快到了！"在漆黑的夜色中，H港珠光耀着，好像浮在水面的一顶皇冠一样。从它的表面上看起来，我们即时可以断定它是骄傲的、炫耀的、迷醉的、鸩毒的一个地方。同时，我们只需沉默一下，便会觉得鼻头一酸，攒到心头的是这么痛心的材料啊！我们似乎可以看见山灵在震怒，海水在哀呼，——中国呀！奴隶的民族！不长进的民族！——一种沉默的声音，似乎隐隐间由海浪上传出。

"啊！啊！现在又要受人家检查！又要像猪狗一样的给人家糟蹋！啊！啊！做人难！做不长进的中国人尤难！做不长进的中国的流亡人尤难之尤难！"之菲想了一会，觉得能够跳下大海去较为爽快。但，这倒不是一件轻易做得到的事，他结果只得忍耐着。

船终于到岸了，码头上的检查幸不利害。给他们——那些稽查员，在身上摸索了一会，没有露出什么破绽来的之菲、曼曼、谷菊、P君，便逃也似地投向那阔气的东亚旅馆去。

五

一间华丽的大旅馆房间，电灯洒着如银的强光，壁间一碧深深的玻璃回映着。蚊帐莹洁如雪，绣被别样嫣红。大约是深夜一时了，才从轮船上岸的之菲和曼曼便都被旅馆里的伙计带到这房里来。

"好唔好呢，呢间房（这间房子好不好呢）？"广东口音的伙计问。他对着这对年轻的男女，不自觉地现出一段羡慕的神态来。

"好慨，几度得咯。你而今即刻要同我的搬左行李起来口番！（好的，在这里便可以了。你现在即刻要把我们的行李搬起来啊！）"之菲答。他倚着曼曼，在有弹性的睡榻上坐下。

"得罗！得罗！（好的！好的）"伙计翘起鼻孔，闪着眼，连声说"好的"出去了。

过了一会儿，伙计把他们的行李搬上来，另外一个伙计拿上一本簿条给他们填来历。之菲持着紧系在簿条上的铅笔，红着脸地填着：

> 林守素，广东人，今年二十四岁，从 C 城来。妻黄莺，广东人，今年十九岁，同上。

曼曼女士的脸红了一阵，瞟着之菲一眼，又是含羞，又是快意。那伙计机械地袖着簿子走到别处去了。这时，住在三楼的 P 君和谷菊都到他们的房里来坐谈（之菲和曼曼住在四楼）。

"你的真系激死人罗！咁，两公婆相处番交，又软，又暖，又爽，又过瘾！唉！真系激死我的咯！（你们真是令人羡煞咯！这样，两夫妻在一块儿睡觉，多么温柔，暖和，爽快和陶醉！唉！真是令我们羡煞咯！）" P 君用着 C 城的方言戏谑着之菲和曼曼。

"你们的唔系又系两公婆番交咩？你孖谷菊兄今夜成亲起来唔得咩？（你们不是也是两夫妻一块儿睡觉吗？你和谷菊兄今晚成亲起来不可以吗？）"之菲指着他俩笑着说。

"你的真系得意咯！咁，点怕走路呢！哪！你的平日番交边处有咁好慨地方。今夜真系阔起上来咯！（你们真是快乐啊！像这样，为什么怕流亡呢！哪！你们平时睡觉的地方那里有这么漂亮。今晚真是阔气起来咯！）"谷菊也用着 C 城的方言戏谑着。他的麻脸上满着妒美的表情。

"你的咁，真系讨厌咯！成日家我的来讲！话晒的唔好听慨嘢！真衰咯！我同渠不过系一个朋友啦，点解又话爱人！又话两公婆！真系激死人咯！（你们这样，真是讨厌咯！整天拿我们来做话柄！把那些听不入耳的话都说出来！真是坏蛋东西咯！我和他不过是一个朋友，为什么说他是我的爱人，又说我们是两夫妻，真是令人气闷得很咯！）"曼曼也用着讲不正的 C 城口音和人家辩驳。"点解你的唔系两公婆会向一处番交呢？（为什么你们不是两夫妇会在一处睡觉呢？）" P 君老实不客气地驳问着。

"呢个床铺有咁阔，我的番交设阵时离开地番唔得咩？（这只睡榻有这么阔，我们睡的时候离开一点，不是可以吗？）"之菲答，他开始觉得有点太滑稽了。

乱七八糟的谈了一会，吃了饭，洗了身，写了信，大约已是深夜两点多钟了。谷菊和 P 君都回三楼睡觉去，这时房里只剩下之菲和曼曼二人。

"点解你咁怕丑呢（为什么你这么怕羞呢）？"之菲再用 C 城话问，把她紧紧地搂抱着。

"衰咯！而今俾渠的知道我的啦一处番交咯！我觉得好唔好意思。头先唔知啦一间有两个床铺慨房重好！（糟糕啊！现在给他们知道我们一块儿睡觉了！我觉得真是不好意思。刚才不知道找一间有两个睡榻的房间还好些！）"曼曼答，很无气力地睡在之菲的臂上。

"重使客气咩？你估渠的唔知道我的已经一处番交好耐咩？而今夜咯，乖乖地番交罗！（还要客气做什么呢？你以为他们不知道我们已经一块儿睡觉很久吗？现在夜深了，好好儿睡觉吧！）"之菲说。

"我今晚唔番交咯，坐到天光！（今夜我偏不睡觉，坐到天亮！）"曼曼说。

"真系撒娇罗！你几到渠的，唔通连埋我都啦得到咩？你唔番交，我捉住你来番！睇你想点呢？（真是撒娇了！你可以骗得他们，难道连我都骗起来吗？你不睡觉，我偏要拿你来睡觉！看你有什么办法？）"之菲说，他用手指弹着她的颊。

"无咁野蛮慨，得唔得要由我想过。（没有这样野蛮的，睡觉不睡觉应该由我打算。）"曼曼答，她推开他的手，有点嗔意。

"得慨咵！得慨咵！（可以的了！可以的了！）"之菲说。双眼望着她，尽调着情。

"我唔番（我不睡觉）！"曼曼很坚决地说。

"由得你！你唔番也好，我自己番重爽！（随你的便吧！你不睡觉也可以，我自己一个人睡觉更快活！）"他赌气地说，放下帐帷自己睡下去了。

过了一会，她坐在帐外垂泪。

"你真系唔睬我咩？呃！呃！（你真是不搭理我吗？呃！呃！）"她哭着说。

"叫你好好地番，你又唔番；点解而今又喊起上来呢？（好好儿请你睡觉你不睡，现在为什么又哭起来呢？）"他从榻上跳起来，抱着她，吻着她一阵，安慰着她说。"菲哥！你要自己保重身体！我想不久我一定会死？我们的结果，我预料是个很惨的悲剧！我想，你的家庭断不容你和我结婚，把你的旧妻休弃！我的家庭也断不许我自由！呃！呃！呃！"曼曼用着流利的普通话说，她哭得更加厉害了。

"我也知道这是我的不对！"她继续说着。"我不应该和你发生恋爱！我不应该从你的夫人手里把你夺过来！我不应该从你的父亲母亲的手里把你夺过来！菲哥，你要自己保重身体！妹妹始终是对你不住的！你让我独自天涯海角漂流去吧！我不久一定会死，我不久一定会死的！但我是一个罪人，我只配死在大海里，死在十字街头，死在荒山上，死在绝域中！我不配含笑的死在你的怀里！呃！呃！呃！"她睡在之菲怀中，凄凉地哭着。

"妹妹！不要哭！——我们要忍耐着，我们要一步一步地做去，无论如何，我是不负妹妹的！我可以给全社会诅咒，给父母驱逐，可以担当一切罪名！但，我不忍妹妹从我的怀里离去！我不忍妹妹自己走到灭亡之路去！你要死也好，我们一块儿死去吧！……"之菲说，凄然泪下。"我可以死，你是不可以死的！我死了，别无牵累。你是死不得的！你的大哥前年死去了！你的二哥去年死去了！你的一对六十多岁的慈亲，老境凄凉，只望着你一人作他们最后的安慰！唉！你正宜振作有为！你正宜振作有为！菲哥！你要自己保重身体才好，妹妹从此怕不能和你亲近的了……唉！从此便请你把我忘记吧！呃！呃！呃！"她说着又是哭着，恍惚是要在她的情人的怀里哭死一样。"我不可以死，难道你便可以死的吗？你也有爷爷，也有妈妈，也有兄弟姊妹，难道你死了去，他们便不会悲哀吗？奋斗！奋斗！我们还要努力冲开一条血路，创造我们的新生活！"他劝着她说，把手握着拳，脸上现出一段英伟的表情。

"我能够永远和你在一处，那是很好的，正和一个美丽的梦一样。但，我终怕我们有了梦醒之一日！"她啜泣着说，软软地倚在之菲身上。

"最后我们的办法，只有用我们的心力去打破一切！对于旧社会的一切，我们丝毫也是不能妥协的！我们要从奋斗中得到我们的生命！要从旧礼教中冲锋突围而出，去建筑我们的新乐土！我们不能退却！退却了，便不是一个革命家的行为！"

最后这几句话，她像很受感动。她把她的搐搦着的前胸紧紧地凑上之菲怀里，抖颤着的手儿把他紧紧地搂抱着。口中喃喃地哼着销魂的呓语："哥哥！亲爱的哥哥！"

六

第二天早晨，曙光突过黑夜的重围，把它们愉快的、胜利的光辉，网着这一对热情的、销魂的、终夜因为狂欢不曾好好睡过的情人。之菲是个有早起习惯的人，首先为这种光辉所惊醒了。他伸一伸懒腰，连连地打了几个呵欠，身体觉得很软弱地，头上有点眩晕。他凝视着棉被里面头发散乱，袒胸露臂，香梦沉酣的曼曼，不禁起了一点莫名其妙的，不近情理的埋怨。

"你这个狐狸精！……"他心中这样说了一声。越看越爱，越舍不得离开她独自起身。……

　　几个钟头过去了，他终于在正午时候和她一同离开睡榻。洗过手脸，吃过午餐后便和谷菊、P君同到街上散步去。路上，之菲这样想着：

　　"这回真是有点诗意了！在这沦为帝国主义者的殖民地的孤岛上，在这被粉黛、珠宝麻木了人心的孤岛上，我开始地把我的瘦长的影投射着在这儿了！我时时刻刻都有被捕获的危险，因而在未被捕获以前，我时时刻刻都觉得异样的快活和自足。我这时的心境正和儿童的溜冰，探险家的探险一样，越觉得危险，越觉得有趣！……啊！啊！我从今天起，开始地了解生命的意义了！"他这时脸上溢着自足的笑，挺着胸脯在街上走动着，觉得分外有精神。过了一会，他忽而从衣袋里摸出一张写着字的纸条，默默地看了一会，便向着谷菊，P君和曼曼说："我们找章心去吧！他的通讯住址，写明他住在这条街××店楼上。"

　　"可以的！"P君闪着眼，翘着嘴说。

　　谷菊和曼曼都点着头，表示赞成。

　　他们几个人成为单行地走着，之菲在前，P君断后，曼曼和谷菊在中间。过了十分钟，在一间普通样子的批发铺前，之菲忽然地立住。把手儿一挥，向着他的同伴起劲地说："到了！这儿便是章心住着的地方，我们进去问他一问。"

　　他把戴在头上的帽拿在手里，口里作着一阵轻轻的口哨，冲进店里面去。

　　"章心先生住在这儿吗？"他向着站在他面前的一个肥胖的老板点着头问，那老板有一个像蜡石一样光滑的头，两只眼睛像破烂了的苹果一样。

　　"我不晓得那一个是章心先生！"他用鼻孔里的声音说。

　　"章心先生，他在写给兄弟的一封信上说他住在这里。——我是他的好朋友，请你坦白地告诉我吧！"之菲祈求着说，态度非常温和。

　　"我们店里没有这个人！"那老板很不耐烦地说，把面孔转开去，再也不打理他了。

　　之菲不得要领地走出来，心中觉得十分愤恨。

　　"这班蠢猪，真是可杀！"他喃喃地说着，一半是自语，一半是要得到他的同伴的同情。

　　立在店外的P君，谷菊和曼曼，都说了几句痛骂资本家的说话，便和之菲离开那店户走去了。

　　下午二点钟的时候，他们在同条街的一家店户上找到陈若真。热烈地握了一回手之后，陈若真愉快异常地喊出来：

"呵，呵，之菲哥！呵，呵，谷菊哥！呵，呵，P君！呵，呵，曼妹！你们好！好！好！我这几天很为你们担心。现在来了，好！好！"

陈若真是个西式的中国人。他的身躯是这样高大，鼻部特别高耸。他自己说，他在南洋当报馆主笔时，有一次在街上散步，一个年轻的西妇错认他是她的情郎，把他赶了好半里路。待到赶上了，他回头一看，那西妇才羞红着两颊，废然而返呢。他的性情很温和，态度很冷静，他从未曾表示着过度的快乐，也未曾表示着过度的失望。他做事的头脑很致密，秩序很井然。但有时，却失之迂缓。他在南洋当过十年主笔，这次回国不久，和之菲一同在M党部办事，感情很是融洽。这时他住在这家商店后楼的一个房里头，他的从C城带来的老婆住在店老板的家中。店老板名叫杨敬亭，和他很有点交情。

"这店里头是很古老的，女人到这里头来，他们认为莫大的不祥。尤其是剪发的女人，他们要特别地害怕！菲哥，你现在可带曼妹去见我的妇人。再由我的妇人向老板娘商量商量，或者曼妹可以在那边同住也不一定，"若真向着之菲和曼曼很诚恳地说。

他们再谈了一会，无非是互相勉励，努力干去这类说话。

谷菊和P君先回旅舍去了。之菲和曼曼由这店里一个伙计带到老板的住家去。

老板的住家，是在一座面街的三层楼上。从街上走进，要经过了几十步的黝黑的楼梯，才会到达它的门口。

楼上的布置，是把楼前划出一个小面积出来，作为会客室。里面，陈设茶床、几、座椅、风景画。楼栏上，摆着许多盆花。剩下来的一个三丈宽广的整面积，分隔为两间房的样子，房前留着一条小通道。

住在这儿的有杨老板的第三，第四两个姨太，一个被人们称呼为八奶的他们的亲戚，一个三十余岁的佣妇，一个十四五岁的俾女，一个新从C城逃难来依的妇人，和陈若真夫人这一班人物。

之菲和曼曼被带到这里时，差不多已是下午三点钟了。那带他们来的伙计刚到门口时，便径自回去。之菲抱着一个羞怯的，好奇的心理把门敲着。即刻便有一个清脆的声音——谁呀？——在室内答应着。之菲站着不动，曼曼便柔声地说："我呀！——我是探陈夫人来的！""呀"的一声，室门开了，他们便都被迎接进去。

陈若真夫人是个身材娇小、乡村式的、贞静的、畏羞的美人。她的年纪二十八岁了，有了丈夫十年了，但她还保留下一种少女的畏羞的神态。她的身体很软弱，有一个多年不断根的肚痛病，性情很温柔，和蔼。见了她的人，无论如何都不会和她怄气的。她说话时的态度，小小的口一张一翕的神情，又是稚气，又是可爱。她的脸表现出十足的女性，眉、目、嘴、鼻，都是柔顺的、多情的表征。她穿着新式女子的衣裙，但不很称身。这时，她含笑地把他们介绍一番，美丽得出众的三奶，便娇滴滴地说："咦，沈先生，曼姑娘，我们这几天和陈夫人时常在替你们担心呢！现在逃走出来，真是欢喜啊！"三奶年约廿一二岁的样子，生得体态苗条，柳眉杏眼。她穿的是一套称身的淡绿色常服，行路时好像剪风燕子，活泼，轻盈，袅娜！她说话时的神态，两只惊人的美的眼睛只是望着人，又是温柔，又是妖媚。听说她的手段很高强，把个年过半百的杨老板，弄得颠颠倒倒，唯命是从。

站在她身边的那位四奶，脸上只是含着笑，不大说话。她的年纪约莫十六七岁的样子，白净得像一团雪。她的身材矮胖，面貌象月份牌画着的美人一样，凝重而没有生气。在她眉目间流露着的，有一点表示不得的隐恨。听说她给杨老板弄过手后，只和她睡过一夜，以后便让她去守生寡。

和陈夫人同坐在一只长凳上的那位八奶，年约廿七八岁，是个富家奶奶的样子。她的身上，处处都表示出丰满的肉感。说她是美，实在是无一处不美，说她是平凡，实在却又是无一处不平凡。她的说话和举动的神态，证明她是个善于酬对，和使遇见她的男子都给她买衣服的能手。在八奶的后面站着的，是那个从 C 城逃难来依的妇人。她的年纪约莫三十岁，面貌很丑，额小，目如母猪目，鼻低平，嘴唇厚。她的丈夫是个危险人物，所以她亦是在必逃之列。这时，她站在这队美人队里，对照之下，她像一只乌鸦站在一群白鸽里面一样。

之菲和曼曼在这里和她们谈了一会，大权在握的三奶，对他们着实卖弄了一些恩意。最后，她娇滴滴地，销魂地说着，"曼曼姑娘，如不嫌弃，便请在这儿暂屈几天！……沈先生，我们真喜欢见你，请你时常来这里坐谈！"下午四点钟的时候，之菲离开杨老板的住家，独自在街上走着。街上很拥挤，印度巡捕做着等距离的黑标点。经过了几条街，遇见了许多可生可死的人，他终于走到海滨去了。

这时候，斜阳壮丽，万道红光，浴着远海。有生命的，自由的，欢乐的浪花在跳跃着，在奔流着，在一齐趋赴红光照映的美境下去！他们虽经过狂风暴雨之摧残，轮船小艇之压迫，寒星凄月之诱惑，奇山异岛之阻隔；他们却始终是自由的，活泼的，跳动的！他们超过时间空间的限制，永远是力的表现！

岸上陈列着些来往不断的两足动物。这些动物除一部分执行劫掠和统治外，余者都是冥顽不灵的奴隶！黑的巡捕，黄的手车夫，小贩，大老板，行街者，小情人，大学生……满街上都是俘虏！都是罪人！都是弱者！他们永远不希望光明！永远不渴求光明！他们在监狱里住惯了，他们厌恶光明！他们永不活动，永不努力，永不要自由！他们被束缚惯了，他们厌恶自由！他们是古井之水，是池塘之水，是死的！是死的！他们度惯死的生活，他们厌恶生！

"唉！唉！死气沉沉的孤岛啊！失了灵性的大中华民族的人民啊！给人家玩弄到彻底的黑印度巡捕啊！我为尔羞！我为尔哭！起来！你披霞带雾的郁拔的奇峰！起来！你魁梧奇伟，七尺昂藏的黑印度巡捕！起来！起来！你以数千年文物自傲的中华民族的秀异的人民！起来！大家联成一条战线！叱咤喑呜，使用我们的强力，把罪恶贯盈的统治阶级打倒！打倒！打倒！打倒！我们要把吮吸膏血，摧残自由，以寡暴众的统治阶级不容情地打倒！才有面目可以立足天地之间！……"之菲很激越慷慨地自语着，这时他对着大海，立在市街上挺直腰子，两眼包着热泪，把拳头握得紧紧，摆在胸前。

"全世界被压迫阶级联合起来，打倒资本帝国主义！国民革命成功万岁！世界革命成功万岁！……"

这几个被他呼得成为惯性的口号，在他胸脑间拥挤着。……

这天晚上，他再到杨老板店中，在陈若真住着的房子里睡觉。

七

在徒然的兴奋和无效果的努力中，之菲和他的朋友们忙乱了几天。他们的办事处，不期然而然地好像是设在陈若真的房里一样，这现象使得陈若真非常害怕，他时常张大着眼睛，呆呆地望着之菲说："之菲哥，请你向他们说，叫他们以后不要再到这里来。这地方比较可以藏身些，倘若透露了些风声，以后便没有别的地方可以去的了！"他虽然是这样说，但每天到他这里来的仍是非常之多。麻子满面，而近视眼深得惊人的章心，大脸膛的铁琼海，肥胖的江子威，瘦长的P君，擅谈恋爱的谷菊，说话喜欢用演讲式的陈晓天，都时时到这里来讨论一切问题。有一天，他们接到 W 地 M 党部的 × 部长打来一封密电，嘱他们在这 H 港设立一个办事机关，负责办理，该 × 部后方的事务。经费由某商店支取。他们热烈地讨论着，拟派铁琼海，江子威到 W 地去接洽；陈若真，沈之菲留在这 H 地主持后方，余的都要到海外活动去。关于到海外去的应该怎样活动，怎样宣传，怎样组织；留在 H 港的应该怎样秘密，怎样负责，怎样机警；到 W 地去的，途上应该怎样留心，怎样老成，镇定，都有了详细的讨论。但，结果那家和 X 部长有了极深关系的商店，看到 × 部长的密电后，一毛不拔，他们的计划，因经费无着，全部失败。

这天晚上，街上浮荡着一层温润的湿气，这种湿气是腻油油的，软丝丝的，正和女人的吸息一样。之菲穿着一套黑斜羽的西装，踏着擦光的黑皮鞋，头上戴着灰黑色的呢帽，被一个十四五岁的小妮子带向海滨那条马路去。那小妮子是杨老板家的婢女，出落得娇小玲珑，十分可爱。她满面堆着稚气的笑，态度又是羞涩，又是柔媚，又是惹人怜爱。她跣着足，穿着一套有颜色的下人衣服。脸上最显著的美，是她那双天真无邪，闪着光的眼，和那个说话时不敢尽量张翕的小口。这时她含着笑向着之菲说："沈先生，曼曼姑娘和陈夫人都在海滨等候你呢。她们要请你同她们一同到街上去散一会步。"

她说话时的神情，像是一字一字地咀嚼着，说完后，只是吃吃地笑。在她的笑里流露着仰慕他们的幸福，和悲伤着她自己的命运的阴影。

"可怜的妹妹！"之菲看着她那种可怜的表情，心中不禁这样说了一声。"咳！你这么聪明，这么年轻，这么美貌；因为受了经济压迫，终于不得不背离父母，沦为人家婢女！……还有呢，你长得这么出众，偏落在杨老板家中；我恐怕不久，他一定又会把你骗去，做他的第五个姨太太呢！"

他想到这里，心头只是闷闷，吐了几口气，依旧地在街上摆动着。

"咳！所以我们要革命！唯有革命，才能够把这种不平的，悲惨的现象打消！……"他自语着。

到了海滨，一团团的黑影在灯光照不到的地方蠕动着。一阵阵从海面吹来的东风，带来一种像西妇身上溢露出来的腥臭一样。之菲和那婢女在曼曼和陈夫人指定的地方张大眼睛寻了一会，还不见她们的踪迹。

"呀！他们那儿去了？"她有些着急地说。

"她们初到这里，怕迷失了路吧！"之菲很担心地说，心上一急，觉得事情很不好办了。

过了一会，在毗邻的一家洋货店内，她们终于被寻出来了。陈夫人这晚穿得异常漂亮，艳装盛服，像个贵妇人一样。曼曼亦易了装束，扮成富家的女儿一样华丽。照她们的意思推测出来，好像是要竭力避免赤化的嫌疑似的。（在这被称为赤都的 C 城的附近的地方，剪发，粗服的女子，和头发披肩，衣冠不整的男子，都有赤化的嫌疑！……）

"啊，啊，我寻找你们很久呢！"之菲含笑对着曼曼和陈夫人说。

"我们等候得不耐烦了，才到这洋货店里逛一逛。"陈夫人娇滴滴地答。

"菲哥，我们一同看电戏去呢，"曼曼挽着之菲的手说。又拉着陈夫人同到电戏院去。

这一晚，他和她们都过得很快活。当之菲把她们送回寓所，独自在归途上走动时，他心里还充满着一种温馨迷醉的余影。他觉得周身真是被幸福堆满了。照他的见解，革命和恋爱都是生命之火的燃烧材料。把生命为革命，为恋爱而牺牲，真是多么有意义的啊！有时，人家驳问他说："革命和恋爱，到底会不会冲突呢？"

他只是微笑着肯定地说："那一定是不会冲突的。人之必需恋爱，正如必需吃饭一样。因为恋爱和吃饭这两件大事，都被资本制度弄坏了，使得大家不能安心恋爱和安心吃饭，所以需要革命！"

今晚，他特别觉得他平时这几句话，有了充分的理由。在这出走的危险期内，在这迷醉的温馥途中，他觉得已是捕捉着生命之真了。晚上十一点钟，他回到杨老板的店中（他每晚和陈若真同在一处睡觉）。P君，林谷菊，陈晓天，铁琼海和江子威诸人照旧发狂地在房子里谈论着一切。

"我打算后天到新加坡去，在那儿，我可以指挥着一切群众运动！"这是P君的声音。

"我依旧想到 W 地去。"这是铁琼海的声音。

"我们一起到 W 地去，实在是不错。"这是江子威的声音。

"我此刻不能去，一二星期后，我打算到暹罗去。"这是陈晓天的声音。

"我连一文都没有！我想向陈若真借到一笔旅费，同你到新加坡去。"这是林谷菊朝着P君说着的声音。之菲在楼梯口望了一会，觉得有趣。他便即刻走到房里去参加他们的谈话会。

　　这样的谈话，继续了约莫十五分钟以后，陈若真从客厅上走下来向着他们说："诸位，你们的谈话要细声一些！"他哼着这一句，便走开去了。他这几天老是不敢坐在房里，镇日走到客厅上去和商人们谈闲天。约莫十一点半钟的时候，店里一个伙计慌慌张张走到之菲那儿，用很急遽的声音说："走啊！几个包探！他们差不多到楼梯口来了！作速的跑！……跑！跑啊！"这几句话刚说完时，之菲便走到门口，但已经是太迟了！一个，两个，三个，四个的健壮多力的包探都在他们的房门口陆续出现！

　　在门口的之菲，最先受他们的检查。衣袋里的眼镜，汇丰纸票，自来水笔，朋友通讯住址，几片出恭纸都给他们翻出来。随后便被他们一拿，拿到房里面坐着。就中有一个鼻特别高，眼特别深，举动特别像猎狗的包探长很客气地对着他们坐下。他的声音是这么悠徐的，这么温和的。他的态度极力模拟宽厚，因此益显出他的狡诈来。"What's your name? Please!（请问尊姓大名！）"他对着之菲很有礼貌地说，手上正燃着一条香烟在吸。"My name is Chang So.（我叫张素。）"之菲答，脸上有些苍白。

　　——Where do you live?（住在那儿）

　　——I live in Canton.（住在广州）

　　——What is your occupation?（做什么工作的？）

　　——I am a student.（我是个学生。）

　　——How old are you?（多大年纪？）

　　——Twenty five years old.（二十五岁。）

　　——Why do you leave Canton now?（干吗要离开广州？）

　　——I dislike Canton so much, I feel it is troubled!（我不喜欢广州，我觉得那里讨厌！）

　　这猎狗式的西人和之菲对谈了一会，沉默了一下，便又问着：

　　——You say that you are a student, but which school do you belong?（你说你是一个学生，但是你是哪个学校的？）

　　——I belong to National Kwangtung University.（我是国立广东大学的。）

　　——Why do you live in this shop?（你为什么住在这店里？）

　　——Because the shop keeper of this shop is my relation.（因为这店的老板是我的亲戚。）

——What kind of relation is it?（什么亲戚？）

——The shop keeper is my uncle-in-law.（老板是我的舅舅。）

——Do you enter any party?（你入过什么党吗？）

——No! Never.（不！我从没入过。）——Are you a friend of Mr. Lee Tiesin?（你是李迪新的朋友吗？）

——No! I don't acquaint with him.（不！我不认识他。）

这像猎狗一样感觉灵敏，能够以鼻判断事物的包探长，一面和之菲谈话，一面记录着。随后，他用同样的方式去和 P 君，铁琼海，林谷菊，陈晓天诸人对话。随后又吩咐那站在门口的三外包探进来搜索，箱，囊，藤篮，抽屉都被翻过；连房里头的数簿，豆袋，麦袋，都被照顾一番。这三个包探都遍身长着汗毛，健壮多力。他们搜寻证物的态度好似饥鹰在捕取食物一样，迅速而严密。

搜索的结果，绝无所得。但，他们分明是舍不得空来空去的。这时那猎狗式的包探长便立起身来向着之菲说：

——You have to go with us!（你得跟我们一道走！）

——May I ask you what is the reason?（请问是什么理由？）——之菲答。

——We don't believe you are a good citizen, that is all.（总之，我们不相信你是一个安分的公民。）

——May I stay in this shop?（我可以留在这店里吗？）

——No, you can't!（不，不成！）

——So then I must go with you!（那么，我一定得跟你们走啰！）

——Yes! Yes!（对哪！对哪！）

——May I bring a blanket with me?（我可以带一条毛毯吗？）

——Yes, you may, if you please!（可以的，请吧！）

包探长和他对说了几句，便命一个身材非常高大，遍身汗毛特别长的包探先带他坐着摩托车到警察总局去。包探长和其余的两个包探却分别和 P 君，谷菊，晓天，铁琼海，江子威到他们的住所去检查行李。

天上满着黑云，月儿深闭，星儿不出。在摩托车中的之菲。觉得一种新的傲岸，一种新的满足。固然，他承认不去拿人偏给人拿去，这是一件可耻的事。但干了一回革命，终于被人拿去，在他总算于心无愧。比起那班光会升官发财的革命者，口诵打倒帝国主义之空言，身行拍帝国主义者马屁之实者，总算光明许多。还有一点，他觉得要是在这 H 港给他们这班洋鬼子弄死，还算死在敌人手里，不致怎样冤枉。要是在 C 城给那班所谓同志们弄死，那才灵魂儿也有些羞耻呢！

同时，他也觉得有点悔恨。他恨自己终有点生得太蠢，几根瘦骨格外顽梗得可悲，拜跪不工，马屁不拍，面具不戴，头颅不滑，到而今，仰不足以事父母，俯不足以蓄妻子，左璨师友之欢，右贻亲戚之忧，人间伤心事，孰逾乎此！

经过几条漆黑的街道，他屡次想从摩托车里跳出来。但他觉得这个办法，总是有点不好，所以没有跳得成功。过了一忽，警察总局便在他的面前跃现着了。

下了车，他被带进局里面去了。局里面正灯光辉煌，各办事人员正很忙碌地在把他们的头埋在案上。这时，他们见拿到一个西装少年，大家的样子都表示一点高兴和满足。

"赤党！一定是个赤党！"他们不约而同地张着眼睛，低喊着。他们的确是比那位包探长更加聪明；只用他们的下意识，便能断定之菲的罪状。停了一忽，之菲站在一个学生式的办事人员面前受他的登记。那办事人员很和气而且说话时很带着一种同情的怜悯的口吻。他问：

"渠的点解会捉左你来呢（他们为什么会把你拿来呢）？"

"我唔知点解（我不知道）！"之菲不高兴地答。一年来世故阅历得很深的之菲，知道这办事人员一定是个新进来办事的人，所以他还有一点同情的稚气。他知道要是过了三几年，他这种稚气自然会全数消尽。那时候他一定会和其他的办事人员一样，见到一切犯人，只会开心！他沉默了一会，用着鄙夷不屑的神气恶狠狠地望着那班在嘲笑着他的办事人员，心中很愤懑地这样想着："你们这班蠢猪都是首先在必杀之列！你们都是些无耻的结晶，奴隶的模型，贱格的总量！你们只配给猎狗式的西人踢屁股，打嘴巴，只配食他们的口水！你们便以此狐假虎威，欺压良善。你们为自己的人格起见，即使率妻子而为娼为盗，还不失自立门面，有点志气！但，你们不能，所以你们可杀！……"他越想越愤慨，眼睛里几乎喷出火来。

姓名，年岁，职业，和一切必须登记的话头都给那稚气的办事人员登记了。跟着，便来了一个年纪约莫三十余岁，身材短小的杂役向他解开领带，钮扣，裤带，袜带，鞋带；拿出衣袋里的眼镜，纸币，自来水笔，手巾，一一地由那登记员登记。登记后，便包起来拿去了。随后，他只带着一条毛毯，被一个身材高大得可怕的西狱卒送到狱里面去。

八

狱里面囚徒纵横睡倒，灯光凄暗，秽气四溢；当之菲被那狱卒用强力推入铁栏杆里面时，那些还未睡觉的囚徒们，都用着惊异的眼光盯视着他。

"你为什么会来到这个地方？"一个臭气满身的，面目无色，像在棺材里走出来的活死人问。他的意思是以为穿西装的少年，一定是有很高的位置的，不至于坐监的。他见之菲穿着漂亮的西装，竟会和他一块儿坐在这臭湿的地面上，不觉吃了一惊。他的那对不洁的，放射着黄光的眼睛，这时因为感情兴奋，张开得异样的阔大。在他的眼光照得到的地方，顿时更加黑暗，凄惨起来。

"他们为什么要把我拿到此地，我自己也是不知道的，"之菲很诚恳地答。

"他们大概是拿错的，"另一位囚徒说。这囚徒乱发四披，面如破鞋底一样不洁。

"你外边有朋友吗？他们知道你到这边来了吗？"第三个囚徒问，他的样子有几分像抽鸦片烟的作家一样。"朋友多少是有的，他们大概也是知道的，"之菲很感激地答。他这时面上燃着微笑，感到异常满足的样子。"你要设法通知你的朋友，叫他们拿东西来给你吃。

这里的监饭很坏，你一定吃不下的。我们初来时，也是吃不下。久了，没有法子想，才勉强把每餐像泥沙般的监饭吞下多少！"第一个囚徒说。他再把他的眼睛张开一下，狱里面的小天地又顿时黑暗起来了。

"你们为什么给他们拿来呢？"之菲问。

"抽鸦片烟，无钱还他们的罚款！"第一个囚徒觉得有点着涩地答。

"抽鸦片烟，无钱还他们的罚款！"第二个囚徒照样地答。

"抽鸦片烟，无钱还他们的罚款！"第三个囚徒又是照样地答。

大家倾谈了一会，这个让枕头，那个让地板位，之菲觉得倒也快活。

"Chang So! Chang So!（张素！张素！）"刚才带他到这狱里来的那个西狱卒在狱门口大声呼唤着，随着他便把狱门打开，招呼着他出去。众囚徒齐向他说："恭喜！恭喜！你大概可以即刻出狱了！"

他来不及回答，已被那西狱卒引到一间很清洁，很阔气的拘留所去。一路这西狱卒对着他很有礼貌地问：

"Are you Mr. Chang So?（你是张素先生吗？）"

"Yes, I am!（是，我是的！）"他冷然地答。

"Oh, this place is too dirty for you! I now guide you to a fine room!（呵，这地方对你是太脏了，现在我带你到一间漂亮房间去！）"狱卒说。

"Thank you very much!（谢谢！）"之菲毫不介意地答。

"You have some friends who shall come to ac company you soon!（你有些朋友马上也来跟你作伴呢！）"狱卒笑着说。

他的粗重的声音，使壁间生了一种回声。

"Yes, I am sure!（是的，我相信如此！）"之菲答，他觉得有点不能忍耐了。

这时，他们已到那漂亮的拘留所。之菲微笑着，挺直胸脯，自己塞进房里头去。狱卒向他一笑，把房门锁着，便自去了。

"在这 H 港给他们拿住是多么侥幸！要是在 C 城落在他们那班坏蛋手里，这时候一定拳足交加，说不定没有生命的了！可怜的中国人呀！你们对待自己的兄弟偏要比帝国主义者对待他们的敌人更加凶狠！这真是滑稽极了！"在拘留所内的之菲，对着亮晶晶的灯光，雪白的粉墙，雅洁的睡椅不禁这样想着。过了一会，他开始地感到孤独。在室中踱来踱去，走了一会，忽而不期然而然地，想起在伦敦给人家幽囚过的中山先生来。他把眼睛直直地凝视着，恍惚看见中山先生在幽囚所中祈祷着的那种虔诚，忧郁，和为人类赎罪的伟大的信心的表情。他很受了感动，几乎哭出来了。这样地凝视了一会，他又恍惚地看见中山先生走向他面前来，向着他说着一些又是悲壮又是苍凉的训词。

"小孩子，不要灰心罢。全世界被压迫的阶级和被压迫的民族的解放，完全是要靠仗你们这班青年人去打先锋。奋斗！奋斗！为自由而奋斗！为真理而奋斗！为扑灭强权而奋斗！为彻底反帝而奋斗！为彻底打倒军阀而奋斗！为肃清一切反革命，假革命而奋斗！把你们热烈的心血发为警钟去唤醒四千年神明之裔，黄帝子孙之沉梦！把你们强毅的意志化为利器去保护十二万万五千万被压迫的同胞！杀身以成仁，舍生以赴义，与其为奴而生，不如杀贼而死！……"训词的内容大致是这样。

在狱中的之菲，至死不悟的之菲，这时尚在梦想那被许多人冒牌着的中山先生。他如饮了猛烈之酒，感情益加兴奋，意气益加激昂。

"奋斗！奋斗！幸而能够出狱，我当加倍努力去肃清一切恶势力！"他张大眼睛，挺直腰子，对着自己宣誓，把拳头一连在壁上痛击几下。

"Mr. Chang So, your friends come here now!（张素先生，你的朋友们现在来啦！）"狱卒半是同情，半是嘲笑地站在门口向他说着他好像从梦中醒来似的，耳边听见 P 君和晓天君在办事处谈话的声音。

"啊，啊，他们也来了！好，好，这才算是德不孤，必有邻呢！唉！这倒痛快！"之菲在房里赞叹着，他的态度，好像在欣赏着一篇好的文学作品一样。

受过同样登记后的 P 君和晓天君，终于一同被那西狱卒送到之菲的房里头来。他们这时候，更是谈着，笑着，分外觉得有趣。

"一点证据都没有，我想大概是不至于有了生命的危险的，"之菲冷然地说。

"最怕他们把我们送回 C 城去！送回 C 城去，那我们可一定没有生命了！"P 君答，他的脸色有点灰白，态度却是非常镇定。

"大概是不会的，"晓天带着自己安慰自己的神情说。"起来！饥寒交迫的奴隶！起来，全世界的罪人！满腔的热血已经沸腾，作一次最后的斗争！……"P 君低声唱着，手舞足蹈，有点发狂的样子。

"不要乱唱罢！"之菲说，摇着头作势劝他停止。"谷菊君，子威君和琼海君终于不来，不知道是被送到第二处监狱去，还是给他们免脱呢！"过了一个钟头之后，晓天说。晓天是个活泼的青年，脸上很有血色，颧骨开展，额阔，鼻有锋棱。他的身体很强壮，说话时老是摇着头，伸着手，作着一个演说家的姿势。他和之菲同学，同事，现在更同一处坐监。

约莫是深夜三点钟的时候，他们开始睡眠了。因为连一个枕头都没有，各人只得曲肱而枕。那不够两尺来宽，却有一丈多长的睡椅是太小了，他们只得头对脚地平列睡下去。一套单薄的洋毯，亦是很勉强地把他们三人包在一处。

在这种情况下不能成眠的之菲，听着房外寒风打树的声音，摩托车在奔驰着的声音，一队队的包探在夜操的声音，觉得又是悲壮，又是凄凉。他想起他的颓老的父母亲，想起他的情人，想起他的被摈弃的妻，想起他平时不尝想到和忘记的一切事情；他觉得虚幻、缥缈、苍茫、凄沉、严肃、灰暗，但他总是流不出眼泪来。

九

之菲一夜无眠，侵晨早起。这时候群动皆息，百喧俱静。拘留所外，上廊上只排列着几架用布套套住的汽车，长廊外便是一个士敏土镇成的广场。广场的对面，高屋岸然，正是警察总局的办公处。

一轮美丽的朝阳，距离拘留所不够五十丈远的光景，从海边的丛树中探头探脑地在窥望这被囚的之菲。这是像胭脂一样的嫣红，像血一样的猩红，像玫瑰花一样的软红，像少女的脸一样的嫩红，像将军的须一样的戟红。它象征柔媚，同时却象征猛烈，它象征美，同时却象征力。它是青春的化身，它是生命的全部。它有意似地把它的红光射到黑暗的拘留所，把它的温热浸照着之菲的全身。它用它的无言的话语幽幽地安慰着他。它用它的同情的脉动深深地鼓励着他。他笑了。他深心里感到一种不可言说的愉悦地笑了。

过了一会，一个司号的印度兵雄赳赳地站在长廊上。他向四周里望了一望，便把手上的喇叭提到口里，低着头，张着目，胀动着两腮地吹起来。在这吹号声中，足有两百个印度兵，几十个英包探，一百个中国兵，一齐地挤到这廊外的广场上。他们都很认真地在操练着，一阵阵皮鞋擦地的声音，都很沉重而有力。

雇佣的印度兵差不多每个都有十二两重的胡须。须的境域，大率自下项至耳边，自嘴唇至两腮。须的颜色，自淡褐色至沉黑色，自微黄色至深红色，大体以黑色者为最多。他们像一群雄羊，虽须毛遍体，而权威极少。他们持枪整步的技巧似乎很高，一声前进如黑浪怒翻，势若奔马。一声立正，如椰林无风，危立不动。

英包探个个都很精警，有极高的鼻峰，极深的眼窝，极凶狠的神气，极灵活的表情。眼睛里燃着吃人的兽性，燃着骄傲的火星。他们都长身挺立，像一队忍饥待发的狼群一样。他们散开来，每人都有一辆摩托车供着驱使，来去如驰风掣电，分明显出捕人正如探囊取物。

雇佣的中国兵，那真滑稽第一，不肖无双的了！他们经过帝国主义者高明的炮制，只准他们戴着尖头的帽，缚着很宽阔的裤脚，腰心很不自然地束着一条横带。一个个鼻很低，脸色很黄，面上的筋肉表现出十分弛缓而无力。操也操得特别坏，他们的足在摆动着，他们的头却永远地不是属于他们所有的样子。

这时，P君和晓天君也起身了。他们都即刻走到门连隔着铁栏望着广场上的三色板的晨操。看了一会，觉得着实有趣，他们便在这拘留所里面用着皮鞋踏着地板，十分用力地操起来。

从门外经过的白种人，都很感到兴味地把他们考察一番，问问他们被拘的理由，便自去了。他们这种热心的照顾，全然是由于好奇心的激励，同情的部分当然很少，这是无疑的。其中如一个西狱卒，和一个把之菲从××号带来的包探，有时也玩弄着一点小殷勤，这算是绝无仅有的例外。

但，在这种漆黑的，闷绝的环境中，居然有了一个杂役头目的华人和一个司号的印度人向他们表示着亲切的同情。虽然这种同情对于他们的助力极少，但同情之为同情，自有它本身的价值。

这华人是个身躯高大，脸生得像一个老妈妈一样，态度非常诚实的人。他穿着一身制服，肩上有了三排肩章。行路时很随意，并不将他的弯了的腰，认真挺直一下。他的面孔，有些丰满，但不至于太肥。他说话时，声低而阔，缓而和。这人忽然走到他们的门口，问着他们是否要买食物。这菲便把袋里的两角银——他们搜身时不小心留下的——给他，嘱他代买面包。之菲恳求他到××街××号通知陈若真和杨老板，请他们设法营救，也经他的允许。不过，这件事完全是失去效力。因为当他晚上回来报告时，他说杨老板完全不承认有这么一回事。

司号的印度人是个中等身材的人，他的皮肤很黑，胡子很多。他的眼很明敏警捷，额小，鼻略低。全身很配称，不失是个精悍灵活的好身手。他偷偷地用英语和他们说话，但他很灵敏地避去各个白种人的注意。他对于他们的被捕，有一种深切的同情，和一种由羡慕而生出来的敬意。有时，他因为不能得到和他们谈话的机会，他便迅速地从铁栏门外探海灯似地打进来了个同情的苦脸。当白种人行过时，他又背转身在走来走去，即刻把他的行为很巧妙的掩盖了。

有一次，他把一支铅笔卷着一张白纸，背转身递给他们，低声地说着：

"Please, write on your friend's address. I can inform them to see you!（请写上你朋友的住址，我能通知他们来看你！）"

他的声音很悲激，很凄沉，这显然是由他的充分同情的缘故。

"Thank you! We have sent a message to them, but the answer is not to be received yet!（谢谢你，我们已经派一送信的人到他们那里去了，不过到现在还没得到回信！）"之菲答，他这时倚着铁栏杆很敏捷地接过他的纸笔，即便藏起。

是傍晚时候，斜阳在廊外广场的树畔耀着它的最后的笑脸。树畔的座椅上坐着一个十分美丽的西妇，几个活泼的小女孩像小鸟般在跳跃着。那西妇穿着淡红色的衬衣，金丝色的发，深蓝色的眼，嫩白色的肉，隆起的胸，周身的曲线，造成她的整个的美。她对于她自己的美，似乎很满足。她在那儿只是微微笑着。那几个小女孩，正在追逐着打跟斗，有时更一齐走到那西妇的身上去，扭着她的腕，牵着她的臂，把头挂在她的腿上。那西妇只是笑着，微微地笑着。

彻夜没有睡，整天只吃到三片坚硬的冷面包的之菲，现在十分疲倦。他看到门外这个行乐图，心中越加伤感。幻灭的念头，不停地在他心坎来往。他想起他的儿时的生活，想想他小学，中学，大学时代的生活，想起一切和他有关系的人，想起一切离弃他的人，最后他想起年余来在革命战地上满着理想和诗趣中深醉着的生活。这些回忆，使他异常地怅惘。他一向是个死的羡慕者，但此刻他的确有点惊怕和烦闷。他的脸很是灰白，他的脑恍惚是要破裂的样子。

P君是因为受饿的结果，似乎更加瘦长起来了。他踱来踱去，有点像幽灵的样子。他的脸上堆满着黑痕，口里不住地在叱骂着。他的性情变得很坏，有点发狂的趋向。晓天君说话时，依然保存他的演说家的姿态。但声音却没有平时那么响了。

一〇

又是过了一夜。这一夜他们都睡得很好。听说今天要传去问话，这个消息的确给他们多少新的期望，不管这期望是坏的还是好的。他们平时都是自由惯了，不知自由是怎么可贵的人，此刻对于铁栏外一切生物在自由行动的乐趣，真是渴慕到十二分。连那在门外走廊上用一团破布在擦净着地面的，穿着破烂衣裤的工人，和一只摇着尾在走动着的癞皮狗，都会令他们羡慕。因为对于自由的渴慕愈深，所以对于帝国主义者无端对自由的侵害愈加痛恨！同时，想起那班勾结帝国主义者在残杀同胞的所谓"忠实同志"！更成为痕恨中之顶深切的痛恨！

其实痛恨尽管由他们痛恨，然而入狱者终于入狱，被残杀者终于被残杀，安享荣华者终于安享荣华。事实如此，非"痛恨"所得而修改。这时候为他们计，最好还是在心灵上做一番工夫，现出东方人本来的色彩来。最上乘能够参禅悟道，超出生灭，归于涅槃。那时候，岂不是坐监几日，胜似面壁九年！其次或者作着大块劳我以生，佚我以死，享乐我以入狱的玄想。要是真能得到"忘足，履之适也，忘身，住之适也"的混沌境界，也未尝不可。但他们都是二十世纪的青年，他们不能再学那些欺人自欺的古代哲学家，去寻求他们的好梦。……其实，他们也要不到这种无聊的好梦！

差不多是上午十一时的时候，他们便一齐被传出去问话。问话处由这拘留所门外的长廊向左走去，不到几十步的工夫便到了。他们一路上各人都有他的一个护兵式的杂役把他们牵得很出力。牵着之菲的一个杂役，满面露着凶狠之气。他穿着普通警一样的制服，斜眉，尖目，小鬼耳。他行路时几根瘦骨头本有些难以维持之意，但他拿着之菲，却自家显出自家是个威猛，有气力的样子来。他的表情很难看，不停地圆睁双眼看着之菲，鼻孔里哼出"恨！恨"的声音来，表示他对这犯人的不屑！"你贵处系边度啊（你贵处那里呢）？"之菲低声下气地问着他。

"你想点啊（你想怎样），混账！"这杂役叱着，他的眼睛张得愈大了。

"我好好地问你一声，点解你咁可恶啊！你估好你勒咩，我中意时，上你几巴掌！（我好声气的问你一声，你为什么这样胡闹呢！你以为你很高贵吗？我如果觉得快意时，便赏给你几巴掌！）"之菲大声叱着他，眼睛几乎突出来了。

欺善怕恶的杂役，这时只得低着头，红着脸，沉默着不敢作声。

问话处是一间三丈见方，二丈多高的屋子，安置着办公台，旋围椅，像普通机关的办事处一般的样子。室内有一点木材气味，坐在那里的翻译员是个矮身材，洋气十足，穿着称体西装的人。他的鼻头有一粒小黑痣，痣上有几条鬈曲着的黑毛。那在翻译员上首，专词问话的西人，穿着一套灰色的哔叽洋服，脸上红得像一个酒徒一样。之菲最先被审问，其次P君，其次晓天。在问话中，他们摇一下身子，扭一下鼻孔，都要受谴责。"无礼！""不恭敬！"那翻译员时常用着师长的神气说，极望把他们加以纠正。最后，他似乎为一种或然的同情所激动，扭着身子向他们开恩似的说：

"诸位，你们这件案情很轻，一二天内当可出狱。不过，哈！哈……"他很不负责任地笑着。

停了一会，他们又被送回拘留所去。

他们今早又没有饭吃，饿火在他们腹中燃烧着，令他们十分难耐。他们开始暴躁起来，一齐打着铁门，用着一种饿坏了的声音喊着：

"Sir! Sir! Sir! ——（先生！先生！先生！）"

"Mr.! Mr.! Mr.! ——（先生！先生！先生！）"

他们的声音起初好像一片石子投入大海里一样，并没有得到些儿影响。过了一个不能忍耐的长久的时候，那个西狱卒才摇摇摆摆地走来把他们探望一下。

"Sir! We are on the point of dying! We have not any food to eat these two days!（先生，我们都快要死了，这两天我们什么也没吃上口。）"

"Why! Why!（呵！呵！）"他表示出十分骇异，把肩微微地耸着说。"You have no friends to give you foods! Oh, sorry!（你们没有朋友给你们食物，呵，真对不起！）"

"But now what shall we do, we are nearly starved!（但是现在我们怎么办呢，我们饿得要死！）"之菲说，他对于面前的西狱卒恍惚看作一只刺激食欲的适口的肥鸡一样。

"This evening, food is to be prepared, though it maybe far from your appetite!（今天黄昏给预备食物，虽然可能不大合你们的口味！）"西狱卒很不耐烦地说着，便很忙碌似地跑去了。

翌日下午两点钟的时候，他们都被带到包探长室里面去。包探长室在拘留所的斜对面，和正副警察长的办公处毗连着。室内布置很有秩序，黄色的墙，黑色的地板，褐色的办公台和座椅，很是显出镇静和森严。包探长这两天的案件大约审判得太多，所以他的鼻也像特别长起来了。他的鼻的确是有些太长，那真有些令人一见便怕碰坏它的样子。他的声音依旧是这样温暖低下，同时却带着一种很专断的口吻。他穿着一件很适体的黑色西装，态度很严肃，这当然是个有高位置的人所应该有的威严。

"Mr. Chang So,（张素先生，）"他用着他的高鼻孔哼出来的鼻音和之菲谈了一会，最后终于这样说着："We don't allow you to remain here any longer! I think you had better go back to Canton!（我们不许你再留在这里，我想你最好回到广州去！）"他说罢，向他狞笑，很狡猾而发狠地狞笑。

"I don't like to go back to Canton in my lifetime!（我这辈子是不高兴回广州去的！）"之菲很坚决地答，脸上表示出一种鄙夷不屑的神态。

"Then where shall you go?（那么，你到那里去呢？）"包探长再用他的鼻音说。

"I shall go to S. town, in which place I can live under my parents'protection!（我回到S城去，在那里我可以得到我父母的保护！）"之菲很自然地回答。他虽然

知道到 S 埠亦是和到 C 城一样，有被捕获和危险。但他对这两天的狱居生活异样觉得难受。他对于经过 S 埠虽有几分骇怕，但总还有几分幸免的希望。至于他所以向他提出他的父母的名义来，这不过是要令他相信他是好儿子，并不是一个了不得的革命党人的意思。

"Yes, you may go!（是的，你可以走啦！）"包探长说，他把他那对像猫一样蓝色的眼光，盯视着之菲。随后，他便即在案头用左手摸起那个电话机的柄，放在他的口上，右手摸起那个听筒，喃喃地自语了一会，他像得到一个新鲜的消息似地，便放下听筒和机构，向着之'菲说："You can go to S.—immediately onboard the ship called HaiKun.（你可以立刻坐船到 S 城去，船名叫海空。）"

P 君和晓天都因急于出狱，结果便被这包探长判决伴着之菲一同出境，同船到 S 埠。

一个面色灰暗，粗眉大眼，高颧骨，说话带着 C 城口音的暗探，步步跟随着他们。他对于他们的一举一动都有意地干涉。他惯说："不要动！——没规矩！——失礼！——这里来，快！——"等等带权威的命令式的说话。

"你一个月赚到几个钱！哈哈！……"P 君冷然地向他问着，一双恼怒的眼只是向着他紧紧盯住。这显然是向他施行一种侮辱和教训。他似乎很生气，他的眼睛全部都变成白色了，但他到底发不出什么火气来。约莫三点钟的时候，他们都被一个矮身材。横脸孔，行路时像一步一跳似的西人，带到和包探长室距离不远的一间办公室去。室内是死一样地深静，几个在忙着办公的西人都像石像一样，一动也不动地坐着。他们都是半被挟逼地站着在这办公室的近门口的一隅，那儿因为永久透不到光线，有点霉湿的臭气味。他们每人的十个指头，先后被安置在一个墨盒上，染黑后被安置在纸上转动着把各人的十个指纹印出。那些被印在纸上的黑指纹，像儿童印在纸面上的水猫一样，对着它们的主人板着嘲笑的脸孔。停了一忽，他们又被带到办公处外面，给他们照了三张相。

一种潜伏着的爆裂性，一种杀敌复仇的决心，在他们胸次燃烧着，鼓动着。但他们的理性告诉他们说，他们暂时只得忍辱和屈服，他们的复仇的机会仍然未到，只好等待着。

约莫四点钟的时候，一切登记后被没收去的东西都全部发还，他们即时可以出狱。那司号的印度人频频地向着他们笑。他向着他们说："I can go to see you off?（我可以给你们送行吗？）""They tell us that we shall go to the steam ship on motorcar! I think you can not keep pace with us!（他们告诉我们说，我们将坐汽车到轮船上去，我想你是没法跟上我们的！）"之菲答，他表示着感激和抱歉的样子。

一颗率真的泪珠在这司号的印度人的黑而美的眼睛里湿溜着。懊丧和失望的表情，在他脸上跃现。"Goodbye!（再会！）"他说，声音有些哽咽。"Goodbye!（再会！）"之菲很受感动地踏进一步，把手伸给他说。那印度人四处望了一望，有十几对白人的眼睛在注意他，他便急忙把手插在裤袋里，装着不关心的样子似地走开去了。

停了一忽，一切手续都弄清楚了。一架由一个马来人驾驶着的漂亮的汽车，把他们载向那斜日照着黄沉沉的光，凉风扇着这里，那里的树叶的马路上去。押送着他们去的，有那个遍身汗毛的西捕，和那个面色灰暗的暗探。一阵狂热和爱的牵挂纠缠着的之菲。他用一种严重的，专断的口吻向着那西捕说：

"Sir! I have a lover here, I must go to see her now!（先生，我有一位爱人在这里，现在我一定得去看看她！）""No!（不！）"西捕含笑地说。"Time is not enough!（时间来不及了！）"

"No! I must go to see her! Only a few minutes, that is enough!（不！我一定得去看看她！几分钟就够了！）"之菲说，他现出一种和人家决斗一样的神气。

"Why, you may write her a letter, that is the same!（呵，你可以写封信给她，是一样的！）"西捕说，开始地有点动情了。

"No! I don't think that is the same!（不，我想这不是一样的！）"之菲更加坚决地说，他有些不能忍耐了。

"All right! You may go to see her now!"（好吧，现在你可以去看她一下！）西捕说，他闪着眼睛笑着，显然地为他的痴情感动了。

曼曼这两天因为没有看见之菲，正哭得忘餐废寝。杨老板家中的人骗她说，之菲因为某种关系，已先到新加坡去了。他们完全把之菲被捕入狱这件事隐瞒着，不给她知道。但她很怀疑，她知道之菲如果去南洋一定和她同去，断不忍留下她一个人在这 H 港漂流。她很模糊地，但她觉得一定有一件不幸的事故发生。因此，她整天整夜地哭，她的眼睛因此哭得红肿了！

当之菲突如其来地走到杨老板住家时，她们都喜欢异常。曼曼即刻走来挽住他，全身了无气力地倚在他和身上，双目只是瞪着他，再也说不出一句话来。

"好了！好了！你这两天到那儿去，曼曼姑娘等候得真是着急——啊！她这个时候刚哭了一阵，才给我们劝住呢！"三奶莺声呖呖地说，她笑了，脸上现出两个美的梨窝。她转一转身，正如柳树因风一样。

四奶，陈夫人，八奶和其余诸人，都来朝着他，打着笑脸，问长道短。他一一地和她们应酬了几句，便朝着曼曼急遽地说："曼妹，快收拾吧。我们一块儿回 S 埠去！事情坏极了，待我缓缓地告诉你！"之菲说，他被一种又是伤感，又是愉快，又是酸辛，又是欢乐的复杂情调所陶醉了。

再过十五分钟时间，他们和晓天，P 君都在码头下车子了。之菲向着那西捕带着滑稽的口吻说：

"Good bye, I shall see you again!（再会，我将再看到你的！）"

"Good bye, Mr. Chang So! I hope you are very successful!（再会，张素先生，我祝福你们完全顺利！）"那西捕含着笑紧紧地和他握着手说。

P 君和晓天都照样和他握一回手。大家都觉得很满足地即时走下轮船里面去。

"呜！呜！"轮船里最后的汽笛响了。船也开行了。立在甲板上的之菲，凝望着黑沉沉的烟突里喷出来的像黑云一般的煤烟，把眼前的天字第一号的帝国主义者占据的 H 岛渐渐地弄模糊了，远了，终于消灭了。他心中觉得有无限的痛快。

"哼！"他鼻子里发着这一声，自己便吃吃地笑了。但，停了一忽，他的脸色忽而阴沉起来了，他把他的眼睛直直地凝视着他那无论如何也看不到的地方，叹着一口气说：

"咳！可怜的印度人！你黑眼睛里闪着泪光的司号的印度人！我和你，我们的民族和你们的民族，都要切实地联合起来，共同奋斗！共同站在被压迫阶级的战线上去打倒一切压迫阶级的势力！……"这样叹了一声，他眼睛似乎有点湿润了。他怅然地走回房舱里去。

——

晚上七点钟的时候，船身震摇得很厉害。之菲觉得很软弱地倚在曼曼身上。他的脸色，因为在狱中打熬了两天，显得更加苍白。他的精神，亦因为经过过度的兴奋。现在得到它的休息与安慰，而显出特别的疲倦。他把他的头靠在她的大腿上，身子斜躺着。他的眼睛不停地仰望着她那低着首，默默无言的姿态。

一个从心的深处生出来的快乐的微笑，在他毫无牵挂般的脸上闪现：这很可以证明，他是在她的温柔的体贴下陶醉了。

"你的两位真系阴功罗（你们两位真是罪过咯）！——唉！讨厌！……"P君含笑站在他们面前闪着眼睛，做出小丑一般的神态说。他这时左手插在裤袋里，右手的手指上夹着纸烟，用力地吸，神气异常充足。

晓天君正在舱位上躺着，他把他的目光紧紧地盯着他们只是笑。

"真爽罗，你的！（真快乐罗，你们！）——"他说。

"嘻！嘻！……哈！哈！……"之菲只是笑着。

"嘻！嘻！……哈！哈！……我的两个手拉手，心心相印，同渠的斗过。——咳！衰罗！你的手点解咁硬！——唔要紧！唔要紧！接吻！接吻！嘻！嘻！哈！哈！（嘻！嘻！哈！哈！我们俩手儿相携，心儿相印，和他们比赛。——咳！真糟糕！你的手儿为什么这样粗硬呢！——不要紧！不要紧！我们接吻吧！接吻吧！嘻！嘻！哈！哈！）"P君走上前去揽着晓天的臂，演滑稽喜剧似的，这样玩笑着。"我做公，你做纳！（我傲男的，你做女的！）……"晓天抢着说。

一个军官装束的中年人的搭客，和一对商人样子的夫妇，和他们同舱的，都给他们引得哈哈地笑起来了。正在这样喧笑中，一个长身材举动活泼的少女，忽然从门口走进这房舱里来。她一面笑，一面大踏步摇摇摆摆地走到之菲和曼曼身边坐下。她便是党变后那天和杜蘅芬一同到T村去找之菲的那个林秋英。她是个漂亮的女学生，识字不大多，但对于主义一类的书却很烂熟。她生得很平常，但十分有趣。她的那对细而有神的眼睛，望人尽是瞟着。她说话时惯好学小孩般跳动着的神情，都着实有几分迷人。她在C城时和之菲、曼曼日日开玩笑，隔几天不见便好像寂寞了似的。这时候她在之菲和曼曼身边，呶着嘴，摇着身，娇滴滴地说及那个时候来H港，说及她对于之菲入狱的挂念，说及在这轮船里意外相遇的欢喜。她有些忘记一切了，她好像忘记她自己是一个女人，忘记之菲是一个男人，忘记曼曼是之菲的情人。她把一切都忘记，她紧紧地挽着之菲的手，她把她的隆起的胸用力压迫在之菲的手心上！她笑了！她毫无挂碍地任情地大笑了！

"菲哥！菲哥！菲哥！……"她热情地，喃喃叫着。

"你孤单单的一个人来的吗？"之菲张大着眼睛问。

"和志雄弟一道来的。我们同在隔离这地不远的一个房舱上，到我们那里坐谈去吗！"

"和志雄弟一道来的吗？好！志雄弟，你的情人！——"曼曼抿着嘴，笑着说。

"你这鬼！我不说你！你偏说我！菲哥才是你的情人呢！嘻！嘻！"林秋英说，她把指儿在她脸上一戳，在羞着曼曼。

"莫要胡闹，到你们那边坐谈去吧！"之菲调解着说。他站起身来，向着 p 君和晓天说："我给你们介绍，这位是林秋英女士，是我们的同乡！"

跟着，他便向着林秋英说："这两位都是我的好朋友，这一位是 P 君，——这一位是晓天君。"

"到我们那儿坐谈去吧，诸位先生！"林秋英瞟着他们说。她把先生两个字说得分外加重，带着些滑稽口吻，说着，她便站起身来，拉着之菲、曼曼、P 君和晓天，一同走向她的房舱那面去。

陈志雄这时正躺在舱位上唱着歌，他一见之菲便跳起来，走上前去握着他的手。

"之菲哥！之菲哥！呵！呵！"他大声叫着惊喜得几乎流出眼泪来，脸上燃着一阵笑容。他的年纪约莫十七八岁的样子，身材很矮、眼大、额阔。表情活泼，能唱双簧。在 C 城时和他相识的人们都称他做双簧大家。他和林秋英很爱好，已是达到情人的地步。出人意料之外的是他和林秋英的不羁的精神和勇气，他俩在这房舱中更老实不客气地把舱位外边那条枕木拉开，格外铺上几片板，晚上预备在这儿一块儿睡觉。

"一对不羁的青年男女！"这几个字深深地印在之菲的脑海里。

在这房舱中，之菲和着这对小情人谈了一回别后契阔，心中觉得快慰。他的悲伤的，烦闷的意绪都给他俩像酒一般的浓情所溶解了。

"英妹！雄弟！啊啊！在这黑浪压天的大海里，在这苍茫的旅途中，得到你们两位深刻的慰安和热烈的怜爱，真令我增几分干下去的勇气呢！"他终于对着他们这样说。跟着，他便挽着 P 君和晓天坐在这对小情人的舱位上，秘密地谈起来了。

"对不住你们！船到 S 埠时，我要即时和你们分开，乔装逃走。因为我是 S 埠人，格外容易被人看出！"之菲说，他觉得很有点难为情的样子。

"但不行！我不行！我现在连一文钱都没有了，你应该设法帮助我！"晓天着急地说。

"那，我可以替你设法！我可以写一封介绍信给你，到一家商店去借取三十
元！"之菲说，他把晓天的手紧紧地握着。

"我打算到新加坡去。我的旅费是不成问题的！"P君说。他的态度很是悠
闲，闪着眼睛，翘着嘴在作着一个滑稽面孔。

"介绍信便请你这个时候写吧！明早船一到埠时你即刻便要跑了，时间反为
不够！"晓天说，他的态度急得像锅里蚂蚁一样。

"好的，好的，我即刻便替你写吧，"之菲说。即时从衣袋里抽出一支自来
水笔来，向着林秋英索了信封信纸，很敏捷地写着：

　　S埠天水街同亨行交
　　李天泰叔台大人钧启
　　内详

　　天泰叔台大人钧鉴：
　　晓天君系侄挚友，如到贵店时，希予接洽，招待一切，彼似日间往暹
罗一行，因缺乏旅费，特函介绍，见面时望借与三十元。此款当由侄日内
璧赵。侄因事不暇趋前拜候，至为歉仄！肃
　　此，敬请
　　道安

　　　　　　　　　　　　　　　　　　　　　　　　侄之菲谨启
　　　　　　　　　　　　　　　　　　　　　　　　×月×日

之菲把这封信写完后，即刻交由晓天收藏。"留心些，把它丢失，便没法子
想了！"P君说，他望着晓天一眼，态度非常轻慢。

一二

S埠仁安街聚丰号，一间生意很好的米店。店前的街路，两旁尽是给一些卖
生菜的菜担，卖鱼的矮水桶。刀砧所占据。泼水泥污，菜梗萎秽，行人拥挤喧
嚷，十分嘈杂。这店里的楼上，在上午十点钟的时候，来了一个远客。这远客

是位瘦长身材面色憔黄而带病的青年。他头戴着一顶破旧的睡帽，眼戴一个深蓝色的眼镜，身穿深蓝色的布长衫。他的神情有点像外方人，说不定是个小贩，或者是个教私塾的塾师，或者是个"打抽丰"的流氓。他是这样的疲倦和没有气力，从他的透过蓝色眼镜的失望的眼光考察起来，可以即时断定他是一个为烦恼，愁闷，悲哀所压损的人物。他虽然年纪还轻，但因为他的面色的沉暗和无光彩，使他显出十分颓老。这远客便是从轮船上易装逃来的沈之菲。

这间米店是曼曼的亲戚所开的。告诉他到这里来的是曼曼女士。当海空轮船一到埠时，他留下行李给曼曼女士看管，独自个人扮成这个样子，一溜烟似的跑到这里来。店里的老板是个年纪约莫四十岁的人，他的头部很小，面色沉黑。从他的弛缓的表情，和不尝紧张过的眼神考察起来，可以断定他是在度着一种无波无浪的平静生活。他的名字叫刘圭锡。之菲向他说明来意后，他便很客气地把他款待着。

"呵，呵，沈先生，刚从 C 城来吗？很好！很好！一向在 C 城读书吗？好！读书最好！读书最好！"刘老板说，他正在忙着生火煮茗。

"啊，啊，不用客气！茶可以不用啊！我的口并不渴！……唉！读书好吗？我想，还是做生意好！"之菲一面在洗着脸，一面很不介意地说着。

"不是这么说，还是读书好！读书人容易发达。沈先生一向在 K 大学念书吗？好极了！ K 大学听说很有名声呢！啊，沈先生，你看，现在这 S 埠的市长，T 县的县长，听说统是 K 大学的学生。说起来，他们还是你的同学。好，沈先生！好，我说还是读书好！……"刘老板滔滔地说，脸上溢着羡慕的神气。

"是的，有些读书人或许是很不错的。但——不过，唉，有些却也很是难说！"之菲答，微微地叹了一口气。过了一刻，曼曼女士带着一件藤呷，和她的父亲一同进来了。

"菲哥，这位是我的爸爸。我上岸后便先到 M 校去找他，然后才到这里来。"曼曼很羞涩而高兴地向着之菲介绍着，遂即转过身来向着他的父亲介绍着说："爸爸，这位便是之菲哥，我在家信里时常提及的。"

"呵，呵，呵，这位便是之菲兄吗？呵，呵，呵，回来了！回来了！回来了！前几天听说 C 城事变，我真担心！真担心！呵，呵，回来好！回来好！"曼曼的父亲说，脸上溢着笑容。

他的名字叫黄汉佩，年纪约莫五十余岁。他的身材稍矮而硕大，面很和善。

广额、浓眉、大眼。面形短而阔，头颅圆，头后有一个大疤痕。说话声音很响，如鸣金石。

他是个前清的优廪生，现时在这 S 埠 M 中学当国文教员。他的家是在 T 县，距离这 S 埠约有百里之遥。他的女儿和之菲的关系，黄汉佩先生已略有所闻。不过只是略有所闻而已，尚不至于有所证实。所以忠厚的黄先生，对于"所闻"的也不常介意。他和之菲谈话间，时常杂着一些感激的话头。什么"小女多蒙足下见爱，多所教导，多所提携，老夫真是感激！"什么"我的小女时常说及你的为人厚道，真可敬呢！"一类的话头，都由黄先生口里说出。

之菲心中老是觉得惭愧，不禁这么想着："黄老先生，真不好意思，你是我的岳父呢！我和你的女儿已经结了婚了！唉！可怜的老人家！我要向你赔罪呢！"有些时候，他几乎想鼓起勇气，把他和曼曼间的一切过去都告诉他，流着泪求他赦罪，但，他终于不敢这样做。他觉得他和曼曼的关系，现时惟有守着秘密。他觉得这时候，正在亡命时候，他们的革命行动固然不敢给他们的父母知道，他们的背叛礼教的婚约，愈加有秘密的必要。社会是欢迎人们诈伪的，奖励人们诈伪的，允许人们诈伪的，社会不允许人们说真话，做真事，它有一种黑沉沉的大势力去驱迫人们变成狡猾诈伪。他想这时候倘若突然向他老人家说明他们的关系，只有碰一回钉子，所以索性只是忍耐着。

"黄老先生，我和你的令爱是很好的朋友，互相帮助这是很平常的事啊。说到感激一层，真令人愧死了！"他终是嗫嚅地这样说着。

过了一会，黄老先生和他的女儿到楼前的一个卧房里面密谈去。约莫十分钟之后，他便又请之菲到房里面去。关于他现在处境的危险，黄老先生已很知道。他诚恳地对着之菲说："之菲兄，到我们家里去住几天吧！我们有一间小书斋，比较还算僻静。你到我们家里去，在那小书斋里躲藏十天八天，人家大概是不知道的！"

"黄老先生，谢谢你！到你们家里去住几天本来是很好的，但，T 县的政治环境很险恶，我这一去，倘若给他们知道，定给他们拿住了！……我还是回到我的故乡 A 地去好。那儿很僻静，距离 T 县亦有三四十里，大概是不致会发生危险的。"之菲答。他这时正坐在曼曼身旁，精神仍是很疲倦。

"不到我们家里去吗？……"曼曼脸色苍白，有些恨意地问着。

"去是可以去的，但……咳！"之菲答，他几乎想哭出来。要不是黄老先生坐在旁边，他这时定会倒在她的怀里啜泣了。

"你们两人在这儿稍停片刻吧。此刻还早些，等到十一点钟时，你们可以雇两抬轿一直坐在停车场去。——坐轿好！坐在轿里，不致轻易被人家看见！我是步行惯了的，我先步行到停车场去等候你们一块儿坐车去。"黄老先生说着，立起身来，把他的女儿的肩抚了一下，和之菲点了一下头便自去了。

"菲哥，哎哟！……"曼曼说。她的两片鲜红的柔唇凑上去迎着他的灼热的唇，她的在颤动着的胸脯凑上前去迎着他的有力的搂抱。

"亲爱的妹妹！"之菲像发梦似地这样低唤着。他觉得全身软酥酥地，好像醉后一样。

自从之菲在 H 港入狱直至这个时候，他俩着实隔了好几天没有接吻的机会，令他们觉得唇儿只是痒，令他们觉得心儿只是痛。这时候，经过一阵接吻和拥抱之后，他们的健康恢复了，精神也恢复了！"菲哥！亲爱的哥哥！你回家后，……咳！我们哪个时候才能再会？唉！和你离别后，孤单单的我，又将怎样过活？……"她啜泣着，莹洁的眼泪在她的脸上闪着光。"亲爱的曼妹！T 县无论如何我是不能去的，留在这 S 埠等候出洋的船期又是多么危险！所以我必须回到偏僻的 A 地去躲避几天。我想，这里面的苦衷，你一定会明白的，最好，你到 T 县后，一二天间，即刻到 A 地去访我。我们便在 A 地再设法逃出海外！唉！现在只有这个办法！"之菲答。他一面从衣袋里抽出一条手巾来，拭干曼曼的泪痕，一面自己禁不得也哭出来了。

"唉！菲哥！这样很好！你一定要和我一块儿到海外去！离开你，我是不能生活下去的！"曼曼在之菲的怀里啜泣着说，脸色白得像一张纸一样。从窗外吹进来一阵阵轻风，把她的鬓发掠乱。她眼睛里流出来的泪珠，一半湿在她的乱了的鬓发了。

"心爱的妹妹！"之菲说，为她理着乱了的鬓发。"在最短的期间，我们总可以一块儿到海外去的！……在不久的将来，我们的生活一定能够放出一个奇异的光彩来！不要忧心吧！只要我们能够干下去！干下去！干下去！曙光在前，胜利终属我们！"他把她的手紧紧地握着，站起身来，张开胸脯，睁大着发光的眼睛，半安慰曼曼，半安慰自己似地这样说。

"好！我们一块儿干下去吧！"曼曼娇滴滴地说，在她的泪脸上，反映出一个笑容。

一三

约莫正午的时候，辞别了曼曼父女先从××车站下车的之菲，这时独自个人在大野上走动着。时候已是夏初四月了，太阳很猛厉的放射它的有力量的光线，大地上载满着炎热。在这样寂静得同古城一样，入耳只有远村三两声倦了的鸡啼声的田野中间，在这样美丽得同仙境一样，触目只见遍地生命葱茏的稼穑的田野中间，他陶醉着了，微笑着了，爽然着了。他忘记他自己是个逃亡者，他忘记死神正蹑足潜踪地在跟着他。在这种安静的，渊穆的，美丽的，淡泊的景物间，他开始地忆起他的童年的农村生活来。

——在草水际天的田野上，他和其他的小孩一般的，一丝不挂的在打滚着，游泳着，走动着。雪白的水花一阵一阵地打着他们稚嫩的小脸。满身涂着泥，脸上也涂着泥，你扮成山上大王，我扮成海面强盗。一会儿打仗起来，一会儿和好起来。这样的游戏尽够令他由朝至暮，乐而不疲！

——在那些麦垄之上，在那些阡陌之间，在那些池塘之畔，在那些青草之墟，在那些水沼之泽，树林之丛，他堆着许多童年之梦，堆着童年的笑着，哭着，欢乐着，淘气着的各种心情。

这时候，他通忆起来了。他的童年的稚弱的心灵，和平的生活，平时如梦如烟地，这时都很显现地在他脑上活跃着了。他笑了，他微笑地笑了。在他的瘦削的，灰白的，颓老的，饱经忧患的脸上有一阵天真无邪的，稚气的，微妙的笑显现。但，只是一瞬间他又是坠入悲哀之潭里去了。他再也不笑了，他脸上阴郁得像浓云欲雨，疏星在夜一样了。他开始地战栗，昏沉。他觉得他的家庭一步一步地近，他去坟墓一步步地不远。他恐怕这坟墓，他爱这坟墓。他想起他的父母的思想的和时代隔绝，确有点象墓中的枯骨。他恐怕这枯骨，他爱这枯骨，他是这枯骨里孵生的一部分。他即变成磷光，对于这些枯骨终有些恩爱的情谊。他贪恋光明，但他不忍过分拂逆黑暗里的枯骨的意旨。他像磷光一样地战栗，恐怖，彷徨！他想起他的妻的妙年玉貌而葬送在这种坟墓的家庭中，在一种谈不到了解，谈不到恋爱，谈不到思想的怨闷，憔悴，失望，亏损的长年抑郁中。他对她充分地怜悯，拥抱她，吻她，一处洒泪。但她在他的心上总得不到一种恳挚的，迫切的，浓烈的，迷醉的，男女间的爱。她给他的全是一种肉体的丰美，圆滑，秀润，心灵上的赐予只有一个深刻的怨恨。他为此而战栗，而失望，而灰心。但他终是下意识地，宗教色彩的，牺牲的，一步步走向他的家庭间去！

他下车的这个乡村叫鹤林村，由这鹤林村再过三四十里便是宁安村，由宁安村横渡一条河面阔不到一里远的韩远河便是仙境村，再由这仙境村前行不到三四里路远便是 A 地，他的旧乡了。

他这时，茫茫然地行着。渐渐地由幻想里回到现实的境界来。他开始地觉得太热，满面汗湿。他急把蓝布长衫脱下，挂在手臂上。他开始看见在这路上行着的不止他自己一人，前面还有和他一样的两个人在走动着。他忽然觉得有和他们谈话的必要，便快步追上前去和他们接洽。"老哥！到哪里去的？"之菲向着他们点着头笑问着。"到宁安村去的。你老哥呢？"两人中一个私塾教师模样的少年人答着。他的头部很细，眉目嘴鼻却勉强地安置得齐备。他的声音从他很小的口里发出来，但不低细。他的样子很自得，因为身材虽然很小，但他的乡村间的位置，却似很高。他虽然是渺小，但照他的衣着估价起来，他大概还不失是个斯文种子。

"兄弟是到 A 地去的。你们两位老哥在那里贵干啊？"之菲问着。

"不敢当！不敢当！兄弟和这位朋友都在这宁安村里教小学。你老哥就请顺道到那儿去坐吧！"这小头少年说。他的朋友向着之菲微微笑着，表示敬意。这朋友有些村野气，面上各部分，界限划不大清楚。但，眼光很灵活，似乎是个聪明的人物。

"好的！好的！到你们贵校去参观一下是很好的！你们两位老哥从前在什么地方念书啊？"之菲问，他这时正用着手巾去揩着他脸上的汗。

"兄弟从前是在 T 城 B 小学念书的，"他们两人齐声说。

"兄弟十年前也是在 B 小学毕业的，"之菲说。

"呵，呵，老兄这么说是我们的前辈了！未请教老兄贵姓名啊！"小学教师问。

"兄弟姓——张名难先。算了吧！大学都是同学，不要客气吧。"之菲说。

"呵，呵，张先生，久仰！久仰！"小头教师和他的朋友交口赞着。

这场谈话的结果，使他们骤然变成朋友。他到他们的校里喝了几杯茶，洗了一回凉水面。他们便替他雇来一乘轿，把他一直抬到 A 地去。

一四

在一条萧条的，凄清的里巷里，之菲拖着迟疑的，惶急的脚步终于踏进。巷上有三四个小孩，两个廿余岁的妇人，一个六十余岁的老妇人，他们正在忙碌着他们的日常琐事。

"呀！三叔来了！三叔来了！"一个十三四岁的小女孩首先发现，差不多狂跳着说。

"三叔来了！三叔来了！三叔来了！"其余的几个小孩一样地狂跳着叫出来。

一阵微微的笑，在那两个少妇的面上跃现，在那老妇人的面上跃现。

"母亲！嫂嫂！纤英！媚花！惜花！绣花！撷花！"之菲颤声向各人招呼着，两眼满含着清泪。

"孩儿——你——回来——回来好！好！"他的母亲咽着泪说，终于忍不住地哭了。

"叔叔！"他的嫂嫂咽着泪望着他凄然地哭起来。他的妻纤英把他饱饱地望了一眼，也哭了。他忍不住地也哭了。

几个小孩子见不是路，都跑开了。

过了一会，他的母亲忍着泪说："菲儿，唉！先回来几个月还可以见你的哥哥一面！——唉，儿呀，回来太迟了！"

他的二嫂听着这几句话，打动着她的惨怀，更加悲嘶起来。

"不要哭！"之菲竭力地说出这几个字，自己已是忍不住地又哭了。

"大嫂哪儿去呢？"他继续着问。

"她到外头去，一会儿便回来的。儿呀！肚子一定饿了！呀！阿三快些煮饭去！"他的母亲说。

"妈妈！我已经在这儿煮着饭了！"纤英在灶下说。

"好！好！你的父亲现在 T 城，过几天才回来呢！"他的母亲说。

"唉！儿呀！家门真是不幸啊！你的大哥，二哥，——唉，真是没造化！你这次回来好！好！还算你有点孝心！爷娘老了，以后不放心给你出门去了。儿呀，你以后不要再到外头去了。外头的世界现在这么乱，杀人如切葱截蒜！唉！我们的祖宗又没有好风水，怎好到外头去做事呢？儿呀！回来好！回来好！还算你有点孝心；以后只要靠神天保佑，在家吃着素菜稀粥好好地度日便好，再也不要到外头去了！再也不要到外头去了！儿呀！我还忘记问你，这一次四处骚乱，你会受惊么？好！好！回来好！回来好！还算你有点孝心！"他的母亲态度很慈爱的继续说着。她是个长身材，十分瘦削的人。她的额很宽广，眼眶深陷，两颊凹入。表情很慈祥、温蔼、凄寂、渊静。她眉宇间充满着怜悯慈爱，是一个德行十分坚定的老妇人。

"不会的，孩儿这次并不受到什么惊恐。不要心忧吧！孩儿再也不到外面流浪去了！不要心忧吧！"之菲浴着泪光说，他为他的母亲的深沉的痛苦所感动了。

"叔叔啊，还是留在家里的好。妈妈真是受苦太深的啊！"他的二嫂嫂说。

他的二嫂年约二十三四岁的样子，生得很标致。一双灵活的眼睛，一个樱桃的小口，都很足以证明她本来是很美丽的。但她这时已是满脸霜气，像褪了色的玫瑰花瓣，像凋谢了的蔷薇，像遭雨的白牡丹，像落地的洋紫荆一样。

她是憔悴的，凋黄的，病瘦的，春光已经永远不是她的了。

"知道的，嫂啊！我从此留在家庭中便是了！"他说，凄惶的心魂，遮蔽着他的一切。

过了一会，他吃完饭了，走入他自己住的房里去休息。他的妻纤英跟着他进去。

纤英是个窈窕多姿、长身玉立的少妇。她的年纪很轻，约莫是二十一二岁的样子。一种贞洁的、天真的、柔媚的、温和的美性蕴藏着在她的微笑、薄怨、娇嗔中。她像野外的幽花，谷里的白鹿。她是天然的、原始的。她不识字，不知"思想"是怎么一回事。但她的情感很丰富、很热烈、很容易感到不满足。她的水汪汪的双眼最易流泪。她的白雪雪的额最易作着蹙纹。她已为他生了一个三岁的女孩。这女孩酷类之菲，秀雅多感，时有哭声，以慰那父亲远离的慈母之凄怀。

"婵儿哪里去呢？"之菲问。

"卖给人家去了！"纤英笑着说。"你一去两年不回来！唉！——狠心得很！——婵儿到外边玩着去了，她现时会行会走呢！——我以为你从此不再回来了！唉！狠心的哥哥！——唉！妈妈真凄惨哩！她天天在哭儿子，在想儿子。还算你有点天良，现在会回来！——咳！不要生气吧！亲爱的哥哥！你近来愈加消瘦了！你的精神不好么？你有点病么？"她倚在他的怀上，双眼又是含怨又是带着怜爱地望着他。

他紧紧地搂抱着她，心头觉得一阵阵的凄痛。他在她的温暖的怀上哭了！

"对不住呀！——一切都是我负你们！——"他再也不能说下去了，他无气力地睡下，像一片坠地的林叶一样。"我病了！我疲倦！亲爱的纤姊！让我睡觉一会！"他继续说着，双眼合上了。

她觉得他好似分外冷淡，而且不高兴的样子，她也哭了。他俩互相拥抱着，哭着，各自洒着各的眼泪！"你不高兴我么？你不理我么？狠心的哥哥！"纤英说。

"不会有的事，我很爱你！"之菲说。

"你形式上是很爱我的，但，你终有点勉强！你的心！唉！我现在知道你和我结婚时候，为什么整天哭泣的缘故了！我现在才听到人家说，你本来不愿意和我结婚，不过很孝顺你的父母，所以不敢忤逆他们的意思才和我做一处。唉！我知道你的心很惨！唉！我想起我的命运真苦啊！唉！哥哥！做人真是无味，我想我不如早些死了，你才可以自由！唉！我唯有一死！哥哥！你在哭么？唉！妹妹是说的良心话，不要生气！唉！你是大学生，我连一个字都不认识，我很知道，这分明是太冤枉你的呀，——但，莫怪妹妹说，你也忒糊涂了，你那时候为什么不反对到底！唉！难道我没有人好嫁！唉！我嫁给别人倒好，不会累你这么伤心！哥哥！你生气么？唉！我是个粗人不会说雅话，你要原谅我啊！……"纤英说，她大有声罪致讨之意。

"亲爱的妹妹！一切都是我对你们不住！唉！原谅我啊！原谅我啊！我的心痛得很啊！"之菲说。他只有认罪，他觉得没有理由可以申诉。他想现在只好沉默，过几天唯有偕着曼曼逃到海角天涯去。不过他觉得很对不住她。在这旧社会制度的压迫下，她终生所唯一希望的便是丈夫。现在他这样对待她，她将怎样生活下去呢？他想照理论，他们这种两方被强迫的结合当然有离婚之必要，但照事实，她和他离婚后，在这种旧社会里面差不多没有生存的可能。他又想这时候正在流亡的他，正叠经丧去两兄，家庭十分凄凉的他。倘若再干起这个离婚的勾当来，不但纤英有自杀的危险，即他年老的父母也有不知作何结束的趋势。他为此凄凉、失望、烦闷、悲哀、恐惧。

"唉！妹妹！我是很爱你的！我的年老的双亲，你一向很殷勤地替我服侍。

我所欠缺的为人子之责，你一向替我补偿；我很感激你！很感激你！——唉！离婚的事，断没有的！几年前做的那幕剧，未免太孩子气了，现在我已经做了父亲了，有了女儿了，再也不敢做那些坏勾当了！你相信我罢！相信我罢！我是爱你的！"之菲说，他的心在说着这几句假话时痛如刀割。

"你真的是爱我么？那我是错怪你了！"纤英说。

"真的，妹妹！我真的是爱你的！"他说。他骤然地为一阵心脏剧痛病所袭，抽搐着。他紧紧地咬着牙根忍耐着，泪如雨下。

"你为什么老是这样哭的呢？"她问。

"不！我不尝哭！"他答。

"你枕边的席都给你的眼泪流湿了，还说你不尝哭！唉！哥哥！告诉我，你为什么要这样伤心？"她问着。"呵！呵！……"他再也不能出声了。停了一会，他说：

"我很伤心！我的大哥死了！我的二哥又是死了！现在剩下我一人，我是不能死的了！妹妹！你想我的样子，不至于短命吧！唉！我恐怕我——唉！妹妹！""……"她默默无言。

"愿天帝给我一个惨死，在爱我的人们从容仙逝之后！但，妹妹！不要悲哀，我是很爱你的！……"他继续地说着，勉强地装出一段笑脸去媚她，吻着她，拥抱着她，竭力去令她高兴。他心中想道：

"唉！你这无罪的羔羊呀！这恶社会逼着我去做你的屠夫！你要力求独立离开我，才有生机，但这在你简直是不可能。我为自拔计，不能和你在黑暗里摸索着度过一生，这是我的很不过意的地方。但，我这一生便长此蹂躏下去，糟蹋下去，实在也是没有什么益你的地方。唉！罢了！这都是社会的罪恶！我需要着革命！革命！革命！唉！无罪的羔羊，怨我也罢，诅咒我也罢，我终是你的朋友，我将永远地立在帮助你的地位，去令你独立！"一阵阵死的诱惑，像碧磷一样地在他的面前炫耀着！他借着这阵苦闷，昏沉沉睡去！晚上睡觉的时候，他托词病了，没有和她一块儿睡觉。为的是恐怕对他的情人曼曼不住。

一五

过了几天，之菲的母亲和他在厅上谈话，都是关于他的大哥怎么样死，二哥怎么样死的惨状，复说着，哭着，哭着，复说着。在这种悲酸凄凉的景况中，他眼击慈母心伤的颜色，心念两兄病死的魂影，他的脑像被鬼物袭击，他的眼前觉得一阵昏黑，鼻孔里都是酸辣。他有时三四分钟间失了知觉，如沉入大海一样，如埋入坟墓一样，如投在荒郊一样，虽然、蒙然、昏然、寂然、呆然，待到他忽然的叹口气起来，才渐渐惊觉醒转过来。他发觉他的心像被大石压着，周身麻木，失去他原有的气力。他的无神的双眼像坚实的木头做成的一样只是不动，他的灰白的脸更加罩上一层死光！他搐搦着，震颤着！

当他想起将来怎样结局时，他遍身打着寒噤，面上同幽磷一样青绿。他有两个寡嫂，有大嫂的遗孤媚花、惜花、绣花、撷花，二嫂的遗孤一人，将来都要由他全部供给教养费。他更想起他的父亲来，他的心像被锋利的快斧劈成碎片一样，他的固体般的眼泪，刺眼眶奔出。他的无生气的脸，显现出恐惧、怯懦、羞耻和被凌辱的痕迹来！他的父亲是永远不会同情他的，他对他好像对待一个异教徒一样。他憎恶他是本能的，性质生成的，他永不容许他的哭诉。他平时糟蹋他的地方，譬如骂他生得太瘦削，没福气，短命相，写字入邪道，作诗入邪道，做文章入邪道，说话入邪道，叹口气也入邪道。他觉得他身上没有一片骨，一滴血，不是他父亲憎恶的材料。他想起这一次的失败，这一次误入邪党的大失败，他父亲给他的同情将是冷嘲，热讽，痛骂，不屑！他震恐，凄惶，满身的血都冷了。他悔恨他这次的回家。

"父亲几时才回来呢？"他咽着泪向他的母亲问，心中一震，脸儿有些青白了。

"他大概今天是要回来的。"他的母亲很慈祥地说。他给他母亲这句话，吓得再也不敢作声了。他自己觉着骇异，他平时冲锋陷阵的勇气哪里去了呢？他的为同辈所崇拜的过人的胆量哪里去了呢？正在这个时候，他听见他的父亲的声音在巷上来了。他同他的母亲即时走出门口去迎接他。

"父亲，孩儿回来了！"之菲咽着泪说。他看他的父亲似乎很劳苦的样子，满拟安慰他几句，但恐怖侵蚀他的心灵，他只偷望他一眼，便低下头不敢作声。他这时虽然未尝受到他的叱骂，但他平时的威凛尽足以令他噤住。他的父亲望着他一眼，冷然地笑了一笑便沉着脸说："知道了。"他的声音很雄壮粗重，而且显然含着恶意，令他吓了一跳。

他的父亲名叫沈尊圣，是个六十余岁的老头子。他的眉目间有一段傲兀威猛之气，当他发怒时，紧蹙着双眉，圆睁着两眼，没有人不害怕他的。他很质朴、忠厚、守教、重义，是地方上一个有名的人物。他的性格本来很仁慈，但他的脾气太坏，太易发怒，所以不深知他的人是不容易了解他原来狮子性中却有一段婆心的。他很固执，有偏见。他认为自己这方面是对的，对方面永无道理可说。他的确是个可敬的老人物，他不幸是违背礼教，捣乱风俗社会的之菲的父亲！他是个前清的不第秀才，后来弃儒从商，在 T 县开了一间小店，足以糊口。他这时正从距离这 A 地四十里远的 T 县的店中回到家中来。因为天气太热了，所以他把他的蓝布长衫挂在手臂上。这时他把长衫交给他的老妻收起，叫他的三媳妇给他打一盆水洗面。他洗完面便在厅上的椅中坐下。他望着之菲，只是摇着头，半晌不出声。

之菲的母亲为他这种态度吓了一跳，问着："今天你看见儿子回来，为什么不觉得高兴，好像有点生气的样子？"

"哼！高兴！你的好儿子，干了好事回来！"他的父亲生气地说着，很猛厉地钉着之菲一眼。之菲心上吓了一跳，额上出了一额冷汗。

"到底是怎么一回事呢？"他的母亲很着急地问。"你问问你的好儿子便知道了！"他的父亲冷然地答，脸上变成金黄色。在他面前的之菲，越觉得无地自容。他遍身搐搦得愈利害，用着剩有的气力把牙齿咬着他的衣裾。"儿呀，你干了什么一场大事出来呢？你回家几天为什么不告诉娘呢？"他的母亲向着之菲问，眼里满着泪了。"呢！——……"之菲竭力想向他们申诉，但他那从小便过分被压损的心儿一阵刺痛，再也说不出声来了。"哼！装成这个狐狸样，闯下滔天大祸来！"他的父亲不稍怜悯他，向他很严厉地叱骂着。便又向他的老妻说："你才在梦中呢？你以为你的儿子纪念着我们，回家来看看我们么？他现在是个在逃的囚犯呀！时时刻刻都有人要来拿他，我恐怕他是已经死无葬身之地了！哼！我高兴他回来？我稀罕他回来吗？"他的父亲很不屑的神气说着。

他的母亲骤然为一阵深哀所袭，失声哭着："儿呀！不肖的菲儿呀！"

之菲这时转觉木然，机械地安慰着他的母亲说："孩儿不肖，缓缓改变便是，不要哭罢！""第一怨我们的祖宗没有好风水，其次怨我们两老命运不好，才生出这种儿子来！"他父亲再说着。"哼！你真忤逆！"他指着之菲说，"我一向劝你学着孔孟之道。谁知你书越读多越坏了。你在中学时代循规蹈矩，虽然知道你没有多大出息，还不失是个读书人的本色啊！哼！谁知你这没有良心的贼，父亲拼命赚来的钱供给你读大学，你却一步一步地学坏！索隐行怪，堕入邪道！你毕业后家也不回来一次！你的大哥、二哥死了，你也没有回来看一下！一点兄弟之情都没有！你革命！哼！你革什么命？你的家信封封说你要为党国、为民众谋利益，虽劳弗恤！哼！党国是什么，民众是什么？一派呆子的话头！革命！这是人家骗人的一句话，你便呆头呆脑下死劲地去革起来！现在，党国的利益在那里？民众的利益在那里？只见得你自己革得连命都没有起来了？哼！你这革命家的脸孔我很怕看！你现在回家来，打算做什么呢？"他的父亲越说越愤激，有点恨不得把他即时踢死的样子。"父亲，你说的话我通明白，一切都是我的错误。我很知罪。我不敢希求你的原谅！我回家来看你们一看，几天内便打算到海外去！"之菲低着头说，不敢望着他的父亲。

"现在 T 县的县长，S 埠的市长听说都是你的朋友，真的么？"他的父亲忽然转过谈话的倾向问着。

"是的，他们都是我的朋友！"之菲答。

"你不可以想方法去迎合他们一点么？人格是假的，你既要干政治的勾当，又要顾住人格，这永远是不行的！你知道么？"他的父亲说，这时颜色稍为和平起来了。"不可以的！我想是不可以的！我不能干那种勾当，我唯有预备逃走！"之菲说，他这时胆气似乎恢复一些了。"咳！人家养儿子享福，我们养儿子受气？现在的世界多么坏，渐渐地变成无父无君起来了！刘伯温先生推算真是不错，这时正是'魔王遍地，殃星满天'的时候啊！孔夫子之道不行，天下终无统一之望。从来君子不党，唯小人有党，有党便有了偏私了！哼！你读书？你的书是怎样读法？你真是不通，连这个最普通的道理都不明白！哼！破费了你老子这么多的钱！哼！哼！"他的父亲再发了一回议论，自己觉得无聊，站起来，到外头散步去了。他的母亲安慰他一阵，无非是劝他听从他父亲的话，慎行修身这一类大道理。他唯唯服从地应着，终于走回自己的房里去。

他的妻正在里面坐着，见他进来冷然地望着他。他不知自己究竟有什么生存的价值，颓然地倒在榻上暗暗地抽咽。他的妻向他发了几句牢骚，悻悻然出去了。他越想越凄怆，竭力地挽着自己的乱发，咬着自己的手指，紧压着自己的胸，去抑制他的悲伤。他打滚着，反侧着，终不能得到片刻的宁静。他开始想着：

"灵魂的被压抑，到底是不是一回要紧的事？牺牲着家庭去革命，到底是不是合理的事？革命这回事真的是不能达到目的么？我们所要谋到的农工利益，民主政权，都只可以向着梦里求之么？现在再学从前的消极，日惟饮酒，干着缓性自杀的勾当不是很好么？服从父母的教训去做个孔教的信徒是不是可能的呢？"

他越想越模糊，越苦恼，觉得无论怎样解决，终有缺陷。他觉得前进固然有许多失意的地方，但后顾更是一团糟！过了一会，他最终的决心终于坚定了。他这样想着："唯有不断地前进，才得到生命的真诠！前进！前进！清明地前进也罢，盲目地前进也罢，冲动地前进也罢，本能地前进也罢，意志的被侵害，实在比死的刑罚更重！我的行为便算是错误也罢；我愿这样干便这样干下去，值不得踌躇啊！值不得踌躇啊！你灿烂的霞光，你透出黑夜的曙光，你在藏匿着的太阳之光，你燎原大焚的火光，你令敌人胆怖，令同志们迷恋的绀红之光，燃罢！照耀罢！大胆地放射罢！我这未来的生命，终愿为你的美丽而牺牲！"

一六

由 S 埠开往新加坡的轮船今日下午四时起锚了。这船的名字叫 DK，修约五十丈，广约七八丈，蓝白色，它在一碧无垠的大海中的位置好像一只螳螂在无边的草原上一样。这第三等舱的第三层东北角向舱门口的船板上，横躺着七八个乡下人模样的搭客。

这七八个搭客中有一个剃光头，跣着足，穿着一件破旧的暹绸衫的青年人。他的行李很简单，他连伴侣都没有。——一起躺在那儿的几个粗汉都是他上船后才彼此打招呼认识的，他和他这些新认识的朋友，似乎很能够水乳交融。他们有说有笑，有许多事情彼此互相帮忙，实在分不出尔我来。

"老陈，你这次到叻（即新加坡）去，是第一次的，还是以前去过的？"一个在他身边躺着的新朋友向着他问。这新朋友名叫黄大厚，今年约莫二十六七岁，长头发，大脸膛，黄牙齿，两颧阔张，神态纡徐而带着不健康的样子。

"兄弟这一次是第一次到新加坡去的，"他答。"到坡面还是到州府仔（小埠头）去呢？"黄大厚问，他这时坐起来卷着纸烟在吸，背略驼，态度纡缓，永不会起劲的样子。

"到城面去的，"这剃光头的青年回答，他也因为睡得无聊，坐起来了。他的脸色有一点青白，瘦削的脸孔堆积上惨淡，萧索之气。

"到坡面那条街去？你打算到那里做什么事？"老黄问着，口里吐出一口烟来。那口烟在他面前转了几圈便渐渐消灭了。

"到漆木街××号金店当学徒去！"这剃光头的青年答。他似乎有点难过的样子，但这是初次出门人的常态，他的忠厚的朋友未尝向他起过什么怀疑。

"好极了！好极了！我想你将来一定很有出息！"黄大厚叫着，筋肉弛缓的脸上溢着羡慕的神态。他把他用纸卷的红烟吸得更加出力了。在他右边躺着的一个大汉名叫姚大任的，这时向着他提醒着："老陈，漆木街××号金店实在很不错。我上一次回唐山时，在那儿打了一对金戒指呢。很不错！很不错！到坡后，你如果不识路，我可以把你带去。"

姚大任一向是在沙捞越做小生意的，他的样子很明敏活泼。年纪约莫二十七八岁，双眼灼灼有光，项短，颏尖。还有筋肉健实，声音尖锐，脸孔赤褐色而壮美的姚治本，年纪轻而好动的姚四，姚五，姚六，都和这光头青年是紧邻一路。谈谈说说，旅途倒不寂寞。

这剃光头，穿破暹绸衫，要到新加坡当学徒的青年，便是K大学的毕业生，M党部的重要职员沈之菲。之菲自回家后，接到爱人曼曼的信十几封，封封都由他的父亲看完后才交还给他，他俩的关系，家人都大体知道了。他的父亲设尽种种方法，阻止她到他家里去，所以直至他出走这一天，他俩还没有会过一次面。

有一次，她已到之菲的父亲的店中，请他带她到他家中去会之菲一面，他的父亲说：

"他现时在乡的消息需要秘密，你这一去寻他，足以破坏这个秘密。这个秘密给你破坏后，他便无处藏身，即有生命之虞！"

她给他这段理由极充足的议论所驳退，终于没有去见他。过几天他的父亲便回家去，他带去一个极险恶的消息，这消息促他即日重上流亡之路，没有机会去晤他的情人一面。

那天他的父亲回家，他照常的去他面前见见他。他叫了一声"父亲你回来"之后，考察他的神色分外不对，心中吓了一怔！他站立着不敢动，只是偷偷地望着他父亲的脸孔。"哼！你干的好事，还不快预备逃走么？这是一张上海《申报》，你自己看罢！"他的父亲说着，把手里那张红色的上海《申报》向他身上投去，便恨恨地走开去了。他提心吊胆地拾起那张《申报》一看。他发现他的名字正列在首要的叛逆分子里面，由M党中央党部函K政府着令通缉的！他不曾感到失望，也不曾着慌。因为这些事他是早已料定的。他毫不迟疑，在他的母亲的老泪和他的妻的悲嘶中整理着行装，把自己扮成一个农家子，在翌日天尚未亮时便即出走。

他知道这次的局势更加严重了，他不敢再坐火车到 T 埠，他由一个乡村里雇了一只小船一直摇至 S 埠的港口，他不敢上岸。在小船中等到 DK 轮船差不多要开出时，才由小船送他到轮船上去。

他时时刻刻都有被捕获的危险，但他算是很巧妙地避过了。现时在这三等舱中和黄大厚诸人谈谈闲话，他自己很放心，他知道危险时期已经过了。

他这时候呆呆地在想着：

"像废墟一样，残垒一样，坟墓一样的家庭现在算是逃脱了！恐惧的，搐搦的，悲伤的，被压抑的生活现在算是作一个结束了。鸢飞鱼跃的活泼境界，波奔浪涌的生命，一步一步地在我面前开展了！但，脱去家庭极端的误解便要在社会不容情的压迫下面过活！新加坡！帝国主义者盘踞着的新加坡！资本家私有品的新加坡！反动分子四布稍一不慎即被网获的新加坡！在那里我将怎样生存着？漆木街 ×× 号金店，虽说在 H 港未入狱时陈若真说过那店是他的叔父开的，可以一起走到那里去避难。但，现在的情形又不同了，陈若真这次有没有逃来新加坡，这已显然成一问题。便算他逃来新加坡，照现时的局面，他仍然需要到一个秘密的藏匿所，不敢公然在那店里头居住——他也是政府通缉的人物。那，我用什么方法把他寻出来！

除开他，偌大的新加坡，和我相识的，却是一个都没有！我将怎样生活下去？唉！糟糕！糟糕一大场！"我的亲爱的曼曼！我的妹妹！我的情人！唉！她这个时候又将怎样呢？我临走时给她那一封信简直是送她上断头台！她这时候定在她家中整日垂泪，定在恨我无情！在欲暮的黄昏，在未曙的晓天，在梦醒的午夜，在月光之下，在银烛之旁，在风雨之夕，在彷徨之歧路！呵！她一定因凄凉而痛哭！她那忧郁病一定要害得更加利害！她的面色将由朱红变为灰白，由灰白变为憔暗。她的红色的嘴唇将变为褪色的玫瑰瓣；她的灵活的双眼将变为流泪的深潭。啊，啊，我真对她不住！我真对她不住！"

他想到这里便忘情地叹了一口气。

"老陈！你在想什么？大丈夫以四海为家，用不着唉声叹气啊！"黄大厚安慰着他说。他露出两行黄牙齿来，向着他手里持着的一个烟盒里面嵌着的镜注视着。"今天的天气真是太热，令人打汉（忍耐）不住啊！"姚大任说，他这时正赤着膊在扇着风。

姚治本热得鼻孔里只是喘着气说："真的是热得难耐啊！巴突（理应该），现在的天气亦应该热的了！"据他们两人的报告，新到新加坡的唐客，自朝至暮都要袒着上身，并且每天还要洗五六次身。洗时须用一片木柴或者一条粗绳用力擦着周身的毛孔，令他气出如烟才得安全！他们又说到埠时到人家处座谈的时候，不能够翘起双足盘坐着，因为这是大避忌的。

之菲觉得很无聊，便举目瞩望同舱的搭客。男的，女的，杂然横陈！有的正在赌钱，有的正在吸鸦片烟，有的正在谈心，有的正在互相诅咒，有的正晕船在吐，有的正吐得太可怜在哭。满舱里污秽，臭湿，杂乱，喧哗，异声频闻，怪态百出。

这种景象由早起到黄昏，由船开出时一直达到目的地，始终未尝变过！

这是船将到埠的前一日，船票听说今天便要受检查的了。倏然间空气异常紧张，各人都提心吊胆把船票紧紧地握在手里。没有船票的都个个被水手们引去藏匿着了。（这是水手们赚钱的一种勾当。无钱买船票的人们拿三数块至十多块钱交给水手们，由水手们设法，引导他们当查票时在各僻静处——如货舱，机器间，伙计房等地方藏匿。听说每次船都有这样的搭客三四百人！）

一会儿便有四五个办房的伙计一路喧呼呐喊，驱逐舱面的搭客一齐起到甲板上面去。最先去的是妇人，其次是小孩，姚四，姚五，姚六，都被他们当作小孩先行捉去！（原来这亦是他们赚钱的一个方法！譬如他们卖五百张半单的小童船票便声报一千张。其余五百张的所谓"半票"统统卖给全价的成人。这样一来他们便可以弄到一笔巨款。但当查票时，点小童的人数不到，他们便不得不到各舱乱拉年轻人去补数！）最后才是成年的男人。这样一来，这个乱子真闹得不小了！

这时甲板上满满的拥挤着几千个裸着上体的搭客。（现在听说西番大人对待中国人已算是好到极点了！男人光裸上体，不用裸出下体！女人们连上体都不用裸出。二十年前，据说男女都要全身一丝不挂给他们检验呢！）那些袒露着的上体，有些是赤褐色的，有些是白润的，有些是炭黑的，有些是颓黄的，有些很肥，有些很瘦，一团团的肉在拥挤着，在颤动着，在左右摇摆着，像一队刮去毛的猪，像一队屠后挂在铁钩上的羊，像春秋两祭摆在孔圣龛前的牛，在日光照射之下炫耀着，返光回照，气象万千！

过了一会，人人都垂头丧气地走到查票员柜前给他欣赏一下！（不！他们看得太多，确有点厌倦了！还算洋大人的毅力好！）走前几步给新加坡土人用那枝长不到半尺的铅笔在胸部刺了一下便放过了。足足要经过四个钟头，才把这场滑稽剧演完！

忠厚的黄大厚真有些忍耐不住了，他眼里夹着一点眼泪说："在家日日好，出外朝朝难！唉！唉！……"在他前后左右的搭客听着他这句说话，也有点头称是的，也有盯着他，以为他大可以不必的！经过这场滑稽剧之后，再过一夜便安然抵埠。稽查行李的新加坡土人虽有点太凶狠，但因为他们用钱可以买情的缘故，也算容易对付。第一次出洋的之菲，便亦安然地到达目的地了。

一七

这是晚上了，皇家山脚的潮安栈二楼前面第七号房，之菲独自在坐着，同来的黄大厚诸人都到街上游散去，他们明日一早便要搭船到沙捞越去。室里电灯非常光亮，枕头白雪雪地冷映着漾影的帐纹。壁上挂着一幅西洋画的镜屏，画的是椰边残照，漆黑的"吉宁人"正在修理着码头。一阵阵暖风从门隙吹进来，令他头痛。他忆起姚大任、姚治本的说话来，心中非常担忧，忙把他的上衣脱去，同时他对于洗身之说也很服膺，在几个钟头间他居然洗了几次身，每次都把他的皮肤擦得有些红肿。

这次的变装，收着绝大的功效！听说这 DK 船中的几十个西装少年都给"辟麒麟"扣留，——因为有了赤化的嫌疑！

"哎哟！真寂寞！"他对着灯光画片凝望了一会便这样叹了一声，伸直两脚在有弹性的榻上睡下去了。在这举目无亲的新加坡岛上，在这革命干得完全失败的过程中，在这全国通缉，室家不容的穷途里，曾在那海船的甲板上藏着身，又在这客舍与那十字街头藏着身的他，这时只有觉得失望，昏暗，幽沉，悲伤，寂寞。全社会都是反对他的，他所有的唯有一个不健全的和达不到的希望。

过了一会，忽然下着一阵急雨，打瓦有声。他想起他的年老的父母亲，想起他的被摈弃的妻，想起他的情人。他忽而凄凉，忽而觉得微笑，忽而觉得酸辛，忽而觉得甜蜜了。他已经有点发狂的状态了！最后，他为安息他的魂梦起见，便把他全部思潮和情绪集中在曼曼身上来。他想起初恋的时候的迷醉，在月明下初次互相拥抱的心颤血沸！……

"曼曼！曼曼！亲爱的妹妹！亲爱的妹妹！"他暗暗地念了几声。

"唉！要是你这个时候能够在我的怀抱里啊！——"他叹着。

楼外的雨声潺潺，他心里的哀念种种。百不成眠的他，只得坐起，抽出信纸写着给她的信。

最亲爱的曼妹：

谁知在这凄黄的灯光下，敲瓦的雨声中，伴着我的只有自己的孤零零的影啊！为着革命的缘故，我把我的名誉、地位、家庭，都一步一步地牺牲了！我把我的热心、毅力、勇敢、坚贞、傲兀、不屈，换得全社会的冷嘲，热讽，攻击，倾陷，谋害！我所希望的革命，现在全部失败、昏黑、迷离、惨杀、恐怖！我的家庭所能给我的安慰：误解、诬蔑、毒骂、诅咒、压迫！我现在所有的成绩：失望、灰心、颓废、堕落、癫狂！唉！亲爱的曼妹！我唯一的安慰，我的力的发动机，我的精神的兴奋剂，我的黑暗里的月亮，我的渴望着的太阳光！你将怎样的鞭策我？怎样的鼓励我？怎样的减少我的悲哀？怎样的指导我前进的途径？

啊！可恨！恐怖的势力终使我重上流亡之路，终使我们两人不得相见，终夺去我们的欢乐，使我们在过着这种凄恻的生活！

同乡的L和B听说统被他们枪毙了！这次在C城死难者据说确数在千人以上！啊！好个空前未有的浩劫！比专制皇帝凶狠十倍，比军阀凶狠百倍，比帝国主义者凶狠千倍的所谓"忠实的同志们"啊，我佩服你们的手段真高明！

亲爱的妹妹！不要悲哀罢，不要退缩罢。我们想起这千百个为民众而死的烈士，我们的血在沸着，涌着，跳着！我们的眼睛里满迸着滚热的泪！我们的心坎上横着爆裂的怒气！颓唐么？灰心么？不！不！这时候我们更加要努力！更加不得不努力！

他们已经为我们各方面布置着死路。唯有冲锋前进，才是我们的生路！我们要睁开着我们的眼睛，高喊着我们的口号，磨利着我们的武器，叱咤暗鸣，兼程前进，饮血而死！饮血而死终胜似为奴一生啊！亲爱的妹妹，不要悲哀罢，不要退缩罢。只有高歌前进，只有凌厉无前，跳跃着，叫号着，进攻的永远地不妥协，永远地不灰心！才是这飙风暴雨的时代中

流
亡

的人物所应有的态度！

　　祝你努力！

你的爱友之菲

×月×日

　　他写完后，读过一遍，把激烈的字句改了好几处，才把它用信封封着，预备明天寄去。

　　这时候，他觉得通体舒适，把半天的抑郁减去大半。他开始觉得疲倦，朦胧地睡着。过了一会儿，他已睡得很沉酣。他骤觉得一身快适轻软，原来却是睡在曼曼怀上。她的手在抚着他的头发，在抚着他的作痛的心，她的玫瑰花床一样的酥胸在震颤着，她的急促的呼息可以听闻。"妹妹！你哪儿来的！"他向她耳边问着，声音喜得在颤动着。

　　咳！狠心的哥哥啊！你不知道我一天没有见你要多么难过！你，你，你便这样地独自个人逃走，遗下我孤零零地在危险不过的 T 县中。你好狠心啊！我的母亲日日在逼我去和那已经和我决绝的未婚夫完婚，我整日只是哭，只是反对，只是在想着你！

　　"咳！——你那封临走给我的信，我读后发昏过两个钟头。我的妈妈来叫我去吃饭，我也不去吃了！我只是哭！我谅解你的苦衷，我同时却恨你的无情。你不能为你的爱情冒点危险么？你不能到 T 县去带我一同逃走么？咳！——狠心的你！——狠——心——的你！你以为你现在已经逃去我的纠缠么？出你意料之外的，你想不到现在还在我的怀里！哼！可恨的你，寡情的你！呃！呃！呃！"她说完后便幽幽地哭了。他一阵阵心痛，正待分辩，猛地里见枕上的曼曼满身是血，头已不见了！这一吓把他吓醒起来，遍身都是冷汗！

　　他追寻梦境，觉得心惊脉颤！他悔恨他这次逃走，为什么不冒险到 T 县去带她一路逃走！"咳！万一她——唉！该死的我！该死的我！"他自语着。

　　雨依旧在下着，灯光依然炫耀着，雪白的枕头依旧映着漾影的帐纹！夜景的寂寞，增加他生命里的悲酸！

<h1 align="center">一八</h1>

　　之菲晨起，立在楼前眺望，横在他的面前的是一条与海相通的河沟，水作

深黑色，时有腥臭的气味。河面满塞着大小船只，船上直立着许多吉宁人和中国人。河的对面是个热闹的"巴萨"，巴萨的四周都是热闹的市街。西向望去，远远地有座高冈，冈上林木蓊郁，秀色可餐。他呆立了一会，回到房中穿着一套乡下人最时髦的服装，白仁布衫，黑暹绸裤，踏着一双海军鞋——这双鞋本来是他在 C 城时唯一的皮鞋，后来穿破了，经不起雨水的渗透，他便去买一双树胶鞋套套上，从此这双鞋便成水旱两路的英雄，晴天雨天都由它亲自出征。在这新加坡炎蒸的街上，树胶有着地欲融之意，他仍然穿着这双身经百战，瘢痕满面的黑树胶套的水鞋。他自己觉得有趣便戏呼它做海军鞋——依照姚大任告诉他的方向走向漆木街 ×× 号金店去。

街上满塞着电车，汽车，"猡厘"，牛车，马车，人力车。他想如果好好地把它平均分配起来，每人当各有私家车一辆，但照现在这种局面看起来，袋中不见得有什么金属物和任何纸币的他，大概终无坐车之望。这在他倒不见得有什么伤心，因为坐车不坐车这有什么要紧，他横竖有着两只能走的足。一步一步地踱着，漆木街 ×× 金店终于在他的面前了。

金店面前，吊椅上坐着一个守门的印度人。那人身躯高大，胡子甚多，态度极倨傲，极自得。店里头，中间留着约莫三尺宽的一片面积作为行人路，两旁摆着十几只灰黑色的床，床上各放着一盏豆油灯，床旁各坐着一个制造金器的工人，一个个很专心做工，同时都表显着一种身份很高的样子。之菲迟疑了一会，把要说的话头预备好了便走进店里去。

"先生，陈若真先生有没有住在贵店这儿？"他向着左边第一张床的工人问着。

"我不晓得哪一个是陈若真先生！"那工人傲然地答，望也不望他一眼。

之菲心中冷了一大截，他想现在真是糟糕了！"大概还可以向他再问一问吧，或许还有些希望。"他想着。

"先生，兄弟不是个坏人，兄弟是若真先生的好朋友。在 H 港时他向兄弟说，他到新加坡后即来住贵店的，他并约兄弟来新加坡时可以来这儿找他的啊！"之菲说，极力把他的声音说得非常低细，态度表示得非常拘谨。"我不识得他就是不识得他，难道你多说几句话我便和他认识起来吗？"工人说，他有些发怒了。这工人极肥胖，声音很是浊而重，面上没有什么特别的地方，不过鼻头有点红。

之菲忍着气不敢出声。他想现在只求能够探出若真的消息出来便好，闲气是不能管的。他再踏进几步向着坐在柜头的掌柜先生问："先生，请问陈若真先生住在贵店吗？兄弟是特地来这里拜候他的！。"

掌柜是个长身材，白净面皮，好性情的人。他望着他一眼，很不在意似的只是和别个伙计谈话。过了一会，他很不经意地向着他说："在你面前站着的那位，便是陈若真的叔父，你要问问他，便可以知道一切了。"

站在之菲面前所谓陈若真的叔父，是个矮身材、高鼻、深目，穿着一套铜钮的白仁布西装，足登一对布底鞋，老板模样的人。他显然有些不高兴，但已来不及否认他和若真的关系了。他很细心地把之菲考察了一会便说："你先生尊姓大名啊？"

"不敢当！兄弟姓沈名之菲。兄弟和若真先生是很好的朋友，我们在 C 城是一处在干着事的。兄弟和他在 H 港离别时，他说他一定到新加坡来！并约兄弟到新加坡时可以来这儿找他。兄弟昨日初到，现住潮安栈，这里的情形十分不熟悉，故此非找到陈先生帮忙不可的。"之菲答。

"呵，呵，很不凑巧！他前日才在唐山写了一封信来呢。他现在大概还在故乡哩。"若真的叔父说。"你住在潮安栈么？我这一两天如果得空暇，便到你那边坐坐去。现在要对不住了，我刚有一件事要做，要出街去。请了！请了！对不住！对不住！"他说罢向他点着头，不慌不忙地坐着人力车出去了。

"糟糕！糟糕一大场！完了！干吗？哼！"之菲昏沉沉地走出金店，不禁这么想着。

街上的电车、汽车、马车、牛车、"猡厘"、人力车，依旧是翻着、滚着。他眼前一阵一阵发黑，拖着倦了的脚步，不知道在这儿将怎样生活下去，不知道要是离开这儿又将到哪儿去，到哪儿去又将怎样生活下去。"玄之又玄，众妙之门，这时需要点玄学了，哼！"他自己嘲笑着自己地走回潮安栈去。

黄大厚诸人已到沙捞越去。他独自个人坐在七号房中，故意把门关住，把电灯扭亮，在一种隔绝的，感伤的，消沉的，凄怨的，失望的复杂情绪中，他现出一阵苦笑来。

"生活从此却渐渐美丽了！这样流浪，这样流浪多么有文学的趣味！现在尚余七八块钱的旅费，每天在这客栈连食饭开销一元五角。五天：五元，五五二块五，七元五角。索性就在这儿再住五天。以后么？他妈的！'天上一只鸟，地下一条虫！''君看长安道，忽有饿死官！'以后吗？发财不敢必，饿死总是不会的！玄学，玄学，在这个地方科学不能解决的，只好待玄学来解决了！——不过，玄学不玄学，我总要解决我的吃饭问题。今天的报纸不是登载着许多处学校要聘请教员吗？教国语的、教音乐的、教体操、图画的、教国文的，无论哪一科都是需要人才。索性破费几角银邮费，凡要请教员的地方，都写一封信去自荐。在这儿教书的用不着中小学毕业，难道大学毕业的我不能在这里的教育界混混么？好的！好的！这一定是个很好的办法！不过这儿的党部统统勾结当地政府，他们拿获同志的本事真高强。现在 K 国府明令海内外通缉的我，关于这一层倒要注意。教书大概是不怕的，我可以改名易姓，暂时混混几个月。等到给人家识破时，设法逃走，未为晚也。名字要做个绝对无危险性的才好。——'孙好古'，好，我的姓名便叫作孙好古吧！'好古''两字好极了，可以表示出一位纯儒的身份来！但'孙'字仍有些不妥！孙中山大革命领袖是姓孙的，我这小猢狲也姓孙起来不是有点革命党人的嫌疑吗？不如姓黄吧！但姓黄的有了黄兴。也是不妥，也是不妥！唉！在这林林总总的人群中，百无成就的我，索性姓'林'起来吧。好！姓林好！我的姓名便叫林好古！

"退一步说，假如教书不成功，我便怎样办呢？呵，呵，可以卖文。今天《国民日报》的学艺栏中分明登载着征文小启，每千字一元至三元。好，不能教书，便卖文也是一个好办法。卖文好！卖文好！卖文比较自由！"他越想越觉得有把握，不禁乐起来了。只是过了一会，他想起这些征求教员和征文的话头都是骗人的勾当，他不禁又消沉下去。这儿的情形他是知道一点的，虽然从前并未来过。教员是物色定了，才在报端上虚张声势去瞎征求一番，这已是新加坡华人教育界的习惯法了。大概这用不着怀疑，教书这一层他是可以用不着希望的。卖文呢，那更糟糕了，便退一百步说，征文的内幕都是透亮的，他的文章中选了，但卖文的习惯法，大约是要到明年这个时候才拿得到稿费的。仅有五天旅费的他，要待到那个时候去拿稿费，连骨头都朽了！

他再想其次，到店里头当小伙计去吧。中英文俱通，干才也还可以，大概每月十元或二十元的月薪是可以办到的。但，这也是废话，没有人相识，那个人要他？到街上拉车去吧，这事倒有趣。但对于拉车的艺术，一时又学不到，而且各种手续又不知怎样进行。

"完了！完了！糟糕！糟糕一场！"他叹息着，呆呆地望着灯光出神。

一九

——深黑幽沉的夜，

深黑幽沉的土人，

在十字街头茂密的树下，

现出一段黑的神秘的光，

黑夜般的新加坡岛上的土人啊！

你们夏夜般幽静的神态，

晓风梳长林般安闲的步趋，

恍惚间令我把你们误认作神话里的人物！

在你们深潭般的眼睛里闪耀着的，

是深不可测的神秘！

家国么？社会么？

你们老早已经遗弃着了。

人类中智慧的先觉啊，

你袒胸跣足的土人！

宇宙间神秘的结晶啊，

你闪着星光的黑夜！

　　时候已是盛夏六月了，之菲来新加坡已是十几天了。他在潮安栈住了两天，即由若真的叔父——他的名字叫陈松寿，之菲和他晤面几次后才知道的——介绍他到海山街 × 公馆去住。住宿可以揩油免费，他所余的几块钱旅费，每天吃几碗番薯粥过日，倒也觉得清闲自在。

　　这晚，他独自在这街头踱来踱去。大腹的商人，高鼻的西洋人，他在 C 城看惯了，倒不觉得有什么值得注意的地方。最令他觉得有浓厚的趣味的是那些新加坡土人。他们一个个都是黑脸膛、黑发毛、红嘴唇、雪白的牙齿、时时在伸卷着的红舌，有颜色的围巾，白色——这色最圣洁，它色也有——的披巾。行路时飘飘然，翔翔然，眼望星月，耳听号风，大有仙意。在灯光凄暗，夜色幽沉的十字街头，椰树荫成一团漆黑，星眼暗窥着紧闭着的云幕，披发跣足的土人幽幽地来往，令他十分感动。他沉默地徘徊了一会，便吟成上面那首新诗。

过了不到五分钟，他又觉得无聊。他想起这班羔羊被吞噬着，被压迫着的苦楚，又不禁在替他们可怜了！他们过的差不多是一种原始人生活，倦了便在柔茸的草原上睡，热了便在茂密的树荫下纳凉，渴了便饮着河水，饥了便有各种土产供他们食饱。他们乐天安命，绝少苦恼，本来真是值得羡慕的。但，狠心的帝国主义者，用强力占据这片乐土，用海陆军的力量，极力镇压着他们背叛的心理。把他们的草原，建筑洋楼；把他们的树荫，开办工厂；把他们的生产品收买；把他们一切生死的权限操纵。

他们的善良的灵魂怎抵挡得帝国主义的大炮巨舰！他们的和平的乐园怎抵挡得虎狼纵横占据！唉！可怜的新加坡土人，他们的好梦未醒，而昔日的神仙似的生活不再，他们现在已变成镣枷满身的奴隶人了！

过了一会，他很疲倦，便走回他的寓所去了。这寓所是个公馆。地位是在一座大洋楼的二层楼向街的一个房中。馆内有几种赌具——荷兰牌、扑克、麻雀牌。赌徒每晚光降的时常都在七八人以上。馆的"头佬"是个胖子，姓吴名大发，说话很漂亮，神情有点像戏台上的小丑，年约三十岁的左右，在洋行办事，兼替华人商家把货名译成英文送关（华商办进出口货，必需列货单呈海关纳税，单上货名统要由中国名译成英文）。据他自己说，他每月有五百元进款。他不过在英文夜校读过九个月的英文，他常为他自己的过人的聪明和异样的程度所惊异，他时不时这样说："哼！不是我夸口，我的 English（英文）的程度，在这新加坡读'九号'英文毕业的也赶我不上！哼！他们只管读英文的诗歌小说，和学习什么做文章，还有什么用处？ new words（生字）最要紧！一切货物名字的各个 new words 能够记得起，才算本事！才能赚到人家的钱呢！"照他的意思，读英文的，除记起货物的名字的生字外，更无其它法门。关于做人的办法，他亦觉得很简单。他时常说："中国人不可不学习英文！学习英文不可不记起 new words，把 new words 记得多了，不可不替洋人办事！"他很快乐，他觉得他所有的行动和说话，完全是再对没有的。他是这公馆中的领袖，一切银钱大计，嫖赌机宜，有什么纠纷时，都要听他解决。每每一语破的，众难皆息！

他很少来公馆，大约是几天来过一次的。他对之菲——他们叫他做林好古——很客气，不过也不大高兴搭理他。他和松寿有点交情，松寿把他介绍给他。他算是之菲的恩主。他时常蹙着额对着之菲说："好古先生，不是兄弟看不起你们这班大学生，但你们这班大学生只晓得读死书，不晓得做活事，这真有点不可以为训！哼！你在大学时如果留心记着 new words，现在来到新加坡不愁没饭吃了！"

对着一切事件他未尝和人家讨论过，便下着结论。因为他说的话，总是对的！

他有一个表弟名叫陈为利的，年纪很轻，身材很小，脸孔有点像猫头鹰的，白天总在这儿学习英文。他对他很满意，很赞赏。因为他很是能够记起生存的。他自朝至暮不做别的工作，都在把他的表兄钦赠给他的几张华英对照的货物单练习着，练习着。什么鸡蛋 =egg，碎米 =broken rice，麦粉 =flour，鱼 =fish……这一类的生字，镇日地写着，念着。据说这几张货物单，新加坡岛上没有第二人能够比得上吴大发填写得这样精密！

赌徒而且每晚都和之菲一处在楼板上睡觉的，有三人。第一位名叫林大爷，洋行伙计，年约四十，矮肥精悍、鼻低、额微凸、口小。此人在赌徒中，最慷慨，最骄傲，嗜嫖若命！第二位名叫蔡老师（不知道前清是否有点功名，人人都称他做老师），年三十余，秀雅温存，鼻特别大，眼很灵活，行路时背有点驼。此人比较谨慎、拘滞、谦下、嗜嫖若命！第三位名叫程阿顺，洋行伙计，现已失业。他完全是个不顾生命的嫖客。年纪三十左右，样子漂亮，可惜嘴唇太突，眼睛太小。他为嫖而牺牲他的位置，为嫖而牺牲他的健康，但他现在仍积极地在嫖着。他的那个最要好的妓女像一只腊鸭一样，时常到 × 公馆来和他吊膀子，真是令人一见发呕。此时有时来住有时不来住的赌客还有几位。第一个有趣的名叫陈大鼻，此人年约四十，面色灰白，腰曲，说话时上气接不得下气。有时一句话他只说一两个字，以下的他便忘记说下去。还有名叫"田鸡"的，行动时酷似田鸡。名叫"九筒子"的，是个麻子。

这班人除程阿顺日里也在馆里高卧不起外，余的概在黄昏六七时以后才来馆里集齐。由六七时赌起，赌到十一时左右便散会。散会后便一齐到妓馆去，一直到深夜两三时才回来，这是他们的日常功课。之菲便在这群人中间混杂着生活下去。这真有点不类，有时他自己真觉得有点惊异，但大体上他也觉得没有好大的不安。

这晚，他拖着倦步回来，他们正在赌着荷兰牌。他们并不问讯他一声，由他自来自去。关于这点，他多少觉得方便，因为彼此多少可以省些不安的情绪。他们心目中的"林好古"，是个从乡村新出来谋生活的后生小子，是个可供驱使的杂役。他们有时叫他去为他们买香烟，泡"沽俾牛乳"，这后生小子都是很殷勤地应声而往。

程阿顺的"老契"那像腊鸭般的妓女也很看不起他。她日日来公馆和程阿顺大嬲特嬲，但未尝向他说一句话。她向他说话时只是说："去！去！替我买一包白点烟来！"这真有点令他觉得太难堪了！但，在过着逃亡生活的他，只得在这个藏污纳垢的场中生活下去！

<h2 style="text-align:center">二〇</h2>

漆木街××金店里的伙计名叫陈仰山的，这两天时时到公馆里来访他。他已经得到陈松寿的同意，把陈若真住在那里的消息报告给他。

这晚，大约是七时前后，他到公馆来带之菲一道探陈若真去。他年约二十七八岁，带着几分女性，说话时声音柔而细。态度很拘谨，镇定。普通人的身材，鼻端有几点斑点，眼睛不光亮，口很美，笑时像女人一样。这人，政治上的见解很明了，他同情于 W 地的政府而攻击 N 地的政府为反革命派。但他没有胆量，所以他不敢有所表示。

经过了十分钟的电车，四五十分钟的"猡厘"，初时只见电灯照耀着的市街一列一列地向后走，继之便是两旁的草原不断地溃退。最后开始看见周围幽郁的高林浴着冷月寒星之光，海浪般的向后面追逐。在万树葱茏，幽香发自树叶的山冈马路上，他们在那宽可容五六人的小电车"猡厘"内喊着一声"Glax!"，那车便停住一会，给他们下车，便即由那始终站在"猡厘"后面的 boy 喊一声"Goowit!"那车照旧如飞地奔驶去了。

这是新加坡"顶山"第四块"石"的地方。他们下车后，仰山便幽幽地向着之菲说：

"这里的路很难行，我在前面走着，你跟在后面，要留心些！"

说着，他便走进丝林去，之菲紧紧地跟在他的后面。丛林里山坡高下，细草柔茸，月光窥进茂密的树荫下，有些照得到的地方，十分闪亮，有些照不到的地方，仍然浓黑可怖。他们踏着一条屡经人们蹂躏，草不能生的宽不到半尺的小径曲折前进。不一会，一座荒广的园便横在他们的面前了。

这园完全在乳白色的月光中浸浴着。幽静的、优雅的、清深的、隐闭着的景况，正如画景一样。它像陶渊明所赞美的桃花源一样地遗世脱俗，它像柳子厚所描写的游记一样地幽邃峭怆。这园外用木片钉成一门，这时已是锁着。园内有一株魁梧的大树，枝干四蔽，小树浅草，更是随地点缀。距离园门不到五十步远，隐隐间可以看见灯光闪闪，屋瓦朦胧。仰山望着之菲说："这儿是一个朋友的住家，若真先生是暂时在这儿借宿的。"

他幽幽地敲着门，用平匀的声音叫着："七嫂——七嫂——七嫂——！来开门——来开门——来开门——！"

差不多叫了几十声，才听见内面一个妇人的声音答应一声，"来！"倏时间便见一个三十余岁的妇人，幽幽地走到门边来，她一面和仰山说话，一面把门开了。仰山向着之菲说："你在这儿少等一会儿。"

说着他便和那妇人进去了。

之菲独自个人站在园门外，看着这满目蔚蓝的景色，听着一两声无力的虫声，想象着片刻间便可晤见同在患难中的若真的情境，觉得更是有趣。

"流亡！流亡！有意义的流亡！满着诗趣的流亡！"他对着在地的短短的人影摇着头赞叹着。这时他忽又想起曼曼来。他觉得唇上一阵阵灼热，胸次一阵阵痒痛，心中一阵阵难过。

"要是曼曼这时在我的怀上啊！——唉！"他自语着对这地上冷清清的，短短的人影，又禁不得可怜起来了。"之菲哥，进来啊！"陈若真颤巍巍地站在树荫下声唤着。

他脸儿尚余红热，从沉思之海醒回地走进园去，和他握手。这一握手，表示着无限感慨，无限亲热。陈若真叫那仰山到房里冲两杯牛乳去。他们两人便坐在树干上谈着，谈着。

陈若真说："之菲哥！自从在 H 港你被捕入狱之后，我们都分头逃走！我于翌日即搭船来新加坡，他们——那些所谓忠实分子！——已经知道这个消息，打电报到这里来，买嘱当地政府拿我！我已经先有戒备，用钱买通船里的'大伙'，到岸时给我藏匿起来。等到他们扑了一个空回去，我才逃走！"说到这里，他探首四望，见无动静，便又说下去："咳！我到此地时，一点子活动都不可能！这里的同志被驱逐出境的有三百余人，秘密机团大多数被破获！我现时不敢住在这里，我藏匿着在离开这里尚有一日路程的 × 埠。在那儿我假做一个营业失败的商人，日日和那边的人们干些赌钱和饮酒的勾当，竭力地掩饰我的行为。现在我穷得要命，一筹莫展，真是糟糕啊！"他说完时，表示出非常懊丧的样子。

这时，仰山已把牛乳拿来，他们每人饮干一杯，暂时休息着。

这时，一片浓云遮着月光，大地上顿形黑暗。但在这黑暗里，仍然模糊地可以看见他俩的形象。陈若真的高大的身躯，并不因忧患减去他的魁梧，沈之菲的清瘦的面庞，却着实因流亡增加几分苍老。

他们间像有许多话要说，一时间却又说不得许多来。

"你的嫂夫人呢？"之菲问。

"她已从 H 港回家去了！"若真答。

"曼曼呢？"他随着问。

"她现在大概是在家中哩！"之菲答。

"我们到房里坐坐去吧！"若真说，他挽着之菲的手，同仰山一路走到他的房里去。

他的卧房，离这株大树尚有数十步远。房为木板钉成，陈设颇简陋。一床一榻之外，别无长物。房隔壁是一座大厅，鸭声呷，呷，呷地叫着。这园的主人大概是畜鸭的吧。

若真大概是已经给几个月来的险恶的现象吓昏了，他的神经的确有些变态，只要窗外有几片落叶声，或者是蛇爬声，或者是犬吠声，足声，都要使他停了十几分钟不敢说话，面上变色。他必须叫仰山到室外考察一会，见无什么不幸的事的痕迹发生，他才敢说下去。

"我们设法到槟榔屿极乐寺做和尚去吧！"他很诚恳地向着之菲说。"现在的局面这么坏，人心这么险恶，我辈已是失去奋斗的根据地。最好还是能够做一年半载和尚，安静安静一下！"

之菲对他的学说极赞成，但结论是无钱的不能做和尚，更不能做极乐寺的和尚。只好把这个念头打消了。关于之菲混杂着在海山街 × 公馆这一点，陈若真极为担心。他说那里人品复杂，包探出入其间，他时时刻刻有被捕获的危险。最后的结论，他写一封信介绍他到十八溪曲 × 号酒店去住宿和借些零用钱去。据他说，这店里的老板和他是个生死之交，去寻他投宿，是十二分有把握的。

他们再谈论了一会，大约晚上十时左右，之菲便辞别他独自回去。在山冈的马路上，两旁都是黑森森的茂林，时不时有几声狗吠。他踏着他那短短的影，很傲岸地，很冷寂地，很忧郁地，很奇特地在行着。关于现在这种情形是苦痛还是快乐，是有意义还是不值一文钱，他不能够知道，他也不想知道。他只是像一片木头，一块顽石，很机械地在生活着。他失去他的锐敏的感觉，他失去他的丰富的想象，他失去他的优美的情绪。

他决意不再思想，不再追逐什么，不再把美丽的希望来欺骗他自己。

"生活便是生活。生活有意义也好，无意义也好，但，生活下去吧！革命是什么东西，说他坏也可以，说他不坏也未尝不可以。到不得不革命时，便革命下去吧！""咳！你这可鄙的亡命之徒！咳！你这可赞颂的亡命之徒！"他在辽远的道路上，对着他自己的人影叹息着。……

二一

这日清晨，太阳光如女人的笑脸似的，夸耀着的，把它的光线放射着在向阳的街上。它照过了高高的灰色的屋顶，照着各商号的高挂着的招牌，照着此处彼处的发光的茂密的树，它把一种新鲜的，活泼的，美丽的，有生命的气象给予全新加坡的灰色的市上。

之菲也和一般人一样，在这恩贶的，慈惠的日光下生活，但他的袋里已经没有一文钱。对于商人的豪情，慷慨，布施的各种幻象，在他的脑上早已经消灭。但，因为若真这封介绍信的缘故，他自己以为或许也有相当的希望。他把他平日的骄傲的，看不起商人的感情稍为压制一下。

"商人大概是诚实的，拘谨的，良善的俗人，我们只要有方法对待他们，大概是不会遭拒绝的吧。我们在他们的面前先要混账巴结一场，其次说及我们现在的身份之高，不过偶然地，暂时地手上不充裕，最后和他们约定限期加倍利息算还，这样大概是不遭拒绝的吧！"他这样想着，暂时为他这种或然的结论所鼓舞着。他从公馆里走到街上，一直地走向那商店的所在地去。他忽然感到耻辱，他觉得这无异向商家乞怜。他想起商家的种种丑态和种种卑污龌龊的行动来。他们一例的都是向有钱有势的混账巴结，向无钱无势的尽量糟蹋。他有点脸红耳热。心跳也急起来了。

"是的，自己'热热的脸皮，不能去衬人家冷冷的屁股！'我不能忍受这种耻辱！我不能向着这班人乞怜！"他自己向着自己说，一种愤恨的心理使他转头行了几步。眼睛里火一般的燃烧着。跟着第二种推想又开始在他脑里闪现。

"少年气盛，这也有点不对。既有这封介绍信，我便应该去尝试一下。该老板既和革命家陈若真是个生死之交，也说不定是个轻财重义的家伙，应该尝试去吧。少年气盛，这有时也很害事的。"

大概是因为囊空如洗，袋里不名一文的缘故。他自己推想的结果，还是踏着不愿意踏的脚步，缓缓地走向那商店的所在地去。

十八溪曲的×店距离海山街不到两里路的光景。借问了几个路人，把方向弄清楚，片刻间他便发现他自己是站在这×店门前了。经过了一瞬间的踌躇，他终于自己鼓励着自己地走进去。

这店是朝南向溪的一间酒店，面积两丈宽广，四丈来深。两壁挂着许多的酒樽。店里的一个小伙计这时一眼看见之菲，便很注意地用眼盯住他。

"什么事？先生！"那伙计向着他说，他是个营养不良，青白色脸的中年人。

"找这里的老板座谈的，我这里有一封信递给他。"之菲低气柔声说，他即刻便有一种被凌辱的预感。

这伙计把他手里的信拿过去递给坐在柜头的胖子。那胖子把信撕开，读了一会便望着之菲说："你便是林好古先生么？"

"不敢当，兄弟便是林好古。"之菲答。他看见他那种倨傲无礼的态度，心中有些发怒了。

"请坐！请坐！"他下意识似地望也不望他地喊着。他的近视的眼，无表情而呆板，滞涩的脸全部埋在信里面。他像入定，他像把信里的每一个字用算盘在算它的重量和所包涵的意义。之菲觉得有无限的愤怒和耻辱了，他觉得自己的地位完全是站在一种被审判的地位。

经过了一个很长久的时间，那肥胖的、臃肿的，全无表情的，陈若真的生死之交的那老板用着滞重的、冷酷的、嘶哑的声音说："林先生，好！好！很好！请你过几天得空时前来指教，指教吧！"

"好！好！"之菲说。这时候，他全不觉得愤怒，倒觉得有点滑稽了。"那封信请你拿过来吧！"

那商人便把那封信得赦似地递还给他。

他把信拿过手来，连头也不点一点地便走出去。那封信是这样写着：

> 竹圃我兄有道：半载阔别，梦想为劳！弟自归国，迭遭厄境。现决闭
> 户忏悔，不问世事矣。林兄好古，弟之挚友，因不堪故国变乱，决不南洋，

特函介绍，希我兄妥为接待。另渠此次出游，资斧缺乏，一切零用及食宿各项，统望推爱，妥为安置。所费若干，希函示知，弟自当从速筹还也。辱在知己，故敢以此相托。我兄素日慷慨，想不至靳此区区也。余不尽，专此敬请道安。

弟陈若真上

他冷笑着，把这封信撕成碎片，掷入街上的水沟里去。

"糟糕！糟糕！上当！上当！出了一场丑，惹了一场没趣。今早还是不来好！还是不来好！现在腹中又饿，——唉！过流亡的生活真是不容易！"袋中依旧没有钱，腹中的生理作用并不因此停止。他一急，眼前一阵阵黑！陈松寿方面，他前日写了一封信给他，和他借钱，他连答复都没有。陈若真方面，他自己说他穷得要命，怎好向他要钱。这慷慨的竹圃先生方面，啊！那便是死给他看，他还不施舍一些什么！教书方面，卖文方面，都尝试了，但希望敌不过事实，终归失败。"难道，当真在这儿饿死吗？"他很悲伤地说，不禁长叹一声。

这时候，街上拥挤得很厉害；贫的，富的，肥的，瘦的，雅的，丑的，男的，女的，遍地皆是。但，他们都和他没有关系，他不能向他们中间任何一个人借到一文钱。他很感到疲倦，失望，无可奈何地踏着沉重的脚步，一步一步地走回他的寓所去。

在寓所里，他见状似猫头鹰的陈为利在那儿练习英文生字：broken rice= 碎米，fish= 鱼，bread= 面包，flour= 麦粉，egg= 鸡蛋；……他见之菲回来，便打着新加坡口音的英文问着他："Mr. Lin, where did you go?（林先生，到哪里去？）"

"我跑了一回街，很无聊地回来！"之菲用中国话答。他检理着他的行装，见里面有一套洋服，心中一动，恍惚遇见救星一般了。

"把它拿到当铺里去，最少可以当得十块八块。我这套洋服做时要三四十块钱，难道不能当得四分之一的价钱吗？"他这样地想着，即刻决定了。

他揖别了陈为利，袖着那套洋服，一口气走到隔离海山街不远的一家字号叫"大同"的当铺去。

他在大学时，和当铺发生关系的次数已经甚多。但那时候都是使着校里的杂役去接洽。自己走到当铺里面去，这一回是他平生的第一次。他觉得羞涩，惭愧，同时却又觉得痛快，舒适。当他走进当铺里时，完全被一种复杂的心绪支配着。时间越久，他的不快的心理一步一步占胜，他简直觉得苦闷极了。

当铺里很秽湿，而且时有一种霉了的臭气，一种不健康的、幽沉的、无生气的、令人闷损的景象，当他第一步踏进它的户限时即被袭击着。当铺里的伙计们，一个个的表情都是狡猾的、欺诈的、不健康的、令人一见便不快意的。

他非常的苦闷，几乎掉转头走出来，但为保持他的镇静起见，终于机械地，发昏地，下意识地把那套包着的洋服递给他们。

一个麻面的、独目的、凶狠的，三十余岁的伙计即时把那包洋服接住。他用着糟蹋的，不屑的，迁怒似的神情检查着那套洋服。他口里喃喃有词，眼睛里简直发火了，把那包洋服一丢，丢到之菲的面前，大声地叱着：

"这是烂的！我们不要！"

"这分明是一套新的，你说烂，烂在那个地方？"之菲说，他又是愤怒，又是着急。

"这是不值钱的！"他说时态度完全是藐视的、欺压的、玩弄的了。

他觉得异常愤恨，这分明是一种凌辱，也不声地叱着他说："混账东西，不要便罢，你的态度多么凶狠啊！"这几句话从他的口里溜出后，他心中觉得舒适许多。他拿着那包洋服走出去。那麻面的伙计说：

"最多一元五角，愿意便留下吧！本来经过这场耻辱和得到这个出他意外的低价，他当然是不能答应的。但，他恐怕到第二家去又要受到意外的波折，只得答应他。一会儿，他揖别他同经患难很久的那套洋服，手里拿到一元五角新加坡纸币在街上走着。心头茫茫然，神经有点混乱，眼里涨满着血，手足觉得痒痒地只想和人家寻仇决斗。此后将怎样生活下去，他自己也不复想起这个问题！混乱的！憔悴的！冒失的！满着犯罪的倾向的他在街上走着，走着，无目的地走着！

大海一般的群众里面，混杂着这么一个神经质的无家无国的浪人，倒也不见得有什么特异的地方。

二二

这是在他将离去新加坡到暹罗去的前一夕。这时他站在临海的公园里欣赏惊人的美景。正当斜阳在放射它的最后的光辉时候，壮阔、流动、雄健的光之波使他十分感动。他尝以为太阳光象征着人的一生：朝日是清新的、稚气的、美丽的，还有一点朦胧的，比较软弱的，这可以象征着少年。午间的太阳，傲然照遍万方，立在天的最高处，发号施令，威炎可畏，这可以象征着有权位的中年。傍晚的斜阳，遍身浴着战场归来的血光，虽有点疲倦，退却，但仍不失它的悲壮和最后的奋斗，这可以象征着晚年。这时候这斜阳，他觉得尤其美丽。或许是因为有万树棕榈做它的背景，或许是因为有细浪轻跃的大海为它衬托，或许是因为有丰富秀美的草原，媚绿冶红的繁花和它照映，他不能解释，但他的确认为这晚这斜阳是最美丽的，是他从前尚未在任何地方欣赏过的斜阳。

新加坡临海的这个公园，绕着海边，长约五百丈，广约一百丈。公园中间，有一条通汽车的路，傍晚坐汽车到这里兜风的，足有一万架。汽车中坐着的大都是情男情女，情夫情妇。临海这边，彼处此处，疏疏落落的点缀着几株棕榈。浅草平滑如毡，鸡冠花，美人蕉杂植其间。在繁花密叶处，高耸着一座纪念碑，题为 Our Glorious Dead（我们光荣的死者），两旁竖着短牌，用新加坡文及华文写着游客到此须脱帽致敬礼的话。

距海稍远的那边，有足球场，棒球场，四围植着茂密的树，成为天然的篱笆。

晚上在这草地坐着的，卧着的，行着的人们，如蚁一般众多。这里好像是个透气的树胶管，给全市闷住的市民换一口气，得一些新生机的地方似的。

在这嚣杂的群众里面，在这美丽的公园中的之菲，这时正在凝望斜阳，作着他别去新加坡的计划。全新加坡没有一个人令他觉得有留恋之必要，令他觉得有点黯然魂销的必要。令他觉得有无限情深的，只是这在斜阳凄照下脉脉无语的公园。

由新加坡到暹罗的轮船的三等舱船票要不到十元。这笔款他已经从陈若真处和一个邂逅的老同学处借到。他明日便可离开这里动身到暹罗去。

转瞬间，他到这儿来已有十余天了，一点革命的工作都不能做到，一点谋生藏身的职业都寻找不到。他离开这里的决心便在这样状况下决定了。

他踽踽独行，大有"老大飘零人不识"之意。过了一会，斜阳西沉，皓月东上。满园月色花影，益加幽邃有趣。在一株十丈来高的棕榈树下的草地上他坐下了。瘦瘦的人影和着狭长的棕榈树影叠在一处。灯光，月光，星光交映的树荫下，幽沉，朦胧，迷幻，像轻纱罩着！像碧琉璃罩着！

"唉！这回不致在这新加坡岛上作饿殍真是侥幸啊！"他这样叹息着，不禁毛骨悚然。"要不是在绝境中遇见老同学 T 君的救济,真是不堪设想了!"他这时的思潮全部集中在想念 T 君上。T 君是个特别瘦长得可怜的青年,他的年纪约莫廿七八岁,他的诨号叫做"竹竿鬼"。其实,比他作竹竿固然有点太过,但比他作原野间吓鸟的"稻草人"那就无微不似的了。他的面部极细,他的声音也是极细,他说话时,好像不用嘴唇而用喉咙似的。但他的同情心,却并不因此而瘦小,反比肥胖的人们广大至恒河沙数倍。他在 T 县 G 中学和之菲同学是十年前的事。他来新加坡 ×× 学校当国文,算学两科的教员,也已有两三年了。

之菲和他相遇的时候,是在他到巴萨吃饭去的一个灯光璀璨的晚上。T 君那时候正和三位同事到 ×× 球场看人家赛球回来,也在那里吃饭,之菲用着怀疑的,自己不信任自己的眼光把他考察一会,终于在惊讶之中和他握手了。他同事的三人中,有两位也是他的同学,他们都各自惊喜地握着手。

他们的生活很好,每月都有月薪八十元。新加坡教书的生活真好,教小学的每年也有一千元薪金,不过,那些资本家对待这些教员好像对待小伙计一样(新加坡华人学校大都由资本家筹资创办,校长教员都由他们的喜怒以为进退),任意糟蹋,未免有点太难以为情罢了。

T 君的父亲和之菲的父亲算是很好的朋友。他们算是世交,故此他对之菲差不多是用一种再好没有的态度去对待他。他很明白这次党争的意义,对于之菲,具有相当的同情。当之菲为饥饿压迫,减去他一向的高傲性,忍着羞涩的不安的情绪走去和他借钱时,他便慷慨地借给他十元。

"唉!不是绝处逢生,遇着慷慨的 T 君,真是糟糕一大场了!"他依旧叹息着。

这时大约是晚上九点钟了,他流连着不忍便归。在一种诗意的,幻想的,迷梦的境界中,他有点陶醉。虽说他的现实是这么险恶,但他的希望又开始在蛊惑他了。"到暹罗去,那儿相识多,当地政府压迫没有这般的厉害,或许还可以做一点事!退一步说,便算在那儿也须过着一种藏匿的生活,但那儿有关系极深的同乡人的店户可以歇足,饿死这一层一定不用顾虑的。到暹罗去!好!到暹罗去!好!我一早便应该不来这里,跑到暹罗去才是!"

他似乎很愉快了,好像是由窒闷的、幽暗的、霉臭的,不通气的坟墓里凿开一个通风透明的小孔一样!光明在他面前闪耀着,他觉得有了出路了。他全身的力量是恢复了，他失去了的勇气也一概恢复了，他觉得他的血依旧在沸着。他显然是有了生气了。

"前进，前进。跑，跑，从这里跑到那里，从此处跑到彼处，一刻不要停止，一刻不要苦闷。动着、动着、动着，全身心、全灵魂、全生命地动着，动着。只要血管里还有一点血，筋骨里还有一点力时，总要永远地前进，永远地向前跑，跑，跑，向前跑去。我不忍我的灵魂堕落，我终于不忍屈服在父亲，母亲，旧社会，旧势力的下面而生存，我必须依照我的意志做去！"在夜色微茫中，他挺直身子，吐了几口郁气，向着自己鼓励着。

过了一会，他的瘦长的影离开这公园渐渐地远，他终于沉没在黑暗的市街里去。

二三

由新加坡到暹罗的货船名叫 PF 的，今早在搁势浅（搁势浅离暹京只有几点钟水程，此间海浅，须待潮水涨时，船才能驶进）开驶，不一会便可到埠了。

这船里的搭客仅有四人，一个将近二百八十磅重的五十余岁的老人，一个穿着上衣左肩破了一个大孔的工人模样的青年，一个是不服水土、得了脚气病、金银色脸的三十余岁的病客，第四个便是沈之菲。

由新加坡到暹罗本可以搭火车，但车资最低要三四十元，其次有专载客的轮船，船票费也须十余元，最下贱的便搭这种货船，船票仅费六元。

搭这种货船的可以说是很苦：第一，船里的伙计可以随便糟蹋着搭客，因为他们是载货的，所以把这些搭客也看作无灵性的货物一般可以任意践踏！第二，这些伙计们对待搭客显然有如主人对待仆人，恩人对待受恩者一样。唯一的理由是因为他们为着慈悲心的缘故，才把这些搭客载了这么远的路程，在这么远的路程中，压迫，凌辱，轻视，糟蹋，这算不得怎么一回事。因为搭客中如有不愿意受这种待遇的，可以随便地跳下海去，他们大概是不大干涉的。

根据这两种理由，在这货船中四五天的生活，简直可以说是一种奴隶的生活。吃饭时要受叱责，洗面、洗身时也要受叱责。

但，没有钱时一切恶意的待遇，和一切没理性的蹂躏大都是能够忍受的。素日十分高傲的之菲，居然也在这样的货船中受到五天的屈辱，并且更无跳下海的意思。他大概也是和一般穷人一样，不曾因为他曾经受过高等教育和读过几句尼采的哲学和拜伦的诗，便可以证明是两样。那二百八十磅重量的老人，在四人中所受的待遇算是最优。因为他生得身体结实，目光灼灼如火，声如破钵，这些伙计们委实不敢小视他，他们责问他时也比较有礼貌些。最吃亏的是那个有脚气病的病客，其次便是那披着破衫的工人，其次便是沈之菲。

那脚气病的搭客上船时险些给他们丢下大海去，他们或许没有这种用意，但他们确有这种威吓的气势。船开行后，因为天气过热的缘故，他从冷水管中抽出一桶水去洗身，恰好被那个跛着足的伙计看见。他大声叱着："做什么？"

"兄弟热得难耐了。施恩些，旋恩些，给兄弟洗一回身总可以罢！"

"哼！连搭客都要弄水洗身！我们船里的水是自己都不够用的！"

"兄弟不洗身恐怕病起来了，就请施恩，施恩吧！""哼！你一定不可以！"

"啊！我们来搭船是有钱买船票的！我想你先生不能这样糟蹋人！"

"你妈的！谁稀罕你的钱，你的钱，你的钱！你比街上的乞丐还要富些！我说不可以便不可以！你妈的！你敢和我斗嘴吗？哼！哼！"

"不是兄弟敢和你斗嘴，实在是火热难捱啊！施恩些，施恩些。兄弟自然知情的啊！"

"哼！你妈的！洗你妈的身！洗去罢！洗去罢！哼！哼！"

他叱骂了一会，觉得十分满足，便自去了。

受着同样待遇的之菲，自然有些受不惯。但这有什么，现在船已由搁势浅开驶，再过几个钟头便可到埠了。

"梦境，这风景多美！"

"我们可以想象，仙人们一定常到这里来！"

之菲这时凭着船栏，对着两岸的风景出了一回神，不禁这样喊着。他的头发散乱，穿着黑旧暹绸衫裤，状类农家子。

由搁势浅到暹京，人们传说还要经过九十九个弯曲。这九十九个弯曲的两岸，尽是佛寺和长年苍翠的槟榔树、棕榈树、椰子树。这些寺和这些树是这么美丽的、新鲜的、令人惊奇的、启人智慧的、开人胸襟的。他们把大海的腥气洗净，把大海的沉闷、抑郁、咆哮、奔波、温柔化了、禅化了、诗意化了。他们给茫茫大海以一种深的安息。

如若我们把暹罗国比做一个迷醉的妇人，这儿，是她的眉黛，是她的柔发，是她的青葱的梦，是她的香甜的心的幻影。

如果我们把暹罗国比做个道德高广的和尚，这儿，是他栖息的佛殿，是他参禅的宝坛，是他涅槃归去的莲花座。

这船不久便到湄南河了，湄南河与海相通，河面上满着青色的石莲，黄衣的和尚，——这些和尚都荡着仅可容膝的独木舟，袒一臂挂着黄色袈裟，一个个在水面浮着，如一阵一阵黄色的鸭。（东坡诗，"春江水暖鸭先知"，此境似之！）一种柔媚，温和，迷醉，浪漫的情调，给长途倦客以无限的慰安。

"暹罗，啊！暹罗是这样美丽的！"之菲开始赞叹起来。

"差不多到码头了。唉！好了，好了！"二百八十磅重的老人哑着声说，他脸上燃着笑容。

"可不是吗？这回准可以不致被丢入大海里饲鱼去了！"病客说，金银色的脸上也耀着光。

"出门人真是艰难啊！"穿着破衣的工人若有余恨地叹息着，他这时正在修理行装。

"林先生到埠住客栈去吗？得合兴客栈，我和它的老板熟悉，招呼也不错，和你一同去好吗？出门人俭也是俭不了的。辛苦了几天，到埠去快乐一两天，出出这口气罢！——哟！林先生到暹罗教书的吗？看你的样子很斯文。暹罗这里教书好，一年随便可以弄得一千几百块！——老汉真是没中用的了。在这暹罗行船二十多年，赚到的钱很不少，但现在剩下的却有限！……"老人对着之菲说。

"好的，一同到客栈去是很好！"之菲答。

船停住了，马马虎虎地被检查了一会，便下船雇艇凑上岸去。最先触着之菲的眼帘使他血沸换不过气的，是一个二十七八岁的妇人裸着上体，全身的肉都像有一种弹性似地正在岸边浴着。她见人时也不脸红，也不羞涩，那美丽的面庞，灵活的眼睛，只表现着一种安静的，贞洁的，优雅的，女性所专有的高傲。

"美的暹罗！灵异的暹罗！像童话一样神秘的暹罗！"他望着那妇人一眼，自己的脸倒羞红了，不禁这样赞美着。

"林先生，你觉得奇怪吗？这算什么！我们住在'山巴'的，一天由早到黑都可以看见裸着上体的少女，少妇呢！在山巴！唉，林先生你知道吗？这里的风俗多么坏！但，年纪轻的人到这里来是不错的！林先生，你知道吗？像你这个年纪来这里讨个不用钱的老婆是很容易的，林先生，你知道吗？"老人带笑说，他戏谑起之菲来了。"不行，我不行！我又不懂得暹罗话！恐怕靠不住的，还是你老人家啊！"之菲答，他不客气回他一下戏谑。"少不得要承认，我少时也何尝不风流过。实在老了，这些事只好让给你们青年人干。哈！哈！哈！"老人笑着。那位穿着破衣的工人和那位病客都滞留在后面，老人和之菲各坐着黄包车到得合兴客栈去。

二四

这儿的政治环境，也和新加坡一样十分险恶。《莱新日报》的总编辑邓逸生，M党部的特派员林步青，陈子泰都在最近给当地政府拿去监禁。已经被逐出境的也很多。全暹罗国都在反动派的势力之下。他在旅馆住了两天，经过几位同志的劝告，便避到湄南河对岸"越阁梯头"一家他的乡人开办的商店名叫泰兴筏的，藏匿去了。

这筏是用木板钉成的，用木柱，红毛泥柱支住在水面上，构造和其他的商店一样。潮水涨时从对岸望去，这座屋好像在河面游泳着一样。潮水退对，又恍惚像个褰裳涉水的怪物一样。湄南河对岸的筏一律如此，住筏上的人都有"Water! Water! Everywhere!（水！水！到处是水！）"的特异感觉。晚上有一种虫声于灯昏人寂时，不住地在叫着，克苦，克苦，克苦，其声凄绝，尤其是这水屋上特有的风味。

泰兴筏里的老板名叫沈松，是个三十岁前后的人。他从前曾在乡间教过几年书，后来弃学从商。现在肚皮渐渐凸起，面上渐渐生肉，态度渐渐狡猾，差不多把资本家的坏脾气都学到，虽然他倒还未尝成为资本家。他的颊上有指头一般大的疤痕，嘴唇厚而黑，眼狭隘而张翕有神。他对待之菲是用一种无可奈何的客气，一种讨厌到极点而故意保持着欢迎的神情。

筏的"廊主"名沈之厚，年纪三十四岁，眼皮上有个小小的疤痕，长身材，面庞有些瘦削，他是个质直、宽厚、恳挚、迟缓、懦弱的人。他很同情之菲，他对待之菲很好，但他比较上是没有钱的。

他们都是之菲的同乡人，之菲的父亲对他们都是有点恩惠的。故此之菲在这筏中住下去，被逐的危险是不至于会发生的。

之菲度过的童年完全是村野的、质朴的、嬉戏的。他的性格非常爱好天然的、原始的、简陋的、质朴的、幽静的生活。在这种像大禹未开凿河道以前洪水泛滥的上古时代似的木筏上居住，他觉得十分适意。

他的日常的功课是棹着一只独木舟在湄南河中荡着。他对他的功课是这般有恒。不管烈日的刺炙，猛雨的飘洒，狂浪的怒翻，或者是在朦胧的清晨，溟蒙的夜晚，他的臂晒赤了，他的脸炙黑了，他只是棹着，棹着，未尝告过一天假！

关于游泳的技能，他颇自信，故此在洪涛怒浪之中，他把着舵，身体居然不动，并没有一丝儿惊恐。在这样的练习中，心领意会，学到许多种和恶势力战斗的方法。他的结论，是冷静、镇定、不怕不惧，便可以镇平一切的祸乱！

我们可以想象到在烟雨笼罩着全江，风波发狠在吞噬着大舟小舟的时候，这流亡者，袒着胸，露着背，一桨一桨用尽全身的气力去和四周围的恶环境争斗，一阵一阵地把浪沫波头打退时，他的心中是怎样的安慰！

有一天，他刚吃完了午饭，正赤日当空，炎蒸万分，他戴着箬笠，袒着上身，穿着一条黑暹绸裤，棹着小舟，顺流而下，在他眼前的总是一种青葱、娴静、富有引诱性的梦幻境。他一桨一桨追寻下去，浑忘这湄南河究是仙宫还是人间！

不一会，他把舟儿棹到河的对岸去。那时，那小舟距离泰兴筏已有两三里路之遥了，他开始从梦幻的境界醒回，觉得把舟棹回原处去，那并不是一回容易的事情！他只得暂时把舟系住在一个码头的红毛泥柱上，作十分钟的休息。河面的风浪本来已经是很大，每经一只汽船驶过时，细浪成沫，浪头咆哮，汹汹涌涌，大有吞噬一切、破坏一切的气势。但他不因此感到惧怯，反因此感到舒适！他出神地在领会他的灵感。他望望悠广的天，望望悠广的河面，觉得爽然、廓然、冥然、穆然、渊然、悠然。他合上眼，调匀着吸息，在舟上假睡一会。耳畔满着涛声、风声、舟子喧哗声、远远传来的市声，他觉得他暂时成了人间的零余者，世外的闲人。在这种如中酒一般朦胧，如发梦一般迷离的境界里，他不禁大声地歌唱起来。把平日喜欢诵读的诗句，在这儿恣性地拉长声儿唱着。

过了一会，他解缆用尽全身气力把船棹回对岸去，因为水流太急，待达到对岸时，那舟又给风浪流下一里路远了。

他发狠地棹着，棹着，过了十分钟，看看前进数十步的光景，可是略一休息，又被流到刚才的地位去了。他开始有点心慌。

"糟糕！糟糕！几时才能够棹回泰兴筏去呢？"他这样想着。

他不敢歇息，一路棹着，棹着，他把两臂的力用完了。继续用着他的身体的力。把身体的力用完了，继续用他的心神的力，生命里蕴藏着的力！他不计疲倦，不计筋骨酸痛，不计气喘汗出，只是棹着，咬着牙根的棹着，低着头的棹着。经过点余钟的苦斗，他终于安安稳稳地达到他的目的地去。

他到泰兴筏时已是下午四时余，一种过度的疲劳，令他头部有点发昏，心脏不停地狂跳。他只得走到房里躺下去，死一般地不能动弹。在那种境况中，他觉得满足，他觉得像死一般地舒适。

第二天，他又在骇涛惊浪中做他日常的工作了。离泰兴筏不远，有一个十分娴静的"越"（佛寺）。那儿有茂密的树，有几只斑皮善吠的狗，有几个长年袒着肩挂着袈裟的和尚，有许多大大小小的塔，有一片给人乘凉的旷地，也是之菲时常到的地方。

暹罗的风俗真奇怪！男人十分之八当和尚，其余的便都当兵和做官。做生意的和耕田的男人，正如凤毛麟角，遍国中寻不出几个来。和尚的地位极高，可以不耕而食，参禅而坐享大福。供给他们这种蛀虫的生活的，是全国的女人，从事生产的事业，对于僧侣有一种极端的迷信和崇奉的结果。

全国的基本教育，也操纵在这般僧人之手。僧人是国里的知识阶级和说教者，僧院内大都附设着启发儿童的知识的学校，由僧人主教。

之菲常到的这个佛寺，里面也附设着学校。当他在那里的长廊坐着看书时，时常看见许多跣足袖书前来上课的儿童。

当他在叶儿无声自落，斑皮狗停吠，日影轻轻掠过树隙，天云渺渺在飞着，院内寂静极、平和极、安定极、自在极，以至有些凄凉的境况中，他也参起禅来，跏趺坐着，身心俱寂。这时要是有一个外人在那边走过，定会误会他是个道法高广的和尚。

在过着这种生活的之菲，这时，好像变成一个极端个人主义者，悲观主义者。他似乎一点儿也不像一个赤色的革命家，而是个银灰色的诗人，黑褐色的佛教徒了。

二五

在这神异的，怪诞的，浪漫的暹罗国京城流浪着的之菲，日则弄舟湄南河，到佛寺静坐看书，夜则和几个友人到电戏院，伶戏院鬼混。时光溜得很快，恍惚间已是度过十几天了。在这十几天中，他也尝为这儿的女郎的特别袒露的乳部发过十次八次呆。也尝游过茂树阴森，细草柔茸的"皇家田"。也尝攀登"越色局"，眺览遥京满着佛寺的全景。也尝到莱新报馆去和那儿的社长对谈，接受了许多劝他细心匿避的忠告。也尝到一个秘密场所去，听一个被逐的农民报告，说从潮州逃来的同志们，总数竟在万人以上：有的在挑着担卖猪肉，有的在走着街叫喊着卖报纸，有的饥寒交迫，辗转垂毙。

他受着他的良心的谴责，对于太安稳和太灰色的生活又有些忍耐不住！他的奔走呼号，为着革命牺牲的决心又把他全部的心灵占据着。他决意在一两天间别去这馨香迷醉的暹罗，回到革命空气十分紧张的故国 W 地去。

"到 W 地去，多么有意义！在那儿可以见到曙光一线，可以和工农群众站在同一条战线上去，向一切恶势力进攻！在那儿我们可以向民众公开演讲，可以努力造成一队打倒帝国主义者和打倒军阀的劲旅。我的一生不应该在这种浪漫的、灰色的、悲观的、颓唐的、呻吟的生活里葬送！我应该再接再厉，不顾一切地向前跑！我应该为饥寒交迫，辗转垂毙的无产阶级作一员猛将，在枪林炮雨中，在腥风血泊里向敌人猛烈地进攻！把敌人不容情地扑灭！敌人虽强，这时候已是他们罪恶贯盈的时候。全世界被压迫的阶级和被压迫的民族都已渐渐觉悟，不愿再受他们的压迫、凌辱、强奸、蔑灭、糟蹋，渐渐地一齐向他们进攻了！故国这时反动的势力虽然厉害，但我们的势力日长，他们的势力日消，只要我们能够积极奋斗，他们最后终会成为我们的俘虏的。——唉！即退一步说，与其为奴终古，宁可战败而去！去吧，去吧，只要死得有代价，死倒不是一件可怕的事。家庭啊，故国啊，旧社会啊，一阵阵黑影，一堆堆残灰，去吧，去吧，你们都从此灭亡去吧！灭亡于你们是幸福的事！新的怒涛、新的生机、新的力量、新的光明，对于你们的灭亡有极大的愿望与助力！我对你们都有很深的眷恋，我最终赠给你们的辞别的礼物便是祝你们从速灭亡！"他这几天来，时常这样想着。

这次将和他一道到 W 地去的是一位青年，名叫王秋叶。他是之菲的第一个要好的老友，年纪约莫二十三四岁，矮身材，脸孔漂亮，许多女人曾为他醉心过。他和之菲是同县人，而且同学十年，感情最为融洽。他是个冷静，沉着，比较有理性的，强毅的人。他的思想也和之菲一样，由虚无转到政治斗争，由个人浪漫转到团体行动。他于去年十月便被 M 党部派来暹罗工作，现在也是在过着流亡的生活。他从初贝逃走出来，藏匿在暹京的×× 华人学校。这时已间接受到校董的许多警告，有再事逃匿的必要；所以他决定和之菲一同回到 W 地去。

二六

这是大飓风之夕。泊在 H 港和九龙的轮船都于几点钟前驶避 H 港内面，四围有山障蔽之处。天上起了极大的变化，一朵朵的红云像睁着眼，浴着血的战士，像拂着尾、吐着火的猛兽。镶在云隙的，是一种像震怒的印度巡捕一样的黑脸，像寻仇待发的一阵铁甲兵。满天上是郁气的表现，暴力的表现，不平的表现，对于人类有一种不能调解的怨恨的表现，对于大地有一种吞噬的决心的表现。这时，之菲正和秋叶立在一只停泊着在这 H 港的邮船的三等舱甲板上的船栏边眺望。他这时依旧穿着黑暹绸衫裤，精神很是疲倦，面庞益加消瘦。秋叶穿的是一条短裤，一件白色的内衣，本来很秀润的脸上，也添着几分憔悴苍老。

甲板上的搭客，都避入舱里面去。舱里透气的小窗都罩紧了，舱面几片透气的板亦早已放下，紧紧地封闭，板面上，并且加上了遮雨的油布。全船的船舱里充满着一种臭气，充满着窒闷、郁抑、惶恐、憎恨、苦恼的怨声！过了一会，天色渐晚，船身渐渐震动了，像千军万马在呼喊着的风声，一阵一阵地接踵而至。天上星月都藏匿着，黑暗弥漫着大海。在这种极愁怆的黑暗中，彼处此处尚有些朦胧的灯光在作着他们最后的奋斗。

这种情形继续下去，每分钟，每分钟风势更加猛烈。像神灵震怒，像鬼怪叫号。一阵阵号啕，惨叫、叱骂、呼啸、凄切的声音，令人肠断、魂消、魄散！

"哎哟！站不稳了！真有些不妙，快走到舱里去！老王！"之菲向着秋叶说。

"舱中闷死人！在这里再站一会儿倒不致有碍卫生。"

秋叶答。他的头发已被猛烈的风吹乱，他的脸被闪电的青色的光照着，有些青白。

一阵猛烈倾斜的雨，骤然扫进来，他俩的衣衫都被沾湿。

"糟糕！糟糕！没有办法了，只好走到舱里面去！"秋叶说。

"再顽皮，把你刮入大海里去！哼！"之菲说，他拉着秋叶，收拾着他们的行李走入舱里面去。

舱里面，男女杂沓横陈。他们因为没有地方去，只得在很不洁的行人路的地板上马马虎虎地把席铺上。一阵阵臭秽之气，令他们心恶欲吐。在他们左右前后的搭客，因为忍不住这种强烈的臭味和过度的颠簸在搯肝洗肠地吐着的，更占十分之五六以上。之菲抱住头，堵着鼻，不敢动。秋叶索性把脸部藏在两只手掌里，靠着船板睡着。"'在家日日好，出外朝朝难！'是的，忠厚的黄大厚夹着眼泪说的话真是不错！"之菲忽然想起黄大厚说着的话和在由 S 埠到新加坡的轮船上的情形来。

在距离他不到二十步远的地方，在吊榻上睡着的几个女人，在灯光下，非常显现地露出他们的无忌惮的，挣扎着的，几个苦脸。她们的头发都很散乱，乳峰都很袒露。她们虽然并不美丽，但，实在可以令全舱的搭客都把视线集中在她们身上。

"唉！唉！假使我的曼曼在我的身边！——"他忽然又想起久别信息不通的曼曼，心头觉得一阵凄伤，连气都透不过来。

"唉！唉！我是这样地受苦，我受苦的结果是家庭不容，社会不容，连我的情人都被剥夺去！她现在是生呢，是死呢？我哪儿知道！唉！唉！亲爱的曼，曼，曼！亲爱的！亲爱的！……"在这种风声惨厉，船身震簸的三等舱，臭气难闻的舱板上，他幽幽地念着他的爱人的名字，借以减少他的痛苦。

决定回国之后，之菲便和秋叶再乘货船到新加坡——暹罗没有轮船到上海——在新加坡等了几天船，便搭着这只船预备一直到上海，由上海再到 W 地去。恰好这只船来到 H 港便遇飓风，因此在这儿停泊。

"吁！吁！哗哗！啦啦！硼硼！砰砰！"船舱外满着震慑灵魂的风声，海水激荡声，笨重的铁窗与船板撞击着的没有节奏的声音。

"老王！我们谈谈话，消遣一下吧！我真寂寞得可怜！"他向着秋叶呼唤着。

"Hnordnor! hnorhnor! hnorhnor!..."只有鼾声是他的答语。

"这是多么可怕的现象呀，我不怕艰难险阻，我不怕一切讥笑怒骂，我最怕的是这个心的寂寞啊！"他呻吟着，勉强坐起来，从他的藤篚中抽出一枝自来水笔和一本练习簿，欹斜地躺下去写着：

亲爱的曼妹：

在 S 埠和你揖别，至今倏已三月。流亡所遍的足迹逾万里。在甲板上过活逾三十天。前后寄给你信十余封，谅已收到。但萍飘不定的我，因为没有一定的住址，以致不能收到你的复信，实在觉得非常的怅惘！

这一次流亡的结果，令我益加了解人生的意义和对于革命的决心。我明白现时人与人间的虚伪、倾陷、欺诈、压迫、玩弄、凌辱的种种现象，完全是资本社会的罪恶和显证。欲消灭这种现象，断非宗教、道德、法律、朝廷所能为力！因为这些，都站在富人方面说话！贫困的人处处都是吃亏！饥寒交迫的奴隶，而欲和养尊处优的资本家谈公道，论平等，在光天化日之下同享一种人的生活，这简直是等于痴人说梦！所以欲消灭这种现象，非经过一度流血的大革命不为功！

中国的革命，必须联合全世界弱小的民族，必须站在反对资本帝国主义的联合战线上，这是孙总理的遗教。谁违背这遗教的，谁便是反革命！我们不要悲观吧，不要退却吧，我们必须踏着被牺牲的同志们的血迹去扫除一切反动势力！为中国谋解放！为人类求光明！国民革命和世界革命的终必成功，一切工农被压迫阶级终必有抬头之日，这我们可以坚决地下着断语；虽然，我们或许不能及身而见。

流亡数月的生活，可说是非常之苦！一方面因为我到底是一个多疑善变的知识分子，是一个对着革命没有十分坚决的小资产阶级人物，故精神，时有一种破裂的痛苦。一方面是因为家庭既根本不能了解我，社会给我的同情，唯有监禁、通缉、驱逐、唾骂、倾陷，故经济当然也感到异常的穷窘。我几乎因此陷入悲观、消极、颓唐，走到自杀那条路去！但，却尚幸迷途未远，现在已决计再到 W 地去干一番！我相信革命也应该有它的环境和条件，为要适应这种环境和条件起见，我实有回到 W 地去的必要。在这儿过着几个月的流亡生活，一点革命工作都谈不到，做不到，虽说把华侨的状况下一番考察，也自有其相当的价值，但总觉得未免有些虚掷黄金般的光阴，……

你的近况怎样？我很念你！你年纪尚轻，在社会上没有什么人注意你，大概不至于有什么危险吧！这一次不能和你一同出走，实在因为没有这种可能性，经济方面和逃走时的迫不及待的事实，想你一定能够谅解我吧！

这十几天来，由暹罗到新加坡，由新加坡到这 H 港，海行倦困。此刻更遇飓风，海涛怒涌，船身震簸。不寐思妹，益觉凄然！

妹接我书后，能于最近期间筹资直往 W 地相会，共抒离衷，同干革命！于红光灿烂之场，软语策划一切，其快何似！倦甚，不能再书！

祝你努力！

之菲谨上

七月十日夜十二时

他写完这封信时，十分疲倦，凄寂之感，却减去几分。风声更加猛厉，船身簸荡得更加厉害。全舱的搭客一个个都睡熟了。

"唉！这是一个什么现象！"他依旧叹息着。但这时，他脸上显然浮着一层微笑。过了不到五分钟，他已抱着一个甜蜜的梦酣睡着。

二七

邮船到黄浦江对岸浦东下锚了。船中的搭客都把行李搬在甲板上，待客栈来接。朝阳丽丽地照着，各个搭客的倦脸上都燃着一点笑容。十余个工人模样的山东人，他们围着他们的行李在谈着，自成一个特殊区域。和之菲站在一处的除秋叶外，便是两个厦门人和两个梧州人，亦是自成一家的样子。

两个厦门人中一个穿着白仕布、铜钮的学生装的——这种装束在南洋一带最时髦——从前是北京工业专门学校的学生，现时在新加坡陈嘉庚的树胶厂办事。他的眼圈有些黑晕，表示出他有点虚弱。他对于社会主义一类的书，似乎有点研究；口吻像个无政府主义者。第二个厦门人是个现时尚在上海肄业的学生，著反领西装，样子很不错，似乎很配镇日写情书一流的人物。

两个梧州人，都是五十岁前后的老人。一肥一瘦，一比较好动，一比较好静。他们每在清晨起来便都盘着腿静坐一会。他们都是孔教的热烈信仰者。那肥者议论滔滔，真是口若悬河，腹如五石瓢。他说：

"仁义礼智信，夫子之大道也！此大道推之百世而皆准，放之四海而皆验！是故，此五者皆人类所不可缺之物，而夫子倡之，夫子之足称为教主，孔之成教也明矣！"他说话时老是像做八股文章似的，点缀着一些之乎者也，以表示他对于旧学的渊博。同时他把近视眼圆张呆视着，一面抱着水烟筒在吸烟。

对于人类的终于不能平等，大同的世界的终于不能实现他也有他的妙论。他说：

"君者，所以出令安民者也；臣者，所以行令治民者也，今虽皇帝已去，而总统犹存，总统者亦君之义也。然总统时代之不如皇帝时代，此则近十余年来，事实可为证明，不待老夫置辩。倘并此总统而无之，倡为人类平等之说，无君父，无政府，是禽兽也！若禽兽者斯真无君父，无政府矣！当今异说蜂起，竞为奇伪，共产公妻之说，溢于禹域！安得有圣人者出而惩之，以挽人心于既坠！孟子曰，能言拒杨墨者，圣人之徒也。余之不得不极端反对共产公妻，盖亦此意焉。劳心者治人，劳力者治于人，不易之理也。……"他说话时老是摇着头，摆着屁股，神气十足。

那瘦者是个诗人，他缄默无言，不为而治。他扇头自题《莲花诗》三首。中有警句云：任他风雨连天黑，自有盘珠似火明！这两位老友，是从 H 港下船来上海的，他们的任务，是到上海来夤缘做官。他们前清时都是廪贡生，民国后，宦游四方，做过承审，知事等类官职。这时客栈的伙计们已来接客了。两位老人和之菲，秋叶都同意住客栈去，由肥的老人和伙计们接洽。"到我们的栈房去，好吗？行李一切都交给我们，我们自然会好好地招呼的，"一个眇一目，穿着深蓝色衫裤的客栈伙计向他们说。

"我们这里一总行李三件，到你们客栈去，共总行李费几多？"肥的老人问。

"多少随你们的便吧，不要紧的，不要紧的"眇一目的伙计答。他一一地给着他们一张片子，上印着"汇中客栈"四个字。瘦的老人向他索着铜牌。他很不迟疑地袖给他一个鹅蛋形大小的铜牌，上面写着什么工会什么员第若干号字样。瘦老人把它很珍重地藏入衣袋里，向着之菲和秋叶很得意地说：

"有了这牌，便是一个证据，可以不怕他逃走了！"之菲和秋叶点头道是。过了一会，行李已先给小艇载去，他们便都被这眇一目的伙计带去坐小轮船渡河。

这时那两位老人步履很艰难地在踱来踱去。眇一目的伙计向着他们说："坐我们栈里头自己特备的汽车去吧。"

"恐怕破费太多，我们坐黄包车去吧。"

"不，这汽车是我们自己特备的，车资多少任便，不要紧的，不要紧的。"

"真的是这样吗？"

"怎么不真！"

两老和之菲，秋叶都和这眇一目的伙计坐上汽车去。这时忽然来了一个流氓式的大汉，向他们殷勤地通姓名，打招呼，陪着他们同车到客栈去。

汇中客栈是一所房舍湫隘，光线很黑暗的下等客栈，两老同住一房。之菲和秋叶同住一房。两老住的房金是每日一元八角。之菲秋叶的是一元六角。过了一会，他们的行李都被送到，他们都觉得心满意足。

之菲和秋叶在房中，刚叫伙计开饭在吃的时候，那眇一目的伙计和那流氓式的大汉，和另外又是一位大汉忽然在他们的门口出现。

"先生，打赏！"眇一目的伙计说。

"我们是替先生一路照顾行李来的，"流氓式的两位大汉说。这两位大汉，贼眼闪闪，高身材，一脸横肉，声音蛮野而洪大。

"那两位老先生打赏我们九元五角。你们两位照样打赏吧！"两位大汉恫吓着说。

"我们两人只是一件行李，行李费讲明多少不拘。我们又不是个有钱人，那里能够给你们那么多！"之菲说，他觉得又是骇异又是愤怒。

"你先生想给我们多少！"他们用着嘶破的口音说，声势有些汹汹然了。

"给你们一元总可以吧！"之菲冷然地答。

"哼！不行！不行！最少要给我们九元！那两位先生给我们九元五角。难道你们一路来的给我们九元都不能够吗！"他们说，露出十分狞恶的态度。

"出门人总是要讲道理的！照普通客栈的规矩每件行李不过要二毫钱。难道你们要几多便几多，不可以商量的么？"之菲说，他觉得他们这种敲诈的办法真是可恨。"最低限度要给我们八元！快快！快快！我们现时要到外边吃饭去！"两个流氓式的大汉说，露出很不屑的神态来。

"一定要我出这么多钱，有什么理由，请你们说一说！你们要去吃饭吗？不要紧的，我这儿可以请你们吃饭！"之菲带着笑谑的口吻说。

"快！快！最少要给我们八元，分文是不能减的！快！快！快！你们的饭不配我们吃，我们到外边吃饭去！快！快！"大汉说，他们握着拳预备打的样子。

"给你们两块吧，多一文我也不愿意给！你们要怎么便怎么，我不轻易受你们的敲诈！"之菲说。他望也不望他们只是吃他自己的饭。

"快！快！快！快！我们到外边吃饭去！给我们七元五角，再少分文我们是不要的！快！快！快！"大汉再恫吓着说。

为要了事，和减去目前的纠纷起见，最后终由之菲拿出六元纸币打发他们去。这时秋叶吓得面如银蜡色，噤不敢声。

"全世界，全社会都充满着黑幕！"秋叶说，抽了一口气，倒在榻上睡着。

"这里比新加坡暹罗所演的滑稽剧还来得凶！在暹罗买好了船票，还要避去公司们——暹罗私会——彼此吃醋（船票须由公司们抽头，此私会与彼私会常因争夺这项权利斗杀，酿成命案），在岸上藏匿着，直到轮船临开时，才敢下船。在新加坡遭福建人的糟蹋（新加坡海面，福建人最有势力。他们坐货船由暹罗到新加坡时，船在离岸数十万丈处下锚，由福建人的小艇来把他们载上岸去。别处人的小艇不敢来做这项生意，这些搭客都要拜跪赔小心，由这些福建人每人要三元便三元，五元便五元，才有上岸之望），出了钱惹没趣！来这儿又遇了这场风波！唉！黄大厚说的真是不错，在家日日好，出外朝朝难！"之菲说，他这时正在饮着茶。

"所以，人类这类东西，到底可以用革命革得可爱些与否，这实在是成了一个大疑问！"秋叶很感伤似地说。"这个解释很简单，他们的种种丑态，都是受着经济压迫演成的结果！在这些地方，我们益当认为革命！我们益当确定革命所应该走的路，是经济革命！"之菲说。他这时对刚才那几个流氓的愤恨，似乎减少了几分。"或许是吧！要是革命不能改变这种现象，别的愈加没有办法了！唉！只得革命下去吧！"秋叶说，他的怀疑的目光依旧凝视在刚才几个流氓叱咤喑呜的表演场上。

二八

W地也发生党变，他们都不能到那儿去，只得滞留上海。之菲这时，差不多悲观到极点。他和秋叶在F公园毗近的×里租着一间每月十元的前楼住着，预备在这里过着卖文的生活。他这时差不多变成一块酸性的石头。他神经紊乱时老是这样想："虽然醇酒妇人的颓废和堕落的生活，断非一个在流亡着的狂徒的经济力量所能胜。但，在可能的范围内，且从此颓废下去吧！堕落下去吧！我虽不能沉湎在鸩毒的酒家，淫乱的娼寮中，但到四马路去和那些和我一样堕落的'野鸡'去碰碰，碰着她们高耸的乳峰，碰着她们肥大的屁股，把神经弄昏了，血液弄热了，然后奔回寓所来，大哭一场，这总是可以的！有时，减衣缩食去买一两瓶白玫瑰，以失望为肥鸡，嘲弄为肥鹅，暗算为肥鸭，危险为肥猪，凌辱、攻击为肥牛、肥蛇，饱餐一顿，痛饮一番，大概是不至于没有这种力量的！沉沦！沉沦！勇往的沉沦！一暝不返的沉沦！不死于战场，便当死于自杀！我的战场已失去了！我的攻守同盟的伴侣已经溃散了！我所有的只有我自己的赤手空拳！我失去我的斗争的立场！我失去我的斗争的武器！在我四周的，尽是我的敌人！我不能向他们妥协。屈服！我只有始终站在反对他们的地位，去从事我个人的沉沦生活！"

但，当他神经清醒时，他觉得这种办法实有些不对。他便这样想着：

"革命这件东西，是像怒潮一样，一高一低，时起时伏。这时候中国的革命运动虽然暂时消沉下去，不久当然会有高涨的希望。我应当忍耐着，冷静地考察着各方面的情形怎样，我不应因此而失望、悲观、堕落、颓丧。我应当在这潜伏期内，储蓄着我的力量去预备应付这个新局面。……"

这两种思潮，各有各的势力平分占据他的脑海。他因此益显出精神恍惚，意志不专。

秋叶的态度，益显出颓丧。他的否认一切的言论发得真是太多！他的失望、灰心、颓丧、不振、无生气，没有丝毫力量的倾向，一天一天地厉害起来！"希望"这个名词，在他的眼里，简直成为一种嘲弄。他永不希望。譬如做文章寄到杂志编辑部去，别人总是希望或许可以发表的吧。他寄去时从未有过热烈的倾向。寄去后，好像他的工作便算完了。他不曾多做一层希望的工夫。结果，他的不希望的哲学大成功。因为事实证明，他们对于这些是永远用不着希望的！

他们睡的是楼板，穿的是从朋友处借来的破衣服，食的是不接续的"散包饭"，所做的文章，从未尝卖到半文钱。他们实在是可以不用希望的。

这天，他们在报纸上看见一段 S 埠、T 县都为工农军占据的消息。之菲决意再回去干一干，秋叶不赞成，他们的辩论便开始了。秋叶说："第一点，这支工农军，子弹饷械都不充足，日内必定败退溃散，我们没有回去跟他们逃走的必要。第二点，我们现在需要竭力保持灰色，这一回去，色彩益加浓厚，以后逃走，更加无地自容。第三点，干革命工作，不必一定到工农群众里面去做实地工作。在文学上，我辈能够鼓吹一点革命思想，也算是尽一分力量。我根据这三点理由，绝对不赞成回去。"他说话时，一面正在翻译狄更斯的 *Tales of Two Cities*（《双城记》），态度很是冷静镇定。之菲这时，全身的血在沸着，他对于文学本身已起着很大的怀疑。在这样大风雨，雷电交闪的时代，他觉得安安静静地坐下去从事文学创作，这简直是一件不可能的事。他觉得月来的郁积，有如火山寻不到暴烈口一样沉闷，现在须让它暴烈一下！他觉得月来的苦痛，有如受缚的鸷鸟一样悲哀，现在须让它飞腾一下！他的青春之火，他的生命之火，他的为民众的利益而牺牲的壮烈之火，镇日里在他胸次燃烧着，使他非常焦灼，坐卧不安！他的灰白色的脸，照耀着一层慷慨赴难的表情，他的眼睛里有一种恳挚的、急切的、勇往的光在闪着。他听见秋叶的话老大地觉得不舒服，立起身来说："第一点我们必须回去，因为我们从暹罗奔走到新加坡，从新加坡奔走到上海来，为的是要到 W 地干革命去。W 地现时既不能去，而 W 地的革命势力现时几乎全部集中在 S 埠、T 县；故此我们必须把到 W 地去的决心移到 S 埠、T 县去。工农军的是否失败，现时不能武断。假使失败，我们只有再事逃亡，并无若干的损失。第二点，我们必须回去，因为我们的战地久已失去，战伴久已分离，战斗的力量和计划大半消失，这一回去可以把这些缺陷统统填平。保持灰色这一层，现在大可不必，既已在流亡通缉之列，尚有什么灰色可以保持？第三点，从事革命文学对社会当然也有相当的贡献。但既已决心从事革命文学而不作实地斗争，这种文学易成蹈空，敷衍，而失去它的领导时代的效力！根据这三点理由，我绝对地主张回去！"他说话时，声音非常亢越，有一种演说家的表情。

"且少安毋躁！"秋叶冷然地说。他依旧在干着他的翻译的工作，他面上并无丝毫激动着的感情。"革命是一种科学，并不是能够任情。我们先要研究，加进我们去，在这个溃败的大局中有没有挽救的力量？我敢说，这是没有的！现在工农群众的暴动，有许多幼稚，错误，我们能不能纠正这种幼稚和错误？我敢说，我们是不能够的！依照我们的特长说，与其说是政治的不如说是文学的。我想，现时还是安安静静地在这上海蛰居，从事文学创作吧！""对于你所说的话，我根本地加以否认！"之菲说。他这时对着秋叶的冷静的态度几乎有些愤恨。"革命是科学的，理性的，不能任情恣意，这是当然的。但照你这种蔑视自己的态度，人人像你一样便足令革命延缓几千年尚不能成功！革命运动之所以能够一日千里，全视各个细胞之能够尽量活动。个人的力量，不能左右一个局面，这也是当然的。但我们虽不能做一个左右局面的伟人，我们不能不尽我们的能力去做我们所应当做的事。工农运动的是否幼稚、错误，我们现在尚无批

187

评的资格，因为我们所得到的各种消息都大半是造谣的，内容怎么样我们未尝切实知道。我辈的特长，即使是文学方面，难道在这个政治斗争的高潮中，我们不应该再学习些政治斗争的手腕吗？回去，我们一定回去才对！"

因为在上海摸索了一月，所受的苦楚，实在证实卖文这种生活的无聊，所以结局，秋叶用着一种无可奈何的态度，笑应着和他一同回到 S 埠去。

二九

八月将尽的时候，岭东的天气依然炎热。是中午了，由上海抵 S 埠的广生轮船的搭客，纷纷上岸。"昨夜工农军全数逃走，白军现时未来，全埠店户闭门！……"一个挑行李的工人说。他戴着破毡帽，穿着旧破衫，面上晒得十分赤黑。

这时有两个西装少年，态度非常沉郁，却极力表示镇定。两人中一个瘦长的向着这工人问道："红白的军队现在都没有了么？好！好！军队真讨厌，没有便干净了！请问今天海关有没有盘查上船的搭客？""没有的！"工人咳了一声说。"今天好，今天没有盘查！前两天穿西装的，都要被他们拿去呢！"

这两位西装少年便雇着这个工人挑行李到天水街同亨号去。全埠上寂静得鸦雀无声，满布着一种恐怖的痕迹。海关前平时人物熙熙攘攘，这时也寥落得像个破神庙一般。商店全数闭门，门外悬着的招牌呆然不动，象征死一般的凄寂。全埠的手车工人因为怕扰乱治安的嫌疑，皆逃避一空。铃铃之声，不闻于耳，大足令这些萧条的市街减色。

由这 S 埠至 T 县的火车已经没有开行，埠上几个小工厂的烟筒亦没有了袅袅如云的黑烟。街上因为清道夫没有到来洗扫，很是秽湿，苍蝇丛集。远远地望见一个破祠内，还有几个项上挂着红带的残废的兵卒，在那儿东倒西歪地坐卧着。祠门外隐隐间露出一面破旧的红旗，在微风里战抖着。此处，彼处时有一两家铺户开着一扇小门，里面的伙计们对这两位皇皇然穿着西装的少年都瞪着目在盯视着。

这两个西装少年，便是之菲和秋叶。一种强烈的失望，令他们只是哑然失笑。

"这才见出我们的伟大！两方面的军队都自动地退出，让我们俩'文装'占据 S 埠全埠！"之菲向着秋叶说。"莫太滑稽，快些预备逃走吧！"秋叶答。天水街同亨号，离码头不远，片刻间已是到了，付了挑夫费，他们一直走入该店中。店老板姓刘名天泰，是之菲的父亲的老友。刘天泰的年纪约莫五十余，麻面，说话时，有些重舌，而且总是把每句话中的一两个字随便拉长口音地说。他这时赤着膊，腹上围着一个肚兜在坐着。他是一个发了财的人，但他并不见肥胖。之菲和秋叶迎上前去说一声："天泰叔！"

他满面堆着笑地说："呀！来——好！好！——你们今早大约是未尝吃饭的，叫伙计买点心去。"他说后即刻叫伙计把他们的行李拿上楼来，并在兜肚里拿出两角钱来叫另外一个伙计去买两碗面来。

这店是前后楼，楼上楼下全座都是刘老板一姓的私物。他做出口货，以菜脯、麻为大宗。收入每年在一百几十万以上，赢利总有十万、八万元。他有个儿子，年约三十岁，一只目完全坏了，余一只目也不甚明亮。那儿子像很勤谨，很能干的样子。刘老板整天的工作，是费在向他发牢骚，余的时候便是打麻雀牌，谈闲天，他的家产便在这种状况中，一年一年地增加起来了。

楼上的布置，和普通的应接所一样。厅正中靠壁安放着一张炕床，床前安放着一只圆几。两旁排列着太师椅，茶几。

之菲和秋叶都把西装解除，各自穿着一件白色的内衣。洗了脸，食了面后，他们便和刘老板商议这一回的事应该怎样办。刘老板说："三——少爷——我，我想你以后——还是不要再干这些事情好——我，我们这，这个地方没有大风水，产生不出大伟人！现在——这些工——农军坏——坏极了！这——次入到这——S 埠后，几天还没有——出榜安民！唉！唉！这——怎样——对对呢？！"他很诚恳地谆告着之菲，继续说："这——次的军队没有抢——还算好！那些——手车夫——可就该死了！什么——放，放火——打劫，他们都干——现在统——跑避——一空了！唉！做事——不从艰难困苦中——熬炼出来——这，这那里对呢！革——革命军，这——这一斤值几个钱？第一要——要安民——不——不——扰民。王者之——师，秋毫无——犯！将来成大事的——我——我想还要——等到——真——真主出来！这回么，你们两——位，算是上了——人家的大当，以后——还是做——做生意好。做生意——比较——总安稳——些！我劝你们还——是改变方——方向，不再干那些——才好！现在——红军白军俱走，你们逃走——要乘这——这个机会逃走比较容易！我叫——叫伙计去替——替你们问问，今天有船到上——到上海去没有。如若——有上海船时——最好还是即——即时搭船时——上海去！"他说罢，即叫一个伙计去探问船期，并问之菲和秋叶的意思怎样，他们当然赞成。

过了一会儿，伙计回来报告说没船。之菲便向天泰老板说："在这 S 埠等候轮船，说不定要等三两天才有。在这三两天中，有许多危险！我想和秋叶兄暂时回到 A 地去躲避几天！这儿有船到上海时便请你通知小侄，以便即日赶到。这个办法好吗？"

"好——好的，你们先到乡中去躲——避几天也——也好！"刘老板说。

这店的露台上，一盆在艳阳下的荷花在舒笑，耳畔时闻一两声小鸟的清唱，点缀出人间无限闲静。便在这种情境中，之菲和秋叶把行李暂时寄存在这店里，各人仅穿着一件短衫，抱着烦乱、惊恐、忧闷的心绪和刘老板揖别。

三〇

在一间简朴的农村住室里面，室内光线黑暗，白昼犹昏。地上没有铺砖，没有用灰砂涂面，只是铺着一种沉黑色的踏平着的土壤。楼上没有楼板，只用些零乱的木材纵横堆砌着，因此在屋瓦间坠下来的砂尘都堆积在地上的两只老大的旧榻上。这两只旧榻，各靠着一面墙相对地安置着，室中间因此仅剩着两尺来宽的地方做通路。在这两榻相对的向后壁这一端，有一只积满尘埃的书桌。桌上除油垢，零乱的纸片，两枝旱烟筒外，便是一只光线十分微弱的火油灯燃亮着。

在这里居住着的是一个年纪七十余岁的老人，他的须发苍白，声音微弱。他的颓老的样子和这旧屋相对照，造成一种惨淡的，岑寂的局面。他是之菲的伯父。之菲的住家，和他这儿同在一条巷上，仅隔了几步远。之菲和秋叶这次一同由 S 埠逃回来，家中因为没有适当的地方安置秋叶，便让他在这旧屋里暂时住宿。

他回到 A 地来已是几天了。这时之菲正和秋叶在这室里对着黯淡的灯光，吸着旱烟筒在谈着。

"我真悲惨啊！"之菲眼里满包着眼泪说。"我的父亲无论如何总不能谅解我！他镇日向我发牢骚！他又不大喜欢骂我，他喜欢的是冷嘲热讽！我真觉得难受啊！""你的家庭黑暗的程度可算是第一的了！你的父亲糟蹋你的程度，也可算是第一的了！前晚你在你自己的房里读诗时，他在这儿向我说，'这时候，谋生之术半点学不到，还在读诗，真是开心呀！读诗？难道读诗可以读出什么本事来么？哼！'我那时候不能答一词，心里很替你难过！"秋叶答，他很替他抱着不平的样子。

流亡

　　"我承认我是个弱者。我见到父亲，我便想极力和他妥协。譬如他说我写的字笔画写得太瘦，没有福气，我便竭力写肥一点以求他的欢心。他说我读书时声音太悲哀，我便竭力读欢乐些以求他的欢心。他说我生得太瘦削，短命相，我便弄尽方法求肥胖，以求他的欢心。但，我的努力总归无效，我所能得到的终是他的憎恶！别人憎恶我，我不觉得难过。只是我的父亲憎恶我，我才觉得有彻心之痛！唉！此生何术能够得回我的父亲的欢心呢！"之菲说，他满腔的热泪已是忍不住地迸出来了。

　　"之菲！之菲！……"这是他的父亲在巷上呼唤他的声音。他心中一震，拭干眼泪走上前去见他。他的父亲这时穿着蓝布长衫，紧蹙的双眉，表示出恨而且怒。之菲立在他眼前如待审判的样子，头也不敢抬起来。

　　"你终日唉声叹气，这是什么道理！"他的父亲叱着。"我不尝唉声叹气，"之菲嗫嚅着说。"你还敢辩，你刚才不是在叹气吗？"他的父亲声音愈加严厉地叱着。

　　"孩儿一时想起一事无成，心中觉得很苦！"之菲一字一泪地说。

　　"很苦？你很苦吗？哼！哼！你怎样敢觉得苦起来？你的牛马般的父亲，拼命培植你读书，读大学，为你讨老婆！你还觉得不满足吗？你还觉得苦吗？你苦！你觉得很苦吗！唉！唉！你看这种风水衰不衰，生了一个孩子，这样地培植他，他还说他苦！哼！哼！"

　　"我并不是不知父亲很苦，但孩儿也委实有孩儿的苦处！"之菲分辩着说。

　　这句话愈加激动他父亲的恼怒，他咆哮着。他气急败坏地说：

　　"你！你想和我作对吗？你想气死父亲吗？你！负心贼！猪狗禽兽！你！可恶！可恨！"他说完拿着一杆扫帚的柄向他掷去！

　　"父亲！不要生气！这都是孩儿不是！孩儿不敢忤逆你呢！"之菲哭诉着，走入房里去。

　　他的父亲在门外叫骂了一会，恰好他的母亲在外面回来把他劝了一会，这个风潮才渐归平息。

　　之菲不敢出声地在他的卧房内抽咽着。他觉得心如刀剐！由足心至脑顶，统觉得耻辱、凄凉、受屈、含冤。他咬着唇，嚼着舌，把头埋在被窝里。过去的一切悲苦的往事，都溢上他的心头来。他诅咒着他的生命。他觉得死是十分甜蜜的。他痛恨这一两年来，参加革命运动，真是殊可不必。

"唉！人生根本是值不得顾惜！为父亲的都要向他的儿子践踏！父亲以外的人更难望其有几分真心了！"他这样想着，越发觉得无味。

过了几点钟以后，他胡乱的吃过晚餐，便又走回到自己的房里去胡思乱想一回。这时，他的妻含笑地走入房里来，把一封从T县转来的信交给他说："你的爱人写信来给你了！信面署着黄曼曼女士的名字呢。"

纤英在家本来是不识字的。嫁后之菲用几个月的工夫教她，她居然能够认识一些粗浅的字。上次他回家时，曼曼从T县给之菲的十几封信，她封封都看过。看不懂的字，便硬要之菲教她。信中所含的意义，她虽然不大明白，但在她的想象里，一个女人写信给一个男人，除了钟情以外，必无别话可说。因此她便断定曼曼是之菲的情人。

"是朋友，不是情人！"之菲也笑着，接过那封软红色的信封一看。上面写着S埠T县××街××店沈尊圣先生收转沈之菲哥哥亲启，妹曼曼托。他情不自禁地把那浅红色的信封拿到唇边，吻了几吻，心儿只是在跳着。他轻轻地用剪刀把信封珍重地剪开，含笑地存灯光下读着。那封信是这样写着：

菲哥！亲爱的菲哥！我的又是不得不爱，又是不得不恨的菲哥啊！唉！唉！在秋雨淋冷的夜晚，在素月照着无眠的深宵，在孤灯不明，卷帷欲绝的梦醒时节，我是不得不想念着你。想念着你，又是不得不流着眼泪，又是不得不心痛啊！唉！唉！别久离远的菲哥啊！别久离远的菲哥啊！……

这时候，咳！这时候我正流落着在藏污纳垢的北京！这北京，咳！这落叶满阶，茂草没胫的旧皇宫所在地的北京！这儿的思想界的腐旧，龌龊，落后，也正和斜阳下反光映射的旧宫里面的断井，颓垣一样，只足令人流下几滴凭吊的眼泪，并没有半丝儿振兴的气象！咳！在这儿，在这儿，我日间只得拖着几部讲义到造成奴性的大本营的×大学去念书，晚间只得回到我的和监狱一样的寓所里去睡觉。咳！在这儿，在这儿，我一方面饥寒交迫，每餐吃饭的钱都要忍辱向相识的同乡人乞贷，一方面要避开政治上的压迫和登徒子们的进攻。咳！说到这般登徒子，才是令人又是可恨，又是可笑呢！他们都是向我说你是个有妻有子的人，不应该再和我恋爱！又说你是个被政府通缉的罪人，生死存亡，尚未可必，我尤不宜和你恋爱！他们的说话，都是有目的，有作用的，这真是令我又是厌恶，又是痛恨！唉！唉！在这样恶劣的环境里面我怎能不想念着你！想念着你，我又怎能不流着眼泪！怎能不心痛呢！唉！唉！别久离远的菲哥啊！别久离远的菲哥啊！……

菲哥！亲爱的菲哥！我的又是不得不爱，又是不得不恨的菲哥啊！在这菡萏香消，翠叶凋残，西风愁起，绿波无色的深秋的日暮，我躺在我的病榻里，不禁流着泪地思量着我俩的往事。咳！忍心的哥哥！你怎么自到海外后连只字都不寄给我！我寄给你的信，前后三四十封，你怎么连只字也不肯答复我呢？！咳！狠心的哥哥！唉！唉！你要知道我自从和你别后是多么凄惨吗？……唉！我便在这儿详细地告诉你吧！三月二十九日那天在×车站和你握别后，我的心中只是觉得惘然，凄然，如有所失！到家后，母亲抱着我只是哭，我亦觉得十分酸楚，不能自己地倒在她怀里抽咽！以后，我便天天过着洒泪的生活，在C城时和你那般亲热！日同玩，夜同眠的那种甜蜜的回忆，只增加我的日间哭泣，夜里失眠的材料。你的父亲！咳！我不知道你为什么有这样的一个父亲呢！在我回家的第三日，我终于抱着一种惶恐的、疑惑的心理去和他相见。我恳求他带我一起到A地找你，他老不客气地把我拒绝，并且向我说着一些我无论如何也不愿意听的说话！"现在的世界坏极了！女子不能够谨守深闺，偏要到各处找男人一起玩！哼！"唉！菲哥！你一定可以想象到当我听到这几句说话的时候是怎样羞耻和伤心呀！

又是过了两天，我接着你从A地寄给我的一封信，那是使我多么安慰啊！我把它情不自禁地吻了又吻！晚上睡觉时，我把它贴肉地放在我的怀上！只这样，便的确地安慰了我几分梦魂儿的寂寞！……可是，我的家庭中又是发生问题了！我的母亲天天逼着我去和我的旧未婚夫要好，他也嬉皮笑脸地日日到我家中来讨好！我天天只是哭着，寻死！不搭理他们！后来母亲觉得有些不忍了，才停止她的挟逼。他也不敢再到我的家中来了。唉！哥哥！亲爱的菲哥！为着你，我是受着怎样的痛苦啊！……在这个时候，你差不多天天都写信给我，要我到你的家里去。我也时时刻刻想到你的家里去，但因为我又不认识路，又恐怕到你的家里去时，我是个剪了头发的女人，很会惹到乡下人的大惊小怪，这于你的踪迹的秘密是有大大的妨害的！因为此，我终于没有到你的家中去，直到你仓皇出走的那一天。

唉！唉！你仓皇出走的那一天！你仓皇出走的那一天！你仓皇出走的

那一天！是多么令我感到凄凉和绝望哟，当你把这个消息递来给我的时候！我那时候，一方面固然体谅你仓皇出走的苦楚，一方面我却十分怨恨你的寡情！"你为什么不带我一起逃走呢？你为什么撇下我一个人孤零零在政治环境险恶不过的T县呢？！"我那时老是这样想着。……

又是一月过去了，我在家中镇日哭泣，怏怏成病。我的姊姊刚从北京××女子大学放暑假回家；她见我这么悲观，天天都在劝解我，带我到各处去游玩。咳！她哪里知道我的心事呢？……

唉！哥哥！我的亲爱的菲哥！真是"春蚕到死丝方尽，蜡炬成灰泪始干！"有时，我很想冷静些，想把理性提高，把情感压制一下。但，当我想到你的像音乐一般的声音，你的又是和蔼，又是有诗趣的表情，你的一双灵活而特别带着一种文学情调的眼睛，你的高爽的胸襟，你的温柔的情性……我觉得陶醉！我觉得凄迷！唉！亲爱的哥哥，我的眼泪怎得不为你而洒？！我的心怎得不为你而痛呢？！……六月初八的时候，我听从我的姊姊的诱劝，预备和她一起到北京升学去。升学虽然是无聊，但我想离开家庭到外方游赏一回或许可以减少我的伤感。但，当我们从S埠坐着轮船到上海时，我又大大地失望并口伤感起来了。我在轮船里面，不禁终日啜泣！当我在甲板上望着一碧无限的苍天和了无边际的大海时，我只是觉得一阵一阵心痛。我想起和我的在南洋流浪着的菲哥，将因这次的旅行一天一天的距离远了！相见的机会亦将因此益加困难了！唉！唉！亲爱的菲哥！在那黑浪压天，机声似哭的轮船里面，我哪得不想起你，想起你我又那得不洒着眼泪，不为你心痛呢？！……

六月十五日，我安抵北京了，我和我的姊姊住在一处。我的姊姊有了一个未婚夫，他也和姊姊住在一处。他家里有了不少的钱，我的二姊读书费用是由他供给的。我初到北京时，也在他那儿用了三二十元。唉！过了几天，我才知道他原来是个混蛋！他和我的姊姊感情很不好，我初到北京时，他对我还带着一种假面具，所以待我还不错。后来，我时常攻击他，他便索性撕开假面具，把我压迫得很厉害。他本来是答应帮助我读大学的，这时候，他对我更是一毛不拔。唉！金钱的罪恶！资本社会的罪恶！哥哥！亲爱的菲哥！唉！想到这一层，我真觉得非即刻跑到你的身边去，去和你同干着出生入死的革命不可！但，忍心的哥哥！你怎么出走时，不设法带我一起去！你怎么出走后连信也不寄给我一封呢？咳！狠心的哥哥！……又是一月过去了，我忍着耻辱向着几个同乡人借贷，暂时地得以维持生活。同时，我为消遣无聊的岁月计，便考进××大学念书去。唉！哥哥！亲爱的菲哥！这儿的大学，才真叫人失望，这儿的大学生，才真叫人可鄙呢！这儿的大学的一切制度都很腐败，充教职员的，都是一些昏庸老朽的坏东西！这儿的学生，除少数外，都是很落后的，他们都在希望做官！我在这儿的大学念书，除觉得厌恶，失望，无聊外，尚有一些儿什么意义呢？"这是养成奴性的大本营！"我时常这样想着。

菲哥！亲爱的菲哥！这儿的男学生才可笑呢！他们对待女学生的态度很特别！我们的××大学，合共只有四个女生！当我们上课时，总有一千对惊奇的，不含好意的眼睛把我们盯视着！唉！这有什么意思呢？唉！

还有呢！他们这班坏东西，偷偷地对着女性的进攻真是来得太厉害！他们真是把恋爱这回事弄得莫名其妙！他们和一个女性才开始相识，便拼命进攻；过几天，他们便以为已经是恋爱起来了！唉！这班混蛋真是讨厌！我受他们的气，委实是不少！菲哥，亲爱的菲哥！你看这儿的环境是多么布满乌烟瘴气啊！咳！在这样恶劣的环境下的我，怎能不回忆到我们俩在革命发祥地的C城的那段光明璀璨的浪漫史！想到那段光明璀璨的浪漫史，又怎的不令我想念着你！想念着你，又怎的不令我心伤泪落呢？唉！我的别久离远的菲哥啊！我的别久离远的菲哥啊！……现在已经是深秋的时候了！唉！唉！在这万里飘零，异乡作客的孤单单的情况中，在这世态炎凉，人心险恶的无依无靠的状态下，在雨声敲着枣子树的深更，在月影儿窥到我的帷帐的午夜，我凄凉，我痛哭！我怎能不忆起我的哥哥！我的又是不得不爱，又是不得不恨的菲哥啊！……听说你到上海后，住不到一个月，又是回到A地去！你回到S埠去，当然是去干革命的，这我是很佩服的！但，你为什么又要回到A地去呢？这真是使我觉得异常愤恨。唉！唉！菲哥，你一方面和我有了婚约，一方面又恋着旧妻，这是什么办法？唉！我真是——唉！上你的当了！……

菲哥！亲爱的菲哥！从速离开你的腐败的家庭！从速起着家庭革命！不要再在那黑暗的、误解的、无恩义的、以儿子为畜类的旧家庭中滞留着！快到北京来看你的可怜的妹妹吧！你的可怜的妹妹！唉！你的可怜的妹妹，恐怕再也活不出今年了！她是这样的悲观，消极，惨不欲生！自从她觉得已经被你摈弃之后！唉！唉！……

或许，和你相见后，能够得到一线生机！唉！亲爱的菲哥！我的又是不得不爱，又是不得不恨的菲哥！在这样寂静得怕人的深秋的午夜，我一面觉得受到死神的挟逼，一面又在洗泪泣血望着你之来临！……

我一面又在洗泪泣血望着你之来临！唉！最亲爱的哥哥！我知道你绝不是一个寡情的人，你的连一封信都不寄给我，和不答复我的一个字儿，我想你一定也有你的苦衷。或许是因为你萍踪莫定？我寄给你的信，你家中无由转交。或许是你的家中恐怕我俩通信太多，故意把我寄给你的信统统毁灭，你寄给我的信，或许也是由我的家中将它们全数扣留，不转来北京给我。唉！要是这样，要是这样，我真是错怨了我的最亲爱的哥哥了！……

你的回到A地去，大概也是因为政治环境上的关系吧！我相信你不是喜欢和你的旧妻在一处的人！唉！菲哥！那我也是错怨了你呢！你一定要说，你在革命上完全失败之后，又要受到你的爱人的误解和诅咒！你一定要因此而失望，而伤感起来了！唉！亲爱的哥哥！你如果真是这样，那真是我的罪过啊！……亲爱的哥哥！快赶到北京来吧！我将把你紧紧地搂抱着，流着泪抚着你半年来为失败而留下的周身的瘢痕。你也将和我接一个长时间的热吻，以慰安我的半年来的被压损的心灵。唉！菲哥！最亲爱的菲哥！我是怎样地急切在盼望着你之来临！我是怎样地急切在盼望着你之来临！唉！唉！……

菲哥！你还记起吗？我想你无论如何是不能忘记的！我们俩在C城时合影的那张手儿相携，唇儿相亲的相片，你还记起吗？我想你无论如何是不能忘记的！唉！唉！在C城的我俩，在影相里面的我俩！我现在一面在写信给你，一面在把这张相片呆呆地细看。唉！唉！亲爱的哥哥！我怎的能够不想念着你！想念着你，我怎的又能够不为你心伤泪落呢？！……唉！菲哥！你亲笔题在这张相片上的几句话，你大概是不至于忘记的吧！不！我想你一定是不至于忘记的！唉！让我在这儿再抄录出来给你一看！

你在这张相片上写的是：

在革命的战线上，
我们都是头一列的好战士！

在生命的途程中，

我们都是不断的创造者！

让我们永远地团结着吧！

永远地前进着吧！

牺牲着我们的生命！

去为着人类寻求着永远的光明！

流
亡

唉！菲哥！亲爱的菲哥！我直至这时候，念着你这几句说话，心尚为你热，血尚为你沸，泪尚为你洗！我想你大概不至于忘记吧！不！我想你决不至于把这样庄重严肃的说话亦忘记了的！唉！亲爱的菲哥！别久离远的菲哥啊！亲爱的菲哥！别久离远的菲哥啊！我在这儿，洗泪泣血盼望你早日之来临！盼望你早日之来临呢！……

菲哥！家于我何有？国于我何有？社会于我何有？我所爱的惟有革命事业和我的哥哥！哥哥！从速离开你的腐败的家庭，到我的身边来吧！唉！亲爱的哥哥！让我们永远地手携着手，干着革命去吧！……

祝你健康！

你的妹妹曼曼

坐在灯下看着这封信的之菲，这时心中十分感动，双眼满包着热泪！他下意识地不住念着："家于我何有？国于我何有？社会于我何有？我所爱的唯有革命事业和我的哥哥！"

这时候，在他面前的，显然分出两条大路来。一条是黑暗的，污秽的，不康健的，到灭亡的路去的！一条是光明的。伟大的，美丽的，到积极奋斗，积极求生的路去的！他脸上溢出一点笑容，他最后的决心，似乎因他的情人这封信愈加决定了！他站起身来，挺直腰子，展开胸脯，昂着头，把那几句题在相片上面的诗句，像须生一样的腔调，唱了又唱。坐在他身旁的纤英只是觉得莫名其妙，看见他在笑着，她也笑了。……

明天的清晨，他和王秋叶把行装弄清楚了，悄悄地离开他的家庭，再上他的流亡的征途去！……

在洪流中

　　村中满了洪水，官兵不容易到来，阿进的母亲觉得不十分担心，这几天她老人家的脸上可算是有点笑容了。本来是瘦得像一条鬼影的她，在她多骨的面孔上投上了一阵笑的光辉，反而觉得有点阴惨可怕。然而，这在阿进，总算是一种说不出来的安慰，因为他的母亲发笑的时候实在是太少啊。她在二十四岁那年，阿进的父亲给地主二老爹拿去知县衙门坐监，后来被说是土匪拿去砍头以后，一直到现在——她老人家已经是六十岁了——便很少发笑过。她寻常总是把牙齿咬着嘴唇，用着她的坚定而多虑的眼睛看着各件事物，表情总是很阴沉的。她很有一种力量——一种农妇特有的坚强不屈的力量——但这种力量最像深沉的、表面却平静着的海水一般，很不容易被看出来的。用着这种力量，她以一个寡妇的资格，支持了三十多年的家计：水灾、旱灾、地主的剥削、官厅的压逼，都不能够磨折她。虽然，她是吃了许多苦头，但她很少啼喊过；而且这些苦头，只把她磨炼得像一具铜象，在各种险恶的浪潮中，她只是兀然不动呢。但这一回可不同了，她的儿子在像这样的社会上，又算是犯了所谓滔天的大罪了。她真是不知道触到了什么霉头，三十多年前，她的丈夫被说是什么土匪砍了头；现在她的儿子又被说是什么农匪，无处栖身了。她没有读过书，不大知道土匪和农匪到底是作何解释，但是她彻骨地感觉到凡是被地主和官厅剥削得太厉害，敢于起来说几句话或者表示反对的便会被叫作土匪或农匪——这样的土匪和农匪便会被拿去砍头和"打靶"呢。

　　可是现在总算是不幸中的幸运，他的儿子刚从一个新近才被烧去的农村中逃回来，村中却好做了"大水"，这样一来，她老人家便觉得这滔滔的洪水，倒好像保护她的儿子的铁墙，再用不着什么害怕了。所以，这几天晚上，她老人家都睡得很熟呢。

这是六月的时候，白天间太阳光照射在一望无涯的洪水上面淡淡地腾上了一些轻烟。村里的居民都住在楼上，有的因为楼上也淹没了，甚至于住在屋脊上面。因为人类毕竟是喜欢空气和日光的动物，所以在各家的层脊上走来走去的人物特别来得多。在彼此距离不远的这屋脊和那层脊间总是架上了一些木板，借着这种交通的方法，各户的人家都可以往来自如的。此外，还有一些"木排"和"竹排"或近或远地在荡动的。年轻一点的农民，总喜欢坐着这些木排和竹排在传递着东西，或者到野外采取一些果实，捞取一些木薪，表情大都是很活泼而且充满着游戏的神气的。在像这样久久地埋没在地主和官厅的联合的逼压底下的农村，穷困的生活已经不能使他们害怕，每一种临到他们头上的灾祸都不能怎样地使他们灰心丧气。在他们的眼里看起来，做"大水"诚然是苦的，但是没有做"大水"，他们也不会有更好一些的生活呀。

村外的甘蔗林和麻林，都探头探脑地在无涯的水面上颠摇着，好像是在叹着气似的。矮一点的禾稿，却老早便已淹没在水里面去了。比较有生气的，还是一些高大的树，和耸出空间的竹，它们似乎都是裹着它们的碧绿的衣裳在涉着水似的。天气格外凉些，鸡啼狗吠的声音也格外少了些，因而全村觉得静默了许多了。

夜间，星月的光辉，冷冷地照射在水面上，黑的阴影薄纱似的覆在各家的檐下和屋脊的侧面。天宇显出低了一些，洪水似乎挟着恶意，不久便要把它浸没了似的。阿进的屋子的位置，刚在地主二老爹的华厦的后面。二老爹已经死了，二老爹的儿子也还是一位老爹，他在一个什么中学毕了业，老早便做了村中唯一的绅士。他的年纪还不到三十岁，已经留下了两撇胡子了，据说当绅士的有了胡子比较有威风些。这几天，小二老爹家里，不停歇地在弹奏着音乐，小二老爹的从城里买来的侍妾都在唱着怪腻腻的《十八摸》一类的曲调呢。小二老爹时常捻着他的稍为稀疏了一点的胡子，在尊敬他的一些农民中间说："做'大水'倒是一件好运气，大家都用不到做工，都可以享受一点闲福的。"

阿进家中的楼上已经有了尺来高的水，但他不敢到屋脊上跑走去。他没有这种权力。白天他老是坐在一只垫在凳子上的箱子上面，晚上他便睡在一块用绳子悬在梁上的尺来阔的木板上。每餐的饭都是由他的母亲从天窗爬到屋脊上面去弄的。碰到风雨的时候，简直不能造饭，他们便只好捱饿了。但这捱饿的事情在阿进的母亲眼里，算不得什么一回事了。只要她的儿子平安，余外的都是不成问题的。

本来她是一个很有计算的人物，她时常在替阿进设想一个藏身的去处。有一回她说倘若官兵真个来了的时候，阿进最好是躲在角落里的那堆干稻草中，别一回她又说最好是藏匿在一个透了空气的大柜里面。后来她觉得这些都不妥，她便吩咐了几个和她要好的农妇，要她们替她留心，做她的耳目，倘若官兵坐着船从村前到来的时候，她们便该赶速来向她报告，预先把阿进藏到邻家去。

晚上在象豆一般大小的洋油灯下，人影巨人似的倒在楼上的水里。这里面除开一些悬在梁上的破布袋，一些零用的杂物，和一些叠在凳子上的衣箱而外，其余的都浸没在水中。藏豆的白铁罐被胀破了，来不及拿走的火炉被浸溶了，忘记入水的水缸被撞破了，一樽洋油被打翻了，满满地浮在水面上。可是这些都不会惹起阿进的母亲的悲哀，她觉得即使没有那些，她仍然是可以生活下去的。她所最关心的，只有她的儿子阿进。差不多是成惯例，每晚她都幽幽地向着阿进说：

"儿啊！靠神天庇佑，平安便好了。现在的天年是'剥削人口'的天年呀。"呆呆地凝视着阿进，眼泪萦着她的眼睫，她会继续着说："儿呀！那些事情做也是做不了的。你的娘看来不中用了，家庭你是再也离不得的啊。"

在这样的时候，阿进觉得是最苦的。他宁愿他的母亲打他，或者骂他。本来从前读过几年私塾，这两年来又经过了训练的他，对于为什么要那么干的理由，是懂得很多的了，但是他总觉得很难用那些话头来说服他的母亲呢。他一看见她的眼泪，他的说话便滞涩起来了，虽然他能够在群众大会的会场上演说了一大篇。……

这天晚上，阿进的母亲在翻着衣箱，无意间翻到一两件她的丈夫剩下来的旧衣衫，呆呆地注视了一会之后，她便发狂似的挽着阿进的耳朵，喘着气说：

"……一家人看看都要这样死完了！……"跟着，她便把她的头埋在那两件旧衣里面，似乎欲把她的整个的躯体缓缓地钻进了去似的。

阿进咬着他的苍白的、薄薄的嘴唇，摇着他的细小的头颅，张翕着他的稀疏的眉毛，用着哭声说："母亲呀！……我是不会这样死的啊！"跟着，他温柔地在捶着他的母亲的腰。

这回，他的母亲却放声地哭出来了。她神志不清地紧抱着她的儿子，好像在抱着一个婴孩似的。"母亲，你要保重点！"阿进抚着他的母亲的灰白的头发。

阿进的母亲哭得更厉害了，她的儿子的温暖的说话使她全身心，全灵魂都溶解在一种悲哀的快乐里。

"儿呀，我不允许你再到外面去的呀！"在这一刹那间，她感觉到她的儿子已经从茫茫的世界上，跑回到她的怀里来了。

刚在这个时候，从远一点的地方，沉沉地传来了一些枪炮声，阿进知道他们又在剿乡了，异常的悲愤。同时他的母亲亦听到了这些声音，她用着一种悲天悯人的态度说："儿呀！你听！这又是枪炮声！靠神天庇佑，平安便好了。现在的天年是'剥剥人口'的天年呀。……做'大水'还好些，官兵不容易来到！"

看来似乎是专在和这些农民作对似的，洪水不涨不退地一天天老是维持着原状。大家都恐慌起来了，许多人已经没有粮食了。虽然每天都有卖米的和卖食物的小生意人载着船到这里来。小二老爹依旧和他和侍妾，每天在唱着他们的《十八摸》，而且每餐都在吃着肥肥的猪肉。他还想出了一种救济邻人的办法，那便是只要有房屋和园田做担保的叔孙们都可以向他"生钱"，利息是连母带子，十日一叠。假如向他借一块钱，一个月不能还他，便是欠他两块。两个月便四块，三个月便八块了。

青年农民现在不大坐着"木排"和"竹排"到村外面去了，儿童们因为争吃食物而啼哭着的声音，和母亲们的尖锐的吵闹的声音混成一片。这使全村显出异常的惨淡，但这也只是惨淡而已，这些农民的心里头依旧不会惊慌，他们都相信这洪水不久便会退去，他们将依然可以生活下去。阿进的家里已经把最后的米都吃光了。他们每餐都在吃着"番薯"。

这日午间，阿进的母亲正蹲在屋脊的火炉边在炊着"番薯"的时候，瑞清嫂，连哭带骂地从对面的屋脊上踏着一条木板走过来。

"天追的！……捱饿又要捱打！……你看那'白虎'多么枭，一下一下地用脚尖踢着我的心肝头！……呃呃呃！"

在乡村间，妇人们啼啼哭哭，这是很平常的事情，因而这并不会特别惹起人家的注意的。当瑞清嫂走到阿进的母亲身边的时候，阿进的母亲用着安慰的口吻问着她说："瑞清嫂，为着什么事情呢？"

瑞清嫂坐在阿进的母亲的旁边，抽咽着说："什么事，那'白虎'打人是不用看日子的。老婶，你这里有跌打损伤的膏药吗？唉！我的心肝头有一巴掌大小都青肿起来了。"

"有怕有一块吧。我忘记丢在什么地方了。等下子，我去找一找吧。"阿进的母亲用着一种抚慰小孩的口吻说。瑞清嫂是个阔面孔、躯体笨重的三十多岁的妇人。头顶上有了一块大大的疤痕，上面没有头发，只得用"乌烟"把它漆黑。这时她在火炉前面，帮着阿进的母亲把"菁骨"送到炉门里去。她似乎已经得到了不小的安慰似的，抽咽的声音渐渐低微些了，口里却还在喃喃地咒骂着。

"老婶，你看那'白虎'枭横不枭横呢！他在书斋头和乾喜老叔、独目鹅叔、阿五、阿六一群人在争闹着这回为什么会崩堤。争闹了大半天，这不是肚子太饱吗？那乾喜老叔说这回的事情完全被湖子乡弄糟；独目鹅叔又说是因为溪前乡太偷懒了，才有此祸；那阿五说是×娘的'乡绅'打铜锣打得不响，那阿六又说是因为堵堤的'人仔'不出力。那'白虎'，自作聪明，他抢白说别人说的话都不对，崩堤是因为南洋汇来的几十万筑堤的捐款，都被民团总办和各乡的绅士拿去，以致堤里面没有下着'龙骨'，才会这样容易崩坏。他不该昏头昏脑地又说'那家人'——指小二老爹——也领到一笔款。那'白虎'，说话也不顾前后，他不知道乾喜老叔是'那家人'的爪牙。自然啦，乾喜老叔翻脸了，他×爷×娘地骂着那'白虎'！那'白虎'没处出这口毒气，回家来像要对人死似的：'×娘！还未弄食！'我说，'你骂谁呀？家里连番薯都吃光了！'那'白虎'不问来由地叱着我：'×娘的！我骂你呢！你待怎样？'我也冒火了，'白虎''短命'地咒骂了他几句。并且说他这半天到那儿挺尸去，也不会借一些'番薯'回家来。你看，那'白虎'，睁起他的那对死猪目一样的眼睛来，一脚踢上我的心肝头了，口里说：你这×娘怕不怕死呢？我忍着痛咒骂着说："那个怕死，死了更清闲！那'白虎'，真个不顾死活地，又把我踢了几脚！老婶，你看那白虎枭横不枭横呢！死！我要是真个死，看他怎样抚养着他的一群儿子呢！一个二岁，一个四岁，一个六岁，一个八岁……"

她莫名其妙地不再哭了，好像她已经把她满腔的哀怨发泄清楚了似的。阿进的母亲抚着她的肩，怜爱地说：

"啊！踢伤了可不是要的！下一次你还是忍耐一些才好，男人的脾气是不好惹的，当头他好像老虎，过后他会来向你赔不是的。瑞清嫂，你的瑞清兄虽然是脾气坏些，'心地'却是好得很呢。你看他，平时对待人是怎样好的呀！"

"那白虎，心肠倒是不会狠毒的。"关于这一点瑞清嫂也同意了。"他对待他的儿子也还不错的，平时他也不大打我的，这一回想是发昏了。"

"对啦，瑞清嫂，你这样子想，才对啦！"阿进的母亲脸上溢着一种息事宁人的气色。

跟着，瑞清嫂低声地问着阿进的母亲说："阿进叔呢，近来有什么消息没有？唉！这个天年做人真是艰难啊。"

阿进的母亲镇定地说："有倒是有一点消息，可是不敢回家来呢。"

"是的呀！回家来，'那家人'知道了也是不甘休的，他在家时惯和'那家人'做对头的啊。"

她们又继续地谈了一会，"番薯"已经炊熟了的时候，阿进的母亲坚持着要瑞清嫂拿了一半去。瑞清嫂感激地掀起了她的粗黑夏布衣的衣裾，把熟"番薯"一个一个地塞进里面去。阿进的母亲说，那块膏药，等她找到时，便替她送去。瑞清嫂点了点头，像一只母猪似的，缓缓地踱过那木板去。

这天，阿进家中，"番薯"也吃光了，早餐和午餐都由阿进的母亲到邻家乞"番薯"去。情形是再也维持不住了，阿进坚决地向着他的母亲说，无论如何他是不能再停留在家中了。他恳求着他的母亲，允许他即晚坐着"木排"到邻村的一个朋友家中借一两斗米去，同时他说他不能回来，那一两斗米他会叫他的朋友送来的。

听了他的这些说话，他的母亲凄楚地向着他说："到外面去？又是去干那一回事体吗？……而且不回来啊！""我想到外面挑担子，做短工，赚一点钱来帮助家用呢。"阿进咽声说，眼泪来到他的睫毛上，尽管他心里想怎样继续干下去，口里只是说不出来。

看着她的儿子这样伤心，阿进的母亲觉得愈加凄楚起来了，她用着她的在震颤着的手指把住了阿进的手，没有牙齿的嘴巴一上一下地在扭动着。可是这继续着没有多久，她忽而恢复了她的平常的镇定的而且兀然不动的态度了。她开始用着哄小孩子的声调在抚慰着她的儿子："儿呀！不要到外面去吧！外面的世界是险恶不过的呀！你只要好好地坐在家中，过了一年半载，人家把你从前的事情忘记，便不会再怀恨你了。那时候，你便可以再在这乡中领了几亩园田来耕作，安安静静地过了一生了。……唉，儿呀！你不要因为我们的家境太穷便烦恼起来啊。穷有什么要紧呢？只要我们的品行好，对得住天地，怕比那些狠心狗行的富人还要来得快乐一些呢。……我们家里虽然连'番薯'也吃光了，但这有什么要紧呢？大水退后，阿妈可以去做乞丐婆，也可以去做媒人，做乞丐婆，做媒人随便哪一件都可以养活你啊。……儿呀，你不要替你的母亲害羞啊。只要品行好，又不偷人家的东西，又不向人家搬说是非，做乞丐婆，做媒人有什么失体面呢？"

在她的这样说话中间，她的态度异常泰然，昏花的老眼也在闪着光。实在呢，她一生所度的生活并不会比乞丐婆和媒人好些，因而在她的眼里，即使做着乞丐婆和媒人也没有多大的不幸啊。

阿进像死人似的沉默了一个钟头以上，眼泪反而流不出来了。事实上，他是不能够再停留在家中的，但离开他的母亲呢，这在他是多么悲怆的一件事情啊。照着他的母亲所说的那样做去吗？这又哪里可以呢？他，一个年富力强的儿子，要待他的六十岁的母亲做乞丐婆，做媒人来养活他！这是怎样讲呢？……鼓起了比拿起枪在战场上射击着还要多千百倍的勇气，阿进嗫嚅地向着他的母亲解释着，穷人们唯一的生路只是向前。那回事是穷人们唯一的希望。没有那，他们永远是没有翻身的日子的。没有那，一代又是一代，做父亲的只好让他们随便拿去砍头，做儿子的也只好让他们随便拿去枪毙了。

跟着他又向着她说，坐在家里是比较到战场上去还要危险的。日子一长了，小二老爹一定会知道他回家的这个消息，那时候一切都完了。……听了这些说话以后，阿进的母亲始而啼喊着，继而镇定起来了。

"那么，你还是赶快逃走好！我的苦命的儿子呀！"她开始地又在抚慰着她的儿子，用着她的多筋的手掌在抚摩着他的头顶。

这时在阿进的眼中，他的母亲变成了一位半神性的巨人了。这巨人是一切灾难所不能够磨折的，在她里面有了一种伟大的力量，而这种力量是在把人类催进到光明的大道上去的。……

洪水已经退了约莫两尺的光景了，阿进和他的母亲谈话时可以站在楼板上，那是积了半寸来厚的"溪泥"的。许多撞破，胀破，或者打翻了的东西上面都薄薄地涂上了一层"溪泥"，那好像女人的脸上搽着粉一般。太阳光从天窗口探进来，照燃着在这一切之上，腾上了一层带虹彩的轻烟，同时，发出来了一种绍兴酒一般的气息。也许是有了一种特别的原因吧，小二老爹家中这两天可不大唱着《十八摸》了。到底是不是因为洪水退了反而觉得不快乐起来呢，这是很难知道的。年青的农民坐着"木排""竹排"到村外去的，又渐渐地多了。他们的脸上都充满了一种欢喜，那便是一二天内便有到坚硬的地面上奔走着的可能的欢喜。他们纷纷地提着网到各处捕鱼去，依据他们的经验，当洪水退时，鱼忙赶着流水"归溪"，每日夜碰幸运很可以捕到几十斤的鲤鱼和大头鱼这一类呢。

路　上

一九二六，六，廿九日

我们今天从 N 地出发了。我的心兴奋得近于刺痛！我们这一队军队，在我们这有了四千余年历史的古国里算是第一次出现的。我们这二三十个女兵，也算是第一次在军队中出现的。这样，真个令我感到满足和惭愧了。听到像哭着，像怒号着的喇叭声，听到像叱咤着，像叫骂着的铜鼓声，我全身的血都沸着了，都沸着了！看见许多大旗，在风前招展着，就好像在诉说全世界被压迫的人们都起来争自由一样。呵！美丽哟！今天，几万人中，我想密司吴，算是顶高兴的了。她的手腕太短，举起枪来，全身都在摇动着。但她是多么快乐啊，她眼睛里分明燃着一种慷慨赴难的勇气。她握着我的手不住地在跳着，我觉得她真是可爱极了！

"妹妹！你疯了吗？"我含笑抚着她的柔发。

"多么快乐啊！你看！我的枪刀在闪着光呢！呵！呵！呵！"

她大笑起来。

"大姊姊！"密司黄镇定地说，脸上溢着微笑。我和着她一道笑着，心里快乐极了。

密司黄比较密司吴高了一些，性情很好。把她们两人比较起来，密司吴活泼，密司黄温柔。她们都比我小了一岁，因此她们都叫我做大姊姊。虽然是离乡别井的我，但有了这两个可爱的小妹妹，便完全不曾觉得寂寞了！我们在路上不断地唱着歌。唱着那支"英他拿逊南儿"的歌。真正和学校里面春日旅行一样的快乐，不过雄壮得多了。

我们这一天跑了约莫六十里路的光景，疲倦得要命，但心里仍然觉得快乐得很。

晚上我们二三十个都在一处睡觉。在营幕里面，望出去，遍天尽是星光。

一九二六,七,三日

天天都有子弹从头发上穿过。我们二三十个女兵在当着救伤队。我的枪虽然带在身上，可是还未尝用过，觉得有点气愤啊。天气热得很，每人都穿上一套厚军服，确有点熬不住了！

我们同伴有一个太胖的，走不动，她哭起来了。真讨厌，为什么要哭呢，不能耐苦，这是小资产阶级的薄弱的根性啊。

她的名字叫楚兰，她一向跟着人家革命，都不过闹着玩玩。她爱出风头，爱闹恋爱。她和一位大人物很要好，那大人物弄了一只马来给她骑着。怪难看的，他扶着她坐在马身上。一不提防，她便从马身上跌倒下来了。我和我的二位小妹妹，和我们队伍里的人物，都在拍掌大笑。"他们这样不能够耐苦，他们不配干革命！"我们暗地里这样说。

我们明白了我们的使命，我们永远要表示出我们的勇敢，直至最后的一个呼吸。

傍晚，斜阳象血般的映着大旗，有几只战马在悲嘶着。这儿有许多山，正躺在黄色的日光下做梦。(不！在枪声炮影之下，这些山一定不能够再安稳地做梦了。)歌声依旧未尝离开我们的嘴唇，微笑依旧在我们的脸上跳跃。

枪声比一切的声音都要伟大，我现在这样觉得。在"啪哗，砰砰"的声中，我的心头格外舒适。我相信我们的出路要由这样的枪声才冲得出来哩。

一九二六,七,八日

我们到了 w 县了。今天我们加倍的快乐，我们把敌人全部地击退了。

胜利的旗帜在各机关，各团体之前飞扬着。楚兰也眉飞色舞了，她跟着那位大人物到各处去演讲。碰到我们的时候，她便眯着眼笑着。要在平时我会觉得这种笑是可爱的，但在楚兰她简直是不配笑的。我们都晒得很黑了，但我们却更显得强健。密司黄，密司吴，和我，和我们的队伍，都一样地很强健。我们的大队却损失不小，这真值得悲伤！他们——这些死者——都是这新时代的前驱，他们都站在全人类之前——那些反动的人们，我们暂时不承认他们是人类——在为全人类创造光明。他们的死，是全人类的莫大的损失。值得悼惜啊，他们！值得崇拜啊，他们！　W县是个山县，建筑很古旧，还没有开辟马路哩。我们的大队和这儿的群众在街上跑着时，都觉得太狭隘了。晚上，电灯亮了，满城充塞了歌声和胜利的口号。我们希望不久便可以到C城去，把C城全部占据起来。

整晚我没有睡觉。我感到一种生平未尝有过的愉快。用我们自己的刺刀刺开来的出路，和平常的路有点两样。用自己的力量创造出来的光明，和平常的光明有点两样。我第一次感到这样有代价的愉快啊！

一九二六，七，十五日

今晚，我们预备在山上过夜。

山上面挂着一轮月亮。不是白色的月亮而是血色的月亮！我们爱这样的月亮。枪声不曾完全停息着。拖了一条影在月色里倒下去的便是死去了的。照诗人的解释，这样的死一定值得说是很美丽的呀！

我们照常地在开着会。而且比平时开得更加精彩。坐在三几株松树之下，一片岩石之上，晚风在扇着，我们觉得很是舒适，忘记着身在战场了。主席是救伤队的队长。他是个很有趣的人物，他说话的口音很不正，但我们都可以听出他是在讲什么。他的身材很矮小，戴着近视眼镜。他是个很负责任，很能够工作的同志。

政治报告之后，继着工作报告，再后是整个工作的批评。结论是我们应该更英勇些。伤兵需要我们的救护，正如有病的小孩需要母亲的爱抚一样哩。

在这样肃静的夜中，从远处的营幕里时不时传来几声军号。那声音里，唤起了我们的悲壮的情绪。一般人们说，女人们喜欢流泪。至少，在我自己便觉得这话有些不对，我们哪里喜欢流泪，我们喜欢喋血哩！

一九二六，七，二十日

我们跑了一千多里路了，一千多里路了。我们虽然天天打胜仗，可是我们天天窘起来了。

在烈日下，在风雨中，在饥饿和缺乏睡眠的状况里面，我们一天一天地把我们的意志炼得铁一般坚强起来了。像初出发的时候一样，我们依旧不断的唱着歌。一部分意志不坚强的小资产阶级分子渐渐地失望起来了。像楚兰一样在鸣不平的人一天一天的多起来了。他们说："太苦了！太苦了！太苦了！"

真糟糕！他们原来抱着享乐的心理到来参加革命哩！那些兵士真可爱！（当然有很小很小的部分是不行的。）他们只晓得冲锋，不晓得退缩是怎么一回事！冲锋！冲锋！要有子弹的时候，他们便想冲锋！干便干，不会畏首畏尾，像他们才算是有了普罗列塔利亚特的意识呢！各地的农民，不断地给我们以帮助。在他们的粗糙的手里，握着欢迎旗；在他们的嘶破的喉咙中，唱着革命歌。他们都知道他们的时代已经在他们的面前了！城市间的人们，也给以我们很大的帮助。他们都在希望我们快一点帮助他们去，他们都被压逼得太厉害，想换一口气呢！

到了C县了。我们的队伍即刻被人民欢迎着。我们转战千里的结果，牺牲太大了。我们现时的人数和出发时的人数比较起来，减少了三分之一了。但我们绝不退缩，我们都明白，我们的死者，是我们到成功之路去的桥梁。

每天，每天耳边都听到子弹的声音。但我们这救伤队死的却是很少。这真奇怪，难道不怕死的结果，连子弹都害怕我们么？

在一场混战中，我们这队女兵居然有了打仗的机会了。我和密司吴，密司黄都没有死；我们的子弹却的确地穿进了几个敌人的胸膛里去了。我们几个人今天为了这件事简直欢喜得忘记吃饭。

"小妹妹，你的短短的手腕居然亦能够开枪？呵！呵！"

"为什么不能够！我的枪术比你还好哩！"

"二妹呢！你今天的成绩怎样？"

"也不很坏！嘻！嘻！"

我们谈说着，充满着一种有目的的快慰。

楚兰和那位大人物，似乎愈加亲密起来了。浪漫得怕人，在这样危逼的状况下，他们还在闹恋爱哩！他们爱安闲，爱享福。楚兰居然由小姐式变成少奶式了，她一路不是坐轿便是骑马，没有好东西便不吃，没有好衣衫便不穿。有些时，她甚至调脂弄粉起来呢！唉！放弃着伟大的工作不做，她只愿做一个玩物！

由这场战争里面，我深深地感觉到小资产阶级在这伟大的时代之前一定不能够干出一点重要的工作出来，除非他们已是获得普罗列塔利亚的意识。

一九二六，七，廿八日

我们占据了 T 县和 S 埠了。T 县和 S 埠都是 C 省重要的地方，这使我们多么兴奋啊！

T 县的山水很秀雅，县城里面已筑有马路了。胜利的歌声在农村间传播着。土豪，劣绅，和一切反动派都照例先行逃避了。

经过了一个多月的苦战，我们的战旗被血染污了，我们的战马渐渐羸瘦，我们的战士渐渐疲倦了。但，我们仍然不退缩，我们时时刻刻地在预备着作战而死。我们这队女兵，在一般的人们眼里成为一种神秘。他们都说，我们的人数是多到了不得的，而这次得到 T 县，完全是女兵的力量。哼！他们实在是在做梦哩。今天下午，我和两位小妹妹一道到茶楼喝茶去。我们坐下去之后，便有几个妓女来坐在我们面前，兜揽着我们唱着小调。她们向我们献媚，呈献出许多淫荡猥亵之态来。这真难为情了，她们见我们穿着军装，都误会我们是男人呢。

"不，我们不高兴听你们小调！"我们说。

"先生！听一听啦！我们的喉咙并不坏呵！"她们说。

"不，没有意思哩！"

"先生！好啦……"她们一个个地走来坐在我们身上，眼睛尽向我们瞟着。

"别开心，我们都和你们一样是女人哩！"

"真的吗？真的吗？哎哟哟！咦！"

许多闲人老来围着我们观看，她们脸上都羞红了，我们也是老大的觉得不好意思。我们马上跑了。

我们真个像男人一样吗？这真有趣极了！

一九二六，八，五日

睁开眼睛来，发觉得自己睡在红十字会的病榻上。这种景象，简直令我吓昏了。为什么，为什么我会睡在这病榻上呢？因为被包围的缘故，我们的大队和敌人冲锋到二十次以上，但结果是失败了，失败了。我们的战士差不多都饮弹而没；我们的发亮的枪都被敌人贪婪地拿去了。我们的大旗被撕裂了，我们的战马被他们宰了，以为犒赏军士之用。这些事都是一二天以前的事吧，我实在是朦胧地记不清楚了。

当敌军入城的时候，我才跟着大队一道出走。被敌人赶上的时候，我从城墙上跳到城下去。我以为一切都完了。谁知我却被他们抬到这红十字会里面来就医。我当然是曾经发昏过，但已经发昏了几天，我实在不能够知道。

我开始感觉到全身疼痛，我的四肢和头部都跌伤了。是正午时候，窗外日光黄澄澄地照着，隐隐约约间有几叶芭蕉的大叶在风里招展着。蝉声怪嘈杂地在叫着，天气还热呢。

我躺在这样凄冷的病室里面，整个地被浸入孤独的毒浆里。我想起我们地战士，想起我们的大旗，想起我们的口号，想起我的两个小妹妹。我觉得我躺在另一个世界里面了。这世界对于我整个地变成一种嘲弄。于是，我想起我的枪来，然而那已经老早被他们拿去了。啊！他们把我的枪拿去，简直比较把我的生命拿去，还要令我难过。有了一二个白衣白裙的看护妇时不时到来看我，她们似乎很怜悯我一样。我对她们有一些感激的意思，同时也有些看不起她们。她们的思想太糊涂，她们用一种怜悯的心情来看待我，简直是错误了。我们所需要的是谅解与同情（当然这些也不是我们所需要的重要部分），我们是绝对不需要人的怜悯的。

夜里头，我的伤口愈加疼痛起来，在惨白色的灯光之下，我想起我的死去了的父亲和母亲，我几乎流下眼泪来。但我终于把它忍住。

一九二六，八，六日

我真不知道怎样说出我的快慰，今天密司吴和密司黄都被送到这医院来，和我住在一处了。她们本来没有病，也没有伤，因为没有地方归宿，终于被他们送到这医院里来了。

我和我的两位小妹妹见了面便紧紧地抱在一处，这回却禁不住哭起来了。

"怎样干？"

"且住他几天再说，我们都太疲倦了，躺一躺不要紧吧！呵！呵！呵！"

"依旧是顽皮！"

说了一回之后，我们依旧唱歌起来了。

我们像初出发的时候一样快乐，我们照旧在笑着。

归　家

　　村前大路上堆积着澹澹的斜阳光，已经是暮晚的时候了。从这条大路上回家的牧童们坐在水牛背上悠然地在唱着歌，那些水牛们跑得很是纡徐，面孔上挂着一种自得的神气。大路两旁，闪映着甘蔗林的青光，望过去，和冥穆的长天混成了一片。

　　这路的尽头便是一道用几片大石排列而成的高约一尺的短垣。这短垣的作用大半是在阻止着家畜——尤其是猪——到田园上去践踏，同时，便也成了一道划分村内村外的界碑。从这短垣踏出去的是出乡，踏入来的是归乡。短垣旁有了一株龙眼树，那盘踞着在路口就和神话里的虬龙一般。这虬龙站在这路口走关注着这乡中进出的人们，做他们的有益的伴侣，从他们的祖先时代到现在，一直到将来。

　　景象是平静到极点了，然而这平静继续着没有多久便被一个生客所打破。像一片石子投入一个澄澈的池塘，池面上即时起了涟漪似的，这生客刚从甘蔗林伸出头来，坐在牛背上的童子们即刻便注视着他，喧嚷起来了。

　　"喂，那不是百禄叔吗？"

　　"啊，'番客'来了！啊，百禄叔一定是发洋财回来呢！"

　　"啊哈，百禄叔，我们要'分番饼'啊！"

　　"啊哈，番客！"

　　"啊哈，发洋财回来了！"

　　这所谓"百禄叔"的是一个瘦得像枯树枝一样的人物。他显然是被这些村童们的问讯所烦恼着，他甚至于想再走进甘蔗林里去，但他刚把脚步向前踏进了一步，却又停止了。他的脸上显出多么懊丧而且悲伤啊。他的目光暗弱的眼睛闪了又闪，眉毛不停地在战动着。

"×恁老母！不要作声吧！"百禄叔忽而奋勇地走到大路上，口里喃喃地叫骂着。虽然，他没有害病，但他开始发觉他的两足是在抖颤着了。这盘踞着在路口的老树，这老树旁边的短垣……这说明他的确地是回到了家乡，然而这倒使他害怕起来。他感觉到他没有回家的权利。……他在甘蔗林旁边的大路上呆呆地站立着，眼泪浸湿了他的多骨的面孔，这使他的形状显出和一个老乞丐一般。坐在牛背上的村童们看了他的这种形状都惊讶而沉默着。他们都已看出百禄叔是倒霉的，他和旁的"番客"并不一样。

"百禄叔，你遭了劫贼，金银财宝都被人家偷了去吗？"一个年纪较大的村童问，带着同情的口吻。"怕是害了病吧？"另一个也是用着同情的口吻发问。百禄叔只是沉默着，眼睛望着冥穆的长空，村童们的说话他显然是没有听到的。

在农村里不幸的事件是太多了，每一件不幸的事件都不能怎样伤害着人们的心灵。儿童们尤其是天真烂漫，不识愁惨为何物。所以，坐在牛背上的这些村童虽然在替百禄叔难过，但他们的心情却仍然是快乐的。这时狗儿尖着他的嘴唇，摇摆着头，很得意地仍在唱歌：

> ——我的爸爸是个老番客，
> 我的哥哥到外面去当兵；
> 我亦要到外面去闯一闯呀，
> 待到我的年纪长成！——

阿猪年纪比他大了一些，更加懂事些。他听见狗儿这样唱，登时便摆出师长一样的神气这样唱着：

> ——臭皮骨弟，
> 太无知：
> 你的爸爸许久无消息，
> 你的哥哥也不知道是生是死；

你的妈妈整天在吞声叹气，

亏你还有心肠到外面去！——

百禄叔仍然呆呆地在站立着，他唯一的希望是天快些黑，他可以隐藏着他的难以见人的面目在夜幕里，走回到他的家中去。这不是太奇怪的事体吗？他曾经在和邻乡械斗的时候拿着一柄"单刀"走到和敌人最接近的阵线上去，曾经在戏台前和人家打架的时候，把他的臂膀去挡住人家的杆杖。可是，他却没有勇气回到他的家中去。村童们一个个归家去了，他们的清脆的歌声，活泼的神气，葱茏的生机都使他十二分羡慕。这使他忆起他从前的放牛的生活来。他的脑子里跃现着一幅幅的风景画片，草是青色的，牛是肥肥的，日光是金黄色的。那时他的歌声，他的神气，他的生机也和现在的村童们一样的，然而这一切都消失去了，牛马似的生涯磨折了他。他相信这是命运。是的，一切都是命运。他想现在的这些村童，将来也免不了要和他一样变成老乞丐似的模样，这也是命运。关于这一点，他是很确信的，一个人要是命运好的，那他便一定不会到农家来投胎了。

百禄叔想到命运这一层，对于现在他自己这样惨败的状况几乎是宽解起来了。但他一想到他的老婆和他吵闹的声音像刺刀似的尖锐，他的心里不觉又是害怕起来了。……

呆呆地站立了两个钟头——这两个钟头他觉得就和两个年头一样长久——夜幕慈祥地把百禄叔包围起来。星光在百禄叔的头上照耀着，龙眼树，甘蔗林都在沙沙地响。像喝了两杯烧酒似的，百禄叔陡觉兴奋起来了。他拔开脚步奔跑着，就好像在和人家赛跑似的奔跑着。一个蚂蚁尚且离开不了它的蚁穴，一只飞鸟尚且离开不了它的鸟巢，一个人哪里能够不想念他的家庭呢。百禄叔虽然是害怕着他的老婆，但他想世界上最甜蜜的地方仍然是家庭哩。他奔跑着，奔跑着，石子和瓦砾把他的脚碰伤了，但他一点也不回顾。最后，他终于孤苦伶仃地站在他的家的门口了。他的心跳动得很厉害。他想他的老婆如果看不见他，让他幽幽地塞进家里去便再好没有了。

可是百禄叔的想象显然是失败了。当他刚把他的脚踏进他的家中的时候，那身体笨大，两只眼睛就如两只玻璃球的百禄婶已经发狂似地走到他身边来。她呆呆地把他怒视了一下便把她手里的扫帚杆向他乱打，同时歇斯底里地啼哭着，咒骂着："你这短命！你这'白虎咬'！你还没有死去吗？……"

百禄叔的脸色完全变成苍白了，他的嘴唇一上一下地颤动着。

"你这 × 母！"他抢开了她手里的扫帚杆，喘着气说。

"你这短命！你这'白虎咬'！亏你还有面目见人！亏你也学人家讨老婆，生儿子！……你这短命！你这'白虎咬！'哎哟，'过番'！人家'过番'，你也学人家'过番'！你'过番'！'过番'！'过番'！过你这白虎咬番！……""×母你，不要作声好不好！"百禄叔把头垂到他的胸前，两手紧紧地把它抱着。

"不要做作声！……你这短命！……你这白虎咬！你也学人家'过番'，人家成千成百地寄回家来，你呢，你连一个屁也没有放！……你这短命！你这'白虎咬'！……我不是苦苦地劝诫你，叫你不要过番。'作田'（即耕田的意思）虽然艰苦，嘴看见，目看见，比较好些。你这白虎！半句说话也不听，硬要'过番'，（过番，即到外洋去的意思。）你说，'番邦'日日正月初一，伸手便可以拿着黄金！你这一去包管是发洋财回来！发你这短命的洋财……你也不想想，一家四五个嘴，阿牛、阿鸡又小，不会帮忙，你到番邦去快活，一个钱也不寄回来，叫我们怎样过活呢！……你这狠心的短命！你这狠心的'白虎'！你的心肝是黑的，你的心肠是比贼还要狠啊！……你这短命！你这'白虎'！……"百禄婶越哭越大声，越哭越伤心。她终于再拿起扫帚杆，拼命地走到百禄叔身边去把他乱打着。

"你这 × 母！你是在寻死吗？"百禄叔又是把她手里的武器抢开，出力地丢到门外去。他觉得他的老婆咒骂他的说话句句是对的，他自己也把那些说话向他自己咒骂了一千遍以上。但他暹罗也去过了，安南也去过了，新加坡也去过了，到处人家都不要他，他在番邦只是在度着一种乞丐似的生活，哪里能够把钱寄回家里来呢。用着一种近于屈服的口气，他这样地继续着："赚钱也要看命运！命运不做主，这叫我有什么办法呢？我并非不知道家中艰难，但没有钱上手，我自己也得捱饿，哪里能顾到家中呢？……"

"你这短命，你既然知道番邦的钱银难赚，怎么不快些回来呢！……"百禄婶的阔大的脸部完全被眼泪和鼻涕浸湿，她拿起她的围巾出力地揩了一下，愤愤地用拳头打着她的胸。"唉！狠心的贼！阿牛，阿鸡又小，不会帮忙，阿狮虽然大些，单脚独手怎样种作呢？……你这短命，我以为你已经死了！要是我年轻一些我早就想去嫁了！你这短命！……"

"你这×母！你要嫁就嫁人去！"这回，百禄叔却有些愤然了。

"嫁人去！你这短命！你这白虎咬！要是我真个嫁人去，看你怎样抚养这几个儿子！你这狠心的短命！你这狠心的白虎！……那一回，你这短命欠纫秋爷的谷租，被他捶打了一顿，回到家里来便要对人死，赌神咒鬼，说你以后一定不种作了。我不是向你说，穷人给人家捶打一两顿，这有什么要紧呢？如果照你这种想头，受点气便不种作，那天下的田园不是都荒芜起来，人人都要饿死了吗？你这白虎，半句说话也不听，偏偏要过番去！过番！过番！过这白虎咬番啊！你这短命！你如果在番邦死去倒好些！……"百禄婶咒骂混杂着啼哭都和喇叭一样响亮。这时她的门口已经被邻右的来观热闹的人们层层围住了。百禄婶的儿子阿牛，阿鸡也从外面走回家来。阿牛年七八岁，阿鸡年五六岁，他们都睁着小眼睛，望着他们的母亲和这个生客。为着一种义愤所激动着，他们都向着这生客叱骂着："喂，×母你，不要坐在我们家里啊，你这老乞丐！"

"啊，我要打死你哩！"

百禄婶一一地给他们各打了一个耳光，顿着足叫喊着：

"你们这两个小绝种！"

阿牛和阿鸡都啼哭起来，滚到门外去。观热闹的人们都大声地哗笑起来。

"连自己的父亲都不认识！哈哈！"

"哈哈！叫自己的父亲作老乞丐！"

这时白薯老婶从人群中钻出她的头发白透了的头来。她用着她手里的"拐杖"出力地击着地面，大声地咒骂着："砍头的，你们这些没有良心的砍头！人家这样凄惨，你们偏有这样的心肠来取笑人家！"

"对呀！你们不要太没有良心啊！……"芝麻老姆赞同着，她也颤巍巍地挤进人丛里面去。不知那一个顽皮的在她的背后把她推了一下。她全身摆动着，几乎跌下去，口里却喃喃地咒骂着："呀！哪个白虎咬仔，这样坏透啊！"

百禄婶这时已经不大哭着，她用着诉苦的声气向着这群观众诉说着：

"大家呀，你们听呀，世上哪里有一个人像这白虎咬这样狠心狗行啊！……过了这么多年番，连一个钱也没有寄回来，这要叫他的妻子吃西北风吗？……"

百禄叔只是沉默着，好像在思索什么似的。他的样子是可怜极了，那灰白而散乱的头发，那破碎而涂满着灰尘的衣衫，那低着头合着眼的神气，处处表示出他是疲乏而且悲怆，处处表示出他是完全失败，被这社会驱逐到幸福的圈

子以外。为什么会致成这样呢？依照百禄叔的解释，这是命运，依照百禄婶的
解释，这是因为他忍受不住人家鞭打，不听说话地跑到番邦去……

白薯老婶眼睛里湿着眼泪，走到百禄嫂身边去，挽着她的手，拍着她的肩，
像在抚慰着一个小孩子似地说：

"阿嫂，不要生气啊。阿兄回来就欢喜了，钱银有无这是不要紧的……"

芝麻老姆频频地点着头，自语似地说：

"对阿，钱银实在是不紧要啊。'留得青山在，不怕没柴烧。'……运气一到
了，钱银会来找人呢。"

"哎呀，老婶，老姆，你们不知道，这白虎咬完全不像人！……他累得我们
母子一顿吃，一顿饿，捱尽千凄万惨！……"百禄婶又是啼哭起来，她把她的
头靠在她的手股上，软弱地在灶前坐下去。

"阿嫂，已往的事情不说好了。……夫妻终归要和气才好。……现在你咒骂
也咒骂够了，阿兄完全没有作声，这便是他承认他自己是有些过错哩。……阿，
百禄兄，你怕还未吃饭吧？……哎哟，真惨哩，因为太穷的缘故，回到家来没
有人来向你说一句好话，连饭也没有吃一碗啊！……啊，阿嫂，你快些替他弄
饭吧。……我看还是弄稀饭好，就拿点好好的'咸菜'给他'配'好了。他在
外面久了。这家乡的'咸菜'一定是好久没有吃过的。……"白薯老婶说得怪
伤心，她自己亦忍不住地抽咽起来，她的两腮扇动着就如鱼一般。

芝麻老姆已经走到灶前，伸出她的多筋的手拿起火箝来，一面这样说："哪，
我来替你们'起火'！阿嫂，你去拿些米来啊，这真快，用不到几个草团，饭
便熟了！……"

百禄婶用力把芝麻老姆推开，一面啼哭，一面叫喊着："替他弄饭，替这白
虎咬弄饭！这是怎么说呢！唉，老婶和老姆，你们怕是发昏了！……他一两餐
不吃打什么要紧，我们母子这么多年不知道饿了几多餐呢！……"散乱的头发，
披上了她的面部，眼睛一上一下地滚转着，百禄婶变成熊似的可怕起来了。

百禄叔忽而像从梦中醒来似的站直着他的身子，他的眼睛呆呆地直视着，
于是他跳跃起来，向着门外奔跑去。

"百禄叔，你要跑到哪里去！"

"百禄……"

"啊。他一定是发狂了！……"

看热闹的观众这样喧闹着，他们试去阻止他，但是已经没有效果。

百禄婶从灶前跳起身来，就和一只猛兽一样矫健，她一面推开着观热闹的人们向前追赶，一面大声叫喊着："你短命，你要跑到那里去？"从她这咒骂的声气上面，可以看出她是露着忧愁和悔恨想和他和解起来了。

"你也骂得他太狠了！"

"太没有分寸！"

白薯老婶和芝麻老姆喃喃地在评说着。

……

百禄叔被百禄婶半拖半抱地带回来。在他们间似乎经过一度争执，因为两人的脸上都有些伤痕。百禄叔的额上有几个流着血珠的爪迹，百禄婶的眼睛下面有了一片青肿。百禄叔像一个病人般地在喘着气，百禄婶在啼哭着。她把他紧紧地抱住着，好像怕他又是跑去一般。用着一种近于抚慰的口气，她向他这样咒骂着：

"你这短命，我刚这样骂你几句你便受不住，我们吃的苦头比你多得千百倍呢！……"于是，她用着她的有权威的声气向着他吩咐着："呐，坐下吧！"她敏捷地走去纺车上撕出一片棉花，在一个洋油樽中浸湿着洋油，拿来贴在他的伤痕上。"就算我太狠心吧，但，我的眼睛也给你打得青肿了！……"

百禄叔把头俯在他老婆的肩上，像一个小孩似地哭了起来。他的神志比较清醒了。他用着一种鸣不平的口气说："……你让我到外方去吧，我和你们……""你这黑心肠的白虎咬，你还想到外方去吗？"百禄婶恫吓着他。

"命运注定我是一个凄惨人！我何曾不想福荫妻子，赚多几个钱来使妻子享福！"百禄叔缓缓地诉说着。"但是，命运不做主，这叫我有什么办法呢？就讲种作吧，我的种作的'本领'并不弱，这乡里那一个不知道我百禄犁田又直又快，种作得法呢？但，这有什么好处呢？我的父亲留给我的只是一笔欠债，我整整地种作了二十多年，这笔债还未曾还清。每年的收成，一半要拿去还利息，这样种作下去，种作一百世人也是没有出息的啊。……我想过番，这是最末的一条路。但那时我还希望这条路怕会走得通，说不定我可以多多地赚一些钱来使你们享福。我真想不到番邦比较唐山还要艰难呢！我们无行无铺，吃也吃着'竹槌'，睡也睡着'竹槌'，这比种作还凄惨得多哩！……"

阿狮已经从外面回来，他看见他的落魄的父亲，咽声地问讯着："阿叔！你回来了！"

"替你的父亲煮饭吧，他还未曾吃饭呢！"百禄婶这样吩咐着。

阿狮点着头，即时蹲在灶前"起火"，他的躯体比他的父亲还要大些。他的眼睛点耀着青春的光芒，他的臂膀的筋肉突起，显出坚强而多力。百禄叔把他看了又看，心中觉得有一种说不出来的快慰。在这种悲惨的生活中，他看见了一种幸福的火星。他想从此停留在家中，和阿狮一道种作，缓缓地把欠债还清，以后的生活，便一年一年地充裕起来，这怕比较跑到任何地方去都要好些。

观热闹的人们渐渐地散去，阿牛，阿鸡也走进室里面来。他们都站在百禄叔旁边，渐渐地觉得这比老乞丐没有什么可怕，也没有什么可恨了。阿鸡露着他的小臂膀用着他的小拳头，捶着百禄叔的肩头，半信半疑地叫着："阿叔？"

阿牛望着阿鸡笑着，即时走到他的哥哥身边去了。这时，白薯老婶和芝麻老姆脸上都溢出笑容，缓缓踏出百禄叔的门口。白薯老婶把她的"拐杖"重重地击着地面赞叹地说："这样才好，夫妻终归要和气才好啊！""对啊！"她的同伴大声地答应着，哈哈笑将起来了。

金章老姆

　　金章老姆近来好像发疯，碰到人便这样询问着："你这位阿兄，可知道我的儿子哪个时候才要回来呢？我的儿子是个好儿子，但他到'番邦'去已经三十多年了，钱银信息是一点也没有寄来的。现在我的年纪是这样老了，快要死了，他再不回来，是不能见面了。"

　　跟着，她便会缠住人家诉说着她的儿子的历史，不管人家到底愿意不愿意听。

　　"何以见得我的儿子是一个好儿子呢？"金章老姆扭动着她的没有牙齿的嘴巴，很吃力地解释着。"他是一出母胎便怪听话的。在他未出母胎之前，他的父亲已经死了。他的父亲是替富人守更，给盗贼用刀砍死的。菩萨保佑他，他死得多么惨啊！他的头颅都被砍出来了！哎哟，没有钱的人们，生命是连猪狗也比不上啊！"

　　"我的儿子出娘胎了。我一面耕种口地，一面养育着他。他很乖，整日躺在眠床的角落里，不敢哭，好像知道他已经没有父亲，他的母亲是没有闲工夫来抚抱他似的。有时，他偶尔哭了一哭，我便这样叱着他说：'你这小绝种，你敢哭！你哭我便把你丢到暗沟里去！'他的两只小眼睛望了望了，扁了扁一下小嘴巴，便真的不哭了！唉唉！我的儿子真是一个可爱的儿子哩！"

　　"他三岁的时候，害了一场重病，几乎死了。有一天，晚上，哎哟，那是多么可怕的一个晚上啊！那天晚上，是刮大风的，天边不停地闪着电光。雷声时不时地响着。我抱着我的负病的孩子，坐在一只矮凳上，在煮药给他吃。那时，我忽而听见门边响了一下，我的心里便震了一震。待到我回头一看，哎哟，老天爷，我可吓死了！呀，不偏不歪，正对着门那边，站立着一个血淋淋的大汉，把他的被砍断的头颅持在他的手上。他正是我的丈夫啊！他站立着，一点也不动，除开时不时用手试着把他的头颅安置在他的颈上而外。他有了一种呆板的神气，就和他在生时一样。他一定是很悲伤的啊，我看见他的被砍断了的头颅上面的两只圆大的眼睛溢着泪水。但这只是一瞬间的事情，在我还没有定神之前，他已经走到我的身边来。哎哟，他忽而变得那么可怕啊，他像野兽一般的用着他的有力的手来抢夺着我的婴孩。即刻间，我是被激怒了。我忘记了恐怖，我用着更大的力量把他推开去。我这样地骂他：

'你这发昏的死鬼！你自己死了还不算，难道还要把你的儿子弄死吧？你真是发昏！我们只有这一点血脉！他要是死了，我们便'绝种'了！你这没有眼睛的死鬼！不得'超生'的死鬼！'

"便让他'绝种'好了，他便长大起来，也还不过是一个更夫，盗贼又会来把他的脑袋割去了！穷人们，迟早是要'绝种'的！……"他愤怒地这样答复着我。"自然，这只是一场梦。菩萨保佑！当我醒来的时候，我的儿子还在我的怀里安稳地躺着呢！哎哟，天王爷，我那时候一面哭一面用手抚摸着我的宝宝，我的血脉！他望着我笑了一笑便又熟睡着。他真是一个可爱的乖儿子呢！"金章老姆说到这些地方，脸上时常溢着安慰的微笑，昏花的老眼也闪射着一种年轻时代的光辉。但当那个听她这种不重要的叙述的客人觉得厌倦了，想开步走的时候，她老是一把挽着他，用着央求的语气说："不忙，你这位阿兄，你再听我讲几句话吧。真的，我的儿子是个好儿子。自从害那场病后便'过运'了。他一年一年地长大起来。身子又胖，又强壮。五六岁的时候，'耙猪屎'、'牵牛'、'挽草'、'踏车'……他是什么功课都会做，而且做得很好了。哎哟，你没有看过他。倘若你看过他，一定会称赞他是个聪明的孩子啊！""是的，他是个聪明的孩子。他在十岁的时候，到书斋（即私塾）里念书去，先生说他是很聪明的。有一回，先生还当着许多学生面前夸奖着他，说他要是好好地多念几年书，一定会上进的。"

"但是，我们是太穷的，什么上进不上进，和我们是没有关系的。我给我的儿子念书，只希望他认得几个字，当我们卖猪或者有了其他买卖的时候晓得看一看数目便够了。我们穷苦的人们只要不饿死便够了，我们是不应该希望有什么出头的日子啊！"金章老姆说到这些地方，语气时常特别不得坚定。她凭着她活了几十年的经验，眼见得穷苦的人们只配做牛做马，谁也没有出过头的。

"是的，"她继续着。"我们应该晓得我们的'本分'，第二年，当我的儿子十一岁的时候，我便叫我的儿子出来做着各种田园上的工作。那时候，我的儿子是多么壮健而且活泼啊。他整日跳来跳去像一个小鬼一般，他永远不曾喊着疲倦，永远不需要休息。虽然他的年纪是这样轻，可是他已经是我的很好的帮手了。

我记得，那时候，书斋里的先生还曾使阿猪叔来问我说：'金章嫂，你怎么不让你的儿子读书呢？先生说，你的儿子是格外聪明，再读下去，一定是有了"上进"的希望的。你不让他读下去，真是太可惜了。'我那时只笑了一笑说：'你这位阿叔，真是发痴了。我们应该吃饭。我们的儿子应该多做一点工。我穷苦的人们事事都要脚踏实地。我们不应该做梦。上进，上进，这不是我们穷苦的人们所应该管的事情啊！'真的，书斋里的先生们因为天天对住书本子，所以他们是格外容易做梦的啊！"

"我们做了人家的田佃，领着几亩地田园，一年一年地耕种下去。世上没有什么旁的东西比较田园更加靠得住的。我们无论在田园上种下什么东西，它便会'发'出什么东西来，一点儿也不会错误，一点儿也不会令我们失望的。我们种粟，它便会'发'出粟来；我们种番薯，它便会'发'出番薯来。我们劳苦，我们把我们的汗都流灌在田园上面，于是，我们得到报酬。这是多么稳当而且可靠的工作啊。"

"虽然我是一个寡妇，但我并没有什么了不得的忧愁。我要夸张地说，那时候，我是在过着快乐的日子的。那时候，我自己是健康的，我的儿子也是健康的，一切田园上的景物都也是健康的。我们靠着我们的强有力的臂膀，做着我们自己的工，吃着我们自己的饭，对着欣欣向荣的田园上的稼穑，我们发着得意的微笑。我们虽然永远不会出头，虽然永远是渺小，但我们是多么快乐啊！"

"可是，我们是太穷了。无论我们怎样拼命地工作，无论我们怎样地节俭，我们终归是太穷的。我的儿子一年一年地长大起来，他已经完全变成一个'大人'了。他需要一个女人来做他的老婆了。但是，'世上有了白来猪，白来羊，从没有白来婆娘'啊！要老婆，便得出银子。我们哪里有银子呢？我们一向便是这样穷的。我们的'三祖六代'都是穷苦的啊。"

"我的儿子是个好儿子，真的，他真是一个好儿子啊！他的年岁一年一年地增加起来，有许多年纪比他还轻的都讨了老婆，他们的老婆都叫着我的儿子做'伯伯'了，他仍然没有成家。但他并不埋怨，也不叹息。他好像忘记着男人到了年纪长成，便应该讨一个女人来做老婆这回事情似的。……可是，他渐渐地对于田园上的一切工作都怀疑起来，懒惰起来了。他的脾气渐渐地变得不好，有时他乱鞭打着那只为我们做了许多工作的水牛，使它哀鸣着。有时，他却愤愤地把他的锄头丢掷着，喃喃地鸣不平说：'让鬼怪把你拿去吧。我已经不愿意耕作了！'唉，天王爷，我的儿子的确是个好儿子，可是因为没有讨得老婆，他的脾气便一天一天地变坏了。我能够埋怨他吗？不！我应该埋怨我自己太没有本事，埋怨我们的父祖没有丝毫积蓄留下来给我们啊！"金章老姆说到这里，时常摇摇着头，叹着气，用着探询的眼光在望着站在她面前听她说故事的客人。倘若那位听故事者对她点一点头，稍为表示一些赞同的意思，金章老姆便似乎得到一种说不出来的安慰，脸上即时现出一段凄寂的微笑。

"老天爷，事情是越变越糟了！"金章老姆在停息了一会之后，便又继续下去。"我的儿子像中了魔似的越变越奇怪了。当田园上工作十分忙碌的时候，他老是走到大树下去躺着，安闲地乘受着凉风，口里在吁吁啊啊地乱唱着，这使我格外生气。我们穷苦的人们要无终止地做着工才是我们的本分。我们应该多多地流汗，偷懒和享福是有钱人的事情啊。因此，有一天，当他正在大树下躺着的时候，我不声不响地走到他身边去，用着锄头柄打着他的大腿，这样叱骂着他：'你这绝种仔，你一定是发昏了！你一点工作也不做，是不是要让我们饿死呢？'"

"他望了望我，对于这意外的一击似乎完全不介意似地说：'饿死便让他饿死好了，你不要来管我吧！'哎哟，天王爷，这是什么意思呢？世上哪里有人肯让他饿死？我的儿子一定是发疯了。但在我责骂他之前，他开始在抗辩着：'老实说，我不愿意再耕种下去了，这是愚蠢的鬼所做的事情。老是这样耕种着，出息是一点也没有的。……告诉你，因为你是愚蠢的，所以你愿意过着这样牛马一般的生活。你"种作"着"种作"着，让别人来把你的收获的大半，安闲地拿去，让你永远地贫穷着，饥饿着，这是什么鬼的道理呢！我曾经和你一样愚蠢，曾经跟着你做了不少的愚蠢的工作。但现在我是觉醒过来，我愿意抛开这样的鬼工作。我愿意到远远的天边去，我愿意到那儿去出着我的血汗，赚着我的钱。我将在那儿成家立业。我将让你到那儿去享福。……我现在已经不是一个小孩子了，我比你懂得更多的事情。我从许多人的口里听到"番邦"的情形了。在那儿可以做着各式各样的生意，只要伸直手便可以拿到钱来。而且，听说，那儿有着许多大山大岭，里面尽是金银财宝。那儿又有着奇怪的鳄鱼，有着围着纱笼的女人，有着法术高强的和尚。……那儿有着这里所没有的一切呢！……我已经是决定了，我要到那儿去。我不愿意再耕种下去了！……'"

"那时候，我禁不住地哭起来了。我不忍再骂我的儿子。我的儿子是个很好的儿子呢。我不能够阻止他到番邦去。我希望我的儿子的说话是真的，我希望他能够发达起来。我希望他到番邦去，能够讨得一个老婆，成家立业起来。……但同时，我却觉得异常伤心，我不忍让我的儿子离开我。我不忍让我的儿子从我的身边，从这安安稳稳的故乡跑到人地生疏的番邦去。听说'生番'是很厉害的，他们不会把他吃去了吗？……还是劝他在故乡耕种好，贫苦些有什么要紧呢？……可是他需要一个老婆，因为没有老婆，他的脾气便变得这样奇奇怪怪的。唉，要老婆，便得出钱。我们那里来的给他讨老婆的钱呢？……唉，怎么办呢？天老爷！……我是什么办法也没有的，我只在哭泣着。"

"不久，我的儿子便到番邦去了。唉，现在想起来，我那时候一定是发昏了。我不应该让他去。唉，天王爷，让一个儿子到番邦去好像是让他到海里面去一样。虽然海里面或者有了水晶宫，有了海龙王的宝殿，有了奇奇怪怪的宝物，但到海里面去的人物，回来是绝对不容易的事情啊！天王爷，我那时，一定是发昏，我便让我的儿子到海里面去，让我的儿子去'过番'了。我的儿子是个好儿子，但我却是他的一个糊涂的母亲！唉，天王爷，我这样地把我的儿子丢进大海里去了！"金章老姆越说越伤心，禁不住卷起她的破旧的蓝布衫的衣袖在拭着她的老泪。碰到好运气的时候，那个听她说故事的客人也会陪着她伤心一阵呢。

"那一回"，金章老姆眼光不定地在四望着，像老母鸡在寻觅她的遗失了的雏鸡的神气一样。"我恰好卖了十来只猪仔，我把所有的钱统放在一只破旧的衣框里。我的儿子是一个再好没有的儿子，他平时虽然知道我的钱放在哪里，但他一点也不曾把它们'拿歪'的。他一向的品格是再好没有的哩……可是，这一回可出了花样了。他把我所有的钱全部都带跑了。不过，他终究是个诚实的孩子。他写了一条字条贴在破柜上面。我把那字条拿去给识字的人们看，他们像我这样读出来：'母亲，我把你所有的钱都带跑了，我过番去，你不用来追我。

你的儿子阿木。'"

"我连哭泣的时间也没有，没头没脑地向着那条通市的大路赶去。我记得，我那时是跑得多么快啊，那简直就像在飞着一样。……靠着菩萨的保佑，我追上他了。原来他是蹲在一个'沙堆'后面。打算等候天黑再跑呢。"

"当他看见我的时候，他些微地露出慌张的神色，但即时便归平静了。他微笑地向着我说：'你来做什么？'我不知道应该骂他好，还是向他说些古利话好。我抱着他，像抱着一个婴孩似地抱着他。凄凉地哭泣着。他一动也不动地只是沉默着。我望了望他的忧郁的神气，他的阔大的臂膀，他的纱似的头发，这一切都和他的父亲一样。而他的命运更也和他的父亲相差不远。因为贫穷的缘故，他的父亲替富人当更夫，被强盗砍去了头，他自己，连老婆也不能讨一个，现在还要到那有着吃人的'生番'的番邦去。这是多么可怕啊！天王爷！倘若我的儿子是被'生番'吃去了，那不是真个'绝种'了吗？那死鬼说得不错，穷人们，迟早是要'绝种'的！唉，天王爷，穷人们到底有什么罪过呢！

最后，我定了一定神，这样的向着我的儿子说：'你这绝种子，你这样鲁莽地到"番邦"去，万一有了一差半错，我们这一门的香灯，不是断绝了吗？回去吧，到"番邦"去是不行的！'"

"我的儿子连望也不望我，只是冷笑着说：'难道让我在这故乡活下去，活了一百年，我们这一门的香灯便不会断绝吗？'"

"天王爷，我的儿子的说话虽然使我伤心，但我不能说他的说话有什么不对。真的，即使他在故乡活下去，活了一百年，可是没有讨得一个老婆，不能生男育女，这还不是一样的'绝了种'吗？……唉。天王爷，世上的事情真是太不公平了，富人们三妻四妾，把女人多多地占据了去。我的儿子，这么强壮，这么好品格，这么会做工作，却连一个女人也得不到。让魔鬼把富人们全都抓去吧！"那时候，我觉得很是害羞，我觉得我没有斥骂我的儿子的权力。我的儿子的确是个好儿子，我不能替他讨一个老婆，这是我的罪过，并不是我的儿子的罪过。正如我们的乡里的歌谣所说的一样：'大鹅咬小鹅，背着包裹过暹罗；海水迢迢，父母真枭；老婆不来，此恨难消。'我不能够替我的儿子讨个老婆，这难怪他要'过番'啊！……但是！我那时候还不知道过番是这样可怕的一回事情，我还希望他过了几年番，讨得一个老婆之后便回来。我不知道让儿子过番，好像让他到海里面去一样啊。因为我是这样的愚蠢，不知道怎样去挽住着我的儿子，于是他终归在我的面前跑去了。越跑越远，起初我还可以看见他像一黑点在走动着，往后完全不见了。……唉，天王爷，我的儿子便这样的沉没到海底去了！"金章老姆越说越凄楚，终于歇斯地里的在号跳着。但恐怕惹起那位倾听者的厌烦，她振作了一下，便又继续说下去："哎哟，靠菩萨保佑，我的儿子平安地到达番邦去了。"

"听说，大海是那么阔，到番邦去的路程是要经过几日几夜，看不见山，看不见陆地呢。哎哟，天王爷，天下是多么阔啊！……可是园田阔便有了好处，天下阔是反为不好的。因为天下太阔，所以我的儿子能够跑得离开我这么远了。

起初，我的儿子好像是很惦念我似的，时不时写信来给我，虽然钱是一个也没有的。但我不需要钱，我是个乡下婆，我要钱做什么用呢？我需要的是我的儿子的心。我所关心的是我的儿子的消息。'我的儿子发达了吗？……我的儿子讨得老婆了吗？……我的儿子快要回来了吧？'我天天地都是在挂念着我的儿子，碰到从番邦回来的人们便这样地问他。天呀，我是一天天地在衰老着了，我所有的希望，所有的安慰，所有的幸福不得不全都寄托在我的儿子身上。我的儿子，便是我的一切了。"

"我依旧在耕作着园田，但忧愁压损了我。我的气力消失得很快。我所耕作的禾稼因此便也没有一种欣欣向荣的景象。我的儿子是别离了，田园也变得毫没有生趣了！天啊，一个母亲的五脏六腑和她的儿子的五脏六腑是捆缚得多么紧啊！"

"可是，老天爷，我前生世一定是犯了什么罪过吧，我的儿子的品格这样好，从小便由我乳养成人的儿子，在他到番邦三几年之后，便给一个番婆抢夺去了！我本来是恐怕'生番'会吃人的，谁知道吃人的不是'生番'而是'番鬼婆'！那些'番鬼婆'是这样可怕的，她们差不多都会念咒语，懂得'降头'，男人们一中了她们的咒语或者'降头'，终身便为她们所迷，不能回乡来了！唉！我的可怜的儿子！自从他和一个番鬼婆结了婚以后，他便给她迷了魂，夺了魄，从此便有三十个年头完全把我忘记了！……这不是很明白吗？倘若我的儿子不是中了那番鬼婆的咒语，降头，他能够这样毫无心肝地对着他的母亲吗？想一想啊，这是一个多么长久的时间，三十个年头，完全不记起他的母亲，完全不曾写一个字来给他的母亲！……唉，菩萨保佑，快些让那番鬼婆死去，我的儿子才得回来呢！"

　　"唉，我现在是快要八十岁了，我已经是旦夕的人物了，我的儿子不赶快回来，一定是不能够看见我了……我的儿子是个很好的儿子，在他还没有见我以前，倘若我便死了，这不使他太难过吗？唉，我的可怜的儿子！"金章老姆在把她全部的说话说完之后，禁不住对着那听话的客人叹着气，眼眶里渍满着眼泪。可是她的态度好像不是在怜悯着她自己而在怜悯着她的儿子似的。

气力的出卖者（一封信）

母亲，我写这封信给你，已经是我快要死的时候了。母亲，前几天，我虽然亦曾淌了淌眼泪，但直到要死的此刻，我反而觉得没有什么难过了。我是一个不懂得什么的人，我对于死是觉得一点害怕也没有的。母亲，相信我，我这时是一点也不会觉得难过，我只觉得死是一种休息。母亲，说到休息，我想你一定又要骂我的。我想，你会骂我懒惰。但，母亲，这一回可不同了。我实在是不能够再活下去。因为我的气力都已经用完了。不！母亲，我不应该说用完，我应该说卖完了！母亲，我们实在都是在把气力贱价地卖出的，我也是，母亲也是，父亲也是，哥哥也是，弟弟也是。不过，我们的气力的买主不同，你和父亲，哥哥，弟弟的气力都被田主买去，我的，却被资本家买去，这便是我们间唯一的差别了。母亲，你听懂我的说话吗？我的说话是从大学生们中间学习得来的，因为一有机会的时候，他们便会偷偷地走来把这一类的说话告诉我和我的同伴了。

母亲，我是快要死了，我已经病了好几天，跑路是跑不动，东西是一点也吃不下去，而且没有人来搭理我，没有医生来看我的病。我自己已经预先感到我是没有生存的希望了。可是，母亲你相信我吧，我的心境很是平静，我是一点也不会难过的。不，我不但不会难过，反而感到舒适。因为，我相信死是我的休息。而现在该是我休息的时候了。母亲，我自己是快活极了，我因为不久便可以得到一个无终止的节日（死便是穷苦的人们的节日），所以觉得快活异常。但，当我想到你，想到父亲，想到哥哥，想到弟弟，我的眼睛便不自觉地

228

为泪水所湿透了。母亲，你们现在还没有得到休息的机会呢。你们还得继续贱价地出卖着你们的气力呢。在你们的后面有了一根无情的鞭子在鞭打着你们，不许你们喘息一下。那根鞭子便是生活，那根鞭子便是资本家，地主，和一切的幸福的人们所特有的指挥刀啊。

母亲，我这样说，你会不会觉得太奇怪呢？我想你一定会认为这是太奇怪的。真的，这些话实在是太奇怪的。我在健康的时候，从不曾这样想过。现在，我是病了，我的神经一定是有了变态了，所以，我要说着这样的说话。前几天，有一个大学生偷偷地到来看我的病，我便把这一段说话告诉他。他很热烈地握着我的手，安慰了我一阵。我看见他的秀美的眼睛里面包着泪水。在那一刻间，我忽而感到伤心，便也跟着他在流着眼泪。而且我忽而感到生是可留恋的了。但，我不能、我不能够再生存下去；因为，我的气力已经出卖完了！当他用着他的战颤着的声音向着我这样说："同志，你不应该死，你应该'做着你们的阶级的前锋去向你们的敌人'，向你们的气力的购买者复仇！"的时候，我相信着他的说话，但我看一看我的身子，看一看我的四肢，那已经是完全和枯树枝一样。于是，我低下头去，不再说什么了。母亲，从这一点说起来，我觉得我的死是太可惜了。我悔恨我当初为什么没有想到这一层，好好地留下我的气力来替我们的敌人——气力的购买者，掘坟墓！

母亲，我这个时候是围着一张破洋毡躺在公司的栈房里的地板上面。这破洋毡便是我的财产的全部，便是我借卖气力所赚来的财产的全部。正对着我的头顶，有了一枝约莫五烛光的电灯，那是特为附近的小便处而设的。这时候，已经是深夜了，许多鼠子在我的身边走动着。我是不能够睡觉了，所以爬起身来写着这封信给你。但我的手已经是变成这样无力的了，我写着每个字的时候是这样的不容易。但，母亲，我一定要把这封信写成功，而且要把它写得长些，因为这要算是我和你最末次的谈话了！我不想哭，真的，母亲，我无论如何也是不愿意哭的。我今年虽然只有二十岁，但在外面漂泊了几年的结果，使我的心情变老了。我想我的心情已经变得和母亲一样老了。我为什么要哭呢？有什么人来向我表同情呢！从前，当我遭骂受辱的时候我便时常哭，但结果只是得到一些嘲笑。所以，这一两年来，我只有愤怒，只有冷笑。直至现在差不多要死的时候，我还只有愤怒和冷笑。母亲，我不愿意哭，我不能够哭。倘使我要哭，我将为着快乐而哭啊。

　　真的，哭是一种软弱，而快乐的时候，便是最软弱的时候。母亲，在前几天的晚上，我的确是哭了一回的。那是一个有月亮之夜，而这月亮是乳白色的，正和一位穿白衣的少女一般。单是这月亮已经是可爱极了，而她更照映着在这空阔而渺茫的湄南河上。我们的栈房有了一列窗子朝着湄南河的。我躺在地板上，只要把头向着窗外一望，便可以看见这一切了。

　　起初的时候，我是一点也不留意的。我把我的视线对着湄南河，呆呆地在望着这样美好的月色。过了不久，我的眼前忽而浮现出许多熟悉的人们的脸孔来。最先便是母亲的脸孔，其次便是父亲的，往后便是哥哥和弟弟的。这些脸孔都是呆板而无活气，皱纹很多，笑容是一点也没有的。可是，这些脸孔都用着爱抚的表情在向着我。这给予我温热，这使我感觉到和一般人一样幸福。于是，我哭起来了。但这只是一瞬间的事情，等到我的意识回复了之后，我看清楚我的地位，我是一个奴隶，我是一个出卖气力者，现在我是快要死了，但是没有人来搭理我，我的地位并不会比猪狗更好些，于是我即刻不哭了，我又是愤怒，又是冷笑。

　　母亲，我知道你接到我这封信的时候一定要哭得晕倒下去。你一定要责骂我为什么不赶快跑回家去。你一定要说，倘若我赶快回到家里去，你便可以尽力来调治我的病，我的病便一定会痊愈。母亲，我相信你一定会拿这样的诚心来对待我的，但我不能够回到家里去，我不愿意回到家里去！让我在这异乡死了吧，我是不愿意回到家里去的！

　　我虽然离家已经有了不少的时日，但家里的情形，到底我是明白的。我家的门口猪粪和牛粪是特别多的。人在距离我家三几十步的时候已经可以闻出一种沉重的臭气味来了。什么客人也不会来探访着我们的，除开债主们而外。债主们是不怕臭气味的。而我家的债主们之多，也正和门外的猪粪和牛粪一样。这些债主除开一部分是新债主外，其余的都是老债主，那是说我们的祖先欠他们的祖先的钱，我们现在必须把钱还他们，我们的儿子孙子，将来也必须把钱给他们的儿子孙子。他们是祖传的债主，我们是祖传的负债者。

　　此外，在主宰着我家的命运，更利害而且更可怕的便是田主了。他们都是一些天生的贵人。他们的脚和手都用不到沾湿，而我们收获的禾谷和一切稼穑的大半必须恭恭敬敬地挑到他们家里去。而且，我们还得向他们磕头，极力巴结着他们。因为，他们万一不高兴，不允许把田地给我们耕种的时候，我们便须捱饿了。实在说，我们的生命完全悬在田主爷的手里。他们对于我们实在操有生杀之权呢！……

父亲的年岁本来不过五十左右，但看起来，倒像个六十以上的人物了。他的背已经驼，眼睛已经昏花，面孔是瘦削得不成样子的。他的鼻头是红的，嘴唇微微地翘起，露出黄色的牙齿来。样子是可怜极了。他好像是专为受人家的糟蹋而生似的。不管债主们和田主们怎样骂他做狗，用脚尖踢着他的屁股，他都得忍受着。忍受着，忍受着，这已经成为父亲的哲学，也是一般的出卖气力者的哲学了。

可是，受了这么多屈辱的父亲，在家庭里却成为一位暴君了。他一有了机会便拼命地在喝着一些一份火酒和百份水量掺成的液体。喝醉后，他便睁大着他的带血的眼睛在寻隙把我们打骂着。有时，他更把母亲头顶上的一块约莫二寸宽阔的秃了的头皮打得出血，用着粗大的竹槌打击着我们，不让我们吃饭。有时，他更像发了狂一般地把家里所有的鼎灶盘碗等等都打得粉碎了。母亲，我知道父亲并不憎恨我们，并不是故意要和鼎灶盘碗等等作对。不过他所受的闷气实在太多，倘若不是这样做时，他必定会发狂了。

母亲，我们有了这样的一个家庭，我又何必回家去呢？我的回去，只使家庭加重了一种负担，而且使父亲更加容易发狂。我能够回到这样的家庭去养病吗？这只是做梦！母亲，让我在这异地死去好了，穷人们的病是用不到医治的啊！

母亲，我的确也曾希望回到家里去。但不是想把带病的身躯运回家里去医治，而是想发了财，拿着很多很多的钱回去的。我想拿着这么多的金钱回家之后，父亲将有最纯粹的好酒喝，他的脾气也将会变得好些。于是，他将会变成了一个很好的父亲，不再打破你的头皮，不再会不给我们吃饭，把鼎灶盘碗等等打碎了。但是，母亲，这自然只是一个梦，而且是一个愚蠢得了不得的梦！

母亲，漂泊了几年的结果使我认识了许多从前绝对不会认识的事体了。我们怎样能够致富呢！我们不能够变成富人，正和富人们不能够变成穷人，是同一样的道理。我们倘若变成了富人，那么，那些购买气力的富人们将到哪里去购买这些气力呢！为了要购买气力的缘故，富人们一定是不允许穷人们发财的。母亲，你一定会不明白我的说话。你将会说这是假话，我们赚我们自己的钱，发我们自己的财好了，和富人们有了什么相干呢？母亲，你是不是会这样说呢？倘若你真的是这样说，那便是你的错误了。母亲，事情并没有这样简单的。譬如说，父亲的本事变得更大些，你以为他便能够发财吗？这是一定不会的。在父亲的颈上有了一条看不见的绳子，债主们和田主们都挽住这绳子在他的两旁拉着。他们对于父亲有了生杀之权，他们只是让父亲为着供给他们的利息和田地上的生产而生活着的。要是父亲有了这发财的放肆的想头，他们只把绳子尽力地一拉，父亲便会即刻呜呼哀哉了！

城市上的资本家的面孔是比乡村间债主和田主更加可怕的。他们的权力比任何官厅还要大，他们暗中命令着官厅做着这样，做着那样，官厅是一点也不敢违背的。譬如他们向我们这些出卖气力的人们说，五毛钱一天，你应该在这一天的十二个钟头中把你们所有的全部的气力都卖给我。别一个时候，他们可以把购买气力的价钱降低到四毛，而且工作的时间要延长到十三点。我们倘若不干，便得捱饿。倘使大家都一道地不干，他们便会说这是罢工，抓到官厅去，便是枪毙！母亲，像这样，我们怎样能够发财呢！

母亲，我该是多么可笑呢，当我在家的时候，便为了那个愚蠢的发财的梦使我不安于田园上的工作了。那时，每当在田园上被太阳光晒得背上发痛，头脑发晕的当儿，我便发痴，我便想到南洋来发财。于是，在一个阴惨的下午，我终于偷到母亲卖猪得来的十几块钱，走到汕头来搭铁船……

到了暹罗之后，真是所谓"人面生疏，番子持刀！"即刻令我走投无路了。我像一只羔羊，而这都市上的人物一个个都像是虎豹。当他们睁开眼睛在看着我的时候，我便感到害怕。于是，我悔恨我为什么一点没有打算便跑到这异邦来，真是该死了！

"唉，让我在家乡的田园上给太阳光晒死吧，这比较在这举目无亲的异邦上漂流着，好得多了！"母亲，旁的事情我是不再说了，因为我这几年的生活怎样，你是完全知道的。总之，我的命运是和旁的工人一样。我得贱价地出卖我的气力。而且因为命运不好的缘故吧！？一年中时常总有许多时候，人们是不大愿意购买我的气力的。这便叫作失业。母亲，失业是比任何事情都要可怕的，那是和田主爷不肯把田园给父亲耕种一样地可怕啊。……我在上面不是曾经说过吗，生活是一根无情的鞭子，这鞭子有了使每一个工人都柔顺地做着资本家的奴隶的权威。自然，我也是许多奴隶中的一个呢。

我现在住的这间公司是一间制盐的公司。我在这公司里面当一名伙夫。这公司每年不知道赚了几千万块钱，但它却只用每月十二块钱的贱价买得我每天做十二点钟的工作。整日夜二十四点钟，这公司里面的大火炉继续地有火在燃烧着，司着这种职事的就只有我和一个吃鸦片烟的同伴。先前这公司本来是雇用着三个伙夫的，那时每人每天只做八点钟便够了。但现在公司因为要省钱的缘故，便命令着我们来做着三人份下的工作，工钱是照旧没有增加的。我们把做工作的时间平均地划分着，我的那位吃鸦片的同伴每天做着他的工作由下午四点钟起到早晨四点钟止，我的工作的时间是由早晨四点钟起到下午四点钟止。这样干了一个月我便睡眠也睡不得，吃饭也吃不得，样子是瘦得和骷髅相似了。可是，我仍得做下去。母亲，我怕失业，失业是比较害病和死亡更加可怕的。

可是，母亲，我一个月，一个月地捱下去，现在已经是精疲力竭，身体上的每一滴血都把火炉的热气焙干了。我的气力是完全出尽了，我非死亡不可了。公司方面，已经另请人在替代着我的职务，预备我一死，这新来者便可以很熟练地做下去了。

母亲，我现在已经是完全不中用了，我像一条死尸似地横陈在地板上。我这几年来借着出卖气力所得到的财产的全部，只是一条破洋毡！可是，我并不想哭。我只有愤怒！只有冷笑！……倘若我的病是会痊愈的呢，那么，我以后的生活将要照着那些大学生们的说话去复仇，去做斗士，并且要去唤醒一切和我们同样受压逼的人们去做着彻底的破坏和建设。

但是，母亲，我已经是病得太厉害了！我的气力已经是被购买完了！我已经是不能够再生存下去了！……母亲，我请你接到我这封信的时候不要哭泣啊。哭泣对于我们是并没有多少好处的。我们所需要的是觉悟，是向敌人们复仇！母亲，你应该特别告诉父亲，劝他不要再打破你的头皮，他所应该做的是扼住敌人们的咽喉！母亲，过几天，我一定会被丢到荒郊去，或者会被浅浅地埋在土坑里面。但这对于我有什么关系呢？当我生存的时候，已是不曾被人们珍重过，直至我已经变成一条发臭的死尸了，又何必讲究呢！

母亲，我将和你们别了，永远地别了！可是，母亲，我郑重地请你不要哭泣，因为哭泣对于我们并没有多少好处的。……母亲，我的生命是完了，但我愿意我的说话永远在你们的脑子里，在一切的被压逼的人们的脑子里生了根。

母亲，我是快要死了，但我并不悲哀，因为我的脑子里是这样地充塞着热烈的希望！

祝你和父亲以及我的哥哥弟弟积极地生活下去！

我在此预说着被压逼者们未来的伟大光荣！

你的儿子绍真

柿 园

　　在乡村间里，一切的东西差不多都是静的，日光也静，田园也静，在篱边啄取食物的鸡，在池里游泳着的鸭，在檐前伏着头睡的狗，在污泞里滚着的猪……这一切也都是静的。这种静是广大的、悠远的、渊深的。这种静里面有着活气，有着欢悦，有着健康。这种静里面有着一种质朴而耐久的力量，这种力量会把乡村所受的一切灾害、剥削、被践踏、受愚弄的不幸的总和加以将养和恢复。就和一个沉默而多力的舵工一样，他能够不动声色地抵抗着各种险恶的浪潮，而在赤褐色的脸上永恒地挂上微笑。

　　我们的家自从搬到柿园以后，我们便在一种宁静以上的境界里面生活着。把乡村比做一个沉静而没有风浪的大海吧，那村外便真是像那大海的心脏一样了。那是静得多么可怕啊，白天里，阳光在柿叶上跳跃着，从这一叶移到那一叶，晚上只听见狗卵嫂家里的那只有病的母狗用着拖长的声音在悲鸣着，此外便只是沙沙的落叶，和唧唧的草虫所占领着的世界了。

　　我们有了很少的宾客，一若我们是被投掷着在一个荒僻的角落，而且被忘却似的。每月总有一次半次父亲孤单单地从县城上回来，脸上带着疲倦的。失望的神情，就像受了谁的鞭打一般。他的说话里面往往杂着唉声叹气，即使在他发笑的时候，他还是不住地在摇着头。他的两只眼睛很有神采，在眼梢有几条柳丝似的皱纹。嘴巴四周有了很丛密的胡子，这使他的半截脸变成为青色。他有很坚强的牙齿，脸色是黄而带病，头发却是鬈曲而漆黑。他的身体是很弱的，但他的高傲而不肯屈伏服的性格强健了他。做着一回吃力的工作，他便喘不过气，却永远地在干着吃力的工作。担负着一件责任，他便寝食不安，却无时无刻地不在担负责任。他是畏烦躁、喜安静的，但每回他只能够像个宾客似的在家中住了一二天，便又不得不到烦躁的城市上去。

他很容易发怒，但碰到他心平气和的时候，他却是特别可亲的，不过要碰到这样的时候，实在是很艰难。他是这样地易于发怒，那便在他短少的回家的日子上，他还免不了要时常向母亲发着脾气。有时他用着柔和的声调缓缓地在和母亲谈说这个谈说那个，像是很快乐似的。但忽然间他便会跳起身来，睁大着他的那对有权威的——甚至于是凶猛的——眼睛，用着霹雳的声音把母亲叱骂着，就和叱骂着一个无知的小孩一般。

差不多在他每次的回家，母亲总要受到一二场残酷的叱骂——好像他的回家的目的，便专为着回来叱骂母亲似的。这一点使我对于他觉得又是害怕又是嫌恶。有时，我抱不平地这样向着母亲说："阿姆，你怎样不敢和阿叔吵起来呢？他是多么横暴啊！他一点儿也不讲理啊！"听了像这样的说话，母亲一定会用着她的有力的手挽着我的头发，把我推送到角落里去，这样地叫喊着："放肆！……你是什么事情也不懂的呀！世界上没有一个人像你的父亲这样正直而且良善啊！你说他不好，你就滚去，不要做他的儿子就完了！你这绝种子啊！"我觉得母亲是太软弱的，她太替父亲辩护了。

父亲很少和他的儿子们说话，他把他的说话的时间用去唉声叹气，或者用去拉长着声音在吟哦着。实则，他的那种吟哦，并不是在诵念着什么，只不过另是一种叹气的方法。有时，他独自个人在檐前走来走去，走了几个钟头，口里不住地嗯嗯咿咿在唱着。他的眼睛只是直视着，并不看人，他的脚步不缓也不急。像是有着一种节奏似的。我们在他的面前玩着，做着各种把戏，他一点也不注意我们，就像他是在另一个世界一般。

在这种状态中，有时，他忽而脸上挂着笑，像从梦中醒来似的。于是他会用着他的"重舌"的口音，向着母亲和他的儿子们天真烂漫地说起一些有趣的故事，在每句说话之前重叠着许多的"这个"、"这个"，……。但这算是一种很特别的例外，平常他总是沉默着，沉默着，脸上露着忧愁而又气闷的神色的。

他的教育的方法也是很特别的。未曾搬来柿园以前，在乡里面的我们的一间堆积杂物的房间里面有了一面药橱。那药橱上面题着许多药的名字。有一回，父亲招呼着我站在药橱旁，跟着，他便吩咐我随着他顺序地念着：

"羌活……独活……荆芥……防风……。"停了一歇，他随手指着一个药名问我。"这是什么？"

"这是羌活。"我说。

"这是什么呢？"他指着另一个问。

"这是防风。"我想了一会答。

"这两个是什么呢？"他继续地问着我。

"忘记了。"我凝望着他的严肃的面孔，战栗地答。

"忘记了吗？这不会忘记吧！"他把手上的尺来长，寸来粗的"药尺"（拣药的时候，压置在药方上面用的。）在我的头颅的正中打了下去。

"这一个怕是荆芥吧！"我眼里包着眼泪，朦胧地看着那药名用手指指着说。

"对啦，还有那一个呢？"他这样地逼着我问。……他的教育的方法，便这样完全建筑在那根"药尺"上面！

此外，还有一件事情，使我特别不能对父亲谅解的是他在未搬到柿园里面来以前，便喜欢用着鼻音说我是个"多余的儿子"是个"意料以外的儿子"，当他对我发脾气的时候。有时碰到母亲在他的面前述说我的过错的时候，他会用着一种冷淡的神气答复着母亲说："看他是个'多余的'，有也好，没也好便完了。"

当我听到他对我下着这样批评的时候，我是多么伤心啊。我觉得这比用鞭子打我，或者把我痛骂一顿还要难受些。为什么我会是一个"多余的"呢？我有什么地方特别不好呢？"这分明是父亲对我不怀着好意的！"我自己这样地下着结论。

但同时我却总觉得有点奇怪，为什么父亲光是说我是个"多余的"是个"意料之外的"儿子呢？他为什么不曾把这些名词赠给我的兄弟们呢？我极力地想寻出这里面的正确的意思，但每回都令我越加思索越是迷惑起来。……有一天，母亲带着我到美进婶那儿去。美进婶是个眼睛上挂上眼镜，面孔细小得像"木头戏"的角色一般，而又会拿起"歌册"来唱的一个四十多岁的妇人。她碰到人家的时候，脸孔上总是挂着笑，而那种笑总是极其凄凉的。她的丈夫是个有志气的人物，他因为受了他的有钱的"亲人"（即血统接近的堂从类的统称。）的气，和她结婚后没有多久便跑到南洋去。而且在出门的时候他向着他的家人宣誓着，非待到赚得一千块钱以上，他是死在番邦也不回来的。

她的丈夫从此便流落在番邦了，他是一个硬汉，但同时是一个可怜的人。他已经离了家乡二十余年了，但他永远不曾赚到一千块钱以上，于是他便也不愿意回来。而美进婶便这样地在守着活寡，这二十多年来，她和人家相见的时候便总是凄凉地在笑着。

"美进叔，怕就要回来吧！……"在这二十几个年头中，人们向她问讯的时候，总是用着这同一的，简单的说话。

"那白虎！回来不回来不都是一样吗。"每回她总是咬着嘴唇这样答应着。

她和母亲很要好，同时她也很怜爱我。她时常向着我的母亲恳求地说："清正姆，把阿竹送给我做儿子吧，我是太寂寞了！"

我从她的在颤动着的嘴唇看出她的寂寞的灵魂来，这使我异常地受到感动，而且愿意和她亲近起来。但这一天，当我跟着母亲走到她那儿去，她正拿着"歌册"在唱着。我无意间学着成人的口吻这样地向着她说："美进婶，不要唱'歌'啊，美进叔，怕就要回来了！"

她即时把那部"歌册"丢开，用着两手捉住我，靠紧着她的膝关节。

"啊，你更会这样放刁，你这'怪子'！"她睁大着眼睛，望着我，脸上溢着苦笑说。

"怪子，"什么是"怪子"呢，这个名词对于我完全是新鲜的，于是我这样地诘问着她："'怪'子，什么叫作'怪'子呢？"

她瞬着我的母亲一眼，很得意地笑将起来了。"你不晓得什么是'怪'子么，问问你的母亲便知道了！"美进婶站起身来，摆动着她的细小的身躯，因为衣衫太宽的缘故，看起来像一轮风车在打着转似的。她不待候母亲的答复便这样继续下去，"你的母亲平时是四年一胎的。她生了几个儿子都是这样。但有了你的时候便不同了，那时候，你的姊姊刚生下了一年多呢。你的母亲时常皱着眉地向着我说，'恐怕生"怪"吧！'我总是劝她安心。后来左等也不生，右等也不生，直至有了十二个月的时候，你还未尝生下来。你的母亲便更加忧心了。'一定是生"怪"无疑呢！'她老是这样忧伤地说。阿竹，你要佩服我的眼力多好呀，那时我摸着你的母亲的肚皮，这样向她担保着，'不！这哪里是"怪"！这分明是个孩子呢！'在那个月的最后一天，你的母亲果然把你生下来了。哈哈，这样，你还不能算是个'怪'子吗？……"美进婶的这段说话，不但使我承认我可以被称呼做一个"怪"子，而且同样地使我明了着父亲为什么要在愤怒的时候说我是一个"多余的"，或"意料以外"的儿子了！可是，这是使我多么伤心呀！我想，即使我是一个"怪"子，父亲也不能用这样的字句来奚落我，世界上那有一个人愿意做着一个"多余的"人物呢！

实在说，在那时，我实在是对着父亲没有好感，他每次的回家都使我不喜欢，虽然柿园里面是寂寞的。真的，我像是一只野鹿，而父亲对于我像是一条锁链，它使我不能够任意奔跑。幸喜他每次回家的时间是这样短暂，不然，真叫我闷死啊！

我们继续地在这柿园里面生活下去，那些日子在我的记忆上面就如黄金一般地辉煌照耀，是那么饶有诗趣，而且永远地新鲜而活泼的啊！

我记得，在大风雨的时候，树林里不能自止地发出悲壮的叫号，甘蔗林和麻林一高一低地在翻着波浪，全宇宙都被笼罩着在银色的烟雾和雨点之中。这草寮在战抖着，震摇着，就好像一只不十分坚固的轻舟在渺无边际，而且浪头险恶的大江上荡动着、颠颤着一般。在那样的时候，母亲好像毫无感觉似地只在忙着做她的日常的工作。她对于这大风雨所受到的影响只是更加敏捷地指挥着她的儿子们把各种怕被雨水淋湿的东西搬到草寮里面来，同时她自己，虽然是缠着足，也像和人家赛跑似的，在她的儿子们前面走来走去。

不知为什么，我是这样喜欢在大风雨里面奔跑着。在平时，一切静立着的东西只惹起我发生了一种沉闷的感觉。大风雨的时候，一切都变得生动而活跃，都带着一种癫狂和游戏的态度。这时特别地适合着我的脾气。照例，在这样的时候，我总是把我的身上的衣服脱光，赤条条地在风雨里面奔跑着，叫喊着。我的眼睛放射着光，我的赤色的头发在大风雨里跃动着。我是玩得这样起劲，那每回非待到母亲站在门口，手里拿着当作鞭子用的小树枝向我恫吓着，招呼着我走进去的时候不肯停止。

但我虽然是这样喜欢大风雨，却有点害怕着霹雳的雷声。每每听到这种声音的时候，我便不期然地想象到那个手持着斧头，凿子，尖着嘴，状类猿猴的"雷公"。他会在风雨后面追赶着，而且会用着他的斧凿把人击死的。我晓得雷公会把人击死是在不久以前的事。那时母亲带着我到外祖母家里去拜外祖父的百日（死去了的百日）。约莫午后两点钟的时候，在一个被穿白衣的人们塞满着的庭前，忽然响着一声异乎寻常的霹雳的雷声。那时大家都吃了惊，不期然地四处奔跑看。

"这是什么？"我用着带颤的声调这样问着母亲。"这一定是击死人呢！打得这么响的雷声！"母亲向着我解释着，她即时把我抱到她的膝前去。

"雷会击死人吗？"我出奇地问。

"怎样不会！"母亲的答案是十分肯定的。

那时候，庭子上那群穿白衣的人们你一句他一句地争向我解释着：

"雷公的样子就和'做戏'（即戏台上表演的）的一模一样。他遵照着玉皇大帝的圣旨，手上拿着斧头凿子，飞来飞去，睁着眼睛，尖着嘴唇，在寻找着一些作恶的人们，一一地把他们击死！……有许多人亲眼看过，在被'雷公'击死的人们身上把黑色的雨伞一遮，便可以看见他们的背上现出来一行行的字迹，写明那些人的罪状啊！……"

这段故事和旁的神仙鬼怪的故事一样有效力，它使我完全相信。但这故事特别使我害怕起来。听了这故事以后，每回听见雷声，我便觉得我的头上好像是痒痒似的。虽说"雷公"是打死恶人，不打死善人，但我自己那里能够知道我到底是个恶人还是个善人呢？

母亲知道我的这点弱点，因此当我不怕她的恫吓，老是不肯从大风雨中走进草寮里来的时候，她便把她的面孔装成严肃些，这样骗着我说："你这绝种子，你还不快一点跑进来，'雷公'在你的后面追赶着了！……"

像这样的说话，往往是证明着比她手里的小树枝更加有力量的。我，一只强健的小鹿似的我，一切都不怕，只是害怕着"雷公"呢。

但，有一回，母亲刚把我从大风雨里面骗回去，一阵大灾难即时便临到我的头上了。……

自从我们搬到柿园上以来，母亲便让大哥替代着她自己弄饭。她的意思是想让大哥把这件事情学习，学习着。大哥是一个很聪明的人，只要他肯留意，无论那一件事情他都很容易便可以学习成功的。母亲曾经和我们说，当他三岁时，他已经是异常乖巧。他晓得怎样去欺骗成年的人们。有一天，他跟在父亲后面，要到老鼠墩上去。路上，经过甘蔗园，他想从那园里面偷折一根甘蔗。他停住，在撕着那甘蔗的蔗叶。但在这个时候，父亲已经回转头来，向着他大声地威吓着："你在做什么？"那时，他不慌不忙，点着头，对着父亲说："我要拿着这些蔗叶回去给阿姆'起火'呢！"……他一年一年地长大起来，身体又强壮，耙猪屎，拾蔗壳（即蔗叶），以及一切家庭琐碎的工作都做得很好。此外，他特别地会种植"羹菜"（即园上的菜，如油菜、芥菜、白菜。莴苣等等……），比一个老农夫似乎还要种植得好些。还有，在私塾里读书，他亦被证明着是个最优等的学生。总而言之，他是个天才。但和旁的天才一般他亦有他的缺点。他喜欢偷懒，而且欢喜赌博。这很是惹起母亲的憎恨，尤其是后面这一项。

但在大哥这方面，赌博好像便是他的唯一的娱乐，除开它，他便会觉得很寂寞似的。他并不觉得在泥泞里滚着，让背上给太阳光晒得发痛，或者拉长地做着各种工作，直至眼前发黑，有了什么意味。虽然母亲天天训诫他，做人应该艰难刻苦。但每回他听到母亲的像这类的训词，他便皱着眉，蹙着额。他不喜欢这些说话。他并不是有意要和母亲作对，专拿赌博来荒废他的工作，而是想把赌博来做他的正当的娱乐啊。但是母亲不了解他，天天责骂他，因此他亦在背地里怨恨着母亲。有时，他甚至于在母亲的面前，狰狞然地和她争辩起来。但当他受到最严厉的责罚，被打骂和不给饭吃，而母亲那方面又气得捶胸顿足的时候，他便变得非常忧愁，垂着泪，呆呆地坐着，用着乞求赦罪的眼光久久地凝望着母亲。跟着，他便有几天做工做得特别勤而且快，也不敢偷懒，也不敢去赌博，变得很是听从母亲的说话了。

和做着旁的工作一样成功，大哥在这柿园上负着弄饭的责任是很值得称赞的。每餐的时候，他都在这草寮的门口一上一下地理着他的职务，就像一个好厨子一般。他的赤褐色的脸膛照耀着光泽，嘴角上老是挂着一种自得的微笑。等到饭快熟的时候，他便弓着身子洗着碗碟，筷子，抹抹着食饭台——那安置在草寮里面，是由一只破书桌做成的——显出很有条理而且很是熟练。有时，他一面这样做着，一面还在唱着《滴水记》一类的曲调。老是"……转身儿，向楼台……"地唱着呢。

这天，约莫是正午的时候，我刚从大风雨下面被母亲招呼回来，赤条条地坐在食饭台前的一只矮凳上，母亲用着和缓的声调在责骂着我。这时，我的大哥忽而从门口把一钵滚热的稀饭抱进来。那稀饭是装得太满了，一走动时，便从钵的边缘溢出饭汤来，这烫肿着大哥的手指。于是，他失魂失魄地走到台边，把那钵稀饭掷下台上。这钵即时被打翻了，钵里面的稀饭雨水般地全部倾泻到我的一丝不挂的身子上来。在我还未感到痛苦之前，我便看见大哥的脸孔完全变成死白色，像被锥刺一般地叫号着："救啊！弟弟被我……。"

在我的朦胧的状态中，父亲忽而从县城上走回来看我。而且，那是令我觉得多么骇异啊！父亲好像完全变了性格似的，他的脸上的表情变得和母亲完全一样，又是仁慈，又是和善，又是满溢着怜爱了！他在草寮里面走来走去，身上的蓝布长衫微微地在作着响。他发狂似的在骂着大哥和埋怨着母亲。

"看，你们这些蠢东西，你们完全不会顾管阿竹，这回可把他烫坏了！"

我下意识地在呻吟着，父亲走到我的身边来，向着我问长道短，努力地在寻找着一些有趣的说话来使我发笑。停了一会，他便从衣袋里拿出一把铜钱来，在我的榻前蹲下，教着我怎样地玩着"韩信点兵"。孩子气地在数着一二三四……。看见我这样注意着他教给我的这场新把戏，于是他向着我讲起这条"韩信点兵"的故事来。"这个，这个……"他合上眼，作着思索的样子这样开始着。"古昔的时候，有一位名将，名叫韩信，他带着三十六个兵士要到齐国去。路上，这个，这个，……碰见了两位乞丐。这两位乞丐向他们乞讨着食粮。但，这个，这个，……他们的食粮是带得很少的。于是，这个聪明的韩信便叫他们的兵士们和这两个乞丐围成一个大圈地站立着。和他们这样说，粮食只有三十六份，凭运气，派到的便拿了粮食去。这个，这个，……像我刚才分派给你们看的一样，九个，九个分派了一回。结果兵士们都得了粮食，而这两个乞丐却只好妙手空空地走开去，而且不会埋怨着韩信这班人了。"

父亲的说话虽然使我感到十分有趣，但我的呻吟的声音却并不能因此完全停歇。我这一回的伤势是多么沉重啊！有两三天，我一点也不能够移动，简直就和死去了一般。这时候，我全身浮肿着的茶杯大小的"水泡"，还未曾完全消退。父亲说着一回故事又看着我一下伤势，看着我一下伤势，又是说着一回故事，他的口里禁不住地发出一种叹惜的声音来。跟着，他便从我的枕头——那是简单地用一块木头做成的——下面拿出一包带黄色的药散来替我涂抹着。

"快好了，'狗儿'呀！"他这样地安慰着我。望着他的在替我抹药的长指甲的手指，听着他的重舌而矜悯的口音，我感觉到我的全身心，全灵魂，完全包藏着在父亲的伟人的爱里面，我禁不住地洒着眼泪。这是快乐的，这使我忘记着那些"水泡"的痛苦。啊，热烈而伟大的爱可以溶解着一切，父亲这一次来临，使我把一向对于他的不公正的见解完全消融了！而且我是多么自惭啊，我觉得我一向是太对不住父亲了！

"阿叔，你明天到城里去吗？……缓一两天去不可以吗？"我这样问他，忽然感觉到父亲的离开对于我是一件痛苦的事情了。

是午后的时候，日影懒然地照在草寮的壁上，父亲盘着脚坐在一只矮凳上面，脸上显出一种溺爱我的神气，含着笑，摇着头答："哪里可以呢？你这奴才子（父亲和母亲都这样称呼我，当他们特别溺爱我的时候。）啊！""你的事情很忙吗？"我大着胆地再这样问他，要是在平时我是一定不敢这样问的，但在这个时候，我知道父亲一定不会骂我呢。

父亲用着他的长指甲的手掌抚着我的头发，每秒钟间，他的表情变得更加仁慈而温和。最后，我简直感觉到他是一个和我同一样年龄的人物，再没有什么可怕了。但在这个时候，他忽而又是叹着气，和我这样说："奴啊（有时他这样简单地叫我），事情很忙才好！没有事情是格外可怕的……"

这使我感觉到十分奇怪，甚至于觉得父亲的这句说话是有些不对。安闲一定比劳苦好，不耙猪屎，一定比耙猪屎好，这不是很明白的吗？但我没有把这个意思说出来，我知道父亲的脾气，在他说话的中间是不喜欢被人家插入的。"这个，这个，……唉，"他继续着，眼睛睁着异常之大，但这回却并不令人可怕只令人觉得特别可亲。"在这个年头，断分寸地（即绝对没有田园的意思），要养活一家人，这实在是不容易的。这个，这个，……好的园田都归阿伯去种作。你的母亲说我傻，其实，我并不是傻，阿伯会种作的，好园田让他去种作好了。我是不会种作的，便分些坏一点的园田有什么要紧呢。这个，这个，……那时候，阿公阿妈还未尝过世，年纪都老了，我时常想买一点好的食物给他们吃。但，这个，这个，……光靠教书，家境还维持不住，哪里有钱来奉敬公妈呢？因此，我缓缓地把我份下的园田卖去。一个人只有一副（即一双）爷娘，爷娘在生的时候，不买点好的食物来给他们吃，这是完全不对的。我情愿卖掉园田来买'猪脚'供奉爷娘。我那时想，园田呢，将米钱赚得到便可以买回来，但是爷娘呢，爷娘是不行的。

"可是，这个，这个，……有钱人时常是最可恨，而且最卑鄙的，有一次我真教阿疑叔气死了。那'老货'是个洋客，赚了一万几千块钱，坐在屁股眼下，跑回家来享福。这个，这个，……有一天，在买'猪脚'的时候，我劝他买那只大一点的'猪脚'。那时，一切东西都是比较便宜的。一斤猪肉，就只是一毛钱。那只'猪脚'大约二斤多重，不是二毛多钱就可以买到吗？这个，这个……那'老货'真是'臭皮骨屎人'，而且是卑鄙无耻的人，他欹着头，望着那只'猪脚'一下，便把它摔在猪砧上，这样地说：'"这我买不起，要像你这样的富人才买得起啊！'"听了这句话，我就是一把火。那老'狗种'，他不知道我在卖园田来买猪脚吗？只这一只话，便使我气得要死。这个，这个，……我那时这样地回答着他说：'富人，你们这些富人都是卑鄙龌龊，臭过狗屎的！'你看我买不起这猪脚吗？我便专买给你看！于是我便出了两毛多钱，把那只猪脚买了。唉，那'老货'，不是'臭皮骨'吗？不是自己惹没趣，而又令我把他恨'一世人'吗？"

"可是，这个，这个，……我真是倒运呢，我又赚不到钱，又是'破病'，那是害着一种忽而要哭忽而欲笑的症候。有三几年，我一点东西都不敢随便吃，天天是抱着病，同时却又天天在做着事情。不做事情是更加不行的，不做事情妻子便要饿死，这比抱病还要可怕。这个，这个，……捱着病做事情到底还不行，在公妈过世不久之后，所有的几亩地田园便都卖尽了！你的母亲真好，她一点也不埋怨我，一面看护着我的病，忍受着我的喜怒无定的脾气，一面小心地抚育着子女，从白天做到黑，从黑夜又做到白天，连一口气也没有叹息过。唉，她真是难得呢，没有她，老早这个家庭便支持不住了！唉！她所吃的苦真是太多了，你们应该要孝顺她一点才好啊！……这个，这个，……后来，我书也不教了，我想妻子快要饿死了，还贪图着什么'功名'呢。我试去做着旁的事体，只要能够养活家人而且于世人有益的事体我便可以去做。我想，只要我能够利益世人便好，这并不是一定会比不上得了一个'功名'啊，这个，这个，……'不为良相，便作良医！'在教书的时候，我老早便存着这种心事。当阿名，唉，这个大哥你们是连认识都不认识的！……"父亲说到这儿，似乎要哭起来，他的样子是可怜极了，我真想跳起身来安慰着他一下的。

"这个，这个，……唉，"父亲继续着。"阿名是比你现在的这个大哥还大四岁，他是一个顶聪明的孩子。他八九岁的时候，自己便会编着很好看的辫子。读书的时候，我刚教给他一遍，他便永远地能够'记得'。十一岁的时候，不幸，他的颈上生着一粒瘰病。他自己隔几天便要跑一趟路到'店头'市——那离这乡里有了十多里路——去给医生看。那个医生是光会吃饭的，阿名便这样断送在他的手内了。"

"这个，这个，……自从那个时候起，我便决意学医，我想救救自己，同时可以救救他人。所以，那时候，我便一面教书，一面读本草。有了几年的工夫，我的医学的书籍叠起来已经比《大学》、《中庸》这一类的书籍还要多了。这个，这个，……我自己相信我的医的'本领'是过得去的，因此，当我决定不教书的时候，我便在家里自己雕起一块招牌，决意做个医生了。"

"这个，这个，……在那时，一开手便很顺，有许多将死的病人都被我药到医好了，我即刻便出了名。但我依旧还是穷困，我的脾气又不好，只要那个人是'世事'好，而且是贫穷的人，便没'先生金'我都可以替他看病，倘若是不讲理而且是摆架子的富人，便黄金叠得和我一样高，我也是不肯搭理他的。做人只争一点气节，没有气节，便和猪狗何异！"

"这个，这个，……我并不是说富人统统不好，但好的实在是不多。普通的人，一有了钱便'装腔作势'，一点道理也不讲，在乡间做起土皇帝来，这是多么可恨呢！咳，奴啊，阿爸现在的境况是好些了，这个，这个，……我现在已经和人家生借了二百块钱，合股在开着一间药材店，我便在店里面当医生。事情忙是忙不过的。但有了很多的事情才像个人，不然，老是在家里坐着，还像个什么东西呢！……"

父亲的眼睛里闪映着一种傲郁而壮大的光波，他的脸孔上有了一种不惧不屈的雄伟的气概，那使他显出格外有生气，而且格外年轻些。

"阿叔，你明天不要到城里去啊！"我不自觉地又是这样央求着他。

他站起身来，在我的头上轻拍了一下，带着笑说：

"好啦！你这奴才好啊！"

我感觉到我的心头欢乐得发痛了。

这时候，柿园上是极其寂静的，忽然间，像狗在鸣吠一般地，我又听到鸡卵兄在打闹着的声音了："你这'X母'，你只会偷懒！"这是鸡卵兄在叱骂着狗卵兄的声音。"你'雅狗屎'，你踏车，犁田都不行，光会说大话！"这是狗卵兄的反抗的语调，跟着他们似乎在一块打起架来了。

骤然间父亲又是回复了他平时的沉郁的神色，唉声叹气地在我的榻前走来走去。

"唉，种作也是艰难的！"他自语着，眼睛照旧是直视着，不看人，他恍惚又是在另一世界里了。"啊，父亲是多么奇怪啊！"我这样地想着，移动着眼睛在我的身上的"水泡"。……

蛋　壳

　　"我们胆子太小，因为我们一向把我们自己紧紧地关在小巢穴般的寓所中。我们往往把我们自己看得太高，自己以为自己是了不得的，这是因为我们一向太和广大的群众隔离的缘故。"临睡的时候，P一面在脱去他的袜子，一面在很起劲的向着我这样说。他的头发异常地散乱，脸孔瘦削得和涅槃了的和尚一样，但他的眼睛却在闪放着锐利的光。"我们这班小资产阶级知识分子是顶要不得的。光会说大话，事体一点也做不来，脾气呢，是十足地小姑娘般的脾气的。……唉，怪可耻的脾气呀，滚你妈的蛋吧！"P越说声音越高，好像在演说一般。

　　"不要太兴奋吧！"我这样提醒着他，因为在我们的环境下面，说话说得太大声是不可以的。

　　"怕什么？"P粗暴地叱着我。但停了一息，他便又转着口气说："不过，小心一点也是好的。我们的环境的确是太坏啊！"

　　"可是，你为什么要这样大惊小怪呢？"我淡漠地问着他。

　　"T，我得到真理了。得到真理了！"他紧紧地握着我的手。

　　P是一个对于文学下了相当的苦功的我的朋友，他的性情虽然有点暴躁，但究竟是个可爱的人物。脸色时常是青白的。他永远没有病倒过，但身体实在是不能算是怎样健康的。他和人家说话的时候，有了一种非常的热力，那很容易地使听者受了他的激动，不管是赞成或者是反对。"我们一向所过的生活，还是蛋黄一般的生活呢！"P继续着，眼睛睁得异常之大。"我们一向都托庇在父兄，在大学生的资格，在社会的特殊的地位上生活着，这便好像鸡蛋里面的蛋黄一般。我们是没有和空气接触过的。我们的父兄，我们的大学生的资格，我们的在社会上的特殊的地位都像我们的鸡蛋壳。这样的鸡蛋壳在保护着我们，也即在使我们和真理隔绝。啊，我现在是在把这鸡蛋壳打破了，虽然打的工夫还不大，可以说只是打破了一个小窟窿。但只是这个小窟窿，也够使我十分快乐起来了。因为，我便从这一个小窟窿，看见了光明，看见了全世界。我开始地和空气接触了。啊，我是活了二十多年，而我和空气接触，现在算是才开始呀！"

"你说的是什么鬼话呀，我看见又要像在大学时代一样，变成一个可怕的玄学鬼了！"我冷静地回答着他。"完全不是玄学！"P几乎是大声地叫喊了出来。"不过，老实说，我读的社会科学的书籍实在太少，我懂不了许多比较确切一点的名词。我的说话是太文学一点，这或者可以说，但绝对不是玄学啊，朋友！"P不加思索地这样回答着我。跟着，他用着狂乱的脚步在室中跑了一趟，样子是怪有趣的。

"总而言之，我们根本还没有吃过苦头。"P又是滔滔地说下去。"我们根本还未尝过人家的鞋底下面的生活。我们对于无产者是什么东西还只是一个概念，还只认得一个模糊的轮廓。我们同情着他们，我们愿为他们做事体，但我们和他们间还有着天大的距离，我们过的是蛋黄的生活，他们过的是蛋壳以外的生活啊！他们是永远受不到保护的。他们用他们的全力量为全世界生产，把全世界布置得这样美丽璀璨，而结果他们却被这世界唾弃了。他们好像不是人类而只是一种黑色的动物。他们的生存和死亡似乎都只是在为人类——这是说，现在社会的各式各样的特殊阶段——谋幸福，而这种幸福是和他们自己这种黑色的动物丝毫无关似的。什么法律，什么道德，什么天国，对于他们只是藤鞭和花言巧语。什么物质的享乐，什么精神的安慰，对于他们只是一种嘲笑，他们所过的是人家的鞋底下面的生活，是蛋壳外的生活，是非人类的生活。和他们相比，我们所过的还只是一种公子哥儿的生活。和他们相比，我们所过的还只是一种童话上面的神仙般的生活。我们这三二年来，所谓流亡，所谓吃苦，所谓受社会的鞭挞，所谓受法律的束缚，所谓受了什么什么，这在他们眼里，还只是像戏台上的'书生落难'一般。说不定在后花园遇了小姐，即刻又会变成了显赫的人物了，我们到处还可以穿西装，着人衣，而这社会是穿西装，着大衣者所特有的社会，它绝对不会向这班'斯文人'太过无礼啊！……总而言之，

蛋壳

我们一向虽然说得天花乱坠，但我们和无产者还是处在两个不同的世界上面，我们和他们还有了天大的隔离。"

"那么，照你的意思，你想怎样办呢？"我这样问着他，依然是这样的镇静。

"毫无疑义的，我要把这蛋壳全部打破，我要撕去了这重不应有的厚衣，我要走到他们中间去，我要做他们中间的一员。"P回答我的是这么样的一句长句，而这长句似乎已经在他的脑子里温理了很久，很久，所以他把它说得这样圆熟，这样不费思索。"我要更深刻地了解着他们，所以，我应该和他们过着同样的生活。总而言之，我要撕破我的西装，我要焚毁我的大衣，我要克服我全部的小资产阶级的脾气。我要无条件地走到他们中间去过着人家的鞋底下面的生活。我要使他们见着我的时候，叫着我一声喂，喂，你这样，你那样，而不是向着我表示着怀疑而惊惧的神色，叫着我，先生。我要使他们承认我是他们中间的一个兄弟，一个缺乏经验，缺乏教训，缺乏战斗的勇气的年轻的兄弟，而不是要使他们惊诧着我是一个特殊的人物，是一个了不得的先知先觉的先生。固然，有些地方，我可以给他们多少帮助，读读书报给他们听，向他们报告着全世界的黑色动物运动的状况怎么样，向他们解释着蛋壳外的生活是一种什么样的生活，怎样地去使踏在他们上面的鞋子动摇以至跌倒下去。可是，大部分的事情，我还是需要他们教导，需要他们指示，甚至需要他们的叱责和告诫啊！"

"你所说的可以算是一篇没有韵的散文诗，实行起来是不容易的。"我抹着我的寸来长的胡子说，从抽屉里的"烟盒"中抽出来一条大喜牌的香烟，缓缓地在吸着。

"你这说的是什么话呢？"P可以说是发怒了。我听见他的牙齿在磨击着的声音。"容易不容易的说话，不是我们讲的。只要我们觉得对，我们便应当向前做去。即使我们不能够在很短的时间内把这鸡蛋壳全部打破，但只要我们的信念是坚强的，不久我们终归是可以达到我们的目的啊！……我可以凭借老朋友的名义向你说，我今晚所说的说话是一种蕴蓄了很久、很久的说话，这完全不是出之一种冲动。而且这与其说是我的主观上的要求，毋宁说是一种客观上的必要。与其说这是我的灵感的发动，毋宁说是一种环境的造成。在以前，我们所以完全不感到这一层，只以一个'小生'的角色在参加着这新时代的伟大的运动而不感到滑稽，不感到儿戏，在现在，我们所以感到非剥去小资产阶级的衣冠，非把小资产阶级全部的意识克服不成功，这只证明了革命的阶段的进展。

这完全不是一种偶然的事情呀！"

"老P，你忽然间变成一个很可以的社会科学家了。你说的似乎还有点意思，说下去吧，老P。"我这样地安慰着P。"实在说，我们确是曾经动摇过，曾经幻灭过，这说明我们的小资产阶级的意识还在作祟，这说明我们还没有获得无产者的坚强的人生观，这说明我们对于革命还存着一种享乐的态度，这说明我们之参加革命还只是出于一种罗曼谛克。而，这根本是要不得的！革命不需要这样的人物啊！……可是，归根到底，生活的方式，决定人们的意识，我们一向的意识所以这样蹩脚，最重要的原因，还是因为我们所过的只是一种蛋黄的生活，我们完全没有和空气接触过，我们绝对地经不起风雨啊。"

"这可以算是一段严格的自我批判，老P，你近来的确是进步得多了。"我这样地称赞着P。

最近，P参加了各式各样的工作，身上穿着一件黑布长衫，镇日乱跑，我有些不以为然。我以为他这样做，将会抛弃了他的对文学的贡献，这是很可惜的。但今晚，我听见了他这一席话，不禁使我肃然起敬了。P的认识的确是不错呀。他这几个月来镇日乱跑，并不是把时间浪费的，这可以加深了他对于革命的认识，同时可以充实了他的文学的内容啊。"投到无产者们中间去，让我们和他们融合起来，这在我也认为很必要的。我是多么痛恨这不生不死的小资产阶级智识业的生活呀！"我这样增加着。

P显然是很快乐了，他热情地拍着我的肩头说："我们的年纪是这样轻的，我们充满着生机，充满着活泼和天真。我们是什么事情都可以做得到的。我们对事物的态度是问他对不对，却不管它难不难。我们要从艰难中找到了正确的路线，我们要征服艰难，要使艰难渐渐变成平易，而不是回避着艰难。朋友，我敢说，只这一点精神便是我们所要获得，所要把握住的无产阶级的精神，这精神便是我们用来打破鸡蛋壳的锐利的铁锥啊！"

"这便算作我们谈话的结论吧！"我完全同意着P的说话，我的心可以说是欢乐得有些刺痛了。"啊，光明而伟大的出路啊！"我用着唱歌的音调这样唱出来。P的脸上挂着一种沉毅而有信心的微笑，我在他的这种微笑里面领略到一种比他的说话更加可以鼓舞我的力量来了。

夜已经很深了。当我从抽屉里再拿出一支香烟在吸着的时候，P已经躺在他的行军床上，闭上了他的眼睛。

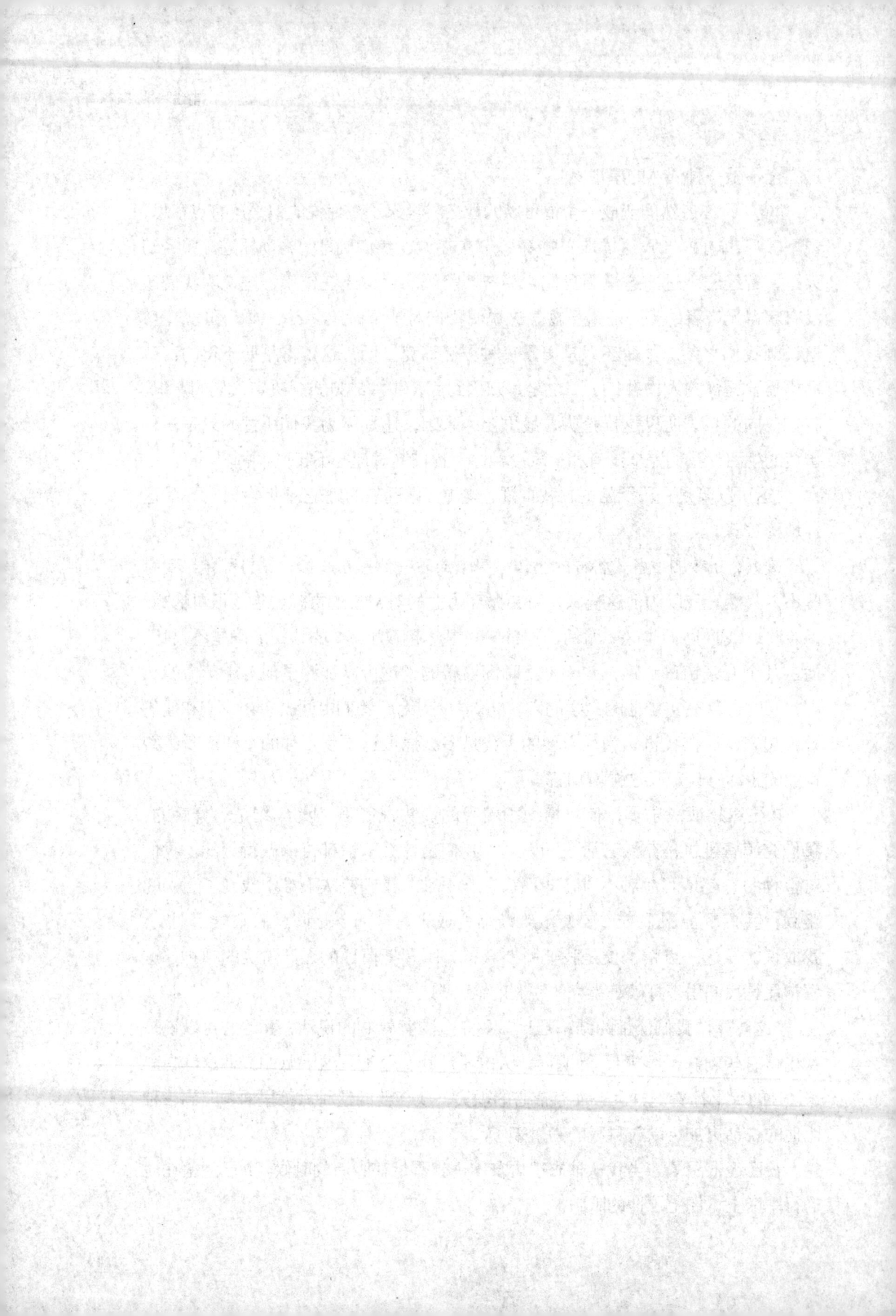